ଶୂନ୍ୟଫର୍ଡ

ଶୂନ୍ୟଫର୍ଦ

ପୁଷ୍ଫାରାଣୀ ପଟେଲ

ବ୍ଲାକ୍ ଇଗଲ୍ ବୁକ୍ସ

ଭୁବନେଶ୍ୱର, ଓଡ଼ିଶା

BLACK EAGLE BOOKS
Dublin, USA

ଶୂନ୍ୟଫର୍ଦ / ପୁଷ୍ପାରାଣୀ ପଟେଲ

ବ୍ଲାକ୍ ଇଗଲ୍ ବୁକ୍ସ : ଭୁବନେଶ୍ୱର, ଓଡ଼ିଶା ● ଡବ୍ଲିନ୍, ଯୁକ୍ତରାଷ୍ଟ୍ର ଆମେରିକା

BLACK EAGLE BOOKS

USA address:
7464 Wisdom Lane
Dublin, OH 43016

India address:
E/312, Trident Galaxy, Kalinga Nagar,
Bhubaneswar-751003, Odisha, India

E-mail: info@blackeaglebooks.org
Website: www.blackeaglebooks.org

First International Edition Published by
BLACK EAGLE BOOKS, 2025

SUNYAPHARDA
by Pusparani Patel

Copyright © **Pusparani Patel**

Cover : **Tanuj Mallick**
Interior Design: Ezy's Publication

ISBN- 978-1-64560-767-0 (Paperback)

Printed in the United States of America

ଉତ୍ସର୍ଗ

ଗୋଟିଏ ମୁହୂର୍ତ୍ତ ଦେଖାରେ ଭଲପାଇବା ଢାଲିଦେଇ
ଅଦେଖା, ଅଚିହ୍ନା, ଅଜଣା ମଣିଷକୁ ନିଜର କରିପାରିବା
କଳା ଶିଖାଇଥିବା ସେଇ ବୋଉଙ୍କ ପାଦପଦ୍ମରେ
ଏଇ ମୋର ଶେଷ ଛୋଟ ଭେଟି...

— ସନ୍ଧ୍ୟା

ମୁଖବନ୍ଧ

ଯେମିତି ଶେଷ ହିଁ ସତ୍ୟ, ଆରମ୍ଭ ଏକ ମିଛ ପ୍ରବଞ୍ଚନା...

ଯେମିତି ଅନ୍ଧାର ହିଁ ସତ୍ୟ, ଆଲୁଅ ଏକ ଚିକ୍‌ମିକ୍‌ କୋଲାହଳ କେବଳ

ଠିକ୍‌ ସେମିତି ଶୂନ୍ୟତା ହିଁ ସର୍ବଶେଷ ଉପଲବ୍ଧି। ପୂର୍ଣ୍ଣତା ତ ମିଛ ଆକର୍ଷଣ ହିଁ
ମାତ୍ର।

ଯେବେ ଏତିକି ହୃଦୟଙ୍ଗମ ହୁଏ, ସେତିକିବେଳକୁ ହୁଏତ ସରିଯାଇଥାଏ
ଜୀବନର ଖେଳ। କାଁ ଭାଁ କେହି କେବେ କେମିତି ବେଳ ଥାଉ ଥାଉ ବୁଝିଯାଏ
ଏକଥା। ମୁଁ କହିବି– ସେତକ ବୁଝିପାରିଥିବା ଲୋକକୁ ଆମେ ବୋକା ବୋଲି ଠଙ୍ଗା
କରୁ ସିନା, ତେବେ ସେଇ ହିଁ ପ୍ରକୃତ ମଣିଷ; ଦେବତୁଲ୍ୟ ମଣିଷ।

ଆମ ଜୀବନକୁ ଅନେକ ମଣିଷ ଆସନ୍ତି। ଆସନ୍ତି, କାହିଁକି ନା ତାଙ୍କୁ ଆସିବାକୁ
ଥାଏ। ସବୁକିଛି ଯେମିତି ବିଧିନିର୍ଦ୍ଦିଷ୍ଟ, ଆମେ କେବଳ ଗୋଟିଏ ଗୋଟିଏ ଅଭିନେତା
ଅଭିନେତ୍ରୀ ମାତ୍ର। ପରଦା ପଛରେ ସଭିଙ୍କ ଆଢ଼ୁଆଲରେ ନିର୍ଦ୍ଧେଶକ। ତାଙ୍କରି ଇସାରାରେ
ଚାଲିଛି ନାଟ। ଅଗଣିତ ମଣିଷଙ୍କ ଜୀବନର ନାଟ।

ଟିକିଏ ଦୁଃଖ ଜୀବନକୁ ମାଡ଼ିବସିଲେ ଅନ୍ଧାର ହେଇଯାଏ ଆଖି। ଅଦୃଶ୍ୟ
ସେଇ ଜଗତ୍‌ ପିତା ଜଗତ୍‌ ଜନନୀଙ୍କ ଉଦ୍ଦେଶ୍ୟରେ ଉଠିଯାଏ ଆକୁଳତାଭରା ହାତ !
ସେ କ'ଣ କରନ୍ତି, କାହା ଦ୍ୱାରା କରାନ୍ତି କେଜାଣି, ମନ ଧୈର୍ଯ୍ୟ ଧରେ, ଧୀରେ ଧୀରେ
ସହିଷ୍ଣୁ ହୁଏ ଓ ଲଂଘିଯାଏ ଦୁଃଖର ପାରାବାର। ପୁଣି ନୂତନ ସୂର୍ଯ୍ୟୋଦୟର ଅପେକ୍ଷା
ରଖି, ଶକ୍ତ ହେଇ ଛିଡ଼ାହୁଏ ମଣିଷ। ଏଇ ଭଙ୍ଗା, ଗଢ଼ାର ଦୁନିଆରେ ଯେବେ ଅତି
ଆପଣାର ମଣିଷମାନେ ହାତଛଡ଼ାଇ ଚାଲିଯାଆନ୍ତି, ସେଇ ଯନ୍ତ୍ରଣାକୁ ହୃଦୟରେ ବୋଧ
କରି ଲଦିଦେଲେ ଦୁର୍ବିଷହ ହେଇଯାଏ ଜୀବନ। ସେଇ ଖାଲିପଣକୁ, ଶୂନ୍ୟତାକୁ ଆମକୁ

ଭରିବାକୁ ପଡ଼େ । ଯିଏ ସେତେବେଳେ ଆମ ଜୀବନକୁ ପୂର୍ଣ୍ଣତାର ମାଧ୍ୟମ ସାଜି ଆସେ, ଆମର ଚିନ୍ତା ଚେତନା କୁହେ ସେଇମାନେ ହିଁ ଆମର ଆପଣାର । ପୁଣି ଆରମ୍ଭ ହୁଏ ଜୀବନ ଯାତ୍ରା । ତାଙ୍କୁ ଆମ ଜୀବନରେ ବାନ୍ଧି ରଖିବାର ଆମର ବୃଥା ଚେଷ୍ଟା ବା କୁହାଯାଉ ଭ୍ରମ ! ବିଧି ସେତେବେଳେ ନିଶ୍ଚୟ ହିଁ ହସୁଥାଏ ଆମ ଉପରେ । କାରଣ, ସେଇ ଭ୍ରମ ଯାହାର ମୂଳଦୁଆ ପଡ଼ୁଥାଏ ଏବେ ଏବେ, ଯାହା ଜୁଆର ପରି ଆଗକୁ ନିଜର ଉପସ୍ଥିତି ଜାହିର କରି ଆମକୁ ପରିପୂର୍ଣ୍ଣ କରିଥିବ, ଦିନେ ସେଇ ହିଁ ଆମ ହାତ ଛାଡ଼ି ଚାଲିଯିବାର ଦୃଶ୍ୟ ଯେ ଅଭିନୀତ ହେବାକୁ ଅଛି ଏହା ଥୟ । ଏହାହିଁ ଚିରନ୍ତନ ସତ୍ୟ !

ସାହିତ୍ୟପ୍ରାଣ ମଣିଷ ହୁଏତ ସମ୍ପୂର୍ଣ୍ଣ ଖାଲି ହେବାର ବେଶ୍ କିଛି ସମୟ ପୂର୍ବରୁ ବୁଝିପାରେ ଅଦୃଷ୍ଟ ନିୟନ୍ତାଙ୍କର ଏଇ ବିଚିତ୍ର ଖେଳ । ତେଣୁ ଧୈର୍ଯ୍ୟ ରଖିବା ଜାଣେ । ନିଜକୁ ଖାଲି କରି ପୂର୍ଣ୍ଣ କରିବାରେ କେତେ ଯେ ସୁଖ ଜାଣେ ବୋଲି ସେ ଗଳ୍ପଟିଏ ଲେଖିବାର କ୍ରମକୁ ଭୋଗେ, ଜୀବନକୁ ଭୋଗେ ।

ଏଇଭଳି ମୋତେ ଦୁଃଖରେ ଭିଜାଇଥିବା ଓ ସୁଖରେ ପରିପୂର୍ଣ୍ଣ କରିଥିବା ଏଇ ଗଳ୍ପଗୁଡ଼ିକରେ ହିଁ ମୁଁ ଢାଲିଦେଇଛି ମୋର ସେଇ ସବୁ ପରିପୂର୍ଣ୍ଣ ମୁହୂର୍ତ୍ତସବୁକୁ । ବୟସର ପରିପକ୍ୱତା କେତେବେଳେ ମୋ କଲମମୁନରେ ବାଢ଼ିଦେଇଛି ଅବିକଳ ସମାଜର ପ୍ରତିଛବିଟିଏ ତ କେତେବେଳେ ପିଲାଲିଆମି ଓ ସହଜପଣ ଆକ୍ରାନ୍ତ କରିଛି ମୋତେ । ମୁଁ ମୋ ଭିତରର ଲୁଚିରହିଥିବା ଚପଳ କିଶୋରୀ ବୟସକୁ ଫେରିଛି । ଏ ଗଳ୍ପସବୁ ସମୟ ସହିତ ମୁଁ ଭୋଗିଥିବା, ଦେଖିଥିବା ଚିତ୍ର ଓ ଚରିତ୍ରମାନଙ୍କର ପ୍ରତିଛବି ହିଁ କେବଳ, ଯାହାଙ୍କୁ ମୁଁ ଦେଖିଛି ମୋ ସୂକ୍ଷ୍ମ ଦୃଷ୍ଟିକୋଣରେ । ତଉଲିଛି ମୋର ସୂକ୍ଷ୍ମ ଚେତନାଶକ୍ତିରେ ଓ ଆଙ୍କିଛି ମୋର କଳ୍ପନା ପ୍ରବଣତାରେ । ସେମାନେ ମୋ କଲମ ମୁନରୁ ଉତୁରି ଆସି ମୋତେ ଶୂନ୍ୟ କରିଛନ୍ତି ତ ପର ମୁହୂର୍ତ୍ତରେ ନିଜ ଭଲପାଇବା ଦେଇ ପରିପୂର୍ଣ୍ଣ ମଧ କରିଛନ୍ତି । ମୁଁ କୃତଜ୍ଞ ସେମାନଙ୍କ ନିକଟରେ ।

ଯଦି ଏ ଗଳ୍ପଗୁଡ଼ିକ ପଢ଼ି ଆଜିକାର ହାଇ ସ୍ପିଡ୍ ଜୀବନଦୌଡ଼ରେ ଥକିପଡ଼ୁଥିବା ମଣିଷ, ଜୀବନରେ ଥରଟିଏ ହାରିବା ଦୁଃଖରେ ଭାଙ୍ଗିପଡ଼ି ସରିଯାଉଥିବା ମଣିଷ, ଏକ୍ଳାପଣରେ ଭାଙ୍ଗିପଡ଼ୁଥିବା ମଣିଷ – ଜୀବନକୁ ପ୍ରାଣଭରି ଭଲପାଇବା ଶିଖେ, ଶୂନ୍ୟତାକୁ ପ୍ରାଣଭରି ଉପଭୋଗ କରିବାକୁ ଶିଖେ, ହାରିବା ଓ ହାରିଯାଇ ଶିଖିବା ସତ୍ୟତାକୁ ବୁଝିପାରେ, ତେବେ ମୋ ଲେଖନୀକୁ ମୁଁ ଈଶ୍ୱରଙ୍କ ଆଶୀର୍ବାଦ ବୋଲି ଭାବିବି ।

ଅପରିମିତ ଭଲପାଇବା ଓ ଶ୍ରଦ୍ଧାର ସହ ମୁଁ ମୋର ଏଇ ତୃତୀୟ ଗଳ୍ପ ସଂକଳନ 'ଶୂନ୍ୟଫର୍ଦ'କୁ ସମର୍ପିଲି ସେଇ ପ୍ରିୟ ପାଠକପାଠିକାଙ୍କ ହାତରେ... ।

– ପୁଷ୍ପାରାଣୀ ପଟେଲ (ସନ୍ଧ୍ୟା)

ସୂଚୀ

ଶୂନ୍ୟଫର୍ଦ

'ପ୍ରବଳ ଶୀତ। ହଁ, ଶୀତ ରତୁରେ ଆଉ କ'ଣ କମ୍ ଶୀତ ହୁଅନ୍ତା କି!' – ମୁଁ କହିଲି ମନକୁ ମନ; ନିଜକୁ ନିଜେ। ହାତ ଦୁଇଟି ମୋର ଜାଡ଼ରେ କାଠ ହେଇଯାଉଥିଲା। ହ୍ୟାଷ୍ଟେଲ୍ ଯାଏଁ ପହଞ୍ଚିପାରିବି ନା ବାଟରେ କେଉଁଠି ବରଫ ପାଲଟିଯିବି ଯେ! ଓଃ... ବଡ଼ ଭୁଲ୍‌ଟାଏ ହେଇଗଲା ସତରେ। କିଛି ନହେଲେ ବି ଅଟୋଟିଏ ହେଲେ କରିକି ଆସିବା ଉଚିତ ଥିଲା ମୋ'ର। ଏ ମାଆ ମନଟା ଏମିତି ହିଁ, ସବୁ ବୁଝେ ପୁଣି କିଛି ବି ବୁଝେନା।

ଝିଅକୁ ହ୍ୟାଷ୍ଟେଲ୍ ଛାଡ଼ିବା କେତେ ଦିନ ଅବା ହେଲା ଯେ? ଏଇତ ମାତ୍ର ପନ୍ଦରଟି ହିଁ ଦିନ। ମୁଁ କ'ଣ ଭୁଲ ଥିଲି ମୋ ନିଷ୍ପତ୍ତିରେ? ନା ମ, ଭୁଲ କାହିଁକି ହୁଅନ୍ତି ଯେ! ଘରେ ବାହାରେ, ଚିହ୍ନାଜଣାରେ ସମସ୍ତେ ତ କହୁଥିଲେ ମୁଁ ତାକୁ ସ୍ନେହରେ, ଗେହ୍ଲାରେ ଅଧିକ ଡରକୁଲୀ କରିଦେଉଛି। ଆଜିକାଲି ଯୁଗ ହେଲା ରଫ୍-ଟଫ୍‌ର ଯୁଗ। ଝିଅମାନେ ଏବେ କାହାକୁ ବୋଲି କାହାକୁ ମାନୁନାହାନ୍ତି। ସବୁ କ୍ଷେତ୍ରରେ ପୁଅଙ୍କଠାରୁ ଦଶହାତ ଆଗରେ ଝିଅମାନେ। ଆଉ ଏତିକିବେଳେ ମୁଁ ଯଦି ତାକୁ କୁଆଡ଼େ ନଛାଡ଼ି ସୋଆଗରେ-ସ୍ନେହରେ ନିଜ ପାଖରେ ବାନ୍ଧିରଖେ, ତେବେ କାଲି ସେ ସଭିଙ୍କ ପଛରେ ପଡ଼ିବା ଥୟ। ସେତିକିବେଳେ ମୁଁ ନିଜକୁ ନିଜେ କ୍ଷମା କରିପାରିବି ତ?

ଏୟା ହିଁ ତ ତର୍କ ଥିଲା ମୋ'ର ମୋ' ନିଜ ସହିତ, ଝିଅକୁ ହ୍ୟାଷ୍ଟେଲ୍ ଛାଡ଼ିବା ପରି ଏକ ଗୁରୁତ୍ୱପୂର୍ଣ୍ଣ ନିଷ୍ପତ୍ତି ନେବାବେଳେ। ଆହୁରି ବି ମୁଁ ଚିନ୍ତା କଲି, ସେଇ ଗୋଟିଏ ହିଁ ତ ସହର। ଆଠ/ଦଶ କିଲୋମିଟର କେଉଁ ଦୂର ବାଟ ଯେ! ତା' ପୁଣି

ରାଉରକେଲା ପରି ଓଡ଼ିଶାର ଏକ ଉନ୍ନତ ସହରରେ। ଓଲା, ଉବେର, ଭେନ୍, ଟ୍ରାଭେଲିଙ୍ଗ୍ ଏଜେନ୍ସି କେଉଁ ସୁବିଧା ଅବା ଏଠି ନାହିଁ ଯେ! ଏଇ ଏବେ ଆସ ମାମା କହୁ କହୁ ମୁଁ ତ ପହଞ୍ଚ ଯାଇପାରିବି ତା' ପାଖରେ।

ଆଜି ସେ ମୋରି ଆଖି ସାମ୍ନାରେ କିନ୍ତୁ ଟିକିଏ ଦୂରରେ ରହି ଏକା ଏକା ସଲଖି ଠିଆହେବା ଶିଖୁ। ଦରକାର ବେଳେ ନିଷ୍ପତ୍ତି ନେବା ଶିଖୁ। ଭଲ ଓ ମନ୍ଦ ଭିତରେ ପାର୍ଥକ୍ୟ କରିବା ଶିଖୁ। ସବୁବେଳେ ସହିଯିବା ନୁହେଁ, କେବେ କେଉଁ ପରିସ୍ଥିତିରେ ଜବାବ ଦେବା ବି ଯେ ଜରୁରୀ ହେଇଯାଏ, ତାହା ବି ଜାଣୁ ସେ। ହଷ୍ଟେଲ୍ ଜୀବନ ଅନେକ କିଛି ଶିଖାଇଦିଏ ମଣିଷକୁ। କାଲି ଏକା ଏକା ହଷ୍ଟେଲରେ ରହି ବଢ଼ିଥିଲି ବୋଲି ସିନା ଆଜି ଏଇ ଅପରିଚିତ ସହରରେ ଏକା ଝିଅକୁ ନେଇ ଚଲିପାରିଲି।

ଝିଅ ବି ବୋଧେ ବୁଝିପାରିଲା। କେଡେ଼ ଖୁସିରେ ଲିଷ୍ଟ ତିଆରି କଲା, କ'ଣ କ'ଣ ନେଇ ସେ ହଷ୍ଟେଲକୁ ଯିବ। ସାଥିରେ ଯାଇ କିଣି ବି ଆଣିଲା ସପିଂ ମଲରୁ। ଏତେ ଖୁସି କିନ୍ତୁ କୁଆଡ଼େ କେମିତି ମିଳାଇଗଲା ଏତେ କମ୍ ଦିନ ଭିତରେ। କ'ଣ କରୁଥିବ ଏବେ ଝିଅ? ଠିକ୍ ଥିବ ନା? ଆଉ ବାନ୍ତି ହେଇ ନଥିବ ନା? ଦେହ ଖରାପ ବୋଲି ଫୋନ୍ କରିଥିବା ତା'ର ସାଙ୍ଗଟି କହୁଥିଲା, ମେଡିସିନ୍ ବି ରହୁନି ପେଟରେ।

'ଓଃ.... କେମିତି ପହଞ୍ଚିବି ଶୀଘ୍ର' – ମୁଁ ବ୍ୟତିବ୍ୟସ୍ତ ହେଇଉଠିଲି। ହାତ ଦି'ଟା ଯେ ଥଣ୍ଡାରେ କାଠ ହେଇଯାଉଛି ଧୀରେ ଧୀରେ। ବାହାରିବାବେଳେ ମୋବାଇଲରେ ଦେଖିଥିଲି, ଆଜି ରାଉରକେଲାରେ ତାପମାତ୍ରା ୮ ଡିଗ୍ରୀ ସେଲ୍‌ସିୟସ୍। ମୁଁ ସ୍କ୍ରୁଟି ଠିଆକଲି। ଦେହରେ ଘୋଡ଼ାଇ ହେଇଥିବା ନାମକୁ ମାତ୍ର ସାଲ୍ ଭିତରେ ହାତ ଦୁଇଟିକୁ ପୁରାଇଲି। ପାପୁଲିକୁ ଘଷିଲି ପାପୁଲିରେ। ଟିକିଏ ଉଷ୍ଣ ହେଉ ହେଉ ହାତ ଦିଓଟି, ମନ ପୁଣି ବ୍ୟତିବ୍ୟସ୍ତ ହେଇଉଠିଲା।

'ଓଃ... କେମିତି ଥିବ ମୋ' ଛୁଆଟା! ହେ ପ୍ରଭୁ, ରକ୍ଷା କର ମୋ' ଛୁଆକୁ!' ତା' ବିନା କିଛି ବି ତ ନାହିଁ ଏ ଜୀବନରେ। ଏଇ ପନ୍ଦର ଦିନର ଗୋଟିଏ ଗୋଟିଏ ମୁହୂର୍ତ୍ତର ଅନୁଭବ କୁହେ, ମୋ'ର ଏଇ ଜୀବନରେ କିଛି ବି ତ ନାହିଁ ତାକୁ ଛାଡ଼ିଦେଲେ।

X   X   X

'ଆଃ....! ଏ କ'ଣ ଯେ!' – ମୋ' ଛାତିଟା ଚିରି ହୋଇଗଲା ଯେମିତି। ଏତେ କରୁଣ ବି ହେଇପାରେ ଗୋଟିଏ ଫଟୋ।'

ତୁମ କୋଳରେ ବୋଉ। ନା, ବୋଉ ନୁହନ୍ତି। ବୋଉଙ୍କର ନିଷ୍ପ୍ରଳ ଶରୀରଟି ହିଁ ତ ମାତ୍ର। ତଥାପି ତୁମେ ତାଙ୍କୁ ଜାକି ଧରିଛ, ଜଡ଼ାଇ ଧରିଛ ତୁମ ଛାତିରେ। କାହିଁକି ଯେ? ତୁମେ କ'ଣ ଜାଣିନା, ହାତ ଛଡ଼ାଇ ଚାଲିଯାଇଥିବା ମଣିଷକୁ ଫେରାଇ

ଆଣିହୁଏନା। ଜାଣ ତ! ଏକଥା ବୁଝିପାରିବା ଭଲି ବୟସକୁ କେବେଠୁ ପାର କରି ଆସିସାରିଛ ତୁମେ। ତଥାପି ପୁଣି ଏ ପିଲାଳିଆମୀ କାହିଁକି?

ତୁମ ପାଇଁ ମନ ବ୍ୟଥିତ ହେଇଉଠିଲା। ତେବେ ତୁମେ ଜାଣନା, ତୁମେ ଖୁବ୍ ଅନ୍ୟାୟ କରିଛ ମୋ' ସାଥିରେ। ମୁଁ ଜଣେ ଅଜଣା, ଅଚିହ୍ନା ମଣିଷ ପରି ବୋଉଙ୍କ ଚାଲିଯିବାର ଖବର ସାଉଁଟୁଛି ସୋସିଆଲ୍ ମିଡିଆରୁ। ଯା' ତା' ଫେସବୁକ୍ ଆକାଉଣ୍ଟରୁ। ମୁଁ ତ ତୁମପାଇଁ ଜଣେ ବାହାର ମଣିଷ ଏକଥା ଜାଣେ ମୁଁ, ତେବେ ବୋଉଙ୍କୁ ମୁଁ କେତେ ଭଲ ପାଉଥିଲି ଏକଥା ବି ତ ଜାଣ ତୁମେ। ତାଙ୍କ ଅସୁସ୍ଥତାର ଖବର କ'ଣ ତୁମର ମୋ' ପାଖରେ ପହଞ୍ଚାଇବା ଉଚିତ ନଥିଲା? ତୁମର ଏ ଭୁଲ୍ ପାଇଁ ମୁଁ କେବେହେଲେ ତୁମକୁ କ୍ଷମା କରିପାରିବିନି, ପ୍ରିୟ। କେବେ ନୁହେଁ।

ସତରେ, ତୁମେ ଜଣେ ଅହଙ୍କାରୀ ମଣିଷ। ବନ୍ଦୀ ତୁମର ଅହଙ୍କାର ଭିତରେ। ଥାଅ ସେମିତି। ମୋତେ ବି ଜିଇଁଆସେ ଏକା ଏକା। ତୁମରି ସ୍ମୃତିକୁ ଜାବୁଡ଼ି ଧରି ତୁମଠୁ ଦୂରରେ ମୁଁ ବି ଜିଇଁପାରେ ଏଇ ମୋର ସରୁନଥିବା ଦୁର୍ବିସହ ଜୀବନକୁ। ହଁ, ଯେଉଁ ଆଞ୍ଚଳିକତାର ଭାବ ତୁମକୁ ଦୂରେଇ ରଖିଛି ମୋ' ପାଖରୁ ଆଜିଯାଏଁ, ତାହା ଆହୁରି ଦୃଢ଼ ହେଉଥାଉ ତୁମ ଭିତରେ। ତୁମର ଆଖପାଖର ଲୋକ ତାଙ୍କର ସବୁ ଦମ୍ ଲଗାଇ ଆହୁରି ଅଧିକ ଦୃଢ଼ କରୁଥାନ୍ତୁ ତୁମର ଏ ମତକୁ। ତୁମେ ବି ତୁମ ଅହଂରୁ ବାହାରିଆସି ବୁଝିବାକୁ ଚେଷ୍ଟା ନକର ଯେ ତୁମକୁ ଭଲ ପାଉଥିବା ମଣିଷଟି କେବଳ ତୁମକୁ ନୁହେଁ, ତୁମ ଆଖପାଖ, ଆତ୍ମୀୟ, ବନ୍ଧୁବାନ୍ଧବ, ମାଟି, ପାଣି ପବନ, ଅଞ୍ଚଳକୁ ବି ଭଲପାଏ ତୁମକୁ ଭଲ ପାଉଥିବା ପରି।

ତୁମେ କ'ଣ ଜାଣ, ମୁଁ ତୁମର ସେଇ ଆପଣାର ମଣିଷମାନଙ୍କୁ ପର ବୋଲି ଭାବିପାରିନି ଆଜିଯାଏଁ। ତାଙ୍କୁ ଖୋଜେ, ଲୋଡ଼େ ମୁଁ ସେମାନଙ୍କ ଉପହାସକୁ ଖାତିର୍ ନକରି କେବଳ ସେମାନେ ତୁମର ନିଜର ବୋଲି। ମୋର କୌଣସି ଭୁଲ୍ ନଥାଇ ତାଙ୍କ ଆଗରେ ନଇଁଯାଏ, କ୍ଷମା ମାଗିନେଇ ସଂପର୍କ ବଞ୍ଚାଇବାକୁ ଚେଷ୍ଟାକରେ କେବଳ ସେମାନେ ତୁମର ପ୍ରିୟ ବୋଲି।

ଝିଅ ବି ତ ତା' ବାପାଙ୍କ ଆବର୍ତ୍ତମାନରେ ସ୍ୱୀକାର କରିଥିଲା ତୁମକୁ। ଦେଈଥିଲା ସେଇ ଉଚ୍ଚାସନ ଯେଉଁଠି ଝିଅଟିଏ କେବଳ ଓ କେବଳ ତା'ର ପିତାଙ୍କୁ ହିଁ ଦେଖିଥାଏ। ଏତେ ସବୁ ପରେ କେଉଁ କାରଣ ଥିଲା, ଯାହା ତୁମର ବାଟ ଓଗାଲି ଠିଆହେଲା ଏମିତି। ଏଭଳି ଆହୁରି ଅନେକ ପ୍ରଶ୍ନ ମୋତେ ବେଳ ଅବେଳରେ ଆସି ଖୁବ୍ କ୍ଷତାକ୍ତ କରନ୍ତି। ମୁଁ ପ୍ରଶ୍ନ ସବୁର ଉତ୍ତର ରଖେ ମୋ' ବାଗରେ, ବୁଝାଇନିଏ ନିଜକୁ। ଆଜି କିନ୍ତୁ ଖୁବ୍ ଅବୁଝା ହେଉଛି ଏଇ ମନ।

କ'ଣ କରୁଥିବ ତୁମେ। ଖୁବ୍ ଏକଲା ପଡ଼ି ଯାଇଥିବ ନା! ମୁଁ ଜାଣେ, ତୁମେ ଖୁବ୍ ଭଲ ପାଉଥିଲ ବୋଉଙ୍କୁ। ତୁମ ପ୍ରାଣଠାରୁ ଅଧିକ। ତାଙ୍କ ବିନା ଖୁବ୍ ଭାଙ୍ଗି ପଡ଼ିଥିବ ତୁମେ। ମୁଁ ଯାଇପାରୁନି ତୁମ ପାଖକୁ। ଫୋନ୍ କରି ଆଶ୍ୱାସନା ଭରା କଥା ପଦଟିଏ କହିପାରୁନି। ଏହାଠାରୁ ବଳି ଆଉ କ'ଣ ଦୁର୍ଭାଗ୍ୟ ଲେଖାଥାଇପାରେ ମୋ' ଭାଗ୍ୟରେ।

ମନେ ପଡ଼ିଲା ବୋଉଙ୍କର ହସ ହସ ମୁହଁ। ସେଇ ହସ ହସ ମୁହଁର ଅମୃତବୋଳା କଥା। ମାତ୍ର ଦୁଇଥରର ସୀମିତ ସାକ୍ଷାତରେ ତାଙ୍କଠାରୁ ପାଇଥିବା ଅନାବିଳ ଭଲପାଇବା। ଇଚ୍ଛା ହେଲା ଥରେ ମନ ଖୋଲି କାନ୍ଦିନେବା ପାଇଁ। ମୁଁ କାନ୍ଦିଲି ମୋ' ମନଭରି ସେଇ ମୋ'ର ଶୂନ୍‌ଶାନ୍ ଘରଟିରେ ଏକା ଏକା। ପୁଣି ଇଚ୍ଛା ହେଲା ବୋଉଙ୍କର ସେଇ ହସ ହସ ମୁହଁକୁ ଥରେ ଚୁମିଦେବା ପାଇଁ। ମୋର ସେଇ ଲୁହ ଜରଜର ମୁହଁରେ ମୁଁ ଜାକି ଧରିଲି ମୋବାଇଲ ଫୋନ୍‌କୁ। ଜାବୁଡ଼ି ଧରିଲି ସେଇ ମୋବାଇଲ ଭିତରର ବୋଉଙ୍କୁ ମୋ' ଅନ୍ତଃକରଣରେ ଠିକ୍ ତୁମରି ପରି। ଅବିକଳ ତୁମରି ପରି।

X X X

ଡାକ୍ତର କହିଲେ, 'ଡିହାଇଡ୍ରେସନ୍। ମେଡ଼ିସିନ୍ କାମ କରିବନି। ସାଲାଇନ୍ ଓ ଇଂଜେକ୍‌ସନ ହିଁ ଭରସା। ଦେଖାଯାଉ, କ'ଣ ହେଉଛି। ଆପଣ ଶିକ୍ଷିତ ହେଇ ସୁଦ୍ଧା...। ଗୋଟାଏ ଝାଡ଼ା ବାନ୍ତିରେ ଲୋକ କେମିତି ସିରିୟସ୍ ହେଇ ଯାଉଛନ୍ତି। ଏମିତିରେ କ'ଣ ଏତେ ଡେରି ଯାଏଁ ଘରେ ରଖାଯାଏ। ଫୁଡ୍ ପଏଜନିଂ କେସ୍।' ତାଙ୍କର କୌଣସି କଥା ଶୁଣାଯାଉ ନଥିଲା ମୋ' କାନକୁ। ଆଖି ବି ଜାଲୁଜାଲୁଆ ଦେଖାଗଲା। ଅସହାୟତାର ଚରମ ସୀମାରେ ମୁଁ, କ'ଣ କରିବି କ'ଣ ନ କରିବି କିଛି ବି ବୁଝିପାରୁନଥିଲି। ପାଖରେ ପଡ଼ିଥିବା ଖଟୁଲିଟି ଉପରେ ବସିପଡ଼ିଲି ଲଥ୍ କରି। ମନେ ପଡ଼ିଲେ ଈଶ୍ୱର। ମୋର ସେଇ ଥରଥର ହାତ ଦୁଇଟିକୁ ମୁଠାକରି ଆଖି ବନ୍ଦ କଲି। ତାଙ୍କୁ ହିଁ ସ୍ମରଣା କରି ମନେ ମନେ ଉଚ୍ଚାରିଲି, 'ଏଇ ମୋ'ର ଜୀବନର ଶେଷତମ ସମ୍ବଳ। ତୁମେ ହିଁ ଦେଇଛ, ତୁମକୁ ହିଁ ସମର୍ପୁଛି। ପ୍ରଭୁ ରକ୍ଷା କର।' ସାଲାଇନ୍ ଚାଲିଥିଲା। ଡାକ୍ତର କହିଲେ, ଆଉ ଡରିବାର ନାହିଁ। ଭଲ ହେଇଯିବେ। ତେବେ ମନେ ରଖନ୍ତୁ, ଏଭଳି କେସ୍ ହେଲେ ଘରେ ବେଶୀ ସମୟ ରଖିବା ଠିକ୍ ନୁହେଁ। ମୋ'ର ହୋସ ଫେରିଲା ବୋଧେ। ଏଥର ମନେ ପଡ଼ିଲ ତୁମେ। ହଁ ଯୋଗୀ, ତୁମେ। ମନେ ପଡ଼ିଲା ବି ବୋଉଙ୍କ ପାଟିରୁ ତୁମପାଇଁ ଶୁଣିଥିବା ଡାକ, 'ଯୋଗୀ'। ମୁଁ ତ ଜାଣିନଥିଲି ତୁମ ନାଆଁ ଯୋଗୀ ବୋଲି। ସେଇ ପ୍ରଥମ ସାକ୍ଷାତରେ ବୋଉଙ୍କ ମୁହଁରୁ ତୁମର ଏ ନାଆଁ ଶୁଣି ମୁଁ ଆଶ୍ଚର୍ଯ୍ୟ ହୋଇ ଚାହିଁଥିଲି। ସେଇ ଆଶ୍ଚର୍ଯ୍ୟଭରା ସ୍ୱରରେ ପୁଣି ଉଚ୍ଚାରିଥିଲି ଆନମନା ହେଇ, 'ଯୋ...ଗୀ...!'

ବୋଉ ବତାଇ ଚାଲିଥିଲେ ତୁମର ଯୋଗୀ ହେବାର କାରଣ। ଛୋଟବେଳେ ତା' ଦେହ ଖୁବ୍‍ ଖରାପ ହେଲା ତ ମୁଁ ତାକୁ ଯୋଗୀ ପୁଅ ହାତରେ ଟେକିଦେଇଥିଲି। ସେଇଦିନୁ ମୁଁ ତାକୁ ଡାକେ ଯୋଗୀ। ମୁଁ ବି ତ ମାଆଟିଏ ନା! ମା'ଙ୍କର ସେଇ ଅପତ୍ୟ ସ୍ନେହ ଛୁଇଁଯାଇଥିଲା ମୋ' ହୃଦୟକୁ। ସେଇଦିନୁ ମୁଁ ଯେବେ ବି ତୁମ ନାଆଁ ଏକା ଏକା ଉଚ୍ଚାରିଛି, ତେବେ ଉଚ୍ଚାରିଛି ଯୋଗୀ ବୋଲି। ଏ ମାଆର ସ୍ନେହ କେମିତିକା ସତରେ! ନିଜ ଛୁଆ ପାଇଁ ସବୁ ଅବିଶ୍ୱାସକୁ ଲଂଘି ସେ ବିଶ୍ୱାସର ବାନା ଉଡ଼ାଇପାରେ ଖୁବ୍‍ ଅନାୟାସରେ।

ଖୁବ୍‍ ମନେ ପଡୁଥିଲା ବୋଉଙ୍କର କଥା, ତୁମ କଥା ଯୋଗୀ! ସେ ନିର୍ଜନ ହସ୍ପିଟାଲର ଚାରିକାନ୍ତ ସାକ୍ଷୀ, ମୁଁ ଝୁରି ହେଉଚି ତୁମକୁ... କେବଳ ତୁମକୁ...। ତୁମେ ବିଶ୍ୱାସ କର ଅବା ନକର, କେହି ବି ନାହାନ୍ତି କେଉଁଠ... ବାସ୍, ତୁମ ପ୍ରେମ ହିଁ ଜଳୁଥାଏ ଦୀପଶିଖା ପରି।

ମନ ଆକୁଳ ହେଲା ତୁମକୁ ଝିଅ କଥା ଜଣାଇବା ପାଇଁ। ତେବେ ସବୁ ଯୋଗାଯୋଗର ମାଧ୍ୟମକୁ ଯେ କେବେଠାରୁ ବିଚ୍ଛିନ୍ନ କରିସାରିଛ ତୁମେ। ମୁଁ କିନ୍ତୁ ଅଟକି ଗଲିନି। ତୁମ ସଂପର୍କିତ ପ୍ରତ୍ୟେକଟି ମଣିଷଙ୍କ ସହ ଯୋଗାଯୋଗ କଲି। ଜଣାଇଲି, ଝିଅ କଥା। ତା' ଅସୁସ୍ଥତାର କଥା। ଏସବୁ କଥା କ'ଣ ପହଞ୍ଚିଥିବ ତୁମ ପାଖରେ। ପହଞ୍ଚିଥିବ କି ସେଇ ଭାବପ୍ରବଣତା ଓ ଭଲପାଇବାର ସହ। ଅବା ପହଞ୍ଚୁଥିବ ବେଶ୍‍ କିଛି ଛଳନା ଓ କପଟତାର ବେଶ ଘୋଡ଼ାଇ ହେଇ ଏକ ବିକୃତ ରୂପରେ। ଏଭଳି କୌଣସି ବି ପ୍ରଶ୍ନର ଉତ୍ତର ମୋ' ପାଖରେ ନାହିଁ। ତେବେ ମୋ'ର ଅନୁଭବ କହେ, ବୋଧେ ଏସବୁ ଗୋଟିଏ ଗୋଟିଏ କାରଣ ଆମ ସଂପର୍କ ଭିତରେ ଆସିଥିବା ଏଇ ଦୂରତାର।

ତୁମେ ନିଶ୍ଚୟ ଭାବୁଥିବ, 'ଛି... ଯେ କିଭଳି ପାଗଳାମୀ। ନିଜ ଛୁଆର କଥା ଇଏ ମୋତେ ଶୁଣାଉଛି କାହିଁକି ଯେ?' ମୁଁ ବି ଅନେକ ଥର ଆଶ୍ଚର୍ଯ୍ୟ ହେଇ ନିଜକୁ ପଚାରେ, 'ହଁ, ତ! ଜଣେ ଶୁଣିବାକୁ ଚାହୁଁନଥିବା ଲୋକକୁ ମୁଁ ମୋ' ଦୁଃଖ ଶୁଣାଇବାକୁ କାହିଁକି ଅବା ଉଚାଟ ହୁଏ। ଏମିତି ତ ଦୁନିଆରେ ଅନେକ ଲୋକ ଜଗି ବସିଛନ୍ତି, ଏକୁଟିଆ ସ୍ତ୍ରୀଲୋକର ଦୁଃଖ ବାଣ୍ଟି ତା'ର ପ୍ରିୟପାତ୍ର ହେବାପାଇଁ। ଘଡ଼ିକର ସାନ୍ନିଧ୍ୟ ପାଇବା ପାଇଁ। ତେବେ ସେମାନଙ୍କୁ ତ କେବେ ଆଡ଼ ଆଖିରେ ଚାହିଁବା ପରି ଇଚ୍ଛାଟିଏ ଆସିନାହିଁ ମୋ' ମନରେ। ପୁଣି ଏଠି କାହିଁକି ଏମିତି। ଅଯାଚିତ ଭାବେ ଜଣକୁ ଭଲ ପାଇବା ଟେକିଦେଇ ଅପମାନିତ ହେବାର ଅର୍ଥ କ'ଣ?'

X X X

ଝିଅ ଭଲ ହେଇ ଘରକୁ ଫେରିଲା ସିନା, ଖୁବ୍ ଦୁର୍ବଳ ହୋଇଯାଇଛି ତା'ର ଦେହ। ଖୁବ୍ ଦୁର୍ବଳ। ତାକୁ ଦେଖିଲେ ମୋ' ଦେହରୁ ପଶେ ରକ୍ତ ଶୁଖିଯାଉଚି। ତାକୁ କହିଲି, 'ଆ... ଗୋଡ଼ ଟିକିଏ ଘଷିଦିଏ।' ସେ ଦେଖାଇଦେଲା ଗୋଡ଼।

ସେ– ମା', ଏତେ ଥଣ୍ଡାରେ ଯିବାକୁ ଡର ମାଡ଼ିଲାନି ?

ମୁଁ– ନା !

ସେ– ମା'ମାନେ.. କାହିଁକି ଛୁଆମାନଙ୍କୁ ଏତେ ଭଲ ପାଆନ୍ତି ମୁଁ ବୁଝିପାରେନି।

ମୁଁ– ବୁଝିବୁ, ଯେବେ ନିଜେ ମାଆ ହେବୁ।

ସେ– କେତେ ଥଣ୍ଡା ଥିଲା ଦେଖତ, ଫେରିବାବେଳେ ତ ମୋତେ ଲାଗିଲା, ଆମେ ଘରଯାଏଁ ବୋଧେ ପହଞ୍ଚି ହିଁ ପାରିବାନି।

ମୁଁ– ଈଶ୍ୱର ଅଛନ୍ତି।

ସେ– ହଁ, ଯେ! ତଥାପି...! ନିଜେ ଭୁଲ୍ କରି ଈଶ୍ୱରଙ୍କ ଉପରେ ଦୋଷ ଲଦିଦେଲେ କ'ଣ ହୁଏ !

ମୁଁ– ଆଚ୍ଛା, ଡକ୍ତର ଅଙ୍କଲ୍ କ'ଣ କହିଲେ ଶୁଣିଲୁ ନା ?

ସେ– ହଁ !

ମୁଁ– ତୁ ମୋତେ କାହିଁକି ଜଣାଇଲୁନି। ରାତି କେତେବେଲୁ ଆରମ୍ଭ ହେଲା ଝାଡ଼ା ବାନ୍ତି।

ସେ– ଜଣାଇଲା ଯେ ନନ୍ଦିନୀ।

ମୁଁ– କେତେବେଲେ ? ସକାଳ ୪ଟା ବେଳକୁ ନା ! ବାନ୍ତି ଯେ ହେଉଥିଲା ଗୋଟାଏ ବେଲୁ। ହଁ କି ନା ?

ସେ– ହଁ।

ମୁଁ– କିଛି ହେଇଯାଇଥିଲେ ତୋ'ର ! (ମୁଁ କାନ୍ଦିଲି ଏଥର)

ସେ– ତୁମେ ଟିକିଏ ଟିକିଏ କଥାରେ ଡରିଯାଅ ନା ! ସେଇଥିପାଇଁ ସକାଳ ହେଉ, କହିବି ବୋଲି ଭାବିଥିଲି।

ମୁଁ– ଆଚ୍ଛା ! ଏବେ ତୁ କହିଲୁ, ଏ ଛୁଆଗୁଡ଼ା ମାଆମାନଙ୍କୁ ଏତେ ଭଲପାଆନ୍ତି କାହିଁକି ?

ଆମେ ଦୁହେଁ ହସିଉଠିଲୁ ଏକସଙ୍ଗେ।

ଏବେ ମୁଁ ଏଡ଼ାଇ ପାରୁନି ଏଇ ସୋସିଆଲ୍ ମିଡିଆର ଆକର୍ଷଣକୁ। ତୁମେ ଯେ ଦିଶିଯାଅ କେବେ କେମିତି ଏଠି ? ସେଦିନ ଏଠୁ ଖୋଜି ପାଇଥିଲି ବୋଉଙ୍କ ଚାଲିଯିବାର ଖବରର ସତ୍ୟତା। ଚାରିଦିନ' ନ ଯାଉଣୁ ସେଇଠି ପୁଣି ଦିଶିଗଲା ତାଙ୍କୁ

ଝୁରି ହୋଇ ଲେଖିଥିବା ତୁମର ମର୍ମଭେଦୀ କବିତା। ଶୀର୍ଷକ ପଢ଼ି ସେମିତି ଚମକି ଉଠିଲି ମୁଁ, 'ଶୂନ୍ୟଫର୍ଦ।'

'ଓଃ...ଏ କବିତାର ଶୀର୍ଷକକୁ ଯେ ମୁଁ ଜାଣେ ନିବିଡ଼ ଭାବେ ତାହା ପୁଣି ଖୁବ୍ ବର୍ଷ ପୂର୍ବରୁ। ବୋଧହୁଏ ସେବେଠାରୁ ଯେବେଠାରୁ କି...'! ମୁଁ ଯଦି ଏକଥା କୁହେ, ତୁମେ ନିଜକୁ ଅଧାରୁ କଥା ଟାଣିନେଇ ପଚାରିବ।

– କେବେଠୁ ?

ତା'ପରେ ଚାଲିବ ଆମର ପ୍ରଶ୍ନୋତ୍ତର। ମୁଁ କହିବି–

– ତୁମର କ'ଣ ମନେ ନାହିଁ ସତରେ ?

ତୁମେ– ନା !

ମୁଁ– ମିଛୁଆ।

ତୁମେ– ମିଛୁଆ ହେଲି କେମିତି ?

ମୁଁ– ଯେମିତି ତୁମେ ଗୋଟାଏ ଠକ, ଟାଉଟର, ଗାଲୁଆ– ଠିକ୍ ସେମିତି !

– ଆଚ୍ଛା ! ଏତେ ଗାଳି ସାଇତିଛ ନା ସମ୍ବୋଧନରେ।

– ହୁଁ...! ଆହୁରି ବି ଅଛି...।

ଏସବୁ ତ ପ୍ରେମ ଥିଲା ଗାଳିର ନାଆଁ ନେଇ। ଏକଥା ତୁମେ ବି ଜାଣ ଆଉ ମୁଁ ବି ଜାଣେ। ସେଦିନ କିନ୍ତୁ ତୁମର ଠଙ୍ଗ ମୁଁ ବୁଝିପାରିନଥିଲି। ଭୟରେ ଜଡ଼ସଡ଼ ହେଇ ଯାଇଥିଲି। ମୋରି ବାନ୍ଧବୀ ସହିତ ତୁମର ପ୍ରେମଭରା ଆଲାପକୁ ମୋତେ ସେ ପଢ଼ାଇଥିଲା ନିର୍ଭୟରେ। ମୁଁ ବି ପଢ଼ିଥିଲି ଖୁବ୍ ଆଗ୍ରହରେ। ପଢ଼ିସାରିବା ବେଳକୁ ମୋ' ସାରାଟା ମୁହଁ ରକ୍ତଶୂନ୍ୟ। ଛାତି ଭିତରଟା ସମ୍ପୂର୍ଣ୍ଣ ଶୁଷ୍କ ହେଇଗଲା ଯେମିତି। ମୋ' ମନରେ ଚାଲିଥିଲା ଗୋଟିଏ ହିଁ ପ୍ରଶ୍ନ, 'ମୁଁ ଥାଉ ଥାଉ ତୁମେ ଅନ୍ୟ କାହା ସହ ଏଭଳି କଥା କେମିତି ଥିବା ହେଇପାର' ସେଇ ମୁହୂର୍ତ୍ତରେ ମୋ'ର ଅନୁଭବ ହେଲା ଯେମିତିକି ସବୁକିଛି ମିଛ। ଏ ଦୁନିଆ ମିଛ। ପ୍ରେମ ମିଛ। ମିଛ ସଂସାର। ମିଛ ବି ସବୁ ସଂପର୍କ। ସବୁଠୁ ବଡ଼ ମିଛ ହେଲା ପ୍ରତି ମୁହୂର୍ତ୍ତରେ ମୁଁ ଅନୁଭବୁଥିବା ତୁମର ସେଇ ଭଲପାଇବା ଓ ପ୍ରେମ।

କ'ଣ କରିଥାନ୍ତି ମୁଁ ସେଇ ମୁହୂର୍ତ୍ତରେ। ଆମ ଭିତରେ ଯେ ସେଭଳି କୌଣସି ପ୍ରତିବଦ୍ଧତା ହେଲେ ନଥିଲା, ଏବେ କେଉଁ ଅଧିକାରରେ ମୁଁ ପଚାରିଥାନ୍ତି ତୁମକୁ ପ୍ରଶ୍ନ। ଲୋଡ଼ିଥାନ୍ତି ତୁମଠୁ ତୁମର ଏଭଳି ବ୍ୟବହାର ପାଇଁ ସ୍ପଷ୍ଟୀକରଣ। କିଛି ଜାଣିନପାରିବା, ବୁଝିନପାରିବା, କରି ନପାରିବାର ଅସହାୟତା ମାଡ଼ିବସିଲା ମୋତେ। ମୁଁ ମେସେଜରେ କେବଳ ଏତିକି ହିଁ ଲେଖିଲି, 'କିଛି ବୁଝୁନ ତ! ରୁହ, ଜାଣିବ ଯେ... କାଲି ଯଦି ମୁଁ ମରିଯାଏ।'

ଏ ଅଭିମାନ ଭରା କଥା କେଇପଦ କେବଳ ଓ କେବଳ ତୁମ ମନରେ ମୋ ପ୍ରେମକୁ କଲିବା ପାଇଁ ଥିଲା, ପ୍ରିୟେ। ତା' ଭିନ୍ନ ଆଉ ଅନ୍ୟ କିଛି ବି ନୁହେଁ। ତୁମେ କିନ୍ତୁ ଭାଙ୍ଗିପଡ଼ିଲ ମୋ'ର ଏଇ କଥା ପଦକରେ। ପଢ଼ିଲ, ସେତିକିବେଳର ତୁମ ଭାବାବେଗରେ ତୁମେ ଲେଖିଥିବା କବିତା 'ଶୂନ୍ୟଫର୍ଦ'। ମୁଁ ଅବାକ୍ ହୋଇ ରହିଗଲି ସେ କବିତା ପଢ଼ି। ହୁଏତ ବୁଝିପାରିଲି ମୋର ଭୁଲ। ବୁଝିପାରିଲି ପରିସ୍ଥିତି ଅନୁସାରେ ବନ୍ଧୁମାନଙ୍କ ସହ ଠଟାମଜାରେ ଅନେକ କଥା କହିଦେଇହୁଏ। ତାହା ବୋଲି ପ୍ରେମ ସରିଯାଏ ନାହିଁ କି ମରିଯାଏ ନାହିଁ ନିଜ ପ୍ରେମାସ୍ପଦ ପାଇଁ। ଆହୁରି ବି ବୁଝିପାରିଲି ଗୋଟିଏ ଗୁରୁତ୍ୱହୀନ କଥା ବି ଭୁଲ୍ ବୁଝାମଣା ସୃଷ୍ଟି କରି ଘଡ଼ିକରେ ଭାଙ୍ଗି ଦେଇପାରେ ଗୋଟିଏ ସୁନ୍ଦର ପରିବାର। ନଷ୍ଟ ବି କରିଦେଇପାରେ କେତେ କେତେ ଜୀବନ। ତିକ୍ତ କରିଦେଇପାରେ ଗୋଟିଏ ମଧୁରତମ ସଂପର୍କକୁ।

ମୁଁ ଖୁବ୍ ଅନୁତପ୍ତ ଥିଲି ମୋ' ବ୍ୟବହାରକୁ ନେଇ। ତେବେ ମୋ' ମନର ଏଇ ଭାବକୁ ତୁମ ପାଖରେ ପହଞ୍ଚାଇବା ପାଇଁ ମୋ ପାଖରେ ସାଧନ ନଥିଲା କିଛିବି। ମୁଁ ବାହାର କରିଥିବା ସବୁ ଯୋଗାଯୋଗର ମାଧ୍ୟମକୁ ତୁମେ ନାନା ଉପାୟରେ ଛିନ୍ନ କରିଦେଇଥିଲ ଗୋଟି ଗୋଟି କରି। ଅନ୍ୟ ଉପାୟ ନପାଇ ଏଇ ଦୀର୍ଘ ଛଅବର୍ଷ ଭିତରେ ମୁଁ ପ୍ରତ୍ୟେକଟି ମୁହୂର୍ତ୍ତ ମୋ'ର ଏକା ଏକା ହିଁ ଖୋଜିଛି ଆମ ଭିତରର ଏଇ ଦୂରତାର କାରଣ।

– ସତରେ କ'ଣ ହେଇପାରେ, ତୁମର ଏଇ ରୁଷ୍ଟତାର କାରଣ? କ'ଣ ହୋଇପାରେ ପୁଣି ତୁମ ଲିଖିତ ସେଇ କବିତା 'ଶୂନ୍ୟ ଫର୍ଦ'ର ଯଥାର୍ଥ।

ଏମିତି ହେଇପାରେ କି ଯେ ତୁମେ ଖୁବ୍ ଭଲପାଅ ମୋତେ। ମୋର ନଥିବାର ଦୁଃଖଦ ମୁହୂର୍ତ୍ତର ଭାବନା ହିଁ ତୁମକୁ ଥରାଇ ଦେଲା; ଯାହା ତୁମ ହାତରେ ଲେଖାଇନେଲା ଏଭଳି ମର୍ମଭେଦୀ କବିତା। ସତରେ, ମୋର ତୁମକୁ ଏମିତି ଭାବେ ମରିଯିବି ବୋଲି କହିବାର ନଥିଲା।

କିନ୍ତୁ ସତ କହିବି ଏସବୁ କଥା ଯେବେ ମନରେ ଆସିଛି, ଖୁବ୍ ଗର୍ବ ଆସିଛି ମୋ' ମନରେ ମୋ' ପ୍ରେମକୁ ନେଇ। ତୁମକୁ ଏ ଜୀବନରେ ପାଇଥିବାର ସୌଭାଗ୍ୟକୁ ନେଇ। କେତେବେଳେ ପୁଣି ଏମିତି ବି ଭାବିଛି, ଏମିତି ବି ତ ହେଇଥାଇପାରେ ଠିକ୍ ଏଇଭଳି କିଛି ଘଟିଥାଇପାରେ ତୁମ ଅତୀତରେ। ତୁମର କେହି ଆପଣାର ମଣିଷକୁ ହୁଏତ ତୁମେ ହରାଇ ଥାଇପାର ଏଭଳି ଏକ ସାଧାରଣ ଭୁଲ୍ ବୁଝାମଣା ଯୋଗୁଁ। ମୁଁ ଥରିଉଠିଛି ଭୟରେ ଯେତେବେଳେ ଭାବିଛି ଯେ ତୁମର ନିକଟ ସଂପର୍କୀୟ କେହି ଏଭଳି ଏକ ଛୋଟ ଘଟଣା ଯୋଗୁଁ ଅବିଶ୍ୱାସରେ ପଡ଼ି ହୁଏତ ଆତ୍ମହତ୍ୟା କରିଥାଇପାରନ୍ତି।

ଯେଉଁ ଭୟଙ୍କର ଦୁର୍ଘଟଣା ଆବୋରି ଧରିଛି ତୁମର ମନ ଓ ମସ୍ତିଷ୍କକୁ। ତେଣୁ ତୁମେ ଭୟ କରୁଛ ପ୍ରେମକୁ। ପ୍ରେମ ଭିତରେ ଲୁଚି ରହିଥିବା ଭରପୂର ଅବିଶ୍ୱାସକୁ।

ସତ କହିବି, ପ୍ରିୟ ? ଏ ପ୍ରେମ ନା ସତରେ ଏମିତି ହିଁ— କ୍ଷଣିକରେ ଭାଙ୍ଗି ଚୂର୍ମାର୍ ହେଇଯାଏ ଜୀବନଯାକର ବିଶ୍ୱାସ। ପୁଣି ସାରା ଜୀବନ ଜଳୁଥାଏ ବି ହୃଦୟ ଭିତରେ ଦିକ୍‌ଦିକ୍‌ ହେଇ। ଆମକୁ ସକଳ ସୁନ୍ଦର କରି ଗଢ଼ିବି ତୋଲେ, ପୁଣି ନିମିଷକେ ଲିଭାଇ ବି ଦେଇପାରେ ଜୀବନ ପ୍ରଦୀପ !

ଯେବେଯେବେ ମନରେ ଆସିଛି ପ୍ରେମର ଏଇ ଭଙ୍ଗାଗଢ଼ କଥା— ଥରିଉଠିଛି ମୋ'ର ଛାତି। ତୁମ ନିକଟରେ ମୋର ସବୁ ଆକୁଳତାକୁ ଅଜାଡ଼ି ଦେଇ କହିବାକୁ ଇଚ୍ଛା ହୋଇଛି, "ମରିଯିବା କଥା ସମ୍ପୂର୍ଣ୍ଣ ମିଛ ପ୍ରିୟ, ମୋ'ର ତ ଏ ଜୀବନ ଜିଇଁବାକୁ ଇଚ୍ଛା କେବଳ ତୁମରି ସାଥିରେ। ଏ ଜୀବନକୁ ସଂପୂର୍ଣ୍ଣ ଭୋଗିବାର ଇଚ୍ଛା ତୁମରି ଛାତିରେ ମୁଣ୍ଡ ରଖି। ଖୁବ୍‌ ବିଶ୍ୱାସ ବି ତୁମ ଉପରେ, କେବେ ନା କେବେ ତୁମେ ଆସି ନେଇଯିବ ମୋତେ ତୁମ ପାଖକୁ। ତୁମରି କରି।" ତାହା ତ ମିଠା ଅଭିମାନ ଭରା କଥା ଥିଲା ଆମ ପ୍ରେମକୁ ଦୃଢ଼ କରିବା ପାଇଁ; ତୁମ ଉପରେ ମୋ'ର ଏକଚାଟିଆ ଅଧିକାର ସାବ୍ୟସ୍ତ କରିବାପାଇଁ। ଯଦି ମୋ' କଥାରେ ତୁମେ କୌଣସିମତେ ଆଘାତ ପାଇଛ, ତେବେ ଶୁଣ ପ୍ରିୟ, କ୍ଷମା ମାଗୁଛି ହୃଦୟରୁ। ମୁଁ କହୁଛି— 'ମୋର ଭୁଲ୍‌ ହେଇଛି... ମୋର ଭୁଲ୍‌ ହେଇଛି... ମୋ'ର ଭୁଲ୍‌ ହେଇଛି...।'

ମୋର ଏଇ ସ୍ୱୀକାରେକ୍ତି କିନ୍ତୁ ପହଞ୍ଚି ପାରୁନି ତୁମପାଖଁ। ମୋ' ଘରର ଚାରିକାନ୍ତ ଭିତରେ ପ୍ରତିଧ୍ୱନିତ ହେଇ ପୁଣି ଫେରିଆସୁଛି ମୋ'ରି ପାଖକୁ।

ଆମ ଭିତରେ ଏଇ ଭାଙ୍ଗିଯାଇଥିବା ସଂପର୍କ ବୋଧହୁଏ ଆଉ କେବେ ଯୋଡ଼ି ହେବନାହିଁ। ହଁ, ଭଙ୍ଗା ଦର୍ପଣ କେଉଁଠି କେବେ ପୁଣିଥରେ ଯୋଡ଼ିହୁଏ ଯେ ? ହୁଏତ ଯୋଡ଼ିହୁଏ... ଖୁବ୍‌ ସ୍ନେହରେ, ସରାଗରେ ଯୋଡ଼ିଦେଇପାରିଲେ।

ତେବେ ଆମ ସଂପର୍କକୁ ତୁମେ ନେଇ ଠିଆ କରିଛ ସମୁଦ୍ରର ଦୁଇ ତଟରେ। ମୁଁ ମୋର ଲୋଡୁଥିବା ଆଉ କୌଣସି ବି ମୁହୂର୍ତ୍ତରେ ତୁମକୁ ପାଇବିନି ମୋ' ପାଖରେ। ତୁମେ ବି ତୁମର କୌଣସି ଦୁଃଖଦ ମୁହୂର୍ତ୍ତରେ ଆଉ ଖୋଜିବନି ମୋ'ର ସାନ୍ନିଧ୍ୟ। ଆମେ ବାଣ୍ଟିବାନି କିଛି ବି ଆମ ଭିତରର ସାଇତା ଅନୁଭବ। ...ନା ସୁଖ ନା ହିଁ ଦୁଃଖ। ଏହାଠାରୁ ଆଉ ଅଧିକ ଦୂରତା କ'ଣ ଅବା ଥାଇପାରେ ଗୋଟିଏ ପୃଥିବୀର ଦୁଇଟି ବାସିନ୍ଦାଙ୍କ ଭିତରେ। ଆମେ ହେଇଗଲେ ଏ ଦୁନିଆର ସର୍ବଶ୍ରେଷ୍ଠ ଦୁଇ ଅପରିଚିତ ମଣିଷ !

ଥାଉ, ମୁଁ ଭାବିଛି, ଏକଥାରେ ଦୁଃଖ କରିବି ନାହିଁ ଜମାରୁ। ଏ କଷ୍ଟ ତ ସେ କଷ୍ଟଠାରୁ କମ୍ ହିଁ ଯାହା ନିଜ ପ୍ରେମକୁ ବୁଝାଇବାକୁ ଯାଇ ମୁଁ ତୁମକୁ ଶୁଣାଇଥାନ୍ତି ଛି....ସେମିତି ପ୍ରେମରେ କାହିଁକି ଭରିବି ମୋ' ଜୀବନ ପୁଷ୍ପର ଫର୍ଦ୍ଦ, ଯାହା ମାଗିଲେ ମିଳେ...। ବୁଝାଇ, ଶୁଝାଇ ନିଜର କରିବାକୁ ପଡ଼େ।

X   X   X

ଝିଅ ଶୋଇଥିଲା ମୋ' କୋଳରେ। ତା' ଚୁଟିରେ ହାତ ସାଉଁଳାଇ ଆଣୁଥିଲି ମୁଁ। ପଚାରିଲି– ପନ୍ଦର ଦିନ ହେଇଗଲା ନା!

– ହଁ।

– ଏବେ ଦେହ ଠିକ୍ ଲାଗୁଛି ?

– ହଁ, ଚଲିବ !

– ହଷ୍ଟେଲ୍ ଯିବୁ ?

– ନା !

– କାହିଁକି ?

– ଇଚ୍ଛା ହେଉନି ଆଉ।

– ଏମିତି କହିଲେ ହେବ।

– ଇଚ୍ଛା ହେଉନି ଯଦି, କ'ଣ ଆଉ କହନ୍ତି ଯେ !

– ଆଉ ତୋ'ର ପଢ଼ାପଢ଼ି ?

– ଘରୁ ଯିବା ଆସିବା କରିବି।

– ଏତେ ଦୂରୁ ସବୁଦିନ ଯିବାଆସିବା। ଖୁବ୍ ଭିଡ଼ ପଡ଼ିବ ତୋତେ। ଏମିତି ନିଷ୍ଠୁରି ସବୁ କ'ଣ ଏତେ ଶୀଘ୍ର ନିଆଯାଏ। ମଜା କରୁଛୁ ନା କ'ଣ ?

– ନା, ମଜା ନୁହେଁ। ସତରେ କହୁଛି।

– କାହିଁକି ?

– ମୋତେ ଭଲ ଲାଗୁନାହିଁ ହଷ୍ଟେଲ୍। ମୋତେ ତୁମ ସାଙ୍ଗରେ ଘରେ ରହିଲେ ଭଲ ଲାଗେ। ଦେଖ, ଯାଉ ଯାଉ କେମିତି ଦେହ ଖରାପ ହେଇଗଲା।

– ଥରେ ସିନା ଦେହ ଖରାପ ହେଲା। ସବୁବେଳେ କ'ଣ ଏମିତି ହେବ ? ଆଜି ଟିକିଏ କଷ୍ଟ କରିଥିବୁ ଯଦି, କାଲି ନିଶ୍ଚେ ଜାଣିପାରିବୁ ଯେ ଏଇ ହଷ୍ଟେଲ୍ ରହଣୀ ତୋ'ର କେତେ କାମରେ ଆସିବ।

ଅଚାନକ ଗୋଟିଏ ଝଟକାରେ ଝିଅ ଉଠିପଡ଼ିଲା ମୋ' କୋଳରୁ। ମୁଁ କିଛି ମୁଁ ବୁଝିବା ପୂର୍ବରୁ ହିଁ ରଖି ସାରିଥିଲା ତା'ର ଦ୍ରୁତ ପ୍ରତିକ୍ରିୟା।

– ହଁ, ସତକଥା। ମୋର ପେକିଂ କରିଦିଅ, ମୁଁ ଯାଉଛି କାଲି ସକାଳୁ।

– କୁଆଡ଼େ ?

– ହସ୍ଟେଲ। ଆଉ କୁଆଡ଼େ ଯାଆନ୍ତି ?

– ଆରେ ! ମୁଁ କ'ଣ ତୋତେ କାଲି ଯିବାପାଇଁ କହିଲି କି ?

– ନା... ନା... ମୁଁ ଘରେ ରହିଲେ ଖୁବ୍ ଅସୁବିଧା ହେଉଛି ତୁମର। ମୁଁ ଶୀଘ୍ର ଚାଲିଯିବା ଉଚିତ।

– ଏ କେମିତିକା କଥା ମାମା !

– ସତ କଥା।

ସେ ଏତକ କହିଦେଇ ଚାଲିଗଲା ଝଡ଼ ପରି। ମୋ' ଛାତି ଭିତରେ ବି ବହିଗଲା ଝଡ଼ଟିଏ। କ'ଣ ହେଲା, କିପରି ହେଲା, କାହିଁକି ହେଲା... କିଛି ବି ବୁଝିପାରୁନଥିଲି ମୁଁ। ଇଏ ମୋର ସେଇ ଝିଅ, ମାମା ମୋ'ର ଯିଏ ଏ ଜୀବନର ସବୁ ଶୂନ୍ୟସ୍ଥାନକୁ ଭରିଦେଇଥିଲା ତା'ର ଚଞ୍ଚଳ ପଣରେ, ସ୍ନେହରେ, ଅନାବିଳ ଭଲ ପାଇବାରେ। ପନ୍ଦରଟି ଦିନର ଦୂରତା କ'ଣ ସତରେ ତାକୁ ଭୁଲାଇଦେଲା ଯେ ତା' ମାଆଟିର କେହିବି ନାହିଁ ଏଡ଼େ ବଡ଼ ଦୁନିଆରେ ତାକୁ ଛାଡ଼ିଦେଇ। ତାକୁ ତା' ନିଜଠାରୁ ବି ଅଧିକ ଭଲପାଏ ଏଇ ମାଆଟି ତା'ର। ସତରେ, ମଣିଷ କ'ଣ ଘଡ଼ିକରେ ପାସୋରିଯାଏ ସବୁ କିଛି; ସ୍ନେହ, ପ୍ରେମ, ମମତା, ଭଲପାଇବା। ମୋ ଭିତରେ ଅନେକ ପ୍ରଶ୍ନ ଘୁରି ବୁଲୁଥିଲା।

ମୁଁ ପଚାରି ପାରିଥାନ୍ତି ତାକୁ ମୋ' ମନରେ ଘୁରି ବୁଲୁଥିବା ପ୍ରତ୍ୟେକଟି ପ୍ରଶ୍ନ। ମୁଁ କିନ୍ତୁ ନୀରବ ରହିଲି। ସଂପୂର୍ଣ୍ଣ ନୀରବ। ନିଜକୁ ନିଜେ ପଚାରିଲି, ମୋ ପାଖରେ ଭାବ ଥିଲା, ଶବ୍ଦ ଥିଲା, ମୋ' ସ୍ନେହକୁ ତା' ପାଖରେ ପ୍ରକାଶି ଦେବା ପାଇଁ। ମୁଁ କିନ୍ତୁ କିଛି ନକହି ନୀରବ ରହିଲି। ସେ ମୋତେ ଭୁଲ୍ ବୁଝିଲା ! ମୁଁ ନିଜକୁ ତା' ସାମ୍ନାରେ ଚୁପ୍ ରହି ଭୁଲ୍ ବୋଲି ପ୍ରମାଣିତ ହେବାକୁ ଦେଲି। କ'ଣ ଠିକ୍ କଲି କି !'

ମୁଁ ମୋ' କଥାର ପ୍ରତ୍ୟୁତ୍ତରରେ ଛୋଟ ହସଟିଏ ହସିଦେବା ପାଇଁ ମୋ'ର ପାରୁପର୍ଯ୍ୟନ୍ତ ପୂର୍ଣ୍ଣ ପ୍ରାଣରେ ଚେଷ୍ଟା କଲି। ଅନେକ ଚେଷ୍ଟା ପରେ ହସି ସିନା ପାରିଲିନି, ତେବେ ନିଜକୁ ନିଜେ କହିଲି– "ତୁ ପୂରା ଠିକ୍ କରିଛୁ, ସନ୍ଧ୍ୟା। ଯେଉଁ ପ୍ରେମକୁ ଜଣେ ଅନୁଭବ ନକରିପାରେ, ତାକୁ ତୁମକୁ ଶବ୍ଦ ଦେଇ ବଖାଣିବାକୁ ପଡ଼େ... ତାହା କେବେହେଲେ ପ୍ରେମ ତ ନୁହେଁ। ଏଭଳି ସହସ୍ର ଶବ୍ଦଙ୍କ ଭିଡ଼ ଅପେକ୍ଷା ଖାଁ... ଖାଁ... ନୀରବତା... ଶୂନ୍ୟତା... ଭାରି ଆପଣାର ଲାଗେ।"

ଗୋଟିଏ ଅସରା ଗପ

ଶୁଭୁଥିଲା ଶଦ୍ଦ । ଠକ୍... ଠକ୍... ଠକ୍ । ଠକ୍... ଠକ୍... ଠକ୍ । କାହାର ଏ ଶଦ୍ଦ ?

– 'ଶିଳ୍ପୀ ତେବେ ସୁସ୍ଥ ।' ଖୁବ୍ ଧୀରଗଳାରେ ରାଣୀ କହିଲେ ଏତକ ।

– 'ହୁଁ ।' ରାଜାଙ୍କ ସ୍ୱରରେ ଅସ୍ଥିରତା ।

'ସେ ଯେ ପନ୍ଦରଦିନ ଧରି ଜଳ ସୁଦ୍ଧା ସ୍ପର୍ଶ କରିନାହାନ୍ତି । ତା'ପରେ ବି ସୁସ୍ଥ ଥିବେ ବୋଲି କେମିତି ଭାବିପାରୁଛ ତୁମେ ? ତାଙ୍କ ବୟସ କ'ଣ ଅନୁମାନ କରିପାରି ନ ଥିଲ କି ତୁମେ ?' – ରାଜାଙ୍କର ଏଇ ପ୍ରଶ୍ନ ରାଣୀଙ୍କୁ ବ୍ୟଥିତ କମ୍, ଉଦ୍ଘାଟିତ କଲା ଅଧିକ ।

ରାଣୀଙ୍କର ପାଲଟା ନାରୀସୁଲଭ ଉତ୍ସୁକତା ଭରା ପ୍ରଶ୍ନ– 'ତେବେ ଏ ସ୍ୱର ପୁଣି କାହାର ? ଶୁଭୁଛି ତ ଅନବରତ ଠକ୍... ଠକ୍... ଠକ୍ ।' କାନ ଡେରିଲେ ରାଣୀ । କାନ ଡେରିଲେ ବି ରାଜା ।

ହଁ ତ ! ଶୁଭୁଛି । ସତରେ ଶୁଭୁଛି ଅନବରତ, ସେଇ ଗୋଟିଏ ହିଁ ଶଦ୍ଦ, ଠକ୍... ଠକ୍... ଠକ୍ ।

ରାଣୀଙ୍କର ସଂଶୟଭରା ଅନୁରୋଧ – 'କବାଟ ଖୋଲନ୍ତୁ, ରାଜନ୍ । ଆମେ ଜଣେ ବୃଦ୍ଧ ଶିଳ୍ପୀଙ୍କର ଅନାହାର ମୃତ୍ୟୁର ପାପରେ ଭାଗୀଦାର ହେବାନି । ଦୟାକରି, ଏ ବନ୍ଦ ଦୁଆର ଖୋଲିବାର ଆଦେଶ ଦିଅନ୍ତୁ ।'

ରାଜା – 'ଏ କ'ଣ କହୁଛ, ରାଣୀ । ତୁମର କ'ଣ ସତରେ ମନେ ନାହିଁ ଶିଳ୍ପୀଙ୍କର ସର୍ତ ?'

– ସବୁ ମନେ ଅଛି । ଯଦି ମୂର୍ତ୍ତି ଗଢ଼ା ଅଧା ରହିବ, ରହୁ ରାଜନ୍ । ତେବେ

ଆମ ଯୋଗୁଁ କାହାର ପ୍ରାଣ ନ ଯାଉ । ତାହା ପୁଣି ରାଜନ୍ଙ୍କ ଆଶ୍ରିତ ଶିଳ୍ପୀଙ୍କର ଅନାହାରରେ ମୃତ୍ୟୁ । ଏ ପାପର ବୋଝ ଆମେ ମୁଣ୍ଡରେ ମୁଣ୍ଡେଇ ଚାଲିପାରିବା ତ ଆମର ବାକି ଜୀବନ ବାଟ ?

ରାଣୀଙ୍କର ଏ କି ଅଜବ ଜିଦ୍ ? ଏବେ କ'ଣ କରିବେ ରାଜା ? – ଏ ପ୍ରଶ୍ନ ଚିହ୍ନର ଉତ୍ତର ଯୁଗେ ଯୁଗେ ଲୋକଙ୍କୁ ମିଳିସାରିଛି । ସଭିଏଁ ଜାଣନ୍ତି, ସବୁଦିନେ କଥା ରହେ ରାଣୀଙ୍କର । ରାଜାଙ୍କ ଭାଗ୍ୟରେ ଲେଖା ଥାଏ କେବଳ ଗ୍ଲାନି ଓ ପଶ୍ଚାତାପ । ଈଶ୍ବର ତାଙ୍କର ଅଧାଗଢ଼ା ରୂପରେ ବିରାଜନ୍ତି ରତ୍ନ ସିଂହାସନରେ ।

ଜଗତ୍‌ବାସୀ, ଜଗନ୍ନାଥଙ୍କର ଏ ଅଧାଗଢ଼ା ରୂପରେ ବିମୋହିତ ହୁଅନ୍ତି । ଦୁନିଆଁ କହେ, ଈଶ୍ବର ତ ଅସଂପୂର୍ଣ୍ଣ... ଆଉ ଆମେ କିଏ ? ଛାର ମଣିଷ ହିଁ ତ ! ସେ ଯଦି ତାଙ୍କର ଅଧାଗଢ଼ା ରୂପ ନେଇ ବିଶ୍ବବିଦିତ, ଚଲାଉଅଛନ୍ତି ଏତେ ବଡ଼ ବିଶ୍ବ ବ୍ରହ୍ମାଣ୍ଡ ତେବେ ଆମେ ଆମର ଅସଂପୂର୍ଣ୍ଣତାକୁ ନେଇ ମିଛରେ ଭାଲି ହେବା କାହିଁକି ? ଚାଲ, ଉତ୍କଳବାସୀ ! ମାପ ନିଜ କ୍ଷମତାକୁ । ନିଜ ପୂର୍ବଜଙ୍କ ଦଉ ଚଲଣି, ସଂସ୍କୃତିକୁ ନେଇ ଗର୍ବ କରିବା ଶିଖ । ଯାହା ଦେଇଛନ୍ତି ଈଶ୍ବର ତାକୁ ନେଇ ବିଶ୍ବ ବନ୍ଦିତ ହୁଅ । ହୁଅ, ଜଗନ୍ନାଥଙ୍କ ଆଶିଷରେ ତାଙ୍କ ଧର୍ମ, ସଂସ୍କାର, ସଂସ୍କୃତିର ପରିଚାୟକ ।

ସ୍ବରା ହାତ ଉଠାଇ, ମୁଣ୍ଡ ନୁଆଁଇ ପ୍ରଣାମ କଲା ସେଇ କାଳିଆ ଠାକୁରଙ୍କ ଉଦ୍ଦେଶ୍ୟରେ ।

X X X

ଏ ଗଳ୍ପର ଏହା ଆରମ୍ଭ ମାତ୍ର । ହଁ, ଏଇଠୁ ହିଁ ଆରମ୍ଭ ହୁଏ ଗୋଟିଏ ଅଧାଗଢ଼ା କାହାଣୀ । ଏ ଗଳ୍ପର ନାୟିକା କିଏ, ଜାଣିବାକୁ ଚାହଁ କି ? ଶୁଣ ତେବେ, ମୁଁ ସ୍ବରା, ନାୟିକା ଏଇ କାହାଣୀର । ତୁମେ ଖୋଜୁଛ କି ଏ ଗଳ୍ପର ନାୟକଙ୍କୁ ? ଚାଲ, ତୁମ ଖୋଜିବାପଣ ଏମିତି ହଁ ଜାରି ଥାଉ । ଖୋଜିବାପଣରେ ହିଁ ତ ଲୁଚିଥାଏ ଯେତକ ଖୁସି । ତୁମର ଏ ଖୁସିକୁ, ଆନନ୍ଦକୁ ମୁଁ ଅବା ହରିନେବି କାହିଁକି ?

ୱାନ୍... ଟୁ... ରେଡ଼ି... ଥ୍ରୀ... । ସ୍ଟାର୍ଟ.... । ଲେଟ୍ ଅସ ଓପନ୍ ଦ୍ୟାଟ୍ ଦ ସ୍ଟୋରୀ ହାସ୍ ଆନ୍ ହ୍ୟାପି ଏଣ୍ଡିଂ ।

X X X

ହଁ, ଏ କାହାଣୀର ଏଣ୍ଡିଂ ହ୍ୟାପି ନିଶ୍ଚୟ । କାରଣ, ଏ କାହାଣୀର ଶେଷ ଦୃଶ୍ୟରେ ଶିଳ୍ପୀଙ୍କ ମୁହଁରେ ଚେନାଏ ହସ ଓ ତାଙ୍କ ସୃଷ୍ଟିରେ ଦୃଶ୍ୟମାନ ଥିଲା ତାଙ୍କର ଅପୂର୍ବ କଳା କାରିଗରିର ନିପୁଣତା ।

ଆରମ୍ଭରୁ ଗୋଟିଏ କାହାଣୀର ଶେଷକୁ ଚାଲିଯିବା କେତେ ଠିକ୍ ପୁଣି କେତେ

ଭୁଲ୍? ଠିକ୍, ଭୁଲ୍ କଥା ନ ଧରିଲେ ବି ଏହା ଘୋର ଅନ୍ୟାୟ ସତେ ପାଠକଟିଏ ପାଇଁ। ହଉ, ଚାଲ ଯିବା ତେବେ ଆରମ୍ଭକୁ।

ଗଳ୍ପର ଆରମ୍ଭରେ ମୋ ଆଖିରୁ ଲୁହଧାର ଶୁଖା ନ ଥିଲା ଜମାରୁ। ମୁଁ କିଏ? କହିଛି ତ! ମୁଁ ସ୍ୱରା! ହଁ, ଏଯାଏଁ ଏକଥା କହିନି ଯେ ମୁଁ ଶଙ୍ଖା ମଲମଲ ସୁନ୍ଦର ପଥର ମୂର୍ତ୍ତିଟିଏ। ନା, ସତ କହିବାକୁ ଗଲେ ମୁଁ ସୁନ୍ଦର ରୂପଟିଏ ପାଇନି ଏଯାଏଁ। ସମୟକୁ ଅପେକ୍ଷା କରିଛି, ଯେହେତୁ ଶିଳ୍ପୀଙ୍କ ଉପରେ ମୋର ଅଗାଧ ବିଶ୍ୱାସ। ମୋର ବିଶ୍ୱାସ ଯେ ମୋ ବିଶ୍ୱାସକୁ ସେ ଭାଙ୍ଗିବାକୁ ଦେବେନି କେବେ। ହଁ, ଏବେ ପାଇଁ ତ ଚାହିଁଦେଲେ ସଭିଙ୍କ ଆଖି ଲାଖିଯିବା ପରି ସୁନ୍ଦର କିନ୍ତୁ ସାଧାରଣ ପଥର ଖଣ୍ଡେ ମୁଁ।

'ଏ ପଥରକୁ ସୁନ୍ଦର ରୂପଟିଏ ଦେଇ ପାରିବି ତ!' – ଚିନ୍ତା କରୁଥିଲେ ଶିଳ୍ପୀ। ଶିଳ୍ପୀଙ୍କ ସାମ୍ନାରେ ଥୁଆ ହେଇଥିଲା ପଥରଟିଏ। ନିଟୋଲ, ଚିକ୍କଣ, ତୋଫା ଗୋରା ଗହମ ରଙ୍ଗର ପଥର ଖଣ୍ଡେ। 'ଏମିତିରେ ତ ଆଖି ଲାଖିଯିବା ପରି ସୁନ୍ଦର, ତାକୁ ପୁଣି ଆହୁରି ଗଢ଼ିବି କ'ଣ!' – ଏୟା ଥିଲା ତାଙ୍କ ମନର ଭାବନା। ହାତ ଥରୁଥିଲା ତାଙ୍କର। ଯଦି ଅଗଡ଼ଣ ହେଇଯାଏ। ଯଦି କିଛି ଭୁଲ୍‍ଭାଲ୍ ହେଇଯାଏ। ଯଦି ତାକୁ ସଠିକ୍ ରୂପଟିଏ ଦେଇ ନ ପାରନ୍ତି ସେ... ତା'ହେଲେ..। ତାଙ୍କର ଏ ଭୁଲ୍ ପାଇଁ ପ୍ରାୟଶ୍ଚିତ ଅଛି ତ ତାଙ୍କ ପାଖରେ। ଥରୁଥିଲା ତାଙ୍କର ହାତ। ବାହାରିଆସିଲା ଏକ ଦୀର୍ଘଶ୍ୱାସ। ତାଙ୍କର ସେଇ ଦୀର୍ଘଶ୍ୱାସର ଭାରରେ ପଥର ଖଣ୍ଡିକ ମଧ୍ୟ ଥରିଗଲା ଅଛ। ଶିଳ୍ପୀ ନିଜକୁ ପ୍ରବୋଧନା ଦେଇ କହିଲେ, ଆଉ ଟିକିଏ ଶକ୍ତ ହେବାକୁ ପଡ଼ିବ ମୋତେ। ମୁଁ ଯେ ଶିଳ୍ପୀଟିଏ। ଶିଳ୍ପୀ ଯଦି ନିଜକୁ ପଥର ନ କରେ, ସେ କ'ଣ କେବେ ଭରିଦେଇ ପାରିବ ପଥରରେ ଜୀବନ! ଶୁଭେଚ୍ଛା ଘେନା କର ଶିଳ୍ପୀବର। ଏ ଗପ ନିଶ୍ଚେ ଆଗକୁ ଆହୁରି ଲମ୍ବିଛି।

X X X

ସବୁ ଶିଳ୍ପୀ କବି ନୁହନ୍ତି। ସବୁ କବି କିନ୍ତୁ ଶିଳ୍ପୀ; ସ୍ରଷ୍ଟା। ସେ କବିଟିଏ ଥିଲେ। ସ୍ରଷ୍ଟା ସେ, ଶିଳ୍ପୀ ସେ... ତାଙ୍କୁ ତାଙ୍କର ଶିଳ୍ପକଳାର ନିପୁଣତା, ଚମକ୍କାରିତା ଏ ଦୁନିଆକୁ ଦେଖାଇବାର ଥିଲା। ଗଢ଼ିବାର ଥିଲା ନିଜ ମନଲାଖି କବିତାଟିଏ, ପ୍ରେମିକାଟିଏ। ତାଙ୍କର ପ୍ରଥମ ନିହଣ ଟୋଟରେ ମୋ ମୁହଁରୁ ଛିଟିକି ପଡ଼ିଲା ଆର୍ତ ଚିତ୍କାରଟିଏ। ମୁଁ ଦୁଃଖରେ, ଯନ୍ତ୍ରଣାରେ ଚିତ୍କାର କରି ଉଠିଲି। କହିଲି, 'ଆଃ... ଖୁବ୍ କଷ୍ଟ ଦେଉଛ ଶିଳ୍ପୀ।' ମୋ ପଥର ହୃଦୟ ଥରି ଉଠିଲା। ଝରିପଡ଼ିଲା ଟପ୍... ଟପ୍... ହେଇ କେଇ ବୁନ୍ଦା ଲୁହ। ସେ ପୋଛିଲେନି ମୋ ଆଖିଲୁହ। ବୁଝାଇବା ଭଲି କଥା ପଦୁଟିଏ ବି

କହିଲେନି ଆଦରରେ। ରୁପ୍ ହେଇ ଅପଲକ ଆଖିରେ କେବଳ ଦେଖି ଚାଲିଥିଲେ ମୋ ଯନ୍ତ୍ରଣା ଜର୍ଜରିତ ମୁହଁକୁ। ମୁଁ ନିରବି ଗଲି ଯେତେବେଳେ ସେ କହୁଥିବା କଥା ପଦଟି ଶୁଣିଲି, 'ଆଖିରୁ ଲୁହ ସବୁ ଝରିଗଲେ ଆଖି ସହ ମନ ବି ସଫା ହେଇଯାଏ।' ଏକଥା ଶୁଣୁଥିବା ଶ୍ରୋତାମଣ୍ଡଳୀ ମୋ ଦୁଃଖରେ ସମଦୁଃଖୀ ହେଲେ। ଆହା... ରୁ...ରୁ... ବି କଲେ। ଶିଳ୍ପୀଙ୍କୁ କଟାକ୍ଷଭରା ପ୍ରଶ୍ନ ମଧ ପଚାରିଲେ, "ଓଃ... ଏଇଥିପାଇଁ ତୁମେ ଲୋକଙ୍କୁ କନ୍ଦାଉଛ କି କବି ?"

ସତ କହିବାକୁ ଗଲେ, ମୁଁ ଅନୁଭବ କଲି ଯେ କିଛି ଆପଣାର ବନ୍ଧୁ ପାଇଲି ମୁଁ ଏଥର। ଯେଉଁମାନେ ଅଣଦେଖା ନକରି ପଥର ଆଖିରୁ ବହି ଆସୁଥିବା ଲୁହକୁ ବି ପୋଛିବାକୁ ହାତ ବଢ଼ାନ୍ତି, ସେମାନେ ହିଁ ତ ତା'ର ବନ୍ଧୁ! ପ୍ରକୃତ ବନ୍ଧୁ।

'ଆଉ ପ୍ରେମ ?'

ମୋ ଦେହରେ ଏ ଦୁନିଆକୁ ଦେଖିବାକୁ ଚିହ୍ନିବାକୁ ଯିଏ ଖଞ୍ଜିଦେଲେ ଦୁଇଟି ଆଖି, ତାଙ୍କ ଭିନ୍ନ ଆଉ କାହା ପ୍ରେମରେ ଅବା ପଡ଼ିପାରେ ମୋର ଏ ଦୁଇଟି ଆଖି। ମୋତେ ଯେ ପଥରରୁ ମୂର୍ତ୍ତି, ନାରୀରୁ ଦେବୀ କରି ଗଢ଼ି ତୋଳିବାର ଆସ୍ପର୍ଦ୍ଧା କରିଥିଲେ ସେ ତ ସେଇ କବି ହିଁ, ତେଣୁ ମୁଁ ପ୍ରେମ କଲି ତାଙ୍କୁ, ସେଇ କବିଙ୍କୁ ହିଁ।

'ତେବେ କବି ଓ ପ୍ରେମ ?' – ଏଇଠି ହିଁ ଏକ ଦୀର୍ଘ ପ୍ରଶ୍ନବାଚୀ। ସେ ଯାହାହେଉ, କବି ଆଉ ଟିକିଏ ଶକ୍ତ କଲେ ନିଜକୁ। ତାଙ୍କୁ ଯେ ଗଢ଼ି ଦେବାକୁ ହେବ ଏ ପଥର ଦେହରେ ଦୁଇଟି ହାତ। ଦୁଇଟି ହାତ, ଯାହା ହେଇଥିବ ଟିକିଏ କୋମଳ ପୁଣି ଟିକିଏ ଶକ୍ତ। ବେଳେବେଳେ ସେଇ କୋମଳ ହାତ ଦୁଇଟି ଦେଇ ପାରୁଥିବ ଅଭୟ ବର। ଠିଆ ହେଇଥିବ ଆଶ୍ୱାସନାର ମୁଦ୍ରାରେ। ସବୁବେଳେ କିନ୍ତୁ ନୁହେଁ। ଏ ଦୁନିଆ ଯେ ଭାରି ଖରାପ। ଏକଥା ଖୁବ୍ ଭଲ ଭାବରେ ଜାଣନ୍ତି ଏଇ ଖୁବ୍ କମ୍ କଥା କହୁଥିବା ଓ ଅଧିକ ନିଜ ଭିତରେ ବୁଡ଼ି ରହୁଥିବା କବି ଶିଳ୍ପୀ ଜଣକ। ହଁ, ଏକଥା ବି ତାଙ୍କୁ ଜଣା ଯେ ମୋ ହାତ ଦୁଇଟି ଗଢ଼ିବାର ଅଛି ତାଙ୍କୁ ଖୁବ୍ ଶକ୍ତ କରି। ସେ ହାତ ଦୁଇଟିରେ ପୁଣି ଧରାଇଦେବାର ଅଛି ଏଭଳି ଏକ ଅସ୍ତ୍ର, ଯାହାକୁ ଦେଖି ଚମକିଯିବ ଏ ସଂସାର। ଧୀର ସ୍ୱରରେ ଜଣେ ପଚାରିବ ଆନ୍‌କୁ, 'ଓଃ... ନାରୀର ଦେବୀ ରୂପ ତେବେ ଏମିତି !'

× × ×

ମୁଁ ସ୍ୱରା! ନାରୀଟିଏ। ନାରୀଟିଏ ଯଦିଓ ବିଭକ୍ତ ଅନେକ ଭାଗରେ, ଏ ଗଳ୍ପରେ ମୁଁ ବିଭକ୍ତ ଦୁଇଟି ଭାଗରେ। କେବେ ଗଳ୍ପ ନାୟିକା ତ ପୁଣି କେବେ ଗାଳ୍ପିକା। ଆଶ୍ଚର୍ଯ୍ୟ ହେଉଛ କି ? ହୁଅନା! ମୋତେ ଗଢ଼ିଥିବା ଶିଳ୍ପୀ ଯଦି ମୋ ହାତରେ

ତ୍ରିଶୂଳ ନ ଧରାଇ, ଧରାଇ ଦେଇଛନ୍ତି ତ୍ରିଶୂଳଠାରୁ ଅଧିକ ଶକ୍ତିଶାଳୀ ଅସ୍ତ୍ରଟିଏ, କଲମଟିଏ, ତେବେ ସେ କଲମ କ'ଣ ଦେଖାଇବନି କି ତା'ର ଚମତ୍କାରିତା! ତା'ର ସାମର୍ଥ୍ୟ କେତେ ଜାଣିନା କି ତୁମେ? କେମିତି ଆଉ ବସି ରହିପାରନ୍ତ ଯେ ଚୁପ୍ ମାରି, ତୁମେ କୁହ! ତେଣୁ ମୁଁ ମୋ' କଲମ ମୁନରେ ଆଙ୍କେ ଚିତ୍ରଟିଏ।

ତାହା କେବେ କେମିତି ଗଛଟିଏ ହୁଏ। ପ୍ରେମ ଗଛ। ଯହିଁ ଦିଶେ ଦୁଇଟି ପ୍ରତିଛବି। ଗୋଟିଏ ଶିଳ୍ପୀ ଆରଟି ମୂର୍ତ୍ତି। ଜଣେ ନାୟକ ଆରଟି ନାୟିକା। ଜଣେ କବି ଆରଟି ଗାୟିକା।

ଜଣେ କବିଙ୍କର ଆକାଂକ୍ଷିତ ଅଭିମାନିନୀ ମାନସ କନ୍ୟା ଓ ଆନ ଜଣକ ଗାୟିକା ନାୟିକାଟିର ଇପ୍ସିତ ଅହଂକାରୀ ସ୍ୱପ୍ନ ପୁରୁଷ।

ମୁଁ ସ୍ୱରା। ମୁଁ ଚାଲୁଥିବା, ବୁଲୁଥିବା ବେଳେ ମୋ ସହ ଚାଲୁଥାଏ, ବୁଲୁଥାଏ ଦୁଇଟି ଆଖି। ଯେବେ ସେ ଆଖି ଦୁଇଟି ପ୍ରେମ ସରସର, ମୁଁ ଲେଖେ ପ୍ରେମ ଗପ। ଯେବେ ସେ ଆଖି ଦୁଇଟି ରାଗ ଜରଜର, ମୁଁ ଥୁଏ କଲମ ମୋର। ଖୋଜେ ମୋର ଦୋଷ। ସଜାଡ଼େ ନିଜକୁ। ଦିନେ ମୁଁ ସେ ଆଖି ଦୁଇଟିରେ ମୋ ପାଇଁ ଧିକ୍କାର ଦେଖିଲି।

'ମୁଁ କ'ଣ ସତରେ ଧିକ୍କାର ଯୋଗ୍ୟା କି ଶିଳ୍ପୀ? ପ୍ରେମ କ'ଣ ଲୋଡ଼େ କି ବିଶ୍ୱସ୍ତା? ପ୍ରେମ କ'ଣ ବୁଝେ ନାହିଁ ଭାଗ୍ୟର ବିଡ଼ମ୍ବନା! ଅବିଶ୍ୱାସ କରେ ବିଧିର ବିଧାନକୁ?' – ମୋ ମନରେ କେତେ କେତେ ପ୍ରଶ୍ନବାଚୀ!

ଏଇ ଶିଳ୍ପୀ, ଥୋଇଦେଲି ମୋର ନିହଣ। ଯାହା ଦଣ୍ଡଦେବ ଦିଅ। ମଥାପାତି ସ୍ୱୀକାରିଲି। ତେବେ ତା' ପୂର୍ବରୁ ମୋ ପ୍ରଶ୍ନର ଉତ୍ତର ଦିଅ।

ତୁମର ଜୀବନ୍ୟାସ ପୂର୍ବରୁ ଏ ପଥର ଦେହରେ କ'ଣ ସତରେ ଜୀବନ ନ ଥିଲା? ଯଦିଓ ଜନ୍ମରୁ ନାରୀଟିଏ ଓ ପଥରଟିଏ ସମାନ। ତଥାପି କେଉଁଠି ତ ପୁଣି ରହୁଛି ନା ଅନ୍ତର! ପଥର ତ ପଥର, ତାକୁ କଷ୍ଟ ହୁଏନା। ନାରୀର କିନ୍ତୁ ସ୍ନେହାର୍ଦ୍ର ହୃଦୟଟିଏ ଅଛି, ଯାହାକୁ ଛୋଟ ଛୋଟ କଥାରେ ଖୁବ୍ କଷ୍ଟ ହୁଏ। ସେ ଅନ୍ୟ କାହା ଯାଏଁ ସେ କଷ୍ଟ ନ ପହଞ୍ଚୁ ଭାବି ନିଜକୁ ପଥର କରେ ସିନା ତେବେ ଏକଥା ମଧ୍ୟ ସତ ଯେ ତା' କଷ୍ଟକୁ ସେ ପାଲେ। ନିଜ ପ୍ରିୟ ପୁରୁଷଟି ପାଖରେ ସେଇ କଷ୍ଟଟକ କହିବାକୁ ବ୍ୟାକୁଳ ବି ହୁଏ। ମୁଁ ବି କହିବାକୁ ଚାହିଁଥିଲି ତୁମକୁ, ମୋ ଜୀବନରେ ଭୋଗିଥିବା ପ୍ରତ୍ୟେକଟି ଦୁଃଖ, ଅବହେଳା, ଯାତନା, ଯନ୍ତ୍ରଣା। ତୁମ ପାଖରେ ନଥିଲା ସମୟ ନା ନଥିଲା ବି ଧୈର୍ଯ୍ୟ। ତେବେ ଥିଲା କ'ଣ? ଏ ପ୍ରଶ୍ନର ଉତ୍ତର ମୁଁ କହିଦିଏ ଶିଳ୍ପୀ – ପ୍ରେମ ନ ଥିଲା ତୁମ ମନରେ। ହଁ, ପ୍ରେମ ହିଁ ନ ଥିଲା। ଥିଲା ଯଦି ତାହା

ଥିଲା। କେବଳ ଜଣେ ଶିଳ୍ପୀର, ସ୍ରଷ୍ଟାର ଏକ ନିଖୁଣ ଶିଳ୍ପକଳା ଗଢ଼ି ଦେଖାଇବାର ଅହଂକାର ମାତ୍ର। ଯାହାକୁ ମୁଁ ଏତେ ଦିନ ଧରି ପାଲୁଥିଲି ପ୍ରେମର ନାଆଁ ଦେଇ। ତେବେ ସତକଥା ଏୟା ଯେ ଯେଉଁ ଆଖିରେ ପ୍ରେମ ଥାଏ, ସେଠି ଧିକ୍କାର ନ ଥାଏ କେବେ ନିଜ ପ୍ରେମକାଟି ପାଇଁ। ଥାଏ ଯଦି ଥାଏ କେବଳ ସ୍ନେହ, ଶ୍ରଦ୍ଧା, କ୍ଷମା ଆଉ ଅଖଣ୍ଡ ବିଶ୍ୱାସ। ଯହିଁ ପରୀକ୍ଷା କରିବାକୁ ମନ ବଳେ ସେଇଟି ତ କେବଳ ଓ କେବଳ ଛଳନା। ତୁମର ଏ ଛଳନାକୁ କିନ୍ତୁ ମୁଁ ପ୍ରାଣଭରି ଭଲପାଇଛି ଶିଳ୍ପୀ। ତେଣୁ ଦୁଃଖ ନାହିଁ କି ଅବସୋସ ବି ନାହିଁ। ନିଅ, ପ୍ରେମ ଘେନା କର। ଶୁଭେଚ୍ଛା ତୁମକୁ, ଏ ଗପ ଆଗକୁ ଆହୁରି ଲମ୍ବିଛି।

× × ×

ତୁମର ଛଳନା ଭିତରେ ବି ସ୍ୱରା ଖୋଜିଥିଲା ନିଜକୁ। ଭଲ ପାଇବାକୁ ଚାହିଁଥିଲା ତୁମକୁ। ଆଦରିବାକୁ ଚାହିଁଥିଲା ତା'ର ଯାବତୀୟ ଦୁର୍ଭାଗ୍ୟ ଭିତରେ ତୁମକୁ ଭେଟିଥିବା ପରି ତା' ଜୀବନର ଏକମାତ୍ର ସୌଭାଗ୍ୟକୁ। ତୁମର ସବୁ କଟାକ୍ଷ ଭିତରେ ବି ଖୋଜିଥିଲା ପ୍ରେମ। ସେ ଯଦି ନିଜ ଇଚ୍ଛାରେ ନିଜ ପାଇଁ ବାଛିଥିଲା ତୁମକୁ, ତେବେ ତୁମ ପ୍ରେମ ପାଇବା ପାଇଁ ଆଶା ରଖିବ କାହିଁକି ? ତୁମେ ତାକୁ ପ୍ରେମ ଫେରସ୍ତ ନ ଦେଲ ବୋଲି ମନ ବି ଉଣା କରିବ କାହିଁକି ?

ସେ ମନଉଣା କରୁନି, ବରଂ ତୁମେ ଦେଇଥିବା ଅନୁଭବମାନଙ୍କୁ ସେ ଗଳ୍ପର ରୂପ ଦେଇ ସାଇତି ରଖୁଛି। ଠିକ୍ କରୁଛି ନା ? ଦେଖ, ଆଜି ମୋ ହାତରେ ତୁମର ପ୍ରେମ ଉପହାର, ବହି... ଗପ ବହି। ବହି, ତୁମର ଓ ମୋର। ବହି ଆମ ପ୍ରେମ କାହାଣୀର। ତୁମେ ଶିଳ୍ପୀ, ସ୍ରଷ୍ଟା ଓ ମୁଁ ତୁମର ସୃଷ୍ଟି। ଆମ ଦୁହିଁଙ୍କ ପ୍ରେମର ସନ୍ତକ ଏ ବହି ଓ ତା' ଭିତରେ ଗୁନ୍ଥି ହେଇ ରହିଥିବା ପ୍ରେମଗନ୍ଧ ସବୁ। ଖୁବ୍ ଇଚ୍ଛା ହେଉଛି, ତୁମରି ହାତରେ ଟେକିଦେବା ପାଇଁ ଏଇ ମୋର ପ୍ରିୟ ସୃଷ୍ଟିମାନଙ୍କୁ। ନିଜ ଇଚ୍ଛାମାନଙ୍କ ଉପରେ କିନ୍ତୁ ଲଗାମ ଲଗାଇବାକୁ ପଡ଼େ। ମୋର ଏଇ ଉଚ୍ଛାଟ ମନରେ ତା' ବେଲଗାମ୍ ଦୌଡ଼ରେ ଲଗାମ୍ ଲାଗିଲା ଠିକ୍ ସେତିକିବେଳେ – ଯେତିକିବେଳେ ତୁମେ ମୋତେ ଗଢ଼ୁଥିବାବେଳେ କେବଳ ଦର୍ଶକ ସାଜି ଦେଖିଥିବା ମଣିଷମାନେ ବି କହୁଛନ୍ତି, ସେମାନେ ଶିଳ୍ପୀ। ତୁମେ ନୁହଁ, ସେମାନେ ହିଁ ଗଢ଼ିଛନ୍ତି ମୋତେ।

ଆଜିଯାଏଁ ଆପଣାର ଭାବୁଥିବା ଜଣେ ବାନ୍ଧବୀ ଧାଇଁଆସି କହିଲେ, ଭୁଲିଗଲ... ଏଇ ସବୁ ସୁଖ ଦୁଃଖ, ହସ କାନ୍ଦ ତୁମେ କ'ଣ ବାଣ୍ଟି ନ ଥିଲ ମୋ ସାଥେ ? ମୁଁ ମୋ ସମୟ ଦେଇ କ'ଣ ଶୁଣି ନ ଥିଲି ତୁମକୁ ?

ମୁଁ କହିଲି– ହଁ।

ସେ - ମୁଁ କ'ଣ କହି ନ ଥିଲି କି, ଏଇଠି ତୁମର ଘଡ଼ିଏ ଅଧିକ କାନ୍ଦିବାର ଥିଲା । ଏଇଠି ପୁଣି ଖିଲିଖିଲି ହସ ନ ଲେଖି ମୁହଁ ଚାପି ଚାପି ହସିଲି ବୋଲି ଲେଖିବାକୁ ଥିଲା ।

ମୁଁ - ହଁ !

ସେ – ତେବେ, କ'ଣ କହୁଛ ? କିଏ ଗଢ଼ିଛି ତୁମକୁ ?

ମୁଁ (ଘଡ଼ିଏ ନିରୁତ୍ତର ରହିବା ପରେ) – ଏ ପ୍ରଶ୍ନର ଉତ୍ତର ସିନା ସଠିକ୍ ଭାବରେ ଜଣା ନାହିଁ ମୋତେ, ତେବେ ଏକଥା ଖୁବ୍ ଭଲ ଭାବରେ ଜାଣେ ମୁଁ ଯେ ମୁଁ ତୁମକୁ ବାନ୍ଧବୀ ବୋଲି ହୃଦୟରୁ ସ୍ୱୀକାର କରିଥିଲି । ସେଇଥିପାଇଁ କେବଳ ସେଇଥିପାଇଁ ବାଣ୍ଟିଛି ତୁମ ସହ ମୋର ସବୁ ସୁଖ ତଥା ଦୁଃଖ । ଆପଣାର ଭାବିଛି ବୋଲି ହିଁ ତ ଲୋଡ଼ିଛି କିଛି ନିରୋଳା ସମୟ ତୁମ ସାଥିରେ । ଚାନ୍ଦିନୀ ରାତିରେ । ତଥାପି ତୁମେ ଯଦି କହୁଛ ତୁମେ ଗଢ଼ିଛ ମୋତେ, ତେବେ ମନା କରୁନି ମୁଁ, ତୁମ କଥା ସତ ମଧ୍ୟ ହେଇପାରେ । ଚାଲ, ଥରେ ପରୀକ୍ଷା ହେଇଯାଉ । ଏଇ କିଛିଦିନ ଉତ୍ତାରେ ମୋର ସବୁ ଗଳ୍ପମାନଙ୍କୁ ନେଇ ପ୍ରକାଶିତ ହେବ ଗୋଟିଏ ଗପବହି । ତା' ଭିତରେ ଥିବା ହାହାକାର, ଦୀର୍ଘଶ୍ୱାସ... ଖିଲିଖିଲି ହସ ସବୁକୁ ତ ଖୁବ୍ ପାଖରୁ ଦେଖିଛ ତୁମେ । ତଥାପି ନିଅ, ଏ ବହିଟିକୁ ତୁମ ପାଖରେ ରଖ । ମୋତେ ଗଢ଼ିଥିବା ଶିଳ୍ପୀଟି ଯଦି ତୁମେ ତେବେ ଏ ବହିଟିକୁ ଛୁଇଁବାକୁ, ପଢ଼ିବାକୁ, ପଢ଼ି ଲୋକଙ୍କୁ ତା' ବିଷୟରେ ଚାରିପଦ କହି ଶୁଣାଇବାର ଅଧିକାରଟି ମୁଁ ପ୍ରଥମେ ଦେଲି ତୁମକୁ, କେବଳ ଗୋଟିଏ ବନ୍ଧୁତାର ଦାୟରେ । ମନକୁ ମନ ଗୁଣୁଗୁଣୁ ହେଇ କହିଲି, ବିଶ୍ୱାସ ଭାଙ୍ଗିଯିବାକୁ ଦେବନି ମୋର । ବନ୍ଧୁତାର ମାନ ରଖିବ ।

ଆଜି ଗୋଟିଏ ବହିର ଉନ୍ମୋଚନ ଉତ୍ସବ ନା । ବହି ଭିତରେ ଲୁଚି ରହିଥିବା ସଂପର୍କମାନଙ୍କର ଅନାବରଣ ଉତ୍ସବ, ସେକଥା ଏବେ ଥାଉ । ଆଜି କିନ୍ତୁ ଅନେକ ଶ୍ରୋତାଙ୍କର ମୁହଁ ନୁହେଁ, ଥିଲା ବି ମୋର ଆପଣାର ମଣିଷମାନଙ୍କର ଭିଡ଼ । ସେଇ ଭିଡ଼ ଭିତରେ କେବଳ ଅଚିହ୍ନା ମୁହଁ ନୁହେଁ, ଥିଲେ ବି ମୋର ସର୍ବଶେଷ ଆପଣାର ମଣିଷମାନେ – ମୋର ସ୍ୱାମୀ, ଝିଅ, ମାଆ, ବାପା, ଭାଇ, ଭାଉଜ, ପାଖ ପଡ଼ୋଶୀ ଲୋକମାନେ । ନିଜକୁ ସ୍ୱଷ୍ଟ ବୋଲି ଭାବି ଗର୍ବରେ ମୁଣ୍ଡ ଉଠାଇବାକୁ ଚେଷ୍ଟା କରୁଥିବା ମୋର ମୁଣ୍ଡଟି ହଠାତ୍ ଦୁଃଖର ଭାରରେ, ଅପମାନର ପୀଡ଼ା ସହି ନ ପାରି ନଇଁ ପଡ଼ିଲା ।

'ଆଃ... ଏତେ ଈର୍ଷା, ଏତେ କ୍ରୋଧ, ଏତେ ଅହଙ୍କାର... ପାଲି ପାରଟି ସତରେ ନିଜକୁ ସାହିତ୍ୟିକା ବୋଲାଉଥିବା ଏଇ ଛଳନାର ମୁଖାପିନ୍ଧା ବାନ୍ଧବୀମାନେ !'
– କେତେ ଦିନରୁ ଏତେ ରାଗ, ଏତେ ଈର୍ଷା ସେ ସାଇତି ରଖିଥିଲା ସତରେ ମୋ

ପାଇଁ ତା' ନିଜ ମନ ଭିତରେ । ସେଇ ଈର୍ଷା ଜର୍ଜରିତ କଥାମାନ ଶୁଭୁ ନ ଥିଲା ମୋ କାନକୁ ନା ଶୁଭୁଥିଲା କେଜାଣି, ମୁଁ କିନ୍ତୁ ବନ୍ଧୁତା ଉପରୁ, ସାହିତ୍ୟ ଉପରୁ, ସର୍ବୋପରି ମଣିଷ ଜାତି ଉପରୁ ଧୀରେ ଧୀରେ ବିଶ୍ୱାସ ହରାଉଥିଲି ।

'ଓଃ... ଏତେ ବିଶ୍ୱାସରେ ସଅଁପି ଦେଇଥିବା ହୃଦୟଟିକୁ କେହି କ'ଣ ଏମିତି କୁଠାରାଘାତ କରିପାରେ ? ହାତରେ ଧରିଥିବା ବହିଟିର ଗପଗୁଡ଼ିକୁ ନୁହେଁ, ବରଂ ଗାଳ୍ପିକାକୁ, ତା' ଚରିତ୍ରକୁ, ତା' ପରିବାର ସାମ୍ନାରେ ସମୀକ୍ଷା କରି ତାକୁ ଲହୁଲୁହାଣ କରିପାରେ କେବେ କୌଣସି ବାନ୍ଧବୀ ଅବା ସାହିତ୍ୟିକା ? ଏମିତି ହିଁ କ'ଣ ପ୍ରତିପାଦିତ କରାଯାଏ କି ନିଜ ଶିଳ୍ପୀପଣର କୁଶଳତା, ଶ୍ରେଷ୍ଠତା !

'ଆଃ... ଏତେ ମନ୍ଦ ବୃଦ୍ଧି ଲୁଚି ରହିପାରେ ଭଲପାଇବାର କଥା କହୁଥିବା ସାହିତ୍ୟ ଭିତରେ । ସାହିତ୍ୟକୁ ଭଲପାଉଥିବା ଶିଳ୍ପୀ ସାହିତ୍ୟିକଟି ଭିତରେ । ଓଃ... ଏତେ ଛୋଟ ବୁଦ୍ଧି !' ମୋ ହୃଦୟ ହାହାକାର କରିଉଠିଲା । ମୁଁ ଭାବପ୍ରବଣ ହେଇ ଉଠିଲି । ମୋ ଅବଚେତନ ମନରେ ବି ବାରମ୍ବାର ପିଟି ହେଉଥିଲା ତା'ର ବିଷାକ୍ତ ଧାଡ଼ିରୁ କିଛି...

"ଗାଳ୍ପିକା ପ୍ରେମ କରନ୍ତି ଜଣେ କବିଙ୍କୁ । ଯାହାଙ୍କୁ ନ ଭେଟିବା ଆଗରୁ ହିଁ ତାଙ୍କ କବିତା ପଢ଼ି ପଡ଼ିଯାଆନ୍ତି ତାଙ୍କ ପ୍ରେମରେ । ସବୁ ଗଳ୍ପର ଗଳ୍ପ ନାୟକଙ୍କ ନାଆଁ ଯେହେତୁ 'ଅ' ଅକ୍ଷରରୁ ଆରମ୍ଭ, ତେଣୁ ଗାଳ୍ପିକାଙ୍କର ଗଳ୍ପ ନାୟକ ବା ପ୍ରେମିକଙ୍କର ନାଆଁ 'ଅ' ଅକ୍ଷରରୁ ଆରମ୍ଭ ।"

'ଆହାଃ... ମୋର ବିଚକ୍ଷଣା, ସୁଲେଖିକା ବାନ୍ଧବୀ ମହାଶୟା ଭୁଲିଗଲେ କେମିତି ଯେ ମୋ ସ୍ୱାମୀଙ୍କର ନାଆଁ ମଧ୍ୟ 'ଅ' ଅକ୍ଷରରୁ ଆରମ୍ଭ ।' ଭୁଲିଗଲେ ଯଦି ଭୁଲିଗଲେ, ଥାଉ ସେକଥା । ତେବେ ସେ ଏକଥା କେମିତି ଭୁଲିଗଲେ ଯେ କିଛି ସ୍ୱପ୍ନ, କିଛି ପ୍ରେମ, କିଛି ସରଳପଣ ଓ କିଛି ଉନ୍ମାଦନା ହିଁ ମୌଳିକ ସାଧନ ଜଣେ ସାହିତ୍ୟ ସାଧକର । ଏହା ବିନା ପୁଣି ସାହିତ୍ୟ । ଭାବି ହେଉନି !

"ମୁଁ ଥୋଇଦେଲି କଲମ ।" – ଏତେ ଛଳନା ଭିତରେ, ମୁଖାଧାରୀ ମଣିଷମାନଙ୍କ ଭିଡ଼ରେ କେମିତି ଭଲପାଇ ହୁଏ ନିଜକୁ ? ସାହିତ୍ୟକୁ ? କେମିତି ବଞ୍ଚିହୁଏ ସାହିତ୍ୟ ପ୍ରାଣ ମଣିଷଟିଏ ହେଇ ? ସମ୍ବେଦନଶୀଲ ମନଟିଏ ନେଇ ? ନିଜ ଭିତରେ ଚାପି ରଖିଥିବା ହୃଦୟଭର୍ତ୍ତି ଭଲପାଇବାକୁ କେମିତି ବଞ୍ଚାଇ ରଖିହୁଏ ? – ମୁଁ ଖୋଜୁଛି ହେଲେ ପାଉନି ଉତ୍ତର । ଏତିକି ଦ୍ୱନ୍ଦ୍ୱ ଭିତରେ କଲମ ଧରିବା ବି ତ ଏକ ମସ୍ତବଡ଼ ଛଳନା ନା ନିଜ ସହ ନିଜର ।

"ଏ କାହାଣୀ ବୋଧେ ସରିଗଲା ଏଠି । ଶିଳ୍ପୀ, ତୁମ ଅଧାଗଢ଼ା ସୃଷ୍ଟିକୁ

ନେଇ ମନ କଷ୍ଟ କରିବନି କେବେ! ତୁମେ ବି ଜାଣ, ଯେଉଁ ଗଛର ନିୟତିରେ ଯାହା ଲେଖା ଥାଏ... ତାହାହିଁ ହୁଏ...” – ଏକଥା ସତରେ କହୁଛି କିଏ? କ'ଣ ମୁଁ, ନା....! ମୁଁ ଅବା କହିପାରିବି କେମିତି! କଲମ ଥୋଇଦେଲି ସିନା, ଯେତେଥର ଆଖିବୁଜି ଚୁପ୍ ମାରି ବସୁଛି, ପ୍ରତ୍ୟେକଟି ଥର ଯେ ଭେଟୁଛି ତୁମକୁ। ହୃଦୟରେ ତୁମେ। ଶାନ୍ତ, ନିରବ, ଯୋଗ ମୁଦ୍ରାରେ ତୁମେ। କେବଳ ତୁମେ।

ଶୁଭେଚ୍ଛା ଘେନ ଶିଳ୍ପୀବର... ଏ ଗପ ବୋଧେ ଆଗକୁ ଆହୁରି ଲମ୍ବିଛି।

X X X

ଏ ମନରେ ମୋର ଦିନରାତି କେବଳ ଗୋଟିଏ ହିଁ ପ୍ରଶ୍ନ– 'କ'ଣ ସମ୍ପର୍କ ତୁମର ଓ ମୋର! କ'ଣ କେବଳ ଗୋଟିଏ ସୃଷ୍ଟି ଓ ସ୍ରଷ୍ଟାର। ଅବା ଏ ସମ୍ପର୍କ ଜଣେ ଶିଳ୍ପୀ ଓ ମୂର୍ତ୍ତିର। ନା ଏ ସବୁଠାରୁ ଊର୍ଦ୍ଧ୍ବରେ ଆମ ସଂପର୍କ ଜଣେ ପ୍ରେମିକ ଓ ପ୍ରେୟସୀର।' କେମିତି ପାଇବି ମୁଁ ମୋ ପ୍ରଶ୍ନର ଉତ୍ତର। ଯେତେ ଯେତେ ବୁଡୁଛି ସ୍ମୃତିର ପାରାବାରରେ, ସେତେ ସେତେ ଶୁଭୁଛି ମୋ ଆତ୍ମାର ଆର୍ତ୍ତ ଚିତ୍କାର। ତୁମେ ଦେଇଥିବା ନିହଣ ଚୋଟର ପ୍ରତିଦାନ। ଏହାହିଁ କ'ଣ ଥିଲା ତୁମର ପ୍ରେମ ମୋ ପାଇଁ? ମୁଁ କ'ଣ ଆଜିୟାଏ ଭୁଲ୍ ବୁଝିଛି? ସେଇ ପୁରୁଣା ତୁମକୁ ଥରେ ଭେଟିବାକୁ ମୁଁ ଫେରିଗଲି। ଫେରିଗଲି ମୋ ଗପବହିର ଗପମାନଙ୍କ ଭିତରକୁ।

ଇଏ କ'ଣ! ତୁମେ ଯେ ଚକା ପାରି ବସିଛ ଏଇ ଗପମାନଙ୍କ ଭିତରେ। ଅନେକ ରୂପରେ। କେବେ ଅମ୍ଲାନ ହେଇ, କେବେ ଅନ୍ୟ ତ ପୁଣି କେବେ ଅରୁଣାଭ ହେଇ। ପୁଣି କେବେ ମୋ ହୃଦୟର ଏକମାତ୍ର ଅଭିଷିକ୍ତ ସମ୍ରାଟ 'ଅକ୍ଷତ' ହେଇ।

ଅମ୍ଲାନ! ଆଦ୍ୟାକ୍ଷର 'ଅ'ରୁ ଆରମ୍ଭ, ମୋ ମୂଲ୍ୟହୀନ ଜୀବନର ଏକମାତ୍ର ଅମୂଲ୍ୟ ସଂପଦ। ଆଦ୍ୟ ପ୍ରେମ, ଅଲିଭା ସ୍ମୃତି, ଅଭୁଲା ଅତୀତ। ଆଜୀବନ ମୋର ହେଇ ରହିଥିବ ପ୍ରିୟତମ ପ୍ରେମ ମୋର!

ଅନ୍ୟ! ସବୁଠୁ ଭିନ୍ନ, ନିଆରା, ଅଲଗା ପ୍ରିୟତମ ମୋର। ତୁମ ପ୍ରେୟସୀର ପ୍ରେରଣା ତୁମେ, ତା'ର ନିରାଶ୍ରୟ ଜୀବନର ଏକମାତ୍ର ଆଶ୍ରୟ ବି ପ୍ରିୟ।

ଅରୁଣାଭ: ଅରୁଣର ଆଭା ପରି ଉଜ୍ଜ୍ବଲ ଆଉ ଅନୁପମ ବ୍ୟକ୍ତିତ୍ବରେ ବିମଣ୍ଡିତ ପ୍ରିୟତମ ମୋର।

ଏ ସାରାଟା ହୃଦୟରେ ମୋର ପ୍ରେମର ଉଦ୍‌ବେଳନ, କେବଳ ତୁମ ପାଇଁ। ଏତେ ପ୍ରେମ ତୁମ ପାଇଁ, ମୁଁ ଚମକିପଡିଲି। ପୁଣିଥରେ ଉଠାଇଲି କଲମ। ତୁମେ ମୋ ହାତରେ ଧରାଇ ଦେଇଥିବା ସେଇ ମୋର ଅତି ପ୍ରିୟ କଲମ୍, ଆଜି ପୁଣି ଅନେକ

ଦିନ ପରେ ହସୁଥିଲା ମୋ' ଆଙ୍ଗୁଳି ସନ୍ଧିରେ ।

ସବୁବେଳେ କ'ଣ ଈଶ୍ୱରଙ୍କ ଦୟା ଉପରେ ନିର୍ଭର କରେ କି ଗୋଟିଏ ପ୍ରେମ କାହାଣୀ ? ଶିଳ୍ପୀ ବି ତ ସ୍ରଷ୍ଟାଟିଏ । ମୁଁ କ'ଣ ଗଢ଼ିପାରିବିନି ମୋ ପ୍ରେମ ପାଇଁ ଏକ ଅମଳିନ ସ୍ମୃତିଲେଖ । ତାହା କ'ଣ ହେବ ନାହିଁ ମୋର ସେଇ ଈର୍ଷାଳୁ ସାହିତ୍ୟିକା ବାନ୍ଧବୀ ପାଇଁ ମୋର ସଠିକ୍ ପ୍ରତ୍ୟୁତ୍ତର ।

ମୁଁ ଲେଖିଲି –

ଯଦି ଗଢ଼ି ନ ପାରିଲ ତୁମେ, ଠକ୍... ଠିକ୍... ନିହଣ ମୁନରେ

କରିବନି ଦୁଃଖ ପ୍ରିୟତମ ।

ମୁଁ ଯେ ଶବ୍ଦ ଶିଳ୍ପୀ,

ଖୁବ୍ ସତର୍ପଣେ ଯୋଡ଼ି ଦେବି ଶବ୍ଦ ପରେ ଶବ୍ଦ

ଧ୍ୟାନମଗ୍ନ ତପସ୍ୱୀର ଏକାଗ୍ରତା ନେଇ ଭୋଗିବି ତୁମକୁ

କାଳି କରି ଢାଳିଦେବି, ସାଉଁଟିଛି ଯେତେ ଯେତେ ପ୍ରେମ

ଜିଇଁଥିବ ତୁମେ ଯୁଗ ପରେ ଯୁଗ, ଜନ୍ମ ପରେ ଜନ୍ମ

ଏଇ ଦେଖ, ଧୋବ ଫରଫର କାଗଜକୁ ଚୁମି ଦେଇ

କଥା ଦେଲା ମୋର କଲମର ମୁନ ! !

ମୋ ମନରେ ପୁଣି କେତେ ପ୍ରଶ୍ନ, କେତେ ଦ୍ୱନ୍ଦ୍ୱ –

"ସତରେ, ଏହା ପ୍ରେମ ମୋ ପ୍ରେମିକା ମନର ଅବା ନୂଆ ତିଆରି ହେଉଥିବା ମୋ ଶିଳ୍ପୀ ମନରେ ସ୍ରଷ୍ଟାପଣର ଅହଙ୍କାର । କ'ଣ ଏହା ସତରେ !"

ଏତେ ବ୍ୟଥିତ କାହିଁକି ମୁଁ ? ଏଇ ହୃଦୟରେ ତୁମେ ବୁଣି ଯାଇଥିବା ସେଇ ପ୍ରେମର ମଞ୍ଜିଟି କ'ଣ ଆଜି ଆହତ, ତୁମେ ଦେଇଥିବା ଯନ୍ତ୍ରଣାର ଧାସରେ ଅବା ବିଲୁପ୍ତ ତୁମର ଅବହେଳା ଜନିତ ଦୁଃଖର ପୀଡ଼ାରେ । କେଉଁଠି ସେ ସତରେ ? କ'ଣ ତା'ର ଅବସ୍ଥିତି ଏବେ ?

ମୋ ଉତ୍ତର ମୁଁ ନ ପାଇବା ଯାଏଁ ଏ ଗଳ୍ପ କ'ଣ ସରିପାରେ ! ଶୁଭେଚ୍ଛା ଘେନ ଶିଳ୍ପୀବର, ଏ ଗପ ଆଗକୁ ଆହୁରି ଲମ୍ବିଛି ।

× × ×

ମୋର ଏକାଗ୍ର ଚିତ୍ତକୁ ଭାଙ୍ଗି ଚୂର୍ମାର୍ କରିଦେଲା ମୋ ସ୍ୱାମୀଙ୍କର ଗୋଟିଏ ବିରକ୍ତି ଭରା ଡାକ ।

– "ସ୍ୱରା, ଦେଖିଲ... ଦେଖିଲ...।"

– "କ'ଣ ଦେଖିବି ଯେ ?"

– "ଆରେ ! ଏମିତି କ'ଣ କହିଦେଲି କି ? ଏତେ ବିରକ୍ତ ହେଉଛ କାହିଁକି ?"

– "ବିରକ୍ତ ହେଲି କେତେବେଳେ ?"

– "ହେଇନ ! ତୁମ ସ୍ୱର ତ ଏମିତି ଶୁଭୁଛି ଯେ ରାଗରେ ଏଇନେ ଚଟକଣାଟିଏ ମାରିବ ମୋ ଗାଲରେ ।"

ଖୁବ୍ ବିକଳ ଦେଖାଗଲା ମୋର ମୁହଁ । ମୁଁ ସେମିତି ମୁହଁ ଶୁଖାଇ କହିଲି, 'କ'ଣ ଭାବୁଥିଲି କେଜାଣି ! ଅନ୍ୟମନସ୍କତାରେ କ'ଣ କହିପାରିଲି ବୋଧେ । ମୋର ଭୁଲ୍ ହେଇଛି...!'

ସେ ମୋତେ ସହଜ କରିବାକୁ କହିଲେ, 'ହେଇ... ଦୁଃଖୀ ହୁଅନା । ସେଥିରେ କ'ଣ ଅଛି । ଆଉ ସେମିତିରେ ବି ତୁମେ ଚଟକଣା ମାରିପାରିବ । ସେ ଅଧିକାର ତୁମର ଅଛି, ଜାଣିନା କି ?'

ମୁଁ ସାଧାରଣ ସ୍ତ୍ରୀଟିଏ ପରି ଭୋଗି ପାରିଲିନି ଏଇ ତାଙ୍କର ସୁକୋମଳ ପରିହାସ । ଏକ ଅଦୃଶ୍ୟ ବୋଝ ତଳେ ଚାପି ହେଉ ହେଉ ଦିଶିଗଲା – ସେଇ ତୁମର ସମୁଦ୍ର ପରି ଦୁଇଟି ଗଭୀର ଆଖି । ଖଣ୍ଡା ଧାର ପରି ନାକ । ଗାମ୍ଭୀର୍ଯ୍ୟଭରା ମୁହଁ ଓ ତା' ଭିତରେ ଉଁକି ମାରୁଥିବା ଛୋଟ ରହସ୍ୟମୟ ହସ । ସୁଉଚ କପାଳ । ଏ ସବୁ ତ ମୋର । ତୁମେ ବି ତ ମୋର । ଗୋଟାପଣେ ମୋର । ଜାଣେନା, କେତେବେଳେ ମୁଁ ଢଳି ପଡ଼ିଥିଲି ତୁମ ଛାତିରେ । ମୋ ଅଭିମାନଭରା ସ୍ୱର ଶୁଭୁଥିଲା ନା ତୁମକୁ, ଶିଳ୍ପୀ... ଯୋଗୀବର ମୋର ।

"କାହିଁକି ଏତେ କଷ୍ଟ ଦେଲ ? ଥରୁଟିଏ, ଏ ଜୀବନରେ ଥରୁଟିଏ ତୁମର ସାନ୍ନିଧ୍ୟ ଦେଇଥିଲେ କ'ଣ ଅବା ସରି ଯାଇଥାନ୍ତା ତୁମର ? ତୁମେ ଦେଇଥିବା ଏ ଦୂରତା, ଏ ଯନ୍ତଣାର ଅନ୍ୟ ଏକ ନାମ ପ୍ରେମ କି ଶିଳ୍ପୀ ? ସ୍ରଷ୍ଟାଙ୍କ ପାଇଁ ତା' ସୃଷ୍ଟିର ଅମଳିନ ପ୍ରେମ । ଦେଖୁଛ... ଦେଖୁଛ... ମୁଁ ପ୍ରେମିକାଟିଏ, ଗାନ୍ଧିକାଟିଏ ହେବାକୁ ବସିଲିଣି, ଯୋଗୀବର ।"

"ଶୁଭେଚ୍ଛା ଘେନା କର ପ୍ରେମ ମୋର ! ମୋ ଅସରନ୍ତି ପ୍ରେମ କାହାଣୀର ଏକ ଓ ଅନନ୍ୟ ନାୟକ ତୁମେ କେବଳ ହଁ ତୁମେ ଯୋଗୀବର ! !"

ପ୍ରେମରଙ୍ଗ

ସଭିଏଁ କୁହନ୍ତି - ପ୍ରେମ ଏକ ପ୍ରହେଳିକା। ଏ ଦୁନିଆର ସବୁଠୁ ବଡ଼ ମିଛ। ସତରେ କ'ଣ, ପ୍ରେମ ଏକ ମିଛ!

ତୁମ ସହ ଭେଟ ହେବା ଯଦି ଏକ ଘଟଣା ହୁଏ, ତେବେ ଏହା ମୋ ଜୀବନର ସବୁଠୁ ସୁଖଦ ଓ ସୌଭାଗ୍ୟଭରା ଘଟଣା। ଏ କଥାକୁ ଜୋର୍ ଦେଇ ମୁଁ କାଲି ବି କହୁଥିଲି ଓ ଆଜି ବି କୁହେ। ଏ କହିବାଟା ମୋ ନିଜକୁ ମୁଁ ନିଜେ ହିଁ କୁହେ, ଅନ୍ୟ କାହାକୁ କହିଲେ ସେମାନେ ହସିବେ ନିଶ୍ଚେ। କେମିତି ଅବା ନ ହସିବେ - ଆମେ ଯେ କଥା ହେଉନା କେବେ, କାରଣ କଥା ହେଲେ ଦୁର୍ବଳତା ବଢ଼ିଯିବାର ଡର ଘାରେ ଆମକୁ। ଆମେ ଭେଟ ହେଉନା କେବେ, କାରଣ ଭେଟ ହେଲେ ଏ ପ୍ରାପ୍ତ ବୟସ୍କ ଅଭିଜ୍ଞ ମନଟିର ଅଶାୟତ ହେବାର ସମ୍ଭାବନା ଖୁବ୍! ଆମେ ସୋସିଆଲ୍ ମିଡିଆରେ ମଧ୍ୟ ଯୋଡ଼ି ହେଇକି ନାହୁଁ, କାରଣ ସୋସିଆଲ୍ ମିଡିଆ ହେଲା ଏ ଦୁନିଆର ସବୁଠୁ ବଡ ରଙ୍ଗମଞ୍ଚ, ଏଠି କୋଟି କୋଟି ଲୋକ; ପୁରୁଷ ଓ ସ୍ତ୍ରୀ, ପୁଅ ଓ ଝିଅ ମୁହଁରେ ସୁନ୍ଦର ମୁଖାମାନ ପିନ୍ଧି ନିଜ ନିଜର କୁରୂପକୁ ଲୁଚାଇବାରେ ବ୍ୟସ୍ତ ଓ ବିବ୍ରତ। ସେମାନେ ନିଜକୁ ବଞ୍ଚାଇବା ପାଇଁ କେତେବେଳେ ଯେ ତାଙ୍କ ଦେହର କାଦୁଅକୁ ଆମ ଦେହରେ ଛାଟି ନଦେବେ, ସେକଥା କିଏ ବା କହିବ! ଆମର ଏ ଡରିବା କ'ଣ ଅମୂଳକ କି ? - ନୁହେଁ ତ... ସବୁ ହିଁ ଠିକ୍। ମୁଁ ବି ବୁଝେ ଏକଥା। ତେବେ ବୁଝିପାରେନା ଗୋଟାଏ କଥା, ଆଜି ପରି ଦିନରେ ଯହିଁ କେବଳ ଦୁନିଆକୁ ଦେଖାଇବା ପାଇଁ ତିଆରି ହେଉଥାଏ ସଂପର୍କ, ସେଠି

ଆମେ କ'ଣ କହିପାରିବା ଯେ ତୁମେ ଓ ମୁଁ... ମୁଁ ଓ ତୁମେ... ଆମେ ଦୁହେଁ ପରସ୍ପର ସହ ସଂପର୍କରେ ଅଛୁ?

ଅନେକ କଥା ମୁଁ ମନରେ ଜାଲ ପରି ବୁଣେ, ବିଶେଷ କରି ତୁମ ବିଷୟରେ। ଏଇ ଯେମିତି, ଏବେ ତୁମେ କ'ଣ କରୁଥିବ... କ'ଣ ଭାବୁଥିବ... ତୁମେ ମୋତେ ଭଲପାଅ ନା ନାଇଁ? ସେଇ ଯେ ଝିଅଟି ସହିତ ତୁମର ସଂପର୍କ ଅଛି ବୋଲି ସଭିଏଁ କହନ୍ତି, ତାହା ଏକ ମିଛ କଥା ନା ତା' ଭିତରେ ବି ଥାଇପାରେ କିଛି ସତ୍ୟତା! ତୁମକୁ ଈର୍ଷା କରୁଥିବା, ସହିପାରୁନଥିବା ଲୋକଙ୍କର ଅପପ୍ରଚାର କେବଳ ନୁହେଁ ତ ଏହା! – ଏଇଭଳି ଅନେକ ଅନେକ କଥା। ହଁ, ଆହୁରି ମଧ୍ୟ ଭାବେ, ଏବେ ବୋଉ କ'ଣ କରୁଥିବେ? ତାଙ୍କ ଦେହ ଏବେ କେମିତି ଅଛି? ସତରେ ଯଦି, ମୁଁ ତୁମର ସ୍ତ୍ରୀ ହେଇ, ବୋଉଙ୍କର ବୋହୂ ହେଇ ଯାଇଥାନ୍ତି ତୁମ ଘରକୁ, ତେବେ ମୁଁ ଓ ବୋଉ, ଆମେ ଦୁହେଁ ମିଶି କେମିତି କ'ଣ ଚଳିଥାନ୍ତୁ! ମା, ଝିଅ ସାଙ୍ଗ ହେବା ଭଳି ଗପିଥାନ୍ତୁ ନା ଶାଶୂ ବୋହୂଙ୍କ ପରି ମୁହଁ ଫୁଲାଫୁଲି, ଗୋଡ଼ ଟଣାଟଣିରେ ହିଁ ସାରିଥାନ୍ତୁ ସମୟ?

ଏଭଳି ଅନେକ କଥା ଭାବିବାବେଳେ ପ୍ରାୟତଃ ମୁଁ ଏଇଠି ଥାଏ ଅଥଚ ଏଇଠି ନଥାଏ। ମୋ ସଂସାର ଭିତରେ ମୋ ନିଜର କର୍ତ୍ତବ୍ୟତକ ତୁଲାଉ ତୁଲାଉ ତୁମ ସହ ସଂସାରଟିଏ ଗଢ଼ୁଥାଏ। ଏଇଠି ଠିଆ ହେଇ ତୁମ ସହ ସଂସାରକୁ ଜୀଉଁଥାଏ। ଏସବୁ ଏମିତି କଥା, ଯାହା ତୁଣ୍ଡରେ ଧରିଲେ ପାପ ତେବେ ତୁଣ୍ଡରେ ନଧରି ମନରେ ଚାପି ରଖିବା ବି ତ କଷ୍ଟ। ଏ କେମିତିକା ପାଗଳପଣ! – ମୁଁ ଏକଥା ନିଜକୁ ପଚାରେ।

ଏ ପାଗଳପଣର ଆରମ୍ଭ କେବେ ହେଲା କୁହ? ସେଇ ଯେ ଆମର ପ୍ରଥମ ଦେଖା ଓ ବୋଉଙ୍କ ପାଖରେ ମୁଣ୍ଡପାତି ଅବୋଧ ଶିଶୁଟି ପରି ଠିଆ ହେଇଥିବା ତୁମେ... ବୋଉଙ୍କର ତୁମପାଇଁ ଉଚ୍ଚାରିତ ଅନାବିଳ ସ୍ନେହଭରା ଶବ୍ଦ ଓ ତୁମର ତାଙ୍କ ପାଇଁ ଛଳଛଳ ଭଲପାଇବା, ତା' ବି ଶିଶୁଟିଏର ସରଳପଣରେ ଭରପୂର; ପ୍ରତ୍ୟେକଟି ପ୍ରଶ୍ନରେ ଭାସି ଆସୁଥିବା ସଲଜ୍ଜ ଓ ସଂଭ୍ରମବୋଧରେ ଭରା ଉତ୍ତରସବୁ। ସେଇତ ଆରମ୍ଭ...। ଏହାପରେ ସମୟ ସହିତ ଫେରି ଆସିଲା ମୋର ଶରୀର, ମୋ ଗଢ଼ିଥିବା ସଂସାର ନିକଟକୁ। ଛାଡ଼ି ଆସିଲା, ମୋ ଆତ୍ମାକୁ ତୁମରି ପାଖରେ।

ସେଥିରେ ମୋର ଖୁବ୍ ଦୋଷ ବି ତ ନାହିଁ। ଛୋଟବେଳୁ ଦେଖି ଆସିଛି ବାପାଙ୍କର ଅବିଶ୍ୱାସରେ ଭରା ମନକୁ। ପୁରୁଷର ଅହଂରେ ଭରା ବାପାଙ୍କର, ମା'ଙ୍କର ନାରୀତ୍ୱକୁ ଅହରହ ଅପମାନିତ ଓ ତାଚ୍ଛଲ୍ୟ କରୁଥିବା ଅହଙ୍କାରୀ ଆଖି ଦୁଇଟିକୁ। ଭାଇମାନଙ୍କର ମା'ଙ୍କ ପାଇଁ ଦୁର୍ବ୍ୟବହାରକୁ। ଯା'ପରେ ବି ଦେଖିଛି, ମା' ଓ ବାପା ଅଯ

ଭଳି ନିଜ ପୁଅ ସପକ୍ଷରେ ମତ ରଖିବା, ଭଲପାଇବା। ତା'ପରେ ମୋ ମନ, ଆତ୍ମା ଯେ ସେଇ ଗୋଟିଏ ହିଁ ସ୍ୱପ୍ନ ଦେଖିଥିଲା – ଭଲପାଇବାର ନିବିଡ଼ ବନ୍ଧନରେ ଗଢ଼ା ଛୋଟ ଗୋଟେ ନୀଡ଼।

ତମର ଆଖି ପତା ସେଦିନ ଥରେ ପଡ଼ିଲା ଓ ଉଠିଲା ତ, ମୋ ହୃଦୟ ଗଢ଼ିନେଲା ସଂସାରଟିଏ। ସେ ସଂସାର ତୁମର, ମୋର ଓ ବୋଉଙ୍କର। ତା' ଭିତରେ ମୁଁ ସାଇତି ରଖିଲି କେବଳ ଓ କେବଳ ପ୍ରଚୁର ଭଲପାଇବା। ତୁମପାଇଁ ଓ ତୁମକୁ ଗଢ଼ିଥିବା ବୋଉଙ୍କ ପାଇଁ। ଆହୁରି ବି ଗଢ଼ିଲି ତୁମରି ନାକ, ତୁମରି ଆଖି, ତୁମରି ରାଗ, ତୁମରି ଠାଣିର ଝିଅଟିଏ, ତୁମର ଓ ମୋର ରକ୍ତର ଝିଅ, ଯିଏ ହସିଲେ ବି ଦିଶୁଥାଅ ତୁମେ, ଯିଏ ରୁଷିଲେ ବି ଦିଶୁଥାଅ ତୁମେ।

ଏଇ ସ୍ୱପ୍ନ ପରେ ହଠାତ୍ ଅଟକିଯାଏ ମୁଁ। କାହିଁକି କୁହ? ଶୁଣ – ମୁଁ ତୁମପରି ଝିଅଟିଏ ଲୋଡ଼ିଲାବେଳେ ବୋଉ ତାଙ୍କ ବୟସ ଅନୁସାରେ ନିଶ୍ଚୟ ଖୋଜିଥାନ୍ତେ ତାଙ୍କ ବଂଶରକ୍ଷା ପାଇଁ ଉତ୍ତର ଦାୟାଦଟିଏ! କ'ଣ କରିଥାନ୍ତ ତୁମେ? କାହା ସପକ୍ଷରେ ରଖିଥାନ୍ତ ମତ ଓ କାହାକୁ ଦେଇଥାନ୍ତ କଷ୍ଟ। ସତରେ, ଆମେ ପୁରୁଷର ଦୁଃଖ ନାହିଁ ବୋଲି କହୁ ସିନା, ପୁରୁଷଟିଏ ହେବା ନା ବଡ଼ ହିଁ କଷ୍ଟ। ସ୍ତ୍ରୀର ମନ ବୁଝିଲେ, ଘରୁ ଦୂର, ଘର ମାନ ରଖିବାକୁ ଗଲେ, ନିଜ ସ୍ତ୍ରୀ ପିଲା ଛୁଆଙ୍କଠୁ ଦୂର! କେତେ ଜଣ ପୁରୁଷ ଅବା ବାହାରି ଆସିପାରନ୍ତି, ଏଭଳି ଛୋଟ ସିନା ଦୁର୍ବୋଧ ତଥା ଅସହଜ ଘଟଣା କ୍ରମରୁ? ତୁମେ କିନ୍ତୁ ଆମର ଖୁବ୍ ଚାଲାକ, ଆମ ଘର ସ୍ୱର୍ଗ ହିଁ ହେଇଥାନ୍ତା, ମୁଁ ବିଶ୍ୱାସ କରେ ଏକଥାକୁ। ତୁମେ କ'ଣ କହୁଛ?

ନିଜ ସମୟକୁ ଠିକ୍‌ରେ ଦୁହିଁଙ୍କ ଭିତରେ ବାଣ୍ଟିଦେଇ ପାରିଲେ, ଆମେ ଦୁହେଁ ହିଁ ହେଇଥାନ୍ତୁ ତୁମର! – ଏ ଆଶ୍ଚର୍ଯ୍ୟସୂଚକ ଚିହ୍ନଟିର ଉତ୍ତରରେ ମୁଁ ଅନେକ ଥର ସଲଜ୍ଜ ଭାବରେ ନିଜକୁ ନିଜେ ଦିଏ – ମୁଁ ଜାଣେ ପ୍ରିୟ, ଆମ ଜୀବନର ପ୍ରତ୍ୟେକଟି ରାତି ହେଇଥାନ୍ତା ନବବିବାହିତଙ୍କ ବାସର ରାତିଠୁ ବି ଅଧିକ ସୁନ୍ଦର।

ତା'ପରେ ଆଉ କ'ଣ ବା ରହିଯାଇଥାନ୍ତା – ରାଗ ନା ଅଭିମାନ! – ମୋ ଭାବନାରେ ମୁଁ ଲାଜେଇ ଗଲି ନବବିବାହିତା ଅନୂଢ଼ା କିଶୋରୀଟି ପରି।

ଏସବୁ ଫିଁ'ଦିନ ଘଟେ ଓ ଫିଁ'ଦିନ ହିଁ ଏମିତି ସରୁ ହସ ଧାରେ, ମୋ ମୁହଁରେ ଲାଖି ରହିଥାଏ। ଝିଅ ଓ ସ୍ୱାମୀ ବାରମ୍ବାର ମୋ ମୁହଁର ଏଇ ଉକୁଟି ଉଠୁଥିବା ଫାଜିଲ ହସକୁ ଚାହାଁନ୍ତି, ପ୍ରଶ୍ନିଳ ଦୃଷ୍ଟିରେ। ଯେଉଁ ଉଜ୍ଜ୍ୱଲ ଆଲୋକର ଛାଇ ମୋତେ ଘେରି ରହିଥାଏ ସାରା ଦିନ ଓ ତମାମ ରାତି, ସେମାନେ ଖୋଜି ପାଆନ୍ତିନି ତା'ର ଠିକଣା – ମୁଁ ମୋ ମୁହଁର ହସକୁ ଚାପିନେଇ, ଲୁଚାଇ ନିଏ ତୁମକୁ, ତେବେ ମୁଁ ଜାଣେ, ମୋ

ମୁହଁର ସେଇ ଲାଜୁଆ ସରୁ ହସଧାରଟି ତୁମେ, କେବଳ ତୁମେ ! ଏହା କ'ଣ କମ କଥା ! ଏହା ଭିନ୍ନ ଥାଏ କି ପ୍ରେମ ବୋଲି କିଛି ? ମୁଁ ତ ଏହାକୁ ହିଁ ପ୍ରେମ ବୋଲି କୁହେ !"

ଗୋଟିଏ ଦିନ କିନ୍ତୁ ଲିଭିଗଲା, ମୋ ମୁହଁର ହସ। ଗୋଟାଏ ଦୁଃସମ୍ବାଦ ଉଡ଼ି ଉଡ଼ି ଆସି ପହଞ୍ଚିଥିଲା ମୋ ପାଖରେ, ବୋଉ ଚାଲିଗଲେ ! ସତରେ କ'ଣ ବୋଉ ଚାଲିଗଲେ ? ନା... ସେ ତ ଏମିତି ଚାଲିଯାଇ ପାରିବେନି ! ମୁଁ ନାହିଁ ତୁମ ପାଖରେ, କାହା ପାଖରେ ଅବା ସେ ଛାଡ଼ି ଦେଇଗଲେ ତୁମକୁ ! କାହା ପାଖରେ ମୋର ଏ ପ୍ରଶ୍ନ ମୁଁ ଜାଣିନି, କିନ୍ତୁ ନିଜକୁ ସମ୍ଭାଳି ପାରିବା ଅବସ୍ଥାରେ ନଥିଲି ବି ମୁଁ !

ଏ ଘଟଣା ଘଟିବାବେଳକୁ, ପାଖରେ ଝିଅ ଠିଆ ହେଇଛି, ଏବେ ଯଦି ଆଖିରୁ ଲୁହ ଝରେ, ତେବେ ତା' ପ୍ରଶ୍ନବାଣକୁ ରୋକିବା ମୁସ୍କିଲ। ସେ ଖୁବ୍ ଖୁସିଥିଲା ଓ ଚାହୁଁଥିଲା, ମୁଁ ଯେମିତି ତା' ଖୁସିରେ ଭାଗୀଦାର ସାଜେ। ମୋ ପାଇଁ ମୋ ଲୁହକୁ ଅଟକାଇବା ମୁସ୍କିଲ ଥିଲା ଓ ତା' ପାଇଁ, ମୋ ଦୁଃଖକୁ ବୁଝିବା ଥିଲା ମୁସ୍କିଲ କ'ଣ ଅସମ୍ଭବ। ସେ ମୋ ଭିତରେ ଅହରହ ସୀତାଙ୍କୁ ଖୋଜିଛି। ଖୋଜିଛି ଯଶୋଦାଙ୍କୁ, ଦେବକୀଙ୍କୁ। ସେମାନଙ୍କର ତ୍ୟାଗଭରା ମାତୃତ୍ୱକୁ। ସେ କେମିତି ବୁଝିବ, ତା' ବୟସରେ ଥିବା ବେଳୁ ପରିବାର ଦାୟରେ ବନ୍ଧା ତା' ମାଆଟି ଟିକିଏ ନିରୋଳା ମନରେ ସେଇ କିଶୋରୀ ରାଧା ଭାବରେ ବୁଡ଼ିଯାଏ ବୋଲି ! ଆଜି ବି ଏ ପ୍ରାପ୍ତ ବୟସରେ ସେ ଖୋଜେ ତା' ଭାଗର ଭୋଗି ପାରିନଥିବା ନିଃସର୍ତ ଭଲପାଇବା ଟିକକକୁ। ସେ ମୋ' ଅନ୍ୟମନସ୍କତାକୁ ସହ୍ୟ କରି ପାରୁନଥିଲା ଆଉ ମୁଁ ତା' ପ୍ରଗଳ୍ଭତାକୁ।

ଯାର ସମାଧାନ ମୋ ପାଖରେ କିଛି ବି ନଥିଲା। ମୁଁ କହିଲି, "ମାମା, ରହ, ଟିକିଏ ରହିଯା' ...ମୁଁ ଏଇ ଆସୁଛି। ଦି' ମିନିଟ୍... ରହିଯା', ମୁଁ ଏଇ ଆସିଲି !" ଦୌଡ଼ିଯାଇ ଖୋଲିଦେଲି ବାଥରୁମ୍ ଫ୍ଲସ ଓ ପାଣି ଟ୍ୟାପ। ବଞ୍ଚିଗଲି ଯେମିତି ! ବାଥରୁମ ଭିତରେ ଗଦଗଦ ହେଇ ପଡ଼ୁଥିଲା ପାଣି, ତା' ସହ ଠପଠପ ହେଇ ଲୁହ ବି ! ବାହାରେ ଝିଅ ଯଦି କାନ ଡେରିବ, କ'ଣ ଶୁଭୁଥିବ ତାକୁ ? ସେ କ'ଣ ବାରିପାରିବ, ଶୁଭୁଥିବା ସେ ସ୍ୱର ସାଦା ପାଣିର ନା ଲୁଣି ଲୁହର ? ସେଇ ଟ୍ୟାପରୁ ପଡ଼ୁଥିବା ପାଣିର ଧାରରେ, ମୋ ଲୁଣି ଲୁହକୁ ବୁହାଇ ଦେଇ ବାହାରକୁ ବାହାରିଲି। ଝିଅର କଥା ଶୁଣି ମନ ଖୋଲି ତା' ସହ ହସିବାକୁ ଚେଷ୍ଟା କଲି, ଯଦିଓ ଠିକ୍ ଢଙ୍ଗରେ ହସିପାରୁଥିଲି କି ନା.. ସେକଥା ଜାଣେନା।

ମୋର ଏଇ ରଙ୍ଗହୀନ ନିଷ୍ଫଳା ପ୍ରେମକୁ, ପ୍ରେମ କହିବା ଠିକ୍ ହେବ କି ନା ମୁଁ ଜାଣେନା। ତେବେ ଏତିକି ଜାଣେ, ପ୍ରେମ କେବେ ମିଛ ନୁହେଁ, ପ୍ରେମ ସତ ହିଁ।

ଶୁଣ, ଏହା ଥିଲା ଏକ ଗପ; ପ୍ରେମଗପ । ତେବେ ମୁଁ ଏହାକୁ କହିବି ଦେଇପାରେ କବିତା କରି ।

ପ୍ରେମରଙ୍ଗ

କିଛି ଉଚ୍ଛ୍ୱାସପଣ ଆଉ କିଛି ବିଭୋର ବେଳା ।
କିଛି ଅନ୍ୟମନସ୍କତା ଓ ବେଶ୍ କିଛି ଯନ୍ତ୍ରଣାସିକ୍ତ ମୁହୂର୍ତ୍ତଙ୍କୁ
ଯେବେ ଫେଣ୍ଡିଦେଲି
ଝରିପାରି ନଥିବା ମୋ ଆଖି ଲୁହ ସହ ଖୁବ୍ ସରାଗରେ,
ଯେଉଁ ମନମତାଣିଆ ରଙ୍ଗ ମୋତେ ଆଚ୍ଛନ୍ନ କଲା
ମୋର ସର୍ବଶେଷ ବଳକା ଆୟୁଷ ଯାଏଁ...
ଡାକୁ ମୁଁ
ତୋ ହୃଦୟରୁ ମୋ ଆତ୍ମାଯାଏଁ ପ୍ରସରି ଯାଉଥିବା
'ପ୍ରେମରଙ୍ଗ' ବୋଲି କୁହେ ।

ସ୍ୱାମୀ ରୂପେ ପ୍ରିୟ !

ଜନ୍ମରେ ଦାଗ, କଳଙ୍କ ନା ସୌନ୍ଦର୍ଯ୍ୟ ? କିଏ ଦେବ ଏ ପ୍ରଶ୍ନର ଉତ୍ତର ? ଦେଇପାରନ୍ତି ଅନେକ ଜଣ, କାହା ପାଇଁ ଏହା ସୁନ୍ଦରୀ ରୂପସୀ ନାରୀର ସେଇ ଓଠ ତଳ ସରୁ ତିଳ ଚିହ୍ନ ତ, ଆଉ କାହାପାଇଁ ନାରୀଟିଏ ତା' ଅଜାଣତରେ ଭୋଗିଥିବା ଅଲିଭା ଅନ୍ଧାରର ଅସରନ୍ତି ଛାୟାରୂପ !

ମୋ ପାଇଁ ?

ଏହା ମୋର ଅତୀତ ।

ଆମେ ସିନା ଭାବୁ, ସବୁକିଛି ଦିନେ ସୁଧୁରିଯିବ । ପରିସ୍ଥିତି ବଦଳିଯିବ । ସମୟ ସହିତ ସବୁ ଠିକ୍ ହୋଇଯିବ । ସତକଥାଟି କିନ୍ତୁ ଏୟା ଯେ, ସମୟ ବିତିଯାଏ, ଦୁର୍ଦ୍ଦିନ ବି ଚାଲିଯାଏ । ତେବେ ଛାଡ଼ିଯାଏନି ତା'ର ସ୍ମୃତି !

ମୁଁ, ରୂପା । ଖୁବ୍ ଆଧୁନିକା ନଥିଲି । ଖୁବ୍ ଗାଉଁଲି, ପୁରୁଣାକାଲିଆ ବି ନଥିଲି । ଖୁବ୍ ଧନୀ ଘରର ଅୟସ୍ ଆରାମରେ ବଢ଼ିଥିବା ଗର୍ବୀ ଝିଅଟିଏ ହୁଏତ ନଥିଲି ତେବେ ଗେଲ ବସରରେ ବଢ଼ିଥିବା ହେତୁ ଅସୁବିଧା କ'ଣ, ସେକଥା ବି ତ ଜାଣିନଥିଲି । ଖୁବ୍ ଅନ୍ଧବିଶ୍ୱାସୀ ବା କୁସଂସ୍କାରୀ ନଥିଲି, ତେବେ ଖୁବ୍ ଅଧିକ ସ୍ୱାଧୀନଚେତା ବି ତ ନଥିଲି । ତେବେ ଥିଲି କେମିତି ? ଯେମିତି ଥିଲେ ନବେ ଦଶକରେ ମଧ୍ୟବିତ୍ତ ପରିବାରର ଗେଲବସରରେ ବଢ଼ିଥିବା ଝିଅମାନେ । ବାହାରକୁ ଚୁପ୍‌ଚାପ୍‌, ଗମ୍ଭୀର କିନ୍ତୁ ପରିବାରର ଲୋକଙ୍କ ସହ ଖୁବ୍ ପ୍ରଗଲ୍‌ଭା ଓ ହସକୁରୀ ! ତେବେ ଗୋଟିଏ ବ୍ୟତିକ୍ରମ- ପୁଅ ପିଲାଙ୍କ ପାଇଁ ସାଇତି ରଖିଥିଲି ପ୍ରାଣରେ ଅହେତୁକ ଭୟ ।

ଏ ଭୟ ଆସିଲା କୁଆଡୁ?

ନିଶ୍ଚୟ ହଁ ଗୋଟିଏ ବା କିଛି ଘଟଣା କ୍ରମରୁ!

ସନ୍ଧ୍ୟାବେଳର ଟ୍ୟୁସନ୍। ମାଛିମାଛିକା ଅନ୍ଧାର। କେଉଁଠି ଲୁଚିଥିଲା ସେ ପିଲାଟି, ଦୌଡ଼ିଆସି ଝିଙ୍କିନେଲା କବାଟ କଣକୁ। ମୋ ଦେହରେ ତା' ନିଜ ଦେହର ଭାରକୁ ଅଜାଡ଼ି ଦେବାର ଉଦ୍ୟମ ତା'ର। ମୋ ଅଣ୍ଟାରେ ତା'ର ଗୋଟିଏ ହାତକୁ ବେଢ଼ାଇ ନେଇ ଅନ୍ୟ ହାତଟିରେ ମୋ ଦେହର କୋମଳ ତଥା ଏକାନ୍ତ ଆପଣାର ଅଙ୍ଗଗୁଡ଼ିକରେ ଚାପଦେବାର ଏକ ବୃଥା ଅପଚେଷ୍ଟାର ଆରମ୍ଭ ତା'ର। ମାତ୍ର ପାଞ୍ଚ ସାତ ମିନିଟ୍ ସମୟ, ମୋ' ମନରେ ଭରିଦେଲା ସାତ ଜନ୍ମ ପାଇଁ ଏ ପୁରୁଷ ସମାଜ ସକାଶେ ଘୃଣା ଓ କେବଳ ଘୃଣା। କିଛି ଘୃଣା ନିଜ ପାଇଁ ମଧ୍ୟ; ଏଇ ବାଲୁତ ବୟସରେ ମଧ୍ୟ ପୁରୁଷ ମନରେ ବାସନା ଜଗାଉଥିବା ମୋ ସୁଢ଼ୋଲ ଦେହଟି ଉପରେ!

କାହାକୁ କହନ୍ତି ଏ ଅନ୍ତର୍ଯାତନାର କଥା? ମା'ଙ୍କୁ?

ମାଆ ତ ନିଜେ କେତେ ଦୁଃଖିନୀ! ଅନେକ ନିସ୍ତବ୍ଧ ରାତିରେ ମୁଁ ଶୁଣିଛି ମାଆଙ୍କର ଚାପା କାନ୍ଦଣାର ସ୍ୱର! ସକାଳକୁ ତାଙ୍କର ଗୁମ୍ମାରି ବସି ରହିବା ପଛର କାରଣ ଖୋଜିଛି। ଉତ୍ତର ପାଇନି ବୋଲି ବି ତ ନୁହେଁ। ପାଇଛି ଉତ୍ତର– "ସେଇ ଯେ କାଲି ସେ ଲୋକଟି ଆସିଥିଲା ଘରକୁ, ମାଆ ପଚାରୁଥିଲେ ତା'ର ସୁଖ, ଦୁଃଖ। କଥା ହେବା ବେଳେ ତା' ସହ ବୋଧହୁଏ ତାଙ୍କ ମୁହଁଟି ହସହସ ବି ଦିଶୁଥିଲା।" ଏସବୁକୁ ନେଇ ବାପାଙ୍କର ଆକ୍ଷେପ। ମାଆ, ଦୁଷ୍ଚରିତ୍ରା। ନିଶ୍ଚୟ ହଁ ପରପୁରୁଷ ସହ ସଂପର୍କ ଅଛି ତାଙ୍କର। ସନ୍ଦେହ ଓ ସନ୍ଦେହରୁ ନିର୍ଯାତନା। ଶାରୀରିକ କଷ୍ଟ ତ ଯନ୍ତ୍ରଣାଦାୟୀ। ମୁଁ ବି ବୁଝିପାରେ ସାନଟିଏ ହୋଇଥିଲେ ମଧ୍ୟ। ତେବେ ବାପାଙ୍କର ନିଷ୍ଠୁରଣ, ଅତି କଠୋର ଶଢାରୋପ ପରେ ମାଆ ଦିଶନ୍ତି ବିଧ୍ୱସ୍ତ ପ୍ରାୟ। ମୁଁ ହତଭମ୍ଭ ଦିଶେ, ବୁଝିପାରେନା କିଛି।

ଖୁବ୍ ଡର ମାଡ଼େ ମୋତେ! ଏଇଯେ ଶୁଣିବାକୁ ମିଳେ କେତେ କ'ଣ ଘଟଣା, ଦୁର୍ଘଟଣାର କଥା, ସେଭଳି କିଛି ଆଉ ଘଟିଯିବନି ତ ଆମ ଘରେ! ମାଆ ଜୀବନ ହାରିଦେଇ ପାରନ୍ତି! ବାପା, ମାଆଙ୍କୁ ଛାଡ଼ିଦେଇ ଅନ୍ୟତ୍ର ବିବାହ କରିନେଇ ପାରନ୍ତି!

ଆଜିକାଲି ମାଆଙ୍କ କଥା ସବୁରେ ମଧ ବାପାଙ୍କ ପାଇଁ ସନ୍ଦେହର ଆଭାସ! – "ଆଗରୁ ତ ନଥିଲେ ଏମିତି। ଖୁବ୍ ଭଲପାଉଥିଲେ ମୋତେ ଓ ଯେବେଠୁ ସେଇ ଲୋକଟି ସହ ତାଙ୍କ ଘରକୁ ଯାଇଛନ୍ତି, ତା' ସ୍ତ୍ରୀ ସହ କଥାବାର୍ତା ଆରମ୍ଭ ହୋଇଛି ତାଙ୍କର, ସେବେଠୁ ତାଙ୍କର ଏଭଳି ଦୁର୍ବ୍ୟବହାର।"

ମାଆଙ୍କୁ ଛାଡ଼ିଦେଇ ଆଉ କାହା ସହ ବନ୍ଧା ଯାଇପାରେ ହୃଦୟର ଏଇ ଅଲିଭା ଦୁଃଖ ? କ’ଣ ଈଶ୍ୱରଙ୍କ ସହ ? ସେ କ’ଣ ବୁଝିପାରିବେ ନାରୀ ମନର ଏ ଗହନ ବ୍ୟଥାର ରହସ୍ୟ । ସେ ଯେ ନିଜେ ହିଁ ପୁରୁଷ ! ପୁରୁଷର ଅହଂରୁ ମୁକୁଳି ପାରନ୍ତିନି ଈଶ୍ୱର ହୋଇ ସୁଦ୍ଧା ! ଏଇତ ଶ୍ରେଷ୍ଠ ସୁପୁରୁଷର ଆଖ୍ୟା ପାଇ ସୁଦ୍ଧା ନିଜ ପ୍ରିୟତମା ପତ୍ନୀ ସୀତାଙ୍କ ପାଇଁ ନିଷ୍ଠୁର ଆଚରଣ ତାଙ୍କର, ହତଚକିତ କରେ ସଭିଙ୍କୁ ହିଁ ଚିରକାଳ !

ସେଦିନ ଅଯୋଧ୍ୟାର ପ୍ରତ୍ୟେକଟି ବାସିନ୍ଦା ଖୁସିରେ ଚୁର୍ । ଅନେକ ଅପେକ୍ଷା ପରେ ଏ ପ୍ରାପ୍ତି ! ରାଜା ରାମଙ୍କର ରାଜ୍ୟଭାର ଗ୍ରହଣ । ସୁଶାସକ, ସୁପୁରୁଷ ରାମଙ୍କର ପ୍ରଜା ହୋଇ ରହିବା କ’ଣ କମ୍ ସୌଭାଗ୍ୟର କଥା କି ! ତେବେ ରାମ ବା କେମିତି ଖୁସି ହେଇପାରିବେ ! ତାଙ୍କ ଉପରେ ପରା ରାଜ୍ୟ ଯାକର ପ୍ରଜାଙ୍କର ଖୁସିର ଗୁରୁଦାୟିତ୍ୱ । ସ୍ୱଚକ୍ଷୁରେ ଥରେ ନ ଦେଖିଲେ କ’ଣ ବିଶ୍ୱାସ କରିହୁଏ ! ରାଜା ରାମଚନ୍ଦ୍ର ବାହାରିଲେ ଛଦ୍ମବେଶରେ, ନିଜ ରାଜ୍ୟ ଓ ପ୍ରଜାଙ୍କ ଖୁସିକୁ ଥରେ ସ୍ୱଚକ୍ଷୁରେ ଭେଟିବା ପାଇଁ । ଥମ୍ କି ଠିଆ ହେଲେ, ଯେବେ ଶୁଣିଲେ ଧୋବା-ଧୋବଣୀର କଳି ।

ରାମ ହୋଇପାରନ୍ତି ଅଯୋଧ୍ୟାର ରାଜା । ତେବେ ସେଠିରେ ସେମାନଙ୍କର କ’ଣ ଯାଏ ଆସେ, ତାଙ୍କ ସ୍ୱାମୀ ସ୍ୱୀର ସଂସାରରେ ଧୋବା-ପୁରୁଷ ପୁଙ୍ଗବ; ତେଣୁ ସେ ରଜା ତା’ ଘରର । ସେ କାହିଁକି ଶୁଣିବାକୁ ଯାଆନ୍ତା ଧୋବଣୀର ଏତେ ସବୁ ଗୁହାରି । ବାପଘରକୁ ଗଲାବେଲେ କହିଥିଲା, ତା’ ଘରଣୀ କାଲି ସଞ୍ଜକୁ ଫେରିବ ବୋଲି । ଫେରୁଛି କିନ୍ତୁ ଆଜି । ପଚାରିଲେ କହୁଛି କ’ଣ ନା, ଅସୁବିଧା ଥିଲା । କି ସାହସ, ଏ ଚାରିପଇସାର ମାଇକିନାଟାର ! କେଉଁଠି କାହା ସଙ୍ଗରେ ସାରା ରାତି ରହିଲା କେଜାଣି, ସକାଳୁ ମୁହଁ ଉଠାଇ ଚାଲି ଆସିଛି ଲାଜ ସରମ ଛାଡ଼ି, ଅସତୀ ବିଟପୀ କୋଉଠିକାର ! କହିଲେ କହୁଛି କ’ଣ ନା, "ତୁ କେଡ଼େ ମରଦଟା କିରେ, ଏତେ ଦେଖାଉଛୁ ତୋ ମରଦପଣିଆ ! ରାଜା ରାମଚନ୍ଦ୍ର ପରି ଲୋକ ପରା ସୀତାଙ୍କୁ ପାଖରେ ବସେଇଲେ, ମୁଣ୍ଡରେ ଚଢ଼ାଇଲେ, ରଖିଲେ ନା ନାଁ ନିଜର ରାଣୀ କରି ? ସେ ପୁଣି କେତେ ବର୍ଷ ପରେ ଫେରିଲେ ? ଚଉଦ ବର୍ଷ ପରେଟି ? ରାବଣ ତାଙ୍କୁ ହରଣ କରି ନେଇଥିଲା ନା ନାହିଁ, ତା’ର ରାଣୀ କରି ରଖିବ ବୋଲି ? ମନେ ଅଛି ନା ତୋ’ର... ଭୁଲିଗଲୁ ବା ସବୁ.. ମଦ ନିଶାରେ ତୋ’ର !" ଘଡ଼ିଏ ପାଇଁ ହୁଏତ ତଉଲିଲା ନିଜକୁ, ରାମଚନ୍ଦ୍ରଙ୍କ ସହିତ । କହିଲା, "ତାଙ୍କ କଥା ଶୁଣାନା ମୋତେ । ତାଙ୍କର କ’ଣ ଅଛି, ବଡ଼ ଲୋକ ସେମାନେ । ହାତୀ ମଲେ ଶହେ ଆଉ ବଞ୍ଚିଲେ ବି ଶହେ । ଆମେ ଗରିବ ଗୁରୁବା ଲୋକ; ଆମର ମୁଖ୍ୟ ଆମ ଚରିତ୍ର । ସେଇଟା ଗଲେ ଜାଣ ସବୁ ଗଲା । ମୋତେ

ଆଉ ପାଠ ପଢ଼ାନା ଅସତୀ ମାଇକିନା, ଏଇ ଏବେ ବାହାରି ଯା ମୋ ଘରୁ! ଯା'... ବାହାରି ଯାଆ...।"

ଏତିକି ହିଁ ତ ସର୍ବମୋଟ କଥା। କଲି ଧୋବା-ଧୋବଣୀର! ଧୋବା ତା' ବୁଦ୍ଧିରେ ଚଲାଇଲା ତା'ର ଘର। ତା' ବୋଲି ମଣିଷ ବେଶରେ ଈଶ୍ୱର ବି ଭୁଲିଗଲେ କେମିତି ରଖାଯାଏ ନାରୀର ମର୍ଯ୍ୟାଦା। ସେ କ'ଣ ସେଟିକି ବି ମନରେ ଆଣି ପାରିଲେନି ଯେ ଜଣେ ସମର୍ପିତା ନାରୀର ଚରିତ୍ରକୁ ନେଇ ଆକ୍ଷେପ, ସନ୍ଦେହ ହିଁ ତା' ପାଇଁ ଚରମ ଅପମାନ ବୋଲି!

ଏସବୁର ଶେଷ ଅର୍ଥ କ'ଣ ହୋଇପାରେ? ମୋ ପାଇଁ ତ ଥିଲା ଏତିକି ହିଁ ସତ- 'ଏ ସମାଜ ଗଢ଼ା ପୁରୁଷ ପାଇଁ। ସେ ଦେବ ହୁଅନ୍ତୁ ବା ମାନବ; ସେ ରାଜା ହୁଅନ୍ତୁ ଅବା ହୁଅନ୍ତୁ ରାଜାଙ୍କର ଏକ ମଳିମୁଣ୍ଡିଆ ପ୍ରଜା, ପରିବାରର ନାରୀମାନଙ୍କ ଉପରେ ତାଙ୍କର ସ୍ଥାନ ଓ ସେମାନଙ୍କ ଉପରେ ରାଜୁତି ହିଁ ତାଙ୍କର କାମ।' ଏବେ ସେ ନାରୀ ଜଣକ ହୋଇପାରେ ନାରୀ ରୂପେ ଜନ୍ମିତା ଦେବୀ ଅଥବା ହେଇଥାଉ ତା' ପରିବାରର ସ୍ତ୍ରୀ, ଝିଅ, ଭଉଣୀ ରୂପେ ତା'ର ଆଶ୍ରିତା ଅବା ସମର୍ପିତା!

ଏଇ ମିଶିଗଲା ଭୟ ସହ ଘୃଣା ଏବଂ ଏକ ଚରମ ଅନାସକ୍ତି ଭାବ ଏଇ ସୃଷ୍ଟିର ପ୍ରତ୍ୟେକଟି ପୁରୁଷ ପାଇଁ। ଏ ଭିତରୁ ଜନ୍ମନେଲା ଆହୁରି ଏକ ବିରକ୍ତି ଭାବ ସେଇ ବିବାହ ପ୍ରଥାଟି ପାଇଁ, ଯାହା ବାଧ୍ୟକରେ ଗୋଟିଏ ଅଚିହ୍ନା ପୁରୁଷ ସହ ଲାଗି ହେଇ ଜୀବନ ଜୀଇଁବା ପାଇଁ, ରାତିରାତି ଶୋଇବା ପାଇଁ।

ଏତେ ଅନାସକ୍ତି ଭାବ ସଙ୍ଗେ ରୂପାର ବାହାଘର ହେଲା, ମାତ୍ର ଏକୋଇଶ ବର୍ଷ ବୟସରେ। ବାହାଘରର ପୂର୍ବଦିନ ଯାଏଁ ରୂପା କିନ୍ତୁ ଜାଣିନଥିଲା, କ'ଣ ଥାଏ ସେଇ ସ୍ୱାମୀ, ସ୍ତ୍ରୀର ସଂପର୍କ ଯାହାକି ଭିନ୍ନ କରେ ସେମାନଙ୍କୁ ଅନ୍ୟ ସବୁ ସଂପର୍କମାନଙ୍କଠାରୁ। କ'ଣ ଥାଏ ଏମିତି ସେମାନଙ୍କ ଭିତରେ ଯେ, ପ୍ରତି ମୁହୂର୍ତ୍ତରେ ପ୍ରବର୍ତ୍ତାଏ ଏକ ଆରେକକୁ ସନ୍ଦେହ ଚକ୍ଷୁରେ ଦେଖିବା ପାଇଁ। ଏହାକୁ ପ୍ରକୃତରେ ରୂପାର ସରଳପଣ କୁହାଯିବ ଅବା କୁହାଯିବ ମୂର୍ଖାମି?

ସମାଜର ସାଧାରଣ ମଣିଷଙ୍କ ମତ ଲୋଡ଼ିଲେ, ରୂପାର ଦାମ୍ପତ୍ୟକୁ ସୁଖୀ ବୋଲି ଅଭିହିତ କରାଯିବ। ସେ ସ୍ୱାମୀ ରୂପରେ ପାଇଥିଲା ଏମିତି ଏକ ପୁରୁଷ ଯାହାକୁ ଖୁବ୍ ଭଲରେ ଜଣା କେମିତି ପୁରୁଷ ପୁଅକୁ ବଦଲାଇବାକୁ ପଡ଼େ ନିଜର ସମୟକୁ ପଇସା ରୂପରେ। ତା'ପରେ ଫୁଣି ସମୟକୁ ଖର୍ଚ୍ଚ କରି ସେଇ ପଇସାକୁ କରିବାକୁ ପଡ଼େ ବହୁଗୁଣିତ। ତା'ପରେ ମିଳେ ପରିବାରରେ ସମ୍ମାନ ଏବଂ ସମାଜରେ ଏକ ଉପଯୁକ୍ତ ସ୍ୱାମୀ, ପୁଅ, ବାପର ସ୍ୱୀକୃତିନାମା।

ତା' ମାନେ କୁହାଯାଉ, ରୂମ୍ପା ଖୁସିଥିଲା । ତେବେ ସତରେ କ'ଣ ରୂମ୍ପା ଖୁସି ଥିଲା ? ଦୁଃଖ ବୋଲି ତା'ର କାଣିଚାଏ ବି ନଥିଲା ? କେମିତି ଜାଣିବା ? ସୁଖ-ଦୁଃଖ ମାପିବା ପାଇଁ ଆମ ପାଖରେ ସାଧନ ବି ତ କିଛି ନାହିଁ ।

ବାର ବର୍ଷର ଦାମ୍ପତ୍ୟ ଜୀବନରେ ସ୍ୱାମୀ ତା'ର ତାକୁ ଦେଇଥିଲେ ଦି' ଦି'ଟା ପୁଅ । ଦୁଇ ପୁଅଙ୍କ ପାଇଁ ସହରର ପ୍ରତିଷ୍ଠିତ ଜାଗାରେ ଦୁଇଟି ବଡ଼ବଡ଼ କୋଠା । ଘରେ କାମଦାମ କରିବା ପାଇଁ ଖଞ୍ଜି ଦେଇଥିଲେ ଚାକର, ପୂଜାରୀ ମାଲକୁ ମାଲ । ଚାରିଚକିଆ ଗାଡ଼ି ପାଞ୍ଚରୁ ଛଅ ବର୍ଷ ଯାଏନି, ନୂଆ କିଣା ହୋଇ ଆସେ । ଘରର ସଭିଙ୍କ ପାଇଁ ନିଜନିଜ ମନ ମୁତାବକର ଗାଡ଼ି ଗୋଟାଏ ଗୋଟାଏ । କାହାର ବୁଲେଟ୍, କାହାର ସ୍କୁଟି ତ ପୁଣି କାହାର ନୂଆ ଦାମୀ ଫେସନେବଲ୍ ସାଇକେଲ । ପୁଅଙ୍କ ପାଠପଢ଼ା ବଡ଼ବଡ଼ ପଇସାବାଲା ସ୍କୁଲରେ, ପଇସାର ଅଭାବ ନାହିଁ ଯେହେତୁ ।

ତେବେ ଅଭାବ ପୁଣି କେଉଁଠି !

ଅଭାବ ନିଶ୍ଚୟ ହିଁ ସମୟର !

ଏତିକି ହିଁ ଅଭାବ, ନା ଆଉ କିଛି ହେଇପାରେ ? ସତରେ ଆମେ ଯଦି ଜାଣିବାକୁ ଚାହୁଁ ରୂମ୍ପାର ସୁଖ ଦୁଃଖ, ଭାବ ଅଭାବର କଥା, ତେବେ ଆଉ ଟିକେ ପାଖରୁ ରୂମ୍ପାର ଜୀବନକୁ ନିରିଖେଇ ଦେଖିବାକୁ ପଡ଼ିବ ।

ରୂମ୍ପାର ମୁହଁରେ ଆଜି ଘନଘୋର ମେଘର କଳା କିଟିମିଟି ଅନ୍ଧାର । ଆଖିରେ ବର୍ଷାଝଡ଼ି ପରି ଲୁହର ବନ୍ୟା ।

ଘରୁ ଖବର ଆସିଥିଲା, "ରଞ୍ଜୁ ନାନୀ ଚାଲିଗଲା । " ଚାଲିଗଲା ସେ- କୁଆଡ଼େ ଚାଲିଗଲା ? ସଭିଙ୍କୁ ଠକିଦେଇ ଚାଲିଗଲା ସେ ଏମିତି ଅବୟସରେ ଆରପାରିକୁ । କାହିଁକି ଏମିତି କଲା ସେ ? ସେ ତ କହିପାରିଥାଆନ୍ତା, ମୋ ଦେହ ଖୁବ୍ ଅସୁସ୍ଥ, ନେଇଚାଲ ମୋତେ ଡାକ୍ତରଖାନା । ତୁମେମାନେ ଜାଣିନା କେହି, କେବେଠୁ ମୋ ବାନ୍ତିରେ ରକ୍ତ ଝରୁଛି । ତେବେ ମୁଁ ଲୁଚାଇ ରଖିଛି ତୁମ ସଭିଙ୍କ ପାଖରୁ । ଲୁଚାଇ ରଖିଛି କାହିଁକି ନା, ମୋ ସ୍ୱାମୀର ରୋଜଗାର ନାହିଁ, ପଇସା ନାହିଁ, ଚାକିରି ନାହିଁ । ତା' ବୋଲି ମୋର ଆଉ କେହି ନାହାଁନ୍ତି ନା କ'ଣ ? ଏଇତ ମୋର ସାନ ଭାଇ, ସାନ ଭଉଣୀ ଆଜି ସମାଜରେ କେତେ ପ୍ରତିଷ୍ଠିତ ! ଚାକିରି ଅଛି, ପଇସା ଅଛି, ପ୍ରତିଷ୍ଠା ଅଛି ସେମାନଙ୍କ ପାଖରେ । ଗତକାଲି ସେଇମାନଙ୍କ ପାଠପଢ଼ାରେ ବ୍ୟାଘାତ ନହେଉ ବୋଲି ମୁଁ ଜିଦ୍ କରିନଥିଲି ଆଗକୁ ପଢ଼ିବା ପାଇଁ । ବଡ଼ଭଉଣୀର ଗୁରୁଭାରକୁ ବୋହି ସ୍ୱଇଚ୍ଛାରେ ପରିବାରକୁ ଦାୟିତ୍ୱମୁକ୍ତ ହେବାକୁ ଦେଇଥିଲି । ଆଜି କ'ଣ ସେମାନେ ମାନେ ପକେଇବେନି କି ସେଇ ପରିସ୍ଥିତିକୁ ମୋର !!

ତେବେ କାହାକୁ କିଛି ବୋଲି କିଛି ବି କହିଲାନି ସେ। ଆମେ କ'ଣ କେହି ବି ତା'ର ନିଜର ନଥିଲୁ ଯେ କାହାକୁ ବି କିଛି ନକହି ଲୁଚାଇ ଦେଲା ସବୁକିଛି। କାହିଁକି କଲା ସେ ଏମିତି ? କ'ଣ ଭିଣୋଇ, ତା' ସ୍ୱାମୀ କାଳେ ଶ୍ୱଶୁରଘରେ ଅପମାନିତ ହେବେ ବୋଲି ? ସ୍ୱାମୀଙ୍କର ତା'ର ଚାକିରି ନାହିଁ। ଖୁବ୍ ଅଧିକ ରୋଜଗାର କରିବାର ମାନସିକତା ମଧ୍ୟ ନାହିଁ। ହଁ ଜମିବାଡ଼ି ଅଛି ଖୁବ୍, ତେବେ ଶିକ୍ଷିତ ସ୍ୱାମୀ ତା'ର ପିଲାବେଳୁ ବଢ଼ିଛନ୍ତି ଖୁବ୍ ସୌଖୀନ ଭାବେ। ତେଣୁ ପାରନ୍ତିନି କୌଣସି କାମଦାମକୁ। କଲମଧରା ହାତ ତାଙ୍କର ଯେହେତୁ ଚିରକାଳ କୋମଳ, କୌଣସି ଅଭିଯୋଗ ବିନା ସବୁ କାମକୁ ଏକା ଏକା ସମ୍ଭାଳି ନେଉଥିବା, ସବୁକାମରେ ନିପୁଣା ରଞ୍ଜୁନାନୀ ଭାବିପାରିଲାନି କି କାହା ପାଖରେ ତା'ର ଫେରାଦ୍ ହେବା ଉଚିତ ହେବ। ସତକଥା, କାହାକୁ ଅବା କହିଥାନ୍ତା ସେ ? ସ୍ୱାମୀ ମଣିଷଟି ହଁ ତ ଆପଣାର। ସେ ଯଦି ନ ଶୁଣିବ, ସେ ଯଦି ନ ବୁଝିବ ମନର ଅକୁହା ବେଦନା, ତେବେ ଆଉ କାହାକୁ କହି କି ଅବା ଲାଭ ? ସ୍ୱାଭିମାନୀ ମଣିଷ ତ କଷ୍ଟ ପାଆନ୍ତି, ପାଇବେ। ଏଥରେ ଭାବିବାର ବା କ'ଣ ଅଛି ?

ଆଜି କାହ ସହ ରାଗ ବି ଲାଗିଲା ତାକୁ ଖୁବ୍। ତେବେ ରାଗିବ କାହା ଉପରେ ? ଯାହା ପାଖରେ ନିଜର ମାନ, ଅଭିମାନ, ରାଗରୁଷାକୁ ଛୋଟବେଳୁ ଅଜାଡ଼ି ଦେବା ଶିଖିଲା ସେ, ସେଇ ରଞ୍ଜୁନାନୀ ହିଁ ଆଜି ଚାଲିଗଲା ସଭିଙ୍କ ଉପରେ ଅଭିମାନ କରି। କିଛି ଅଭିମାନ ତା' ଉପରେ ବି ଛିଟିକି ପଡ଼ିଛି ନା ଆଜି। ଖୁବ୍ ଦୋଷୀଦୋଷୀ ଲାଗୁଥିଲା ତାକୁ ଆଜି। ରଞ୍ଜୁନାନୀ ଯଦିଓ ତା'ର ପିଉସୀ ଝିଅ ଭଉଣୀ କିନ୍ତୁ ସତରେ ତ ମା' ପେଟ ଭଉଣୀଠୁ ଢେର୍ ଗୁଣା ଅଧିକା। ଏମିତିରେ ମା', ବାପାଙ୍କର ଏକମାତ୍ର ଝିଅ ହେତୁ ଛୋଟବେଳୁ ତା'ର ସବୁ ଅଳି ଅଦଉତି, ମାନ ଅଭିମାନ ସେଇ ମାମୁଘରେ ବଢ଼ି ଆସିଥିବା ରଞ୍ଜୁନାନୀ ଉପରେ ହିଁ ତ କରିବା ଶିଖିଥିଲା ସେ!

ଲୁହ ବୋଲ ମାନୁନଥିଲା। ଆଖି ଫୁଲି ଢିମାଢିମା। ଇଚ୍ଛା ହେଉଥିଲା ଦୌଡ଼ିଯାଇ ରଞ୍ଜୁନାନୀକୁ ଛାତିରେ ଚାପି ଧରି କହନ୍ତା, "ତୁ ଚିନ୍ତା କରନା! ତୋର ମୁଁ ଅଛି, ତୁ ଏକା ନୋହୁଁ କେବେହେଲେ। କିଛି ବୋଲି କିଛି ହେବାକୁ ଦେବିନି ମୁଁ ତୋତେ! ଚାଳିଶ ବର୍ଷର ବୟସ ଗୋଟେ ବୟସ ନା କ'ଣ !" ତେବେ ମଣିଷ କେତେ ଅସହାୟ ସତରେ। କିଛିବି କରିପାରେନା, କେବଳ ଲୁହ ଗଡ଼ାଇବା ବ୍ୟତୀତ। ଆଉ ସେଇ ମଣିଷଙ୍କ ଭିତରେ ପୁଣି ନାରୀ...! ଛି... ତା' କଥା ତ ନ କହିବା ହିଁ ଭଲ।

ରୁସ୍ତାର ସ୍ୱାମୀ ସବୁଦିନ ପରି ସେଦିନ ବି ଫେରୁଫେରୁ ଅନେକ ରାତି। ସତରେ, ସେ କ'ଣ କେବେ ଦେଖିତିନି ରୁସ୍ତାର ମୁହଁକୁ, ନହେଲେ ତ ନିଶ୍ଚେ ହିଁ ଜାଣିପାରନ୍ତେ,

ରୂମା କେତେ ଦୁଃଖୀ ଆଜି ! ପ୍ରତି ରାତି ପରି ଆଜି ବି ତ ସେ ଲୋଡ଼ିଲେ ତା' ଦେହକୁ ନିବିଡ଼ ଭାବରେ। ସତରେ କ'ଣ ତାଙ୍କ କାନକୁ ଶୁଭିଲାନି ତା'ର ବିକଳ ଦୀଘଶ୍ୱାସ ! !

ସଦାବେଳେ ହିଁ ରୂମା ଆଶ୍ଚର୍ଯ୍ୟ ହୁଏ, କେମିତି ତା' ସ୍ୱାମୀ ମଣିଷଟି କେବେ ହେଁ ବୁଝି ପାରିଲେନି ଯେ ଦେହରେ ଦେହ ଘଷିଲେ ଦେହର ଥକ୍କାପଣ କମେନି ବରଂ ବଢ଼େ। ତାକୁ ପ୍ରଶମିତ କରିବା ପାଇଁ, ଶୀତଳେଇ ଆସିବା ପାଇଁ ତ ଲୋଡ଼ା ପଡ଼େ ନିଜ ସାଥିଟି ସହିତ ମନକୁ ବାନ୍ଧିବା... ଏକ କରି ମିଶାଇଦେବା !

ଆଜି କିନ୍ତୁ ବିକଳ ହୋଇ ଉଠିଲା ମନ ତା'ର। ସେଇ ଛୋଟବେଳର ଘୁଣା କୁଆଡୁ ଫଣା ଟେକିଲା ମନ ଭିତରେ। ଫଁ କରି ଉଠିଲା ତା' ଶିକ୍ଷିତ କିନ୍ତୁ ଅବୁଝା ସ୍ୱାମୀ ଉପରେ। ସେ କେବଳ ଏତିକି କହିଲା– "କୋମଳମନା ନାରୀଟିଏ ପାଇଁ ତା' ଦେହ ହେଲା ସବୁଠୁ କୋମଳତମ ଶଉ।"

ଅନେକ ବର୍ଷ ପରେ ଯିବା ହେଲା ବାପାଙ୍କ ପାଖକୁ। ବାପଘରକୁ। ଆସିଥିଲେ ବି ପିଉସୀ। ରଞ୍ଜୁନାନୀର ମାଆ। ଝିଅକୁ ଅଦିନରେ ହରାଇବାର ଦୁଃଖ ଭାଙ୍ଗି ଦେଇଥିଲା ତାଙ୍କର ଅଣ୍ଟା। ଖୁବ୍ ଇଚ୍ଛା ହେଲା ଆଉ ଜଣଙ୍କ ବିଷୟରେ ଜାଣିବାକୁ, ଜାଣିବାକୁ ଭିଶୋଇଙ୍କ ବିଷୟରେ– ସେ ବି ତ ଏ ସମାଜର, ଏବେକାର ପୁରୁଷ ଜଣେ। ଯେଉଁ ନାନୀ କାନ୍ଧରେ ସେ ତାଙ୍କର ନିଜର, ନିଜ ପରିବାରର ସବୁ ଦାୟିତ୍ୱକୁ ଲଦିଦେଇ କେତେ ଆରାମରେ ବିତାଇ ଆସିଥିଲେ ଜୀବନ, ଆଜି ତା' ବିନା କେମିତି ଥିବେ ସେ ସତରେ ? ପିଉସୀଙ୍କ ଉତ୍ତର ଶୁଣି ଝାଲେଇଗଲା ତା'ର ହାତ, ପାଦ !

"ଭିଶୋଇ ତେବେ ନାନୀଙ୍କୁ ହରାଇ ପାଗଳପ୍ରାୟ !" ମନେ ପଡ଼ିଲେ ସେଇ ମହାଯୋଗୀ ମହେଶ୍ୱର। ଧର୍ମପତ୍ନୀ ସତୀଙ୍କର ପିଣ୍ଡକୁ ମୁଣ୍ଡରେ ଧରି ପାଗଳପ୍ରାୟ ଘୁରି ବୁଲୁଥିବା ମହେଶ୍ୱର !

ଅନେକ ଦିନ ପରେ ଆଜି କିଛିଟା ବ୍ୟତିକ୍ରମ। ସ୍ୱାମୀ ମହାଶୟ ଫେରିଥିଲେ ରାତି ହେବା ପୂର୍ବରୁ, ସନ୍ଧ୍ୟା ସମୟଟାରେ ଘରକୁ। ହାତରେ ଗୋଟିଏ ସୁନ୍ଦର ଫାଇଲ। ତା' ଭିତରୁ ଉଙ୍କି ମାରୁଛନ୍ତି ଗୁଡ଼ାଏ କାଗଜ। ବୋଧହୁଏ ଅଫିସ୍ କାଗଜପତ୍ର। ଓହୋ... ନିଶ୍ଚୟ ହିଁ ପୁଣି କିଛି ନୂଆ କାମ, ନୂଆ ବ୍ୟସ୍ତତାକୁ ମୁଣ୍ଡେଇବାର ଇଏ ହେଉଛି ପ୍ରସ୍ତୁତି ପର୍ବ ! ଆଶ୍ଚର୍ଯ୍ୟ ଲାଗିଲା ରୂମାକୁ, ଓଃ... କେତେ ଅଧିକ ମଗ୍ନ କରିପାରେ ଜଣେ ନିଜକୁ ଏଭଳି ଭାବେ କେବଳ କାମ ଓ କାମରେ ! ଟଙ୍କା ପଇସାରେ। ପ୍ରତିଷ୍ଠା ପ୍ରତିପଉରେ !

ସେ ଖୁବ୍ ମନକୁ ବାରଣ କଲା। ଜାଣେ ତ କିଛି ବଦଳିବାର ନାହିଁ, ପୁଣି ଅଯଥା ଯୁକ୍ତି କରିବାରେ ଲାଭ କ'ଣ ? ତେବେ ବାହାରକୁ ଥକିଟ କଲେ ମନଟି ନିଜ ସହ କଥା ହେବା ଆରମ୍ଭ କରେ। ମୁଁ ପ୍ରଶ୍ନ କରୁଥିଲି ନିଜକୁ... ତୁ ତୋ ଜୀବନରେ

କ'ଣ ଚାହୁଁଥିଲୁ ରୂପା ? ମୁଁ ଉତ୍ତର ରଖୁଥିଲି ନିଷ୍ପାପର ଭାବେ ନିଜ ପାଖରେ... କେବଳ ଏତିକି ହିଁ ନା, ସ୍ୱାମୀ ମଣିଷଟି ହେଇଥିବେ ବନ୍ଧୁଟିଏ ପରି ତା'କୁ ଖୁବ୍ ବୁଝୁଥିବା, ତା'ର ସୁଖ ଦୁଃଖ ବାଣ୍ଟିବାକୁ, ଶୁଣିବାକୁ ଭଲ ପାଉଥିବା ମଣିଷଟିଏ। ତା' ପ୍ରେମରେ ଆପ୍ଳୁତ ଦରଦୀ ମନର ମାଲିକଟିଏ !

ତେବେ ମିଳିଲେ କିଏ ? ଏମିତି ଏକ ମଣିଷ, ଯିଏ ପ୍ରେମ କହିଲେ ବୁଝନ୍ତି ସ୍ୱାକୁ ସୁନା, ରୂପା ଗହଣା ଗାଣ୍ଠିରେ ଲଦିଦେଇ ଏକ ଆଭିଜାତ୍ୟ ଭରା ଜୀବନ ଯୋଗାଇ ଦେବା।

ଆଜି କିନ୍ତୁ ସତରେ ବ୍ୟତିକ୍ରମ ହିଁ ବ୍ୟତିକ୍ରମ। ସେ ଆସିଲେ ରୂପଚାୟ ଖଟ ଉପରଟାରେ ବସିଲେ। ଏମିତି ଚାହିଁଥିଲେ ମୋତେ, ଯେମିତି ଦେଖୁଛନ୍ତି ପ୍ରଥମ କରି। କ'ଣ ଚାହିଁଛନ୍ତି ଏମିତି କେଜାଣି ? ମୁଁ ସତର୍କ ହୋଇଉଠିଲି। ମୁଁ ପିନ୍ଧିଥିଲି ସବୁଜ ରଙ୍ଗର ଝିନ ପତଳା ଶାଢ଼ିଟାଏ। ତା' ତଳକୁ ଦିଶୁଥିଲା କି ଆଉ ମୋର ଗୋରା ତକ୍ତକ୍ ପେଟ। ମୁଁ ଟାଣି ଆଣିଲି ଶାଢ଼ିକୁ ଆଉ ଟିକେ ମୋ ପେଟ ଉପରକୁ। ସେ ଦେଖୁଛନ୍ତି କି ଆଉ ମୋ ଆଖି ପାଖରେ ଝୁଲି ପଡ଼ିଥିବା ଅସ୍ତବ୍ୟସ୍ତ ଚୁଟି କେରାକୁ। ମୁଁ ସେଇ ଅଲରା ଚୁଟି କେରାକୁ ଟାଣି କାନ ତଳେ ଚାପିଦୋବାର ଅପଚେଷ୍ଟା ଜାରି ରଖିଲି। ସେ କହିଲେ, "ଥାଉ! ଭଲ ଲାଗୁଛି।" ହେଃ... ଭଗବାନ..., ମୋତେ ଲାଜ ଲାଗିଲା ଖୁବ୍। ଏବେ କ'ଣ କରିବ ମଣିଷ ? ନିଜକୁ ନିଜେ ଠାଗିଦା କଲା ଭଳି କହିଲି, "ପଦିଏ କଥାରେ ଭଳି ଯାଅନା ରୂପା ! ଆହୁରି ଚିହ୍ନିବା ବାକି ଅଛି ନା ତୋର ଏ ପୁରୁଷମାନଙ୍କୁ! କ'ଣ କାମ ଥିବ ନିଶ୍ଚେ। ସେଇଥିପାଇଁ କେବଳ...।" ମୁଁ ପୁଣି କାନ ଡେରିଲି, ଆଉ କ'ଣ କହୁଛନ୍ତି ଶୁଣେ। ସେ କହିଲେ, "ଯେତେବେଳେ ଦେଖ ତୁମର କାମ ଓ କେବଳ କାମ! ଡାକୁଛି ଏତିକି, ଆସୁନି ପାଖକୁ। ଏଇଠ ବସ।" ହାତ ବଢ଼ାଇ ବତାଇ ଦେଲେ, ସେଇଠି ବସିବି, ଖଟ ଉପରେ ତାଙ୍କ ପାଖକୁ ଲାଗି। ମୁଁ ରୂପକି ଯାଇ ବସି ପଡ଼ିଲି ପାଖରେ। ସ୍ୱାମୀ ସ୍ତ୍ରୀଙ୍କର ଏମିତି ପାଖାପାଖି ବସିବା, ନିରବରେ ପରସ୍ପରର ଅନ୍ତର୍ମନକୁ ପଢ଼ିବା ଖୁବ୍ ପ୍ରିୟ ମୋର, ଛୋଟଟି ବେଳୁ।

ସ୍ୱାମୀ ମଣିଷଟି ଏବେ ଫାଇଲ୍ ଭିତରୁ ବାହାର କଲେ, ଖଣ୍ଡେ କାଗଜ ଏବଂ ତୋଲି ଧରିଲେ ମୋ' ସାମ୍ନାରେ। ପଚାରିଲେ, "କହିଲ ଦେଖି, ଏଇଟା କ'ଣ ?".

: ନା, ଜାଣିନି ! ତୁମେ କହିଦିଅ।

: ମନେ ଅଛି, ସେଦିନ କହୁଥିଲ, ତୁମର ସମୟ ସରୁନି। ପିଲାଏ ତାଙ୍କ ପାଠ ଓ ସାଙ୍ଗସାଥୀ ମେଳରେ ବ୍ୟସ୍ତ ଓ ମୁଁ ମୋ କାମରେ ବ୍ୟସ୍ତ। ଘର କାମ ପାଇଁ ତ ଲୋକ ପୁଲାକୁ ପୁଲା, ତୁମେ କରିବ କ'ଣ ?

ସେଇଦିନ ହିଁ ନିଷ୍ଠ‌ଉ ନେଇ ଯାଇଥିଲି, ତୁମ୍କୁ ଦେବି ଆଉ ପୁଷ୍ପାଏ ଛୁଆ। ଏଇ ତିନିଶ', ଚାରିଶ' କି ପାଞ୍ଚଶ' ଖଣ୍ଡେ। ତା'ପରେ ମୋ ପରି ତୁମେ ବି ବ୍ୟସ୍ତ। ସେଇ ବ୍ୟସ୍ତତା ଭିତରୁ ଆମେ ଖୋଜିବା ଦୁହେଁ ଦୁହିଁଙ୍କୁ ଘଡ଼ିଏ ସାନ୍ନିଧ୍ୟ ପାଇଁ, ବିକଳ ହେବା ଥରେ ପରସ୍ପରକୁ ମନ ପୂରାଇ ଦେଖିବା ପାଇଁ। ଏଇ ରହିଲା ଗୋଟିଏ ବେସରକାରୀ ବିଦ୍ୟାଳୟ ଖୋଲିବାର ଅନୁମତି ପତ୍ର ସାଙ୍ଗକୁ ଯାବତୀୟ ଦରକାରୀ କାଗଜପତ୍ର। ଏ ସ୍କୁଲରେ ତୁମେ ହେବ ପ୍ରିନ୍ସିପାଲ। ତୁମେ ଖୁସି ଅଛ ନା ?

ଏ କି ଭାବାନ୍ତର ମୋ ମନରେ! ମୁଁ ମୋତେ ତୁଲନା କଲି ମୋ ମାଆଙ୍କ ସହ। କହିଲି– ମା', ତୁମ ଝିଅ ସତରେ ଭାଗ୍ୟବତୀ! ମୁଁ ମୋ ସୁଖକୁ ତଉଲିଲି, ସତୀ ସୀତାଙ୍କ ଦୁର୍ଦ୍ଦଶା ସାଥିରେ। କହିଲି– ମାଆ, ଏକଥା ସତ, ସତ୍ୟ ଯୁଗରେ ବି ଖୁବ୍ ଅନ୍ୟାୟ ହେଇଥିଲା ତୁମ ସହିତ। ତେବେ ଜାଣିଛ ନା, ଆଜି ଦୁନିଆ ବଦଳିଛି, ବଦଳିଯାଇଛି ବି ନାରୀଟିଏର ସ୍ଥିତି ଏ ଦୁନିଆରେ। ମୁଁ ଆଜି କଳିଯୁଗରେ ଜନ୍ମ ହେଇବି ଖୁବ୍ ଖୁସି ମାଆ, ଖୁବ୍ ଖୁସି। ମୁଁ ମନେମନେ ଝୁରି ହେଲି ବି ମୋ ରଞ୍ଜୁନାନୀକୁ କହିଲି, "ତୁଟା ଗୋଟାଏ ଗଜ ମୂର୍ଖ। ବୁଝିଲୁ ନାନୀ, ଭିଣୋଇ ବାବୁ ନା ଖୁବ୍ ହିଁ ଭଲ ପାଉଥିଲେ ତୋତେ। ଏବେ ବି ପାଆନ୍ତି। ତେବେ ଲାଭ କ'ଣ କହିଲୁ!" ବରଂ ତୁ ତାଙ୍କୁ କହିଥାନ୍ତୁ, "ଏଇ ଏମିତି କର... ମୋତେ ଡାକ୍ତର ଦେଖାଅ... ମୋ ଭାଇ ଭଉଣୀଙ୍କୁ କୁହ...। ତେବେ ଶୁଣନା, ମୁଁ ବଞ୍ଚିବାକୁ ଚାହେଁ ତୁମ ସାଥିରେ ଗୋଟିଏ ଜୀବନ ନୁହେଁ, ହଜାରେଟି ଜୀବନ, ମୋତେ ମରିବାକୁ ଦିଅନା ତୁମେ!" ମୁଁ ତଉଲିଲି ମୋତେ ଦେବୀ ପାର୍ବତୀଙ୍କ ସହ, କହିଲି– ମୋ ଉପରେ ତୋ କୃପାଦୃଷ୍ଟି ଏମିତି ହିଁ ରଖିଥାଅ ମାଆ। ତୋ'ରି ସ୍ୱାମୀଙ୍କ ପରି ସ୍ୱାମୀଟି ହିଁ ତ ଈପ୍ସିତ ମୋର ଚିରକାଳ।

ମୋ ସ୍ୱାମୀଙ୍କ ଓଠଟି ଛୁଇଁ ଆସୁଥିଲା ମୋ ଓଠକୁ। ମୁଁ ତରଳି ଯାଉଥିଲି। ଫିଟି ପଡ଼ୁଥିଲା ଶରୀର ମୋର। ଆଉ ଘଡ଼ିଏ ପରେ ହୁଏତ ମୋ ପାଟିରୁ ବାହାରି ଆସିପାରେ ଏଭଳି କିଛି ଅଲୌକିକ ନ କହିବା କଥା, "କି ବୋକା ମଣିଷଟେ କି ହୋ! ନିଜ ପତ୍ନୀଙ୍କୁ କ'ଣ ପ୍ରେମ କରାଯାଏ ଏତେ ଦୂରରୁ ନା। ଘୁଞ୍ଚିଆସ; ଲାଗିଆସ... ପାଖକୁ... ଆଉ ଟିକିଏ ପାଖକୁ...।"

ମଦନାର ନେକ୍‌ଟାଇ

ମୁଁ ଅବନି । ଆପଣ ଭାବିଲେକି, ମୁଁ ମଦନା ବୋଲି ! ନା, ମୁଁ ମଦନା ନୁହେଁ, ହେଇବି ପାରିବିନି କେବେ, ଆମ ଭିତରେ ଢେର୍ ପାର୍ଥକ୍ୟ, ଅବଶ୍ୟ ସମାନତା ବି ଅନେକ ।

ପ୍ରଥମେ କୁହେ ସମାନତା କଥା । ସମାନତା ଏୟା ଯେ – ଆମେ ଉଭୟେ ହିଁ ପୁରୁଷ ଏବଂ ଉଭୟେ ହିଁ ଗୋଟିଏ କାଳଖଣ୍ଡକୁ ପ୍ରତିନିଧିତ୍ୱ କରୁ । ବିଂଶ ନୁହେଁ, ଊନବିଂଶ ଶତାବ୍ଦୀରେ ଉଭୟଙ୍କର ଜନ୍ମ । ଉକ୍ରଟ ଚାକିରି ଅଭାବ ଓ ତାକୁ ନେଇ ଯେତକ ମାନସିକ ଚାପ, ଦୁହେଁ ଭୋଗିଛୁ ସମାନ ହିଁ ଭାବରେ । ଉଭୟେ ରହୁ ଗୋଟିଏ ମେସ୍‌ରେ । ଧୁମ୍ ଗପୁ । ସେ କହେ ତା' ପ୍ରେମିକା କଥା । ମୁଁ ଶୁଣେ, ଯେହେତୁ ମୋ ପାଖରେ କହିବାକୁ କିଛି ବି ନଥାଏ ।

ଏଇ ପ୍ରେମିକା ସୂତ୍ରୁ ମୁଁ ଲିସ୍ସା ଝିଅଟିକୁ ଅଳ୍ପବହୁତେ ଜାଣେ । କେବେ ଦୂରରୁ ଦେଖିନି ବୋଲି ବି ନୁହେଁ, ଦେଖିଛି, ତେବେ ଆମ୍ହାସାମ୍ହା ହେଇନି । ମୋତେ ଲାଜମାଡ଼େ, ଏମିତି ଝିଅପିଲାଙ୍କ ସାଙ୍ଗରେ କଥାହେବା । ଲିସ୍ସା ପୁଣି ମଦନାର ପ୍ରେମିକା, ଆଉ ମଦନା ତାକୁ ନେଇ ଖୁବ୍ ସେନ୍‌ସିଟିଭ୍, ତେଣୁ ଏ ମାମଲାରେ ନିଜକୁ ଦୂରେଇ ରଖିବା ଭଲ ।

ଆଜି କିନ୍ତୁ ମଦନାର ଅନୁନୟ ବିନୟ ମନଟାକୁ ଚହଲାଇ ଦେଲା ମୋ'ର । କାଲି ଯାଏଁ ତ ଇଏ କହୁଥିଲା– ଲିସ୍ସା ତାକୁ ପ୍ରାଣଠୁ ଅଧିକ ଭଲପାଏ ବୋଲି, ଆଜି ପୁଣି କ'ଣ ଏମିତି କହୁଛି ! ଏଇ ପ୍ରେମ ମାମଲାକୁ ନେଇ ଯଦିଓ ଏତେଦିନ ଧରି ମୁଁ ଈର୍ଷା କରୁଥିଲି ମଦନାଟାକୁ, ଆଜି ତା'ର ବିକଳ ଅବସ୍ଥା ଦେଖି ଦୟା ଆସିଲା ମନରେ ।

ମୋ ପାଦ ଧରିଦେବା ଅବସ୍ଥାରେ ସେ! ବଡ଼ ଅନୁନୟ ବିନୟ କରି କହିଲା– 'ଶୁଣନା ଭାଇ, ମୋର ଜୀବନ ମରଣ କଥା ଇଏ, ଏତିକି କରିଦେବୁନି ନା?'

– ଆଗ ତୁ କହିଲେ ସିନା। ହଉ, କହ! କ'ଣ କରିବାକୁ ଅଛି ପ୍ରଥମେ କହ ତ ଥରେ!

– ଦେଖ୍, ତୁ ଲିସ୍ଟାକୁ ଭେଟି କେବଳ ଏତିକି କହିବୁ ଯେ, ସେ ଦି' ମାସ... କେବଳ ଦି'ଟି ମାସ ଦେଉ ମୋତେ। ତା' ବାପା ଠିକ୍ କରିଥିବା ବାହାଘର ପ୍ରସ୍ତାବରେ କେମିତି ବି ରାଜି ନହେଉ। ମୁଁ ଏ ଦି' ମାସ ଭିତରେ ଯେମିତି ବି ହେଉ ମୋ' ପାଇଁ ଚାକିରିଟିଏ ଯୋଗାଡ଼ କରିନେବି, ତା'ପରେ ତ ଆଉ ଆମର ବାହାଘର ପାଇଁ ଘରେ ଅରାଜି ହେବେନି ନା କେହି!

ସେ ମୋର ଆଶ୍ୱାସନା ଭରା ମୁହଁଟିକୁ ଦେଖି ଟିକିଏ ଶାନ୍ତିରେ ନିଃଶ୍ୱାସ ମାରିଲା।

ମୋ'ର ତ କୋରାପୁଟରେ ରିସର୍ଚ କାମ, ଦି' ଦିନର ରହଣୀରେ ସମୟ ବଳିବନି ଘଡ଼ିଏ, ମୁଁ ମୂର୍ଖ କାହିଁକି ରାଜି ପଡ଼ନ୍ତି ତା' କଥାରେ କେଜାଣି! ନିଜକୁ ଗାଳି କଲି ମନେ ମନେ। ସେଇଠି ଚୁପ୍‌ଚାପ୍ ମୁଣ୍ଡ ଟୁଙ୍ଗାରି ଦେଲି ଅଥଚ ଏବେ ମନରେ ଯେତକ ଭାବନା– 'ମୁଁ ଟା କେଡ଼େ ଗଜମୂର୍ଖ ସତେ! କେତେବେଳେ ସମୟ ପାଇବି ଯେ ଲିସ୍ଟା ପାଖକୁ ଯାଇ ବୁଝାଇବି ଏତେ ସବୁ କଥା!' ପୁଣି ଭାବିଲି, 'ସାଙ୍ଗଟା ଯାହାହେଲେ ବି ...ଏତିକି ନ କଲେ, ଇଏ ଯୋଉଭଳି ହଉଛି ନା, ନିଜ ସହ କିଛି ଉଚିବାଚ ନକରୁ!' ଭଲ ହେଇଛି ମୁଁ ଏ ପ୍ରେମଫ୍ରେମ ମାମଲାରେ ପଶିନି କେବେ। ଝିଅଗୁଡ଼ା ଶଳା ସବୁ ବେଇମାନ। ପ୍ରେମ କରୁଥିବା ଯାଏଁ ପ୍ରେମିକକୁ ଫୁସୁଲେଇବାରେ ଉସ୍ତାଦ, ମନକଲେ ନାକ ସୁଁ ସୁଁ କରି କହିବେ– ତୁମକୁ ଛାଡ଼ି ବଞ୍ଚିପାରିବିନି। ସତ କହୁଛି, ବିଷ ଖାଇ ମରିଯିବି ଯଦି ବାପା ତୁମକୁ ଛାଡ଼ି ଆଉ କାହା ସହ ବାହା ଠିକ୍ କରନ୍ତି। ମୋ' ରାଣ, ଶୀଘ୍ର ଚାକିରିଟେ ଯୋଗାଡ଼ କର ନିଜ ପାଇଁ! ଘରେ ମନାକଲେ ବି ଯେମିତି ଆମେ ଆମର ବାହାହେଇ ସଂସାର ଗଢ଼ି ପାରିବା କ'ଣ କହୁଛ ଯେ... କ'ଣ ଭାବୁଛ ଯେ... ଇତ୍ୟାଦି... ଇତ୍ୟାଦି...। ଅଥଚ ଏଇ ଯେଉଁ ମୁହୂର୍ତ୍ତରେ ବାପା ବଡ଼ ଚାକିରିଆ, ଧନୀ ଘର ଦେଖି ବାହା ଠିକ୍ କରିଦେଲେ... ଏଇ... ଫଟାକରୁ ବଦଲିଗଲା ମନ, ବାହା ହେବାକୁ ମନ ଏକାବେଲକେ ଉଛୁନ୍, ଛନଛନ।

ମୁଁ ବିଚରୋ ତରଳିଗଲି ଏକବାରେ ମଦନାର ଦୁଃଖରେ। ଆଜି ଯେତେବେଳେ ତା'ର ଏଇ ନେକ୍‌ଟାଇ ଭିତରେ ଦେଖୁଛି ମଦନାକୁ, ସତରେ ମୁଁ ବୁଝିପାରୁନି, ଶଳା ସେ ମଦନାଟା ଚୋର ନା ମୁଁ ଟା ମୂର୍ଖ! ଆଜି ତା'ର ଏଇ ବେକରୁ ଝୁଲିଥିବା

ନେକ୍ଟାଇ ଖଣ୍ଡକ ଥଙ୍ଗା କରି ହସୁଛି ମୋ' ଉପରେ। ସେଦିନ ମୁଁ କିନ୍ତୁ ମୋ ପ୍ରୋଜେକ୍ଟ କାମ, ରିସର୍ଚ ପେପର କାମକୁ ଆଡ଼ କରି ପ୍ରଥମେ ଦୌଡ଼ି ଯାଇଥିଲି ଲିମ୍ବା ଘରଯାଏଁ। ପୁଣି ତା' ବଡ଼ ଭାଇ ସାମ୍ନାରେ ମୁହଁ ଉଠାଇ କେଡ଼େ ଦର୍ପରେ କହିଲି ବି ମଦନା କହିଥିବା କଥା– 'ମୋ ସାଙ୍ଗ ମଦନା ଓ ଲିମ୍ବା ପରସ୍ପରକୁ ଖୁବ୍ ଭଲପାଆନ୍ତି। ତା' ଚାକିରିଟା ବି ହେଇଯିବ, କିଛି ବିଶେଷ ଅସୁବିଧା ନାହିଁ, ମୌଖିକ ପରୀକ୍ଷାରେ ହେଲେ ତ ହେଲା, ଏଇ ଆଉ ମାତ୍ର ଦି'ଟା ମାସର କଥା। ଆପଣ ଏ ବାହାଘର କରନ୍ତୁନି। ମନା କରିଦିଅନ୍ତୁ ବାହାଘରକୁ, ମଦନା କହିଛି... ସେ ଦୁଇମାସ ପରେ ଯେମିତି ବି ହେଉ ଲିମ୍ବାକୁ ବାହାହେବ।'

ମୋ ମୂର୍ଖାମୀରେ ନିଶ୍ଚୟ ଆଶ୍ଚର୍ଯ୍ୟ ହେଇ ହଁ ଲିମ୍ବାର ଭାଇ ଡାକି ଆଣିଥିବେ ତାଙ୍କ ବାପାଙ୍କୁ। ସେଯାଏଁ ତଥାପି ହୋସ୍ ଫେରିନି ମୋର, ପୁଣି ସେଇ ସାହସରେ ଆଉଥରେ ମୁଁ ଗଳଗଳ ଗାଇଯାଉଛି, ଗୋଟାଏ ଝିଅର ବାପା ସାମ୍ନାରେ ତା' ଝିଅର ବାହାଘର ରୋକିଦେବା କଥା। ସେ ଅନୁରୋଧ ପତ୍ର ପୁଣି ତା' ପ୍ରେମିକ ଦ୍ୱାରା ପ୍ରେରିତ! ଏ ତ ବଳିଗଲା ସେଇ ପୁରାଣ ଯୁଗର ରାଜା ସନ୍ଦେଶ ଦେଇ ଶତ୍ରୁରାଜ୍ୟର ରାଜାଙ୍କ ପାଖକୁ ପଠାଇଥିବା ଦୂତଙ୍କର ଭରା ରାଜ୍ୟସଭା ଆଗରେ ସନ୍ଦେଶ ପତ୍ର ପଢ଼ିବା ଦୁଃସାହସକୁ ବି! ସେତେବେଳେ ମନକୁ ଦୂତର କଥାସବୁ ନ ପାଇଲେ କ'ଣ କରୁଥିଲେ ରାଜା? – କ'ଣ ଦୂତଙ୍କର ମୁଣ୍ଡକାଟ! ରାଜାଙ୍କର ସେ ସମୟର କଠୋର ରୂପ ଓ ଦଣ୍ଡ ବିଧାନ ସହ ତୁଳନା କଲେ, ଲିମ୍ବାର ବାପାଙ୍କ କଣ୍ଠସ୍ୱର ଖୁବ୍ ନରମ ହଁ ଥିଲା। ତାଙ୍କ ଚେହେରା ବି ସେ ରାଜାଙ୍କ ଚେହେରା ପରି ରୁକ୍ଷ ନୁହେଁ ବରଂ ଖୁବ୍ କୋମଳ ହଁ ଥିଲା, ଯଦିଓ ସେଦିନ ଭୟରେ ଝାଲେଇ ଯାଇଥିଲା ମୋର ହାତ ପାଦ ମୁଣ୍ଡ ଦେହ ସବୁକିଛି।

ସେ କିଛି ଗମ୍ଭୀର ସ୍ୱରରେ କହିଥିଲେ– 'ଶୁଣ ବାବୁ! ତୁମେ ଖୁବ୍ ନିରୀହ ପିଲାଟେ, ନହେଲେ ଏଠିକି ଆସି ଏଭଳି କଥା କହିବା ପାଇଁ କେବେହେଁ ସାହସ କରନ୍ତୁନି! ଲିମ୍ବାର ବାହାଘର ତ ମୁଁ ସେଇ ଜାଗାରେ, ସେଇ ତାରିଖରେ, କରିବି ହଁ କରିବି। ତୁମକୁ ଓ ତୁମ ସାଙ୍ଗ ମଦନା ସଭିଙ୍କୁ ନିମନ୍ତ୍ରଣ ରହିଲା। ଦଶ, ପନ୍ଦର, ଶହେ ଯେତେଜଣ ଆସୁଛ ଆସ, ସମସ୍ତଙ୍କୁ ନିମନ୍ତ୍ରଣ ରହିଲା, ଖାଇବ, ପିଇବ, ନାଚିବ, ଡେଇଁବ ଓ ଯିବ; ତେବେ ଯଦି ବାହାଘରରେ ଟିକିଏ ବି ଅସୁବିଧା ଘଟାଇବାକୁ ଚେଷ୍ଟାକର, ତେବେ ତୁମମାନଙ୍କର କିମା କରି ସେଇ ମାଂସ ତରକାରିରେ ପକାଇବାକୁ ଘଡ଼ିଏ ଲାଗିବନି ଆମକୁ। କ'ଣ ବୁଝିଲ?' ତାଙ୍କ କଥା ଶୁଣି ମୋ ହାତ ପାଦ ଝାଲେଇବାକୁ ଆରମ୍ଭ କଲା ଓ ମୁଁ କେମିତି ଫେରିବି, ସତରେ ଆଉ ଜୀବିତ ଅବସ୍ଥାରେ

ସେଇଠୁ ଫେରି ପାରିବି କି ନା ଖୁବ୍ ସନ୍ଦିହାନ ହେଇପଡ଼ିଲି। କିଂକର୍ତ୍ତବ୍ୟବିମୂଢ଼ ଅବସ୍ଥା! ନିଜକୁ ଗାଳିଦେବା ଛଡ଼ା ଆଉ କିଛି ବି ଉପାୟ ନଥିଲା। ନିଜକୁ ଓ ଶଳା ମଦନାକୁ ଯେତେ ସଂପାଦିଲେ ବି ଜ୍ଞା ଭଲି ଲାଗିଲା। ଏମିତିରେ ତା' ବାପାଙ୍କ ସାମ୍ନାରେ ଠିଆ ହେଇଥିଲି ମୁଁ ନା, ମଦନା ତ ନୁହେଁ!

ତାଙ୍କର ଶେଷ ଧାଡ଼ି- 'ବାବୁ, ବୁଝିଲ ନା... ଆହୁରି ବୁଝାଇବି?' ଶୁଣିଲା ପରେ ମୋର ହେଜ ପଶିଲା... ମୁଁ ରୁମାଲରେ ମୁହଁ ପୋଛିଲି, ମୁଣ୍ଡ ତଳକୁ କଲି ଓ ଶୋଷରେ, ଭୟରେ ତଣ୍ଟି ଶୁଖି ଆସୁଥିଲେ ସୁଦ୍ଧା ପାଣି ଟୋପାଏ ପାଟିରେ ନ ଦେଇ ହୋଟେଲମୁହାଁ ହେଇଥିଲି। ସାରା ରାସ୍ତାଟା ନିଜକୁ ମୂର୍ଖ ଓ ମଦନାକୁ ଶଳା ଉପାଧିରେ ବିମଣ୍ଡିତ କରି ଯାଉଛାତା ଗାଳି ଦେଇ ଦେଇ ଫେରିଲି ରୁମ୍କୁ, ତଥାପି କ'ଣ ଶାନ୍ତ ହେଉଥିଲା କି ମନ!

ଲିସ୍ଟାର ବାହାଘର ହେଇଥିଲା ସେଇ ନିର୍ଦ୍ଦିଷ୍ଟ ତାରିଖରେ, ସେଇ ନିର୍ଦ୍ଦିଷ୍ଟ ବରପାତ୍ରଟି ସାଥିରେ। ଲିସ୍ଟା କେତେ କଷ୍ଟ ପାଇଲା ବା ସୁଖୀ ହେଲା ତା'ର ଏ ବାହାଘରରେ ସେକଥା ଜାଣେନା ମୁଁ, ତେବେ ମୁଁ ଭାବିଥିବା ପରି ଅତିରିକ୍ତ ଦୁଃଖୀ ମଦନା କିନ୍ତୁ ହେଇନଥିଲା କେବେ। ପୂର୍ବବତ୍ ହସଖୁସି, କଥାଗପ...। ତାକୁ ଦେଖି ମୁଁ ଯଦିଓ ଆଶ୍ଚର୍ଯ୍ୟ ହେଇ ନଥିଲି ବୋଲି ନୁହେଁ, ତଥାପି ଖୁବ୍ ବେଶୀ ଆଶ୍ଚର୍ଯ୍ୟ ବି ହେଇ ନଥିଲି। ଏହାର ନିର୍ଦ୍ଦିଷ୍ଟ କାରଣ ହେଲା- ମୁଁ ପୁଅଗୁଡ଼ାଙ୍କ ଜାଣେ, ସେଇମାନଙ୍କ ଗୋଷ୍ଠିର ପା ମୁଁ ବି... ଏମାନେ ଶଳା, ନିଜକୁ ଛାଡ଼ି ଆଉ କାହାରି ନୁହଁନ୍ତି।

ମୁଁ ବି କିଛିଦିନ ରାଗିବା ପରେ ଭୁଲିଗଲି କ'ଣ କରିଥିଲା ମଦନା ମୋ ସହିତ। ପୁଣି ସାଧାରଣ ଜୀବନଚର୍ଯ୍ୟା। ପୁଣି ଗପସପ, ଗୁଲିଖଟି। ସମ୍ବାଦପତ୍ରରୁ ନୂଆ ନୂଆ ଚାକିରି ପାଇଁ ଆବେଦନ। ରାତି ରାତି ଅନିଦ୍ରା ରହି ପାଠପଢ଼ା। ଚାକିରି ନହେବା ଦୁଃଖକୁ ଭୁଲିବା ପାଇଁ ହଲକୁ ଯାଇ ସିନେମା ଦେଖା, କେବେ କେମିତି ପିଆ, ଖିଆ ଭୋଜିଭାତ। ପୁଣି ପ୍ରେମିକା ଖୋଜା ଓ ସମୟ ତା' ବାଟରେ ଗଡ଼ି ଚାଲିବା। ବୟସ କିଛି ନ ମାନି ତା' ବାଟରେ ଚାଲି ଯାଉ ଯାଉ କହୁଥିଲା, ଖୁବ୍ ବେଳ ହେଲାଣି। ଦେଖ, ସମୟ ସହିତ ପୁରୁଷର କାନ୍ଧରେ ଦାୟିତ୍ୱ ସ୍ଥାନାନ୍ତର କରିବାକୁ ବ୍ୟଗ୍ର ହେଉଥିଲେ ଏ ଦୁନିଆ, ତୁମମାନଙ୍କ ପାଇଁ ବି ହେବ। ନ ସମ୍ଭାଳି ପାରିବ ଯଦି, ତେବେ ଆଗକୁ ଅନେକ କଷ୍ଟ... ଖୁବ୍ ଉପହାସ ଓ ତାଚ୍ଛଲ୍ୟ ମିଳିପାରେ ଉପହାର ସ୍ୱରୂପରେ। ବେଳହୁଁ ସାବଧାନ।

କଥାରୁ କଥାରୁ ଜଣାପଡ଼ିଲା, ଗୋଟାଏ ଇଞ୍ଜିନିୟରଭୁୟ ଅଛି ପଟନାରେ, ଯହିଁ

ଆମେ ଉଭୟେ ହିଁ ପ୍ରାର୍ଥୀ। ପ୍ରଥମେ ଈର୍ଷା, ତା'ପରେ ଟିକିଏ ଚିନ୍ତା ଏବଂ ସବାଶେଷରେ, "ହଁ, ଯାହା ହେବ ଦେଖାଯିବ... ଏବେତ ଏତକରେ ଖୁସି ଯେ ଦୁହେଁ ମିଶି ସାଙ୍ଗ ହେଇ ଯିବେଇବା, ଆହା... ପଟନା କାହିଁ କେତେ ଦୂର, ମଣିଷ ଏକୁଟିଆ ଗଲେ ହଇରାଣ ହେଇ ଯାଇଥାନ୍ତା ପରା!"

ଟ୍ରେନ୍ ଯାତ୍ରା ଦୁଇଦିନର। ଦୁହିଁଙ୍କର ସାମାନ ମିଶି ଗୋଟାଏ ବ୍ୟାଗ୍। ଏମିତିରେ ପୁଅମାନେ ଏସବୁରେ ପ୍ରଚଣ୍ଡ ଅଳସୁଆ। ଜିନିଷ ଜିନିଷରେ କେତେ ଅବା ଜିନିଷ ଯେ! ଏଇ ଦୁହିଁଙ୍କର ଟୁଥ୍‌ବ୍ରଶ୍ ଦୁଇଟି, ଆଇରନ୍ କରା ପ୍ୟାଣ୍ଟ‌ସାର୍ଟ ହଳେ ଲେଖାଏଁ, ଗଞ୍ଜି, ବନିଆନ୍, ଗାମୁଛା, ଲାଇଫବୟ ସାବୁନ ଗୋଟାଏ, ଚୁଡ଼ା, ଚିନି କିଛି ଜରି ଗୋଟାଏରେ... ଏତିକି ତ! ସେଇଠି ପହଞ୍ଚିଲା ପରେ ମଧ୍ୟ ସବୁକିଛି ସାଧାରଣ। ଦିନ ଦି'ଟାରେ ଈଶ୍ୱରଭୂଷ। ଦୁହିଁଙ୍କର ଦି'ଟା ଫାଇଲ, ତା' ଭିତରେ ନିଜ ନିଜର ବାୟୋଡାଟା, ସାର୍ଟିଫିକେଟ୍, ଫଟୋ ଏସବୁ। ସିରିଏଲ୍ ନମ୍ବର ଅନୁସାରେ ପ୍ରଥମେ ମୋ' ପାଳି ଓ ମୋ' ପରେ ତା'ର! ସବୁ ଠିକ୍ ହିଁ ଚାଲିଥିଲା, ଭୟ ବି କମ୍ ଲାଗୁଥିଲା ଯେହେତୁ ଜଣେ ନୁହେଁ ଆଜି ଦୁହେଁ ଥିଲୁ ଏକା ସାଥିରେ। ସେ ଯେମିତି ମୋର ସାହସ ସାଜିଥିଲା ହୁଏତ ମୁଁ ବି ସାହସ ଥିଲି ତା'ର। ମୁଁ ପିନ୍ଧିଥିଲି ଆଇରନ୍ କରି ଆଣିଥିବା ମୋର ଧଳା ରଙ୍ଗର ସାର୍ଟକୁ ଓ ସେ ତା'ର ଗୋଲାପୀ ରଙ୍ଗର ସାର୍ଟ। ଉଭୟଙ୍କ ପ୍ୟାଣ୍ଟ ପାଖାପାଖି ଏକା ରଙ୍ଗର, ମୋର ଟିକିଏ ହାଲୁକା ନୀଳ, ତା'ର ମୋ'ଠୁ ଟିକିଏ ଗାଢ଼, ଦୁହିଁଙ୍କର କିନ୍ତୁ ଫୋର୍ମାଲ୍ ହିଁ।

ମୋର ସାକ୍ଷାତକାର ସାରି ବାହାରକୁ ବାହାରିବା ବେଳେ ମୋତେ ଅପେକ୍ଷା କରିଥିଲା ଏକ ଚମକାଇ ଦେଲା ପରି ଘଟଣା। ବାହାରେ ଠିଆ ହେଇଥିଲା ମଦନା, ମୁଁ ବାହାରିବା ପରେ ସେ ମାଗିଥାନ୍ତା ଅନୁମତି ଭିତରକୁ ପ୍ରବେଶ କରିବା ପାଇଁ! ଏସବୁ ତ ଖୁବ୍ ଗତାନୁଗତିକ, ଚିରାଚରିତ... ତେବେ ମୁଁ ପୁଣି ଚମକିଲି କାହିଁକି? କାହିଁକି ସତରେ?

ସେ କୋଠରୀରୁ ମୁଁ ବାହାରି ଆସିବା ପରେ, ଦୁଆରମୁହଁରେ ଭୂମି ସହ ନିଜର ଅକ୍ଷିତାରୁ ମୁଣ୍ଡକୁ ସମାନ୍ତରାଲ ରଖି ଯେତେବେଳେ ମଦନା କହୁଥିଲା, 'ମେ ଆଇ କମ୍ ଇନ୍ ସାର୍?', ଠିକ୍ ତା' ବେକରୁ ଝୁଲିରହି ପ୍ୟାଣ୍ଟ ମ୍ୟାଚିଂ ନୀଳ ନେକ୍‌ଟାଇଟି କହୁଥିଲା, 'କିଛି ଚିଜ ଏମିତି ଲୁଚାଇ ରଖାଯାଏ, ଦରକାର ବେଳେ ବ୍ୟବହାରରେ ଲାଗାଇବା ପାଇଁ, ଲୁଚାଇ ନ ଜାଣିବା ଲୋକଙ୍କୁ ବୋକା ବୋଲି ଧରାଯାଏ, ମୁଁ ମଦନା– କେବେ ବୋକା ହେଇ ନପାରେ ଜୀବନରେ!'

କେବଳ ଏତିକି ନୁହେଁ, ସେଦିନ ଲୁଚି ଲୁଚି ଆମ ସହ ମେସ୍‌ରୁ ପଟନା

ଏବଂ ହୋଟେଲ ରୁମ୍‌ରୁ ଇଣ୍ଟରଭ୍ୟୁ ରୁମ୍ ଯାଏ ପହଞ୍ଚି, ହଠାତ୍ ତା’ ବେକରୁ ଝୁଲିପଡ଼ିଥିବା ସେଇ ନୀଳ ନେକ୍‌ଟାଇଟି ଖଟେଇ ହେଇ ମୋତେ କେତେ କେତେ କଥା କହିଲା। ମୁଁ ବି ତା’ କଥାରେ ରାଜି ପଡ଼ିଲି, କହିଲି– 'ସତ କହିଲୁ, ଜୀବନ ବାଜିରେ ତ ସ୍ୱାର୍ଥପର ମଦନାମାନେ ହିଁ ଜିତନ୍ତି ଓ ହାରନ୍ତି ନିରୀହ, ନିଷ୍ପାପ, ସରଳବିଶ୍ୱାସୀ ଅବନିମାନେ ହିଁ।'

■■

କାଚକାନ୍ତୁ (୧)

ସୂର୍ଯ୍ୟ ସକଳ ଶକ୍ତିର ଆଧାର ।

ସାର୍ ପାଠ ପଢ଼ଉ ପଢ଼ଉ କହିଲେ ଏତକ । ସେତେବେଳକୁ ମୁଁ ଷଷ୍ଠ ଶ୍ରେଣୀର ଛାତ୍ରୀ । ସାର୍ଙ୍କର ଏଇ ଗୋଟିଏ ବାକ୍ୟ ମୋ ମନରେ ଅନେକ ପ୍ରଶ୍ନବାଚୀ ସୃଷ୍ଟି କରିଥିଲା । ସାର୍‌ମାନଙ୍କୁ ଆମର ସେତେବେଳେ ଭୀଷଣ ଡର । ପ୍ରଶ୍ନିଳ ଆଖିରେ ସାର୍ଙ୍କୁ ଚାହିଁ ରହିଲି । ଏତେ ପିଲାଙ୍କ ଭିଡ଼ରେ ତାଙ୍କ ନଜର ମୋ ଆଖିର ପ୍ରଶ୍ନକୁ ପଢ଼ିପାରିଲା କି ନାହିଁ କେଜାଣି, ମୁଁ ମଧ୍ୟ ସାହାସ କରି ସାର୍ଙ୍କୁ ଆଉ କିଛି ପଚାରି ପାରିଲିନାହିଁ । ସେ ତାଙ୍କ ମନ୍ତବ୍ୟକୁ ପ୍ରତିପାଦିତ କରିବା ପାଇଁ ଉଦାହରଣ ପରେ ଉଦାହରଣ ଦେଇ ଚାଲିଥିଲେ । କିଛି ବୁଝିଲି ଆଉ କିଛି ମୋ ଆପ୍ରାଣ ଉଦ୍ୟମ ସତ୍ତ୍ୱେ ଅବୁଝା ରହିଗଲା ।

ଜୀବ ଜଗତ ରହିଲା ପୃଥିବୀପୃଷ୍ଠରେ । ସୂର୍ଯ୍ୟ ରହିଲେ ପୃଥିବୀଠୁ କାହିଁ କେତେ ଆଲୋକବର୍ଷ ଦୂରତାରେ । ପୃଥିବୀ ଓ ସୂର୍ଯ୍ୟଙ୍କ ମଧ୍ୟରେ ଲକ୍ଷ ଲକ୍ଷ କିଲୋମିଟରର ବ୍ୟାପି ଶୂନ୍ୟତା । ଅଥଚ ଆମେ ବଞ୍ଚିରହିଛୁ ତାଙ୍କରି ପାଖରୁ ଶକ୍ତି ଆହରଣ କରି !

ଆଶ୍ଚର୍ଯ୍ୟ ! ଖୁବ୍ ଆଶ୍ଚର୍ଯ୍ୟ ।

ଆଃ ! କେତେ ସାମର୍ଥ୍ୟ ସତେ ସୂର୍ଯ୍ୟଙ୍କର !

X X X

ବୟସ ବଢ଼ୁଥିଲା । ପାଠ ଓ ବହିର ବୋଝ ମଧ୍ୟ ବଢ଼ୁଥିଲା । ଧୀରେ ଧୀରେ ସୂର୍ଯ୍ୟ ଅଧିକ ପ୍ରଭାବିତ କରୁଥିଲେ ମୋ ଜୀବନକୁ । ପ୍ରତ୍ୟେକଟି ବହିରେ ଥିଲା ତାଙ୍କ ଅବାଧ ପ୍ରବେଶ । ବିଜ୍ଞାନରେ ସର୍ବଶକ୍ତିର ଉସ ହେଇ । ସାହିତ୍ୟରେ ଦେବତା ରୂପରେ

ଶୌର୍ଯ୍ୟ ଓ ବୀରତ୍ଵର ପ୍ରତୀକ ହୋଇ ଏବଂ ଭୂଗୋଳରେ ଏକ ଅଗ୍ନିପିଣ୍ଡୁଲା ହୋଇ। ଯାହାଙ୍କ ଇଚ୍ଛା-ଅନିଚ୍ଛାରେ ଘଟିଯାଉଥିଲା ଆମ ପୃଥିବୀପୃଷ୍ଠରେ ସକଳ ପରିବର୍ତ୍ତନ। ସେ ଆସୁଥିଲେ ଆମ ପୃଥିବୀ ମାତାର କର୍ତ୍ତା ସାଜି, ନିଜ ସ୍ଥିତି ଅନୁସାରେ ବଦଲାଇ ଦେଇ ପାରୁଥିଲେ ପୃଥିବୀର କାୟାକଳ୍ପ।

ମୋ କିଶୋରୀ ବୟସର ସୂର୍ଯ୍ୟ ଆତଯାତ କରୁଥିଲେ ସର୍ବଶକ୍ତିମୟ ପୁରୁଷ ହୋଇ। କହିବାକୁ ଗଲେ ସେ ହୋଇସାରିଥିଲେ ମୋ ସ୍ୱପ୍ନର ନାୟକ। ମୋ ତରୁଣୀମନର ମାନସ ପୁରୁଷ। ମୋ ମନ ଖୋଜୁଥିଲା ସୂର୍ଯ୍ୟଙ୍କ ପରି ତେଜୀୟାନ, ସର୍ବଶକ୍ତିମାନ୍ ଏକ ତେଜସ୍ୱୀ ପୁରୁଷ। ଯାହାଙ୍କର ଛତ୍ରଛାୟା ତଳେ ମୁଁ ହୁଅନ୍ତି ସର୍ବଂସହା ପୃଥ୍ୱୀ। ଖୁବ୍ ଶୀତଳ, ସ୍ନେହୀ, ଛଳଛଳ ସବୁଜିମାରେ ଭରପୂର ପୃଥିବୀ।

ସେଇଭଳି ଜଣଙ୍କ ଖୋଜରେ ମୁଁ 'ଗୌତମୀ'। ମୋ ଜିଦ୍‌ରେ ମୁଁ ଅଟଳ ଥିଲି। ପ୍ରେମ କରିବି ତ ସେଇ ମୋର ମାନସ ପୁରୁଷଙ୍କୁ କେବଳ।

ବିତି ଯାଉଥିଲା ବର୍ଷ ପରେ ବର୍ଷ। କାହିଁ ଭେଟ ହେଉନଥିଲା ତ ତାଙ୍କ ସହ? ଅନେକ ବିନିଦ୍ର ରାତ୍ରୀ ବିତାଇଛି ତାଙ୍କରି ଅବୟବଟିଏ ପ୍ରସ୍ତୁତ କରିବାରେ। ସ୍ୱପ୍ନରେ ସ୍ୱପ୍ନରେ ମନର ତୂଳିରେ ମୁଁ ଅନେକ ଥର ଆଙ୍କେ ତାଙ୍କ ଚିତ୍ରକଳ୍ପ।

ଆଃ! ଭେଟ ମିଳେନି ସିନା ତାଙ୍କର!

× × ×

ଦୀର୍ଘ ତିରିଶ ବର୍ଷ। ଏକ ଦୀର୍ଘ ସମୟ। ଏତେ ଲମ୍ବା ସମୟରେ ମଣିଷର ଚିନ୍ତାଧାରା ସବୁ ଓଲଟପାଲଟ ହୋଇଯାଇଛି। ମୋ ଚିନ୍ତାଧାରାରେ ବି ଏବେ ଅନେକ ପରିବର୍ତ୍ତନ। ମୁହଁରେ ଢେର୍ ହତାଶାବୋଧ। ସୂର୍ଯ୍ୟ ମୋ ପାଇଁ ଏବେ ଏକ ନକ୍ଷତ୍ର ମାତ୍ର। ତାଙ୍କର ଆତଯାତ ଆଉ ମୋ ଉପରେ ବିଶେଷ ପ୍ରଭାବ ପକାଇ ପାରୁନାହିଁ। ମୁଁ ଏହାକୁ ଗ୍ରହଣ କରିସାରିଛି, ମୋ ଦୈନନ୍ଦିନ ଜୀବନର ଏକ କ୍ଷୁଦ୍ରାତିକ୍ଷୁଦ୍ର ଚିରାଚରିତ ଘଟଣାଟିଏ ଭାବେ।

ସୂର୍ଯ୍ୟ ସବୁଦିନ ଆସନ୍ତି। ପୁଣି ଫେରି ଯାଆନ୍ତି। ମୋ ଜୀବନରେ କିନ୍ତୁ ଆଲୋକ ଆସେନା। ଅସଂଖ୍ୟ ଦୁର୍ଘଟଣାମୟ ଜୀବନ। ଏତେବର୍ଷର ଦାମ୍ପତ୍ୟ ଜୀବନରେ, ମୋ ଜୀବନସାଥୀଙ୍କ ପାଖରେ ସୂର୍ଯ୍ୟଙ୍କ କିରଣର ଗୋଟିଏ ଝଲକ୍ ମଧ୍ୟ ମୋତେ ଦୃଶ୍ୟମାନ ହେଇନି। ତଥାପି ହତାଶ ହେଇନି ମୁଁ। ସବୁଦିନ ସକାଳ ହେଲେ ତାଙ୍କ ପରିବାର ପାଇଁ, ତାଙ୍କ ପାଇଁ ନିଜକୁ ଦୀପଟିଏ କରି ଜାଳିଛି। ପ୍ରତିବଦଳରେ କେବେ ଆଶ୍ୱାସନା ତ କେବେ ଥିକ୍କାର ପାଇଛି। ବାପା-ମାଆ ସମେତ ଅନେକ ପ୍ରିୟଜନଙ୍କୁ ହରାଇଛି। ଅନେକ ଦୁଃଖରେ ଭାଙ୍ଗିଛି। ପୁଣି କେବେ ଅଜ୍ଞା ସଳଖି ଠିଆ ହେବାକୁ ଚେଷ୍ଟା କରିଛି।

ଏମିତି ଅନେକ ମୁହୂର୍ତ ଆସିଛି ଯେବେ ବନ୍ଧୁ ବୋଲାଉଥିବା ଲୋକଙ୍କ ମୁହଁରୁ ଭଦ୍ରାମିର ମୁଖା ଖୋଲିଯାଇଛି । ବିଶ୍ୱାସ ଭାଙ୍ଗିଛି ଖଣ୍ଡ ଖଣ୍ଡ ହେଲା । ତଥାପି ମୁଁ ସବୁ ଭୁଲିଛି । ପୁଣି ବଞ୍ଚିବାକୁ ଚେଷ୍ଟା କରିଛି । ବଞ୍ଚିଛି ମଧ୍ୟ ।

ତେବେ ଏ ବଞ୍ଚିବା କ'ଣ ଗୋଟାଏ ବଞ୍ଚିବା ?

ମୁଁ ଥରେ ଥରେ ଆଶ୍ଚର୍ଯ୍ୟ ହୁଏ । ଯେଉଁଠି ଜୀବନ କହିଲେ କେବଳ ଏକ ଦୀର୍ଘଶ୍ୱାସ । ତାକୁ ବରଂ ଜୀବନ ନକହି ଅସହାୟତା କହିଲେ ଠିକ୍ ହେବ । ଅବା କୁହାଯାଇପାରେ 'ଛଲନା' !

ଆଃ ! ଜୀବନର ଅନ୍ୟ ଏକ ନାଆଁ ନିଜ ସହ ନିଜର ଛଲନା ।

X X X

ଜୀବନରେ ଅନେକ ମୋଡ଼ ଥାଏ । କେଉଁ ମୋଡ଼ରେ ନିଜ ପରି ଆଉ ଜଣେ ମଣିଷ ସହିତ ଯେ ଭେଟ ହୁଏ, ଏତକ ମୁଁ ବିଶ୍ୱାସ କଲି ସେଇଦିନୁ ଯେଉଁଦିନ ତମକୁ ଭେଟିଲି ।

ଖୁବ୍ ଏକୁଟିଆ ଓ ନିରସ ଥିଲା ଜୀବନ । କେତେକାଂଶରେ କୁହାଯାଇପାରେ ବନ୍ଦୀ ଥିଲି ଅବସୋସମାନଙ୍କ ଘେରରେ । ତୁମେ ଭେଟ ହେବା ମୁହୂର୍ତ୍ତଟି ଅମୂଲ୍ୟ ହୋଇଉଠିଲା ମୋ ଜୀବନରେ । ତୁମର ପ୍ରତ୍ୟେକଟି କଥାକୁ ମୁଁ ସାଇତି ରଖିଲି ଛାତିତଳେ । ତୁମେ ଲାଗିଲ ଖୁବ୍ ଆପଣାର । କେବେ ଦେଖୁନଥିବା ଲୋକଟି ଯେ ଏତେ ଆପଣାର ହେଇପାରେ, ତାହା ତୁମକୁ ଭେଟି ନଥିଲେ ବୋଧହୁଏ ବିଶ୍ୱାସ କରିପାରିନଥାନ୍ତି ।

ତୁମ କଥା ପଦେ ଶୁଣିବା ପାଇଁ ମନ ବ୍ୟାକୁଳ ହେଉଥିଲା । ଏତେ ବ୍ୟାକୁଳତା ଉଭୟ ପଟରୁ ନା କେବଳ ମୋର ? ଏଇ ହିସାବ ମୁଁ ଅନେକ ଥର କଲି । ତଥାପି ମନ ବୁଝିବାକୁ ନାରାଜ । ଦିନରାତି ଉଚାଟ ତୁମର କଥା ପଦେ ଶୁଣିବାକୁ ।

ନିଜ ଉପରେ ଏ ବୟସରେ ମଧ୍ୟ ଆକଟ ରହୁନଥିଲା ମୋର । ତେବେ ତୁମ ନାଁ କୁଆଡ଼େ 'ଯୋଗୀ' । ଫଟୋରେ ମଧ୍ୟ ଦେଖାଯାଉଥିଲ ଠିକ୍ ଯୋଗୀଟିଏ ଭଳି । ତୁମ କଥାସବୁ ବି ଯୋଗୀମାନଙ୍କ ପରି ଖୁବ୍ ଗମ୍ଭୀର ।

ନା, ଭୁଲ୍ କହିଲି, କେବେ ଗମ୍ଭୀର ତ ପୁଣି କେବେକେବେ ଖୁବ୍ ଚଟୁଲ । ଏଇ ସେଦିନ ଯେମିତି କଥା ହେଉ ହେଉ ମୁଁ କହିଲି- 'ତମ ସହ କ'ଣ ଥରୁଟିଏ ଭେଟ ହେବନି ?'

ସାଙ୍ଗେସାଙ୍ଗେ ତୁମ ଉତ୍ତର ଆସିଲା- 'ହେବ, ଆସୁନ ଆସ, ଆମ ଅଫିସକୁ ଆସ ।'

ମୁଁ କହିଲି ତମେ ମିଡିଆ ହାଉସରେ କାମ କର, ସେଇଠି ଭେଟ ହେବା କ'ଣ ସମ୍ଭବ ? ମୋତେ କ'ଣ ତମ ଅଫିସ ଭିତରକୁ ଯିବାକୁ ଅନୁମତି ମିଲିବ ? ତୁମ ସହିତ ଭେଟ କେମିତି ହବ ଯେ ?

ଏତକରେ ତୁମର ଠୋ ଠୋ ହସ। କହିଲ– ବାହାରେ ଅପେକ୍ଷା କରିବ, ମୁଁ ଯିବି ତମକୁ ଭେଟିବା ପାଇଁ। ଅଫିସରେ ଅନ୍ୟମାନେ ପଚାରିବେ– 'କିଏ ଆସିଛନ୍ତି ? ମୁଁ କହିବି ଆସିଛନ୍ତି ଆମର ସି ଏ.. ଏ.. ଏ..।'

ଇସ୍ କି ନିର୍ଲଜ୍ଜ କଥା ତମର! ମୁଁ ଏପଟେ ଶଢ଼ିଯାଉଥିଲି ଲାଜରେ। ସେଇ ମୁହୂର୍ତ୍ତରେ ପ୍ରକୃତରେ ଥରେ ତମେ ମୋ ମୁହଁଟି ତୁମର ଦେଖିବାର ଥିଲା। ତୁମେ ଜାଣିପାରିଥାନ୍ତ ଖୁବ୍ ଆରାମରେ ଯେ, ନାରୀଟିଏ କେତେ ସହଜରେ ପ୍ରେମରେ ପଡ଼ିଯାଇପାରେ।

ଆଃ, ସତରେ, କେହିଜଣେ ଠିକ୍ କହିଥିଲେ– 'ପ୍ରେମରେ ପଡ଼ିବାର କୌଣସି ବୟସ ନଥାଏ।'

X X X

ଏମିତି ବି ହୁଏ, ସତରେ ଜଣେ ସାଥିରେ ନଥାଇ ବି ସବୁବେଳେ ଛାଇ ପରି ସାଥିରେ ହିଁ ଥାଏ। ହଁ ଏମିତି ହିଁ ଏକ ଅଭୁତ ଅନୁଭବ। ତୁମେ ପାଖରେ ନଥାଇ ପାଖରେ ଥିବାର ଅନୁଭବ। ତୁମଠାରୁ ଦୂରତା ଯେ କଷ୍ଟ ଦେଉନଥିଲା, ସେକଥା ନୁହେଁ। ତେବେ ସେ ପୀଡ଼ାରେ ବି ଥିଲା ଏକ ଚରମ ଆତ୍ମତୃପ୍ତି। ଲାଗୁଥିଲା ଜୀବନ ଖୁବ୍ ସୁନ୍ଦର। ବୋଧହୁଏ ଛନଛନ ସବୁଜିମାରେ ଭରପୂର। ସବୁବେଳେ ସବୁ ମୁହୂର୍ତ୍ତରେ ନାଆଁଟିଏ ସାଥି ହେଇ ରହିଥିଲା। ତୁମରି ନାଆଁ ଯୋ...ଗୀ...। ମନ ଭିତରେ ବାରମ୍ବାର ଉଚ୍ଚାରିତ ହେଉଥିବା ଏଇ ତୁମ ନାଆଁକୁ କିନ୍ତୁ ହଜାରେ ଚେଷ୍ଟା ସତ୍ତ୍ୱେ ମଧ ମୁହଁରେ ଉଚାରି ପାରେନା ମୁଁ। ଏକ ଶିହରଣ ଯେମିତି ଥରାଇ ଦିଏ ମୋର ଅନ୍ତରାତ୍ମାକୁ।

ମୁଁ ଭିଜୁଥିଲି ତୁମ ପ୍ରେମରେ ଅହରହ, ଦିବା-ନିଶୀ। ତେବେ ମୋ ପ୍ରେମ ନିଃସର୍ତ୍ତ ନୁହେଁ, କାରଣ ସତକଥା ଏୟା ହେଲା ଯେ, ମୁଁ ତମକୁ ଭେଟିଲା ପରଦିନଠୁ ପ୍ରତ୍ୟେକ ମୁହୂର୍ତ୍ତରେ ଚାହୁଁଥିଲି ଗୋଟିଏ କଥା। ଆଉ ସେଇ କଥାଟି ହେଲା– 'ମୁଁ ହେଇଯାଆନ୍ତି କି ସତରେ ତମର ସି ଏ ଏ ଏ...।'

ମୁଁ ଜାଣିଥିଲି ଏହା ଏକ ମିଛ ଆଶ୍ୱାସନା। ତଥାପି ଯେମିତି ଏଇ ଜୀବନର ସବୁତକ ଲୋଡ଼ିବାପଣର ପରିସମାପ୍ତି ଘଟିସାରିଥିଲା। ଜୀବନ ସ୍ଥିର ହେଇଗଲା ତମରି ନାଆଁଟି ପାଖରେ।

ଆଃ, ପ୍ରେମର ଅନ୍ୟ ଏକ ଅର୍ଥ ବୋଧହୁଏ ଅପୂର୍ଣ୍ଣତା ଭିତରେ ପୂର୍ଣ୍ଣତା ?

X X X

ମଣିଷର ମନ ଥରେଥରେ ଅମାନିଆ ହୁଏ। ଏଇ ଯେମିତି ସେଦିନ ଅଧରାତିରେ ମୁଁ ତମକୁ ଫୋନ୍ କଲି। ତୁମେ କହିଲ– 'ଶୋଇପଡ଼ କଥା ହୁଅନା ଏବେ।' ତମ

ସ୍ୱରରେ କେମିତି ଗୋଟେ ଆପଣାପଣର ଏକ ଅଜବ ମିଠାସ୍ ।

ମୁଁ କହିଲି– କାହିଁକି ?

ତୁମର ଉତ୍ତର ଶୁଣି ସତରେ ମୁଁ ଚମକି ପଡ଼ିଲି । ତୁମେ କହିଲ– 'ଅଧରାତିରେ ପୁରୁଷ ପୁଅର ମନ ବଦଳିଯାଏ । ମୁଁ ବି ପୁରୁଷ । ମୋ ମନ ବଦଳିବା ପୂର୍ବରୁ ଶୋଇପଡ଼ ।'

ଏତେ ଆପଣାର କଥା କ'ଣ ଆମକୁ ନିଜର ଭାବୁନଥିବା ଲୋକଟି କହିପାରେ ? ମୋ ମନ ଆହୁରି ଅବୁଝ୍ ହେଲା । ମୁଁ ଚାହୁଁଥିଲି ସତରେ ତମେ ବଦଳିଯାଅ, ମାତ୍ର ଥରୁଟେ । ବନ୍ଧୁତାରୁ, ପ୍ରେମରୁ ଆହୁରି ଅଧିକ ଗାଢ଼ ରଙ୍ଗରେ ରଙ୍ଗେଇ ଦିଅ ଆମ ସଂପର୍କକୁ ।

ମୁଁ ଅଧିକ ଠଟ୍ଟା କରିବା ସ୍ୱରରେ କହିଲି– 'ବଦଳୁ, ମୋର କିଛି ଅସୁବିଧା ନାହିଁ ?'

କଥାରେ କଥାରେ ଆମେ ଚାଲିଗଲେ ବହୁତ ଦୂରକୁ । ଦୁହେଁ ଦୁହିଁଙ୍କର ଖୁବ୍ ନିକଟକୁ । ସେ ଶହେ କିଲୋମିଟର ଶାରୀରିକ ବ୍ୟବଧାନକୁ ତୁମେ କ'ଣ ସତରେ ଅନୁଭବି ପାରିଲ ? ହେଲେ ମୋ ଅନୁଭବ ଯେ ନିଆରା ! ମୁଁ ଥିଲି ତୁମରି କୋଳରେ । ମୁଁ ବନ୍ଧୁଥିଲି ଥରୁଟିଏ ପାଇଁ ମୋ ଜୀବନକୁ ।

ତୁମ ସ୍ୱର କିନ୍ତୁ ହଠାତ୍ ବଦଳିଗଲା । ତୁମେ କହିଲ– 'ବନ୍ଧୁମାନେ କ'ଣ ଏମିତି କଥା ହୁଅନ୍ତି, ଆମେ ଦୁହେଁ ବିବାହିତ । ଏହା ଠିକ୍ ନୁହେଁ । ବରଂ କୁହାଯାଇପାରେ ପାପ । ଏ ପ୍ରେମର ଆକର୍ଷଣରୁ ଆମକୁ ଦୂରେଇ ଯିବାକୁ ପଡ଼ିବ । ଚାଲ, ଆମେ ଦୂରେଇ ଯିବା । ଦୂରେଇ ରହିବା ପରସ୍ପର ଠାରୁ ଏ ପ୍ରେମର ଆକର୍ଷଣରୁ ମୁକୁଳିବା ପାଇଁ । ଅନ୍ତତଃ ଦୁଇମାସ ପାଇଁ । ମୋର କୌଣସି କଥା ଶୁଣିଲ ନାହିଁ । ନିଶ୍ଚୟ ହେଇ ଦୂରେଇ ଯିବାକୁ ସ୍ଥିର କରିନେଲ ତୁମେ ଏକୁଟିଆ ।

ଆଃ, ବିବାହ ପରେ ସତରେ କ'ଣ ପ୍ରେମ ପାପ ?

X X X

ଜୀବନରେ ଅଚାନକ କେତେ କ'ଣ ଘଟେ । ଏଇ ଯେମିତି ପ୍ରକାଶ ସହ ଭେଟ । ପ୍ରକାଶକୁ ବୟସ ହେଇଥିବ ସେଇ ସତେଇଶ କି ଅଠେଇଶ । ମୋତେ ଅଠଚାଳିଶ କି ଚାଳିଶ । ଦଶ-ଏଗାର ବର୍ଷର ତାରତମ୍ୟ । ଅଥଚ ପ୍ରଥମ ଦେଖାରେ ସେ ମୋତେ ମା' ଡାକିଲା । ମୁଁ ମଧ୍ୟ ସ୍ୱୀକାର କଲି । ମା' ଡାକକୁ କ'ଣ ଅସ୍ୱୀକାର କରି ହୁଏ ? ମୋ ମତରେ ମା' ଏକ କୁହୁକ ଶବ୍ଦ । ଯେଉଁ ଶବ୍ଦରେ କେବଳ ଆତ୍ମୀୟତା, ଭଲପାଇବା ଓ ନିବିଡ଼ ପ୍ରେମ ପୂରି ରହିଥାଏ । ମୁଁ ସେଇ ଶବ୍ଦର ମାୟାରେ ଥିଲି । ସଂପର୍କମାନଙ୍କୁ ନେଇ ଏତେ ବର୍ଷ ଭିତରେ ମିଳିଥିବା ତିକ୍ତ ଅନୁଭୂତି ମୋତେ ସେ ମାୟାରେ ପଡ଼ିବା ପାଇଁ ବାରମ୍ୱାର ବାରଣ କରୁଥିଲେ । ତଥାପି ମୁଁ ପ୍ରକାଶକୁ ଦୂରେଇ ପାରୁନଥିଲି ।

ଯେଉଁଦିନ ଜାଣିଲି ସେ ତୁମ ସହରରେ ରହେ, ସେଦିନଠୁ ତା' ପ୍ରତି ଆତ୍ମୀୟତା ଅଧିକ ବଢ଼ିଗଲା ମୋର। ଦିନେ ତା' ସହ କଥା ହେଉ ହେଉ ସେ ପଠାଇଲା ଏକ ଫଟୋ। ତୁମର ଓ ତା'ର ଫଟୋ। ପାଖାପାଖି ଠିଆ ହେଇଥିଲ ଦୁହେଁ। ତୁମ ମୁହଁରେ କିଛି ହସ, କିଛି ଗମ୍ଭୀରତା। ଏକ ଅବ୍ୟକ୍ତ ଖୁସିରେ ମୁଁ ଉଛୁଳି ଉଠିଲି। ଯେଉଁ ଖୁସିକୁ ନିଜ ଭିତରେ ଚେଷ୍ଟା କରି ମଧ ଲୁଚେଇ ରଖି ହୁଏନା। ପ୍ରକାଶ ନିଶ୍ଚୟ ଧରିପାରିଥିବ ମୋ ଖୁସିର କାରଣକୁ। ଖୁବ୍ ଶୀଘ୍ର ଆମ ମା' ପୁଅଙ୍କ ସଂପର୍କ ଆହୁରି ନିବିଡ଼ ହେଇଗଲା। ପ୍ରକାଶ ପାଖରୁ ମିଳିଯାଏ ତୁମ ଖବର କେବେ କେମିତି। ସେତିକିରେ ବି ଜୀବନ ଖୁବ୍ ଚଳଚଞ୍ଚଳ, ଖୁସି ଖୁସି, ପ୍ରାପ୍ତିରେ ଭରପୂର।

ଆଃ, ଜୀବନରେ ନିଜକୁ ନିଜେ ଚିହ୍ନ ହୁଏନା ସିନା!

X X X

ପ୍ରେମରେ ନିରବତା ଖୁବ୍ ପ୍ରଭାବଶାଳୀ। ଶବ୍ଦ ଯାହାକୁ ପ୍ରକାଶ କରିବାକୁ ଅକ୍ଷମ ହୋଇଥାଏ, ତାକୁ ନିରବତା ବୁଝାଇ ଦିଏ। ତୁମେ ଯେତିକି ଦୂରେଇ ନେଉଥିଲ ନିଜକୁ, ମାନସିକ ସ୍ତରରେ ମୁଁ ସେତିକି ପାଖେଇ ଆସୁଥିଲି ତୁମର। ଲାଗେ ଯେମିତି ପ୍ରତି ମୁହୂର୍ତ୍ତରେ ତମେ ମୋ ସାଥିରେ ଅଛ! ହାତ ଧରି ବାଟ କଢ଼ାଇ ନେଉଛ। ସାଥିହେଇ ଜୀବନପଥର ସବୁ କଣ୍ଟାକୁ ତୁମରି ହାତରେ ଆଡ଼େଇ ଦେଉଛ।

ମୋର ଏ ଅନୁଭବର ନାଁ କ'ଣ ଦେବି?

ତୁମେ ବିଶ୍ୱାସ କର ବା ନକର ମୁଁ କିନ୍ତୁ ଜାଣେ ଯେ, ମଣିଷ ଏକ ସାମାଜିକ ପ୍ରାଣୀ ଓ ଏହା ହିଁ ତାହାର ଅସହାୟତା।

ମୁଁ ବୁଝିପାରେ ତମକୁ, ତେଣୁ ସମ୍ମାନ ଦିଏ ଆମର ଅସହାୟତାକୁ। ଶ୍ରେଷ୍ଠତା ସବୁବେଳେ ତ୍ୟାଗ ଲୋଡ଼େ। ଆମେ ମଣିଷ 'ଶ୍ରେଷ୍ଠ ଜୀବ', ତେଣୁ ତ୍ୟାଗ ଆମର କର୍ତ୍ତବ୍ୟ।

ତେବେ ଏ ମନ ସେକଥା ବୁଝିପାରେନା। ଖୁବ୍ ଆମାନିଆ ହୁଏ। ସ୍ୱପ୍ନରେ ବିଭୋର ହେବାକୁ ଭଲପାଏ। ସେଇ ସ୍ୱପ୍ନିଳ ମୁହୂର୍ତ୍ତମାନଙ୍କୁ ବାନ୍ଧି ରଖିବା ପାଇଁ ମୁଁ ଏକ ଉପାୟ ଆଦରିଛି। ନେଇ ଆସିଛି ଏକ ଡାଏରୀ। ଯାହାର ଫର୍ଦ ଫର୍ଦରେ ଉତାରି ଦେବି ମୋ ଅନୁଭବକୁ। ତୁମ ପାଇଁ ମୋ ମନର ମୁହୂର୍ତ୍ତ ମୁହୂର୍ତ୍ତ ଭଲପାଇବାକୁ।

ଏ ଡାଏରୀକୁ ଛାତିରେ ଚାପି ଧରିଲେ ସବୁ ଦୁଃଖ ଯେମିତି ସେ ଶୋଷି ନିଏ ତା' ପାଖକୁ।

ଆଃ! ପ୍ରେମ ପାଲିବା ସତରେ ଏକ ଚମ‍୍‍କାର ଉପଲବ୍ଧି ଜୀବନରେ!

X X X

ଏ ଡାୟେରୀର ପ୍ରତିଟି ଶବ୍ଦ କେବଳ ତୁମ ପାଇଁ ଲିଖିତ। ଯାକୁ ତୁମ ପାଖରେ ପହଞ୍ଚାଇବା ପାଇଁ ମନ ମୋର ଢେର୍ ଉଦ୍‌ଗ୍ରୀବ ହେଉଥିଲା। ଯେମିତି ହେଲେ ଏ ଡାୟେରୀ ତୁମ ପାଖରେ ପହଞ୍ଚିବା ଦରକାର। ତେଣିକି ତମେ ତାକୁ ରଖ ବା ଫିଙ୍ଗିଦିଅ। ପୋଡ଼ିଦିଅ କି ନଷ୍ଟ କରିଦିଅ। ଅବା ହୃଦୟର ନିକଟତମ ସ୍ଥାନରେ ସୁରକ୍ଷିତ ବି ରଖିପାର ସାରା ଜୀବନ।

ତେବେ ପହଞ୍ଚାଇବି କେମିତି ?

ନିଜ ଭିତରେ ନିଜେ ବ୍ୟସ୍ତ ହେଇ ଉଠୁଥିଲି। ପ୍ରକାଶକୁ ପଚାରିଲି– 'ଆମେ କ'ଣ ତାଙ୍କୁ ଭେଟିପାରିବା ?'

ପ୍ରକାଶ କହିଲା– 'ହଁ, ମା' ଆପଣ ଆସନ୍ତୁ, ଆପଣ ଆସିଲେ, ଆମେ ତାଙ୍କୁ ଭେଟି ପାରିବା।'

ଖୁବ୍ ଉଛାଟ ଥିଲି ତମକୁ ଥରେ ଭେଟିବା ପାଇଁ, ଟିକେ ଦେଖିବା ପାଇଁ। ମୋ ଅଜାଣତରେ ସାମାଜିକ ଶୃଙ୍ଖଳର ଗୋଟିଏ ଶିକୁଳିକୁ କାଟି ପକାଇଲି। କେଉଁ ଅଦୃଶ୍ୟ ବନ୍ଧନରେ ଟାଣି ହେଇ ଚାଲିଗଲି ତମ ଅଫିସ୍ ଯାଏ, ଜାଣିନି। ଏମିତି ନୁହେଁ ଯେ ମୁଁ ଭାବିନି ତୁମ ସାମାଜିକ ପ୍ରତିଷ୍ଠାରେ ଆଜ୍ଞ ଆସିବା କଥା। ତଥାପି ମନ ଅବୁଝା ଥିଲା। ସିକ୍ୟୁରିଟି ପିଲାଟିକୁ ତୁମ ନାଁ ଜଣାଇ ଡାକିବାକୁ କହିଲି। ସେ ତୁମକୁ ଡାକିବାକୁ ଗଲା। ଯିବା ପୂର୍ବରୁ କହିଲା– 'କିଏ ଡାକୁଛନ୍ତି ବୋଲି କହିବି ?'

ମୁଁ କହିପାରିଲିନି କହିବ ଆସିଛନ୍ତି ତମର ସିଏଏଏ...। ବରଂ ଧୀରେକି ନାଆଁଟି କହିଲି।

ଆଃ! ଅପେକ୍ଷାର ସମୟ ଖୁବ୍ ଦୀର୍ଘ।

X X X

ପିଲାଟି ତମକୁ ଡାକିବାକୁ ଯାଇ ଫେରିନଥିଲା। ତୁମ ଅଫିସରେ ଭିଜିଟରସଙ୍କ ପାଇଁ ଉଦ୍ଧିଷ୍ଟ ରୁମ୍‌ରେ ଥିଲା ଏକ କାଚକାନ୍ତୁ। ବସିବା ପାଇଁ, ଅପେକ୍ଷା କରିବା ପାଇଁ ପଡ଼ିଥିଲା ଏକ ସୁନ୍ଦର ସୋଫା। କାନ୍ତୁରେ ଝୁଲୁଥିଲା ଏକ ପଞ୍ଚଚିତ୍ର। ରାଧାକୃଷ୍ଣଙ୍କର ଯୁଗଳ ପ୍ରତିମୂର୍ତ୍ତି। କୋଣରେ ରଖାଯାଇଥିଲା ସୁନ୍ଦର ଟେରାକୋଟା କାମର ଏକ କୁଣ୍ଡ। କୁଣ୍ଡ ଭିତରେ ଲୋଭନୀୟ ଫୁଲଗଛ। ଖୁବ୍ ମାର୍ଜିତ ଓ ରୁଚିସଂପନ୍ନ ରୁମ୍। ତଥାପି ଖୁବ୍ ଅସ୍ଥିର ଲାଗୁଥିଲା ମୋତେ। ସବୁ ଜିନିଷ ଯଦିଓ ଆକର୍ଷଣୀୟ ଥିଲା, ତେବେ ବି ମୁଁ ଖାଲି ଏପଟ ସେପଟ ହେଉଥିଲି।

ପ୍ରକାଶ ମୋତେ ବାରମ୍ବାର କହୁଥିଲା କାଚକାନ୍ତୁ ସାମ୍ନାରେ ପଡ଼ିଥିବା ସୋଫାରେ ବସିରହି ଅପେକ୍ଷା କରିବା ପାଇଁ।

ମୋ ମନର ଅବସ୍ଥା କେମିତି ବା ସେ ବୁଝିପାରନ୍ତା, ମୁଁ ବା ତାକୁ କେମିତି ବୁଝାଇ ପାରିଥାନ୍ତି ? ମୋ ପାଖରୁ ଅଳ୍ପ ଦୂରରେ ଠିଆହେଇ ମୋବାଇଲ୍‌ରେ କ'ଣ ସବୁ ଟାଇପ୍ କରୁଥାଏ ସେ । ବୋଧହୁଏ କାହା ସହ ଚାଟିଂ !

ମୋବାଇଲ୍‌ରୁ ଅଳ୍ପ ମୁହଁ ଉଠାଇ କହିଲା— ମା' ଏଠି ବସନ୍ତୁ ଓ ସାମ୍ନାକୁ ଦେଖନ୍ତୁ । ସେ ଆସିବେ ଯେ… ତା' ସ୍ଵରରେ ଥିଲା ଆଶ୍ଵାସନା ।

ମୁଁ ମୁହଁ ଉଠାଇ ଚାହିଁଲି । କାଚକାନ୍ତର ସେପାଖକୁ । ଆହା ! ତମେ ଦିଶିଗଲ କାଚକାନ୍ତର ସେପାଖରେ । ତୁମେ ତମ ସିଟ୍‌ରୁ ଉଠିଯାଇ କାଚକାନ୍ତର ସେପାଖରେ ମୋ ବସିବା ଜାଗାରୁ ଦେଖାଯାଉଥିବା କେବିନ୍ ପାଖରୁ ବୁଲି ଆସିଲ ଘେରାଏ ।

ଓଃ, ଜୀବନ… ମୁଁ ଧନ୍ୟ ହେଲି, ଏତକ ସଂଯୋଗରେ । ଏହା କ'ଣ ସତରେ ସଂଯୋଗ ଥିଲା ?

କ୍ଷଣିକ ପାଇଁ ମିଶିଗଲା ଦୁଇଟି ଆଖି । ତୁମେ ଆଢୁଆଳ ହେଇଗଲ ସେଇ କ୍ଷଣିକ ପରେ ମୋ ଦୃଷ୍ଟିରୁ । ତେବେ ଏହା କ'ଣ ସତରେ କ୍ଷଣିକ ଥିଲା !

ଆଃ, ଜୀବନରେ ଏସବୁ ମୁହୂର୍ତ୍ତକୁ ଧରି ରଖିବା ପାଇଁ ପକ୍ ବଟନ୍‌ଟିଏ କାହିଁକି ନଥାଏ ଯେ ?

x x x

ପିଲାଟି ଫେରିଆସ କହିଲା— 'ସେ ଭେଟ୍ ହେବା ପାଇଁ ମନା କଲେ । ସେ ବ୍ୟସ୍ତ ଅଛନ୍ତି । ଭେଟ୍ ହେଇପାରିବନି । ଯଦି କିଛି ଦେବାକୁ ଅଛି ଦିଅନ୍ତୁ, ମୁଁ ତାଙ୍କୁ ଦେଇଦେବି ।'

ପ୍ରକାଶର ମୁହଁକୁ ଚାହିଁଲି । ସେ ସ୍ଵୀକୃତିସୂଚକ ମୁଣ୍ଡ ହଲେଇଲା । ବ୍ୟାଗ୍‌ରୁ ଡାଏରୀ ଭିତରେ ସାଇତି ରଖିଥିବା ଏନ୍‌ଭଲପ୍‌କୁ କାଢ଼ିଲି ଓ ବଢ଼ାଇଦେଲି ପିଲାଟି ହାତକୁ ।

ଫେରିଲାବେଲେ ମୁଁ ସୁଖୀ ଥିଲି ଅବା ଦୁଃଖୀ, ପରିପୂର୍ଣ୍ଣ ଅବା ଅସଂପୂର୍ଣ୍ଣ, ଜାଣିନି ସେକଥା । ତେବେ ମୋ ପୁଅର ମୁହଁରେ ଗୁଣୁଗୁଣୁ ହେଇ ଶୁଭୁଥିଲା ଅକ୍ଷୟ ମହାନ୍ତିଙ୍କ ସେଇ ଗୀତ…

“କାଚକାନ୍ତର ଏ ପାଖେ ମୁଁ
ସେପାଖେ ଜୀବନ…
ସେପାଖେ ଜୀବନ ।”

କାଚକାନ୍ତୁ (୨)

॥ ୧ ॥

ସମୟ ସବୁକିଛି ଧୋଇନିଏ। ସବୁକିଛି ମାନେ କ'ଣ? ଏଇ ଯେମିତି ବୟସ, ପ୍ରତିଧ୍ୱନି, ବୁଦ୍ଧି, ବଳ... ଏଭଳି ଆହୁରି ଅନେକ କିଛି। ତେବେ ସମୟ ଧୋଇପାରେନା ଯାହା କିଛି, ତାହା କ'ଣ କହିଲ? ଏହାର ଉତ୍ତର କ'ଣ ହେଇପାରେ କି, ସ୍ମୃତି ଆଉ ସଂପର୍କ! ସ୍ମୃତି ଓ ସଂପର୍କ ହିଁ ତ ଯାହା ଧୋଇ ଯାଏନି ସମୟ ସାଥିରେ। ବରଂ ରହିଯାଏ ସଞ୍ଚୟ ହେଇ ହୃଦୟ ଭିତରେ ଆଜୀବନ ପାଇଁ। ପ୍ରତିବଦଳରେ କ'ଣ ଦେଇଯାଏ କହିଲ? କେବେ କ୍ଷତ ତ ପୁଣି କେବେ ଦୁଃଖଭରା ମୁହଁରେ ବେଳ ଅବେଳରେ ହସ!

॥ ୨ ॥

ଆଜି ମୁଁ ଛାତ୍ରୀଟିଏ ନୁହେଁ, ଶିକ୍ଷିକାଟିଏ! ପଢ଼େନା ବରଂ ପଢ଼ାଏ ପିଲାଙ୍କୁ "ସୂର୍ଯ୍ୟ ସକଳ ଶକ୍ତିର ଆଧାର।" ଦ ମେନ୍ ସୋର୍ସ ଅଫ୍ ଆଉ୍ଥର ଏନାର୍ଜି ଇଜ୍ 'ସନ୍', ଏଣ୍ଡ ଦିସ ଇଜ୍ ଆନ୍ ୟୁନିଭର୍ସାଲ୍ ଟ୍ରୁଥ। ଲେଟ୍ ଅସ ସେ... "ଅ ଫ୍ୟାକ୍ଟ।" ତେବେ ସତ କହିବି, ପ୍ରତ୍ୟେକ ଥର ଏଇ ଧାଡ଼ିଟି ଖୁବ୍ ଆନମନା କରେ ମୋତେ! ଖୁବ୍ ମନେପଡ଼ ତୁମେ। ବ...ହୁ...ତ... ବହୁତ ବେଶୀ...।

॥ ୩ ॥

ପିଲାଙ୍କୁ ବିଜ୍ଞାନ ପଢ଼ାଇବା ଗୋଟେ କଷ୍ଟକର ବ୍ୟାପାର। ପିଲାଙ୍କର ଏଇ ଯେ ସବୁ ଜିନିଷକୁ ଜାଣିବାର ଆଗ୍ରହ, ତାଙ୍କ ସାଥିରେ ତାଙ୍କ ପ୍ରଶ୍ନର ଉତ୍ତର ଖୋଜୁ ଖୋଜୁ

ତୁମେ କେତେବେଳେ ହେଇଯାଇଥିବ ବୈଜ୍ଞାନିକ ତ ପୁଣି କେତେବେଳେ ହେଇଯାଇଥିବ ମନସ୍ତତ୍ତ୍ୱବିତ୍... ଏକଥା ଜାଣି ବି ପାରିବନି ତୁମେ ନିଜେ।

ଆଜିକାଲିକା ପିଲା ନୁହନ୍ତି ଆଗ ଭଳି; ଆମ ଭଳି। ସ୍କୁଲ୍ ବି କେଉଁ ଅଛି କି ଆଗ ପରିକା! ଏବେ ସବୁକିଛି ମଡର୍ଣ୍ଣ; ବିଦ୍ୟାଳୟ ସବୁ ଫାଇଭ୍ ଟି ଆଉ ପିଲାଏ ଓଳିଆରୁ ଗଜା। ମୋର ଏଇ ଭାଇଭଟି ବିଦ୍ୟାଳୟର ସବୁଜ କାନ୍ଥ ଉପରେ ଭିନ୍ନ ଭିନ୍ନ ତଥ୍ୟକୁ ଆଧାର କରି କେତେ କେତେ ପ୍ରକାରର ଚିତ୍ର। ଦାମ ଶ୍ରେଣୀ 'କ' ବିଭାଗରେ ଆରେଞ୍ଜମେଣ୍ଟ କ୍ଲାସ୍। ତାଙ୍କ ସେକ୍ସନରେ ମୋର କ୍ଲାସ୍ ନ ଥାଏ। ଏଇ ରୁମ୍ଟି ମୋ ପାଇଁ ନୂଆ। ମୁଁ ପିଲାଙ୍କୁ ବ୍ୟସ୍ତ ରଖିବା ପାଇଁ କହିଲି, 'ଖୁବ୍ ପଢ଼ିଲ ବହି, ଚାଲ... ଆଜି ଟିକିଏ ଏ କାନ୍ଥକୁ ପଢ଼ିବା।' – ଚାଲିଲା ଆମର ଜଣା ଅଜଣା ପ୍ରଶ୍ନୋତ୍ତର କାର୍ଯ୍ୟକ୍ରମ।

ମୁଁ – ଆରେ ପିଲାମାନେ, ଗୋଟିଏ କଥା ଲକ୍ଷ୍ୟ କରୁଛ! ସେଇ କାନ୍ଥକୁ ଦେଖ। କ'ଣ ଦେଖିଲ ?

ପିଲାମାନଙ୍କର ଅନେକ ଢଙ୍ଗର ଉତ୍ତର। ଭଲି ଭଲିକା... ଆକର୍ଷଣୀୟ... ମଜାଲିଆ... ଗମ୍ଭୀର।

ମୁଁ – ହଁ, ଆଉ ଗୋଟାଏ କଥା ଲକ୍ଷ୍ୟ କଲନା ସଭିଏଁ ? ଏଇ ଦେଖ, ପ୍ରତ୍ୟେକଟି ଚିତ୍ରରେ ପୂରି ରହିଛି କେତେ ସାରା ପ୍ରଶ୍ନବାଚୀ। କାହିଁକି, କହିଲ ? ଜାଣିଛ ମଣିଷ ମନରେ ଉଠୁଥିବା ପ୍ରଶ୍ନ ଓ ସେ ପ୍ରଶ୍ନ ଭିତରେ ଲୁଚି ରହିଥିବା ତା' ମନର ଦ୍ୱନ୍ଦ ହିଁ ତାକୁ ଉତ୍ତର ଯାଏଁ ବାଟ କଢ଼ାଇ ନେଇଥାଏ। ଏତେ ସବୁ ନୂଆ ନୂଆ ଆବିଷ୍କାର ଓ ଉଦ୍ଭାବନ, ସେଇ ଗୋଟିଏ ହିଁ ତ କାରଣ।

"ଅନ୍ଧାରକୁ ଭୋଗି ନ ଥିଲେ, ତା'ଠୁ ବାହାରକୁ ଆସିବା ପାଇଁ ବାଟ ଖୋଜି ନ ଥିଲେ, କେଉଁ ଆମେ ଆଜି ଖୋଜି ପାଇଥାନ୍ତେ ଏତେ ଆଲୁଅ!" – ମୋ ନିଜର ଏଇ ଧାଡ଼ିଟି ଭିତରେ ହିଁ ହଜିଗଲି ମୁଁ।

"କ'ଣ ଯେ ଆମର ସଂପର୍କ ଯୋଗୀ, ଯାହା ଛିଣ୍ଡିଯାଏ ନାହିଁ, ସରିଯାଏ ନାହିଁ, ମରିଯାଏ ନାହିଁ କି ହଜିଯାଏ ନାହିଁ...। ବରଂ ପ୍ରତିଟି ସକାଳେ ତା' ଦେହରେ କଅଁଳିଥାଏ ନୂଆ ସବୁଜ ପତ୍ରଟିଏ। କେଉଁଠୁ ପାଏ ସେ ପାଣି ? କେଉଁଠୁ ପାଏ ସେ ଏତେ ଆଲୋକ ? କେଉଁଠି ଥାଏ ତା'ର ଏ ଅସରନ୍ତି ଶକ୍ତିର ଉତ୍ସ...? କେଉଁଠି ଯେ ! ସତ କହିବି, ମୁଁ ଖୁବ୍ ଆଶ୍ଚର୍ଯ୍ୟ ହୁଏ, ଯେବେ ଦେଖେ ଏ କିଛି ନ ଥିବା ଭିତରେ ତା' ଦେହରେ କଢ଼ି ଧରେ, ମନ ଲୋଭେଇଲୋ ପରି ଫୁଲ ବି ଫୁଟେ, ମୋ ଚାରିପଟେ ବାସ ବି ତ ଚହଟେ।

ତୁମେ ଜାଣିନ ଯୋଗୀ, ତୁମେ କ'ଣ ଯେ କରିପାର !

॥ ୪ ॥

ଢ଼ଡ଼ଋକ୍ଷା ଜୀବନରେ ଯେ ଆସିବନି ଏମିତି ତ ନୁହେଁ। ଜୀବନ ଅଛି ମାନେ ଦୁଃଖ ଅଛି, କଷ୍ଟ ଅଛି.... ହଁ, ସୁଖ ବି ଅଛି। ଏକୁଟିଆ କାଳେ କେବେ ହାରିଯିବି, ଥକିଯିବି ବୋଲି ମୋର ମା', ବାପା, ଆତ୍ମୀୟସ୍ୱଜନ ବୟୋଜ୍ୟେଷ୍ଠ ମାନେ ସୁଚିନ୍ତିତ ଭାବେ ମୋ ପାଇଁ ବାଛିଥିବା ସଂପର୍କ ବି ଅଛି। ତେବେ ସେ ସଂପର୍କମାନେ କ'ଣ ସତରେ ହାତ ଧରି ବାଟ ଚାଲନ୍ତି !

ଆଜିକାଲି ଯୁଗ ଯାହା, ଜଣଙ୍କ ରୋଜଗାରରେ ପରିବାରର ଖର୍ଚ ଚଲେନା। ସ୍ୱାମୀ-ସ୍ତ୍ରୀ ଉଭୟେ କର୍ମଜୀବୀ ହେବାକୁ ବାଧ୍ୟ। ଯେତେବେଳେ ଯୁଗର ଆବଶ୍ୟକତା ଯାହା ସେଇ ଅନୁସାରେ ଚଲିବାକୁ ତ ପଡ଼ିବ, ସ୍ୱାମୀଙ୍କ ମତ। କର୍ମ ସଂସ୍ଥାନର ସ୍ଥାନ ଭିନ୍ନ। ତେଣୁ ଢ଼ଡ଼-ଋକ୍ଷା ବି ଭିନ୍ନ। ତାକୁ ସାମ୍ନା କରିବାକୁ ପଡ଼େ ଏକା ହିଁ, କାହାର ହାତ ଖୋଜିଲା ବେଳକୁ ସେ ନଥାଏ ପାଖରେ। ଏମିତିରେ କେତେବେଳେ ହାତ ଦୂରେଇଯାଏ, କେତେବେଳେ ମନ ଦୂରେଇଯାଏ, କେଉଁ ଛଟକରେ ସଂପର୍କ ହିଁ ଭାଙ୍ଗିଯାଏ ଜାଣିହୁଏନା !

ଯା ହେଉ, ଆମ କ୍ଷେତ୍ରରେ ସେଭଳି କିଛି ଘଟିନି। ଭାଙ୍ଗିଯାଇନି ଗୋଟିଏ ନାମକୁ ମାତ୍ର ପରିବାର। ବାହାରକୁ ଏବେ ବି ଦିଶୁଛି ଗୋଟିଏ ସଂସ୍କାରୀ ଭାରତୀୟ ପରିବାରର ସୁନ୍ଦର ଛବି। ଦିଶୁଥାଉ...।

॥ ୫ ॥

ଯୋଗୀ, ଏ ଭିତରେ କେତେ କ'ଣ ଘଟିଗଲା। ତୁମକୁ ଯୋଗୀ ଡାକୁଥିବା ବୋଉ ବି ତ ଚାଲିଗଲେ ହାତ ଛଡ଼େଇ, ବନ୍ଧନ କାଟି ସେଇ ଅଫେରା ରାଇଜକୁ। ଏତେ ବଡ଼ ଦୁଃଖରେ ବି ତୁମେ ଲୋଡ଼ିଲନି ମୋତେ ! ତାଙ୍କର ସେବା କଲ ଏକା ଏକା, ସେ ଚାଲିଗଲା ପରର ଅସହ୍ୟ ମାନସିକ ବେଦନାକୁ ବି ସହିଗଲ ଏକା ଏକା ? କାହିଁକି, ଏକା ଏକା ? କାହିଁକି ତୁମେ ଲୋଡ଼ିଲନି ମୋତେ ? ଖୋଜିଲନି ମୋତେ ? କାହିଁକି ଯେ ? ମୁଁ କ'ଣ ଏତେ ପର ତୁମର !

'ଯଦି ପର, ତେବେ ଥାଏ ସେମିତି, ଅନେକ ଦୂରରେ। ଅପହଞ୍ଚ। ଅଦେଖା, ଅଜଣା।' ତେବେ ବୁଝିପାରେନି, ଏ ଯେଉଁ ଅବସୋସ ଘର କରିନେଲା ମୋ ମନରେ, ତା'ର ଉତ୍ତରଦାୟୀ କାହାକୁ କରିବି ? ତୁମକୁ ? ମୋ ପରିସ୍ଥିତିକୁ ? ମୋ ଦୁର୍ଭାଗ୍ୟକୁ ? କାହାକୁ ?

ନିଈତି ନିଜ ସହ ନିଜେ ଲଢୁଛି। ପ୍ରଶ୍ନ କରୁଛି। ଉତ୍ତର ବି ନିଜେ ହିଁ ରଖୁଛି। ଉତ୍ତର କ'ଣ ତା'ହେଲେ ଏମିତି ହେବ କି– "ଆମ ଜୀବନରେ ସାମାଜିକ ତଥା

ପାରିବାରିକ ବନ୍ଧନ ହିଁ ସର୍ବଶ୍ରେଷ୍ଠ ଓ ସର୍ବଶେଷ ବନ୍ଧନ । ଏଇ ଯେ ସଂସାରରେ ସବୁଠାରୁ ଦୃଢ଼ ବନ୍ଧନ; ମନର ବନ୍ଧନ; ଆତ୍ମାର ବନ୍ଧନ... ଯାହାକୁ ପ୍ରତି ମୁହୂର୍ତ୍ତରେ ହୃଦୟରେ ଧାରଣ କରି ଚାଲୁଛି ଜୀବନ ବାଟ ତା'ର କୌଣସି ମୂଲ୍ୟ ହିଁ ନାହିଁ !"

ତୁମ ପାଇଁ ତୁମର ସାମାଜିକ ପ୍ରତିଷ୍ଠା ବଡ଼; ମୋ ପାଇଁ ମୋର । ଏଇ ପୁଣି ଭିନ୍ନ ହେଇଗଲା ଦୁଇଟି ରାସ୍ତା । ତୁମେ ଚାଲିଗଲ ତୁମ ବାଟରେ ଓ ମୁଁ ମୋ ବାଟରେ !

॥ ୬ ॥

ମୁଁ ଅନେକ ନିବିଡ଼ ଅନ୍ଧାର ରାତିରେ ଖୋଜେ ମୋ ଜୀବନର ସୂର୍ଯ୍ୟଙ୍କର ଠିକଣା । ପୁଣି ନିଜ ଉପରେ ନିଜେ ତାଚ୍ଛଲ୍ୟ କରି ହସେ ମଧ୍ୟ – ସୁଡ଼ଙ୍ଗ ପଥର କିଟିକିଟି ଅନ୍ଧାରରେ ଯାତ୍ରା କରୁଥିବା ପଥିକଟିଏର ସୂର୍ଯ୍ୟଙ୍କୁ ଖୋଜିବା ପରି ମୋ ଖୋଜିବା ସିନା !

'କେତେ ଅବାସ୍ତବ... କେତେ ଭ୍ରମରେ ଭରା !'

ପ୍ରକାଶ ସହିତ ଭେଟ ହୁଏନା । କଥାବାର୍ତ୍ତା ବି ତ ହୁଏନା କେବେଠାରୁ ମନଉଣା ହୁଏନି ବୋଲି ମିଛ କହିବି କାହିଁକି ? ଖୁବ୍ ମନଉଣା ହୁଏ । ମନରେ ପ୍ରଶ୍ନ ଆସେ, ସତରେ କ'ଣ କେବଳ ରକ୍ତ ସଂପର୍କ ହିଁ ସତ, ବାକି ସବୁ ମିଛ । ମୁଁ କ'ଣ ଭଲପାଇଥିଲି ତାକୁ ମୋ ସ୍ୱାର୍ଥରେ ଯେ ସେ ଏଭଳି ଭାବେ ସଂପର୍କ କାଟିଦେଲା ମୋ ସାଥିରେ ! ହଁ, ଏକଥା ସତ... ତୁମ ସାଥିରେ ତା'ର ଫଟୋଟି ଦେଖିଲି ବୋଲି ହିଁ ସ୍ୱୀକାର କରିଥିଲି ତା'ର ମା' ଡାକ । ତେବେ, ତା'ପରେ...! ତା'ପରେ ତ ମୁଁ ଭଲପାଇଥିଲି ତାକୁ ଜନ୍ମ କଲା ପୁଅଟି ପରି, ତେବେ ପୁଣି !

ସେ ଦେଇଥିବା କ୍ଷତକୁ କ'ଣ ସମୟ ଧୋଇଦେଇ ପାରିବ କେବେ !

॥ ୭ ॥

ଏ ଭିତରେ ପ୍ରକାଶ ଦୂରେଇଯିବା ଯେମିତି ଏକ ଘଟଣା, ତୁମର ଅନେକ ବନ୍ଧୁ, ବାନ୍ଧବବାଙ୍କ ସହ ମୁଁ ଯୋଡ଼ି ହେଇଯିବା ବି ଠିକ୍ ସେମିତି ହିଁ ଏକ ଘଟଣା । ଇତିହାସ ପୁଣିଥରେ ନିଜର ପୁନରାବୃତ୍ତି କରୁଥିବା ଭଳି ସେମାନଙ୍କର ଫଟୋ ବି ଦେଖିଛି ତୁମ ସହ, ଯେମିତି ଦେଖିଥିଲି ପ୍ରକାଶର ।

ପ୍ରକାଶର ଚାଲିଯିବା କଥା ମନେପକେଇ ସେମାନଙ୍କର ଆସିବାକୁ ବିଶ୍ୱାସ କରିପାରୁନି ମୁଁ । ପ୍ରେମରେ ବିଶ୍ୱାସ ଅପେକ୍ଷା ଅବିଶ୍ୱାସ ହିଁ ଘର କରିଥାଏ ବେଶୀ, ଏକଥା ଅନୁଭବିଛି ଖୁବ୍ ଭଲ ଭାବରେ । ନିଜ ସହ ନିଜେ ଯୁଝୁଥିବା ବେଳକୁ ଏଇ ଯେ ଯନ୍ତ୍ରଣା, ସେକଥା କ'ଣ ବା କହିବି ତୁମକୁ । ଏତେ ବର୍ଷ ଭିତରେ ତୁମେ ଥରୁଟିଏ ବି ଚାହିଁନ ମୋ ପାଖକୁ ଆସିବା ପାଇଁ । ଯେଉଁଠି ସ୍ୱାମୀଙ୍କ ସହ ପାରିବାରିକ

ବନ୍ଧନ... ତା' ପୁଣି ସବୁଠୁ ନିବିଡ଼ ବନ୍ଧନରେ ଯୋଡ଼ିହେଇ ବି ଦୂରତା ହୁଗୁଲା କରିଦେଲା ସଂପର୍କ, ସେଇଠି ତୁମ ହୃଦୟରେ କ'ଣ ବା ଥିବ ମୋ ପାଇଁ ଯେ!! ମୋ ଉତ୍ତର ନିଶ୍ଚୟ ଏୟା ହିଁ ଯେ- "କିଛି ବି ନୁହଁ!" ଏହାପରେ ବି କାହିଁକି କେଜାଣି ତୁମର ବନ୍ଧୁ, ବାନ୍ଧବୀ, ସଂପର୍କୀୟ ସଭିଏଁ ଲାଗିଛନ୍ତି ଆପଣାର ଅପେକ୍ଷା ଅଧିକ ଆପଣାର। ଏ କାହିଁକିର ଉତ୍ତର ମୁଁ ପାଇନି ଏୟାଏଁ। ତେବେ ଶୁଣିବାକୁ ଚାହୁଁ ନ ଥିବା ଅନେକ ପ୍ରଶ୍ନର ଉତ୍ତର ଶୁଣିବାକୁ ମିଳିଛି ସେମାନଙ୍କ ପାଖରୁ।

"ତୁମେ ତୁମ ପୁରାତନ ପ୍ରେମିକା ମନରେ ଈର୍ଷା ତିଆରି ତାକୁ ପାଖକୁ ଆଣିବା ପାଇଁ ମୋ ସହ ଖେଳୁଥିଲ ପ୍ରେମର / ଭଲପାଇବାର ଛଳନାଭରା ନାଟକ!" – ଏତେ ବଡ଼ କଥାକୁ ଯେ ମୁଁ ଶୁଣିବି ଓ ସହ୍ୟ କରିବି ସେକଥା ମୋ ଭାବିବା ବାହାରେ। ତେବେ, ସହିଛି ତ!

ମଣିଷ ମନଠାରୁ ବଡ଼ ଅବିଶ୍ୱାସୀ ଆଉ କ'ଣ ବା ଅଛି ଏ ଦୁନିଆରେ! ଯିଏ ପାଖରେ ଓ ତା'ର ସୁବିଧା, ଅସୁବିଧା, ଦରକାର ତୁଲାଇ ପାରୁଥିବ, ସେ ହିଁ ତ ତା'ର ଆପଣାର! ମୁଁ ତ ନା ତୁମକୁ ଦେଇଛି କିଛି, ଅବା ନା ଏ ଜୀବନରେ କେବେ ଦେଇପାରିବି କିଛି, ତା'ପରେ ବି ତୁମ ପ୍ରେମରେ ଆଶା ରଖିବା କ'ଣ କମ୍ ଦଢ଼ ସ୍ୱାର୍ଥପରତା କି ମୋର!

ତଥାପି କାହିଁକି କେଜାଣି, ତୁମର ଆପଣାର ମଣିଷମାନେ ମୋ ନିଜର। ନିଜଠୁ ବି ଅଧିକ ନିଜର। – ଏ ପ୍ରେମକୁ ବୁଝିପାରେନା ମୁଁ। ମୋ ଉପରେ ଖୁବ୍ ରାଗ ଆସେ ମୋର। ଏହା କ'ଣ କିଛି ଏମିତି କି –

"ଲଭ୍ ଇଜ୍ ଦ ଓନ୍ଲି ୟୁନିଭର୍ସାଲ ଟ୍ରୁଥ୍ ଟୁ ଓଭର୍ ନୋ ରୁଲ୍ସ ଆର୍ ଆପ୍ଲିକେବଲ୍।"

॥ ୮ ॥

ଅନେକ କିଛି ବଦଳିଯିବା ଭିତରେ ଆଜି ବି ଅନେକ କିଛି ବଦଳି ଯାଇନି। ଆଜି ବି ମୁଁ ବର୍ଷା ଆସିଲେ, ତୁମକୁ ଝୁରିହେଇ ଚିଠିଟିଏ ଲେଖେ। ସ୍କୁଲ୍‌ରେ ସହକର୍ମୀମାନଙ୍କର ଈର୍ଷାର ଶିକାର ହେଲେ ଦୁଃଖରେ ଭାଙ୍ଗିପଡ଼ି ତୁମକୁ ଚିଠିଟିଏ ଲେଖେ। ତୁମର ବନ୍ଧୁମାନେ, ବାନ୍ଧବୀମାନେ କ'ଣ କହିଲେ, କ'ଣ ନ କହିଲେ ସେକଥାକୁ ବି ନିଜ ପାଖରେ ଲୁଚାଇ ପାରେନା। ତୁମ ସହ ବାଣ୍ଟିବାକୁ ମନ ବଳେ ସବୁକିଛି ଓ ମୁଁ ଚିଠି ଲେଖେ ତୁମ ପାଖକୁ।

ତେବେ ଏ ଭିତରେ ବଦଳି ଯାଇଛି ବି ଗୋଟାଏ କଥା। 'କ'ଣ କହିଲ?' – ମୋର ଇଚ୍ଛା ହୁଏନା ଏ ଚିଠି ସବୁକୁ ତୁମ ପାଖକୁ ପଠାଇବା ପାଇଁ। କାହିଁକି

ହୁଏନା, ସେକଥା ନିଶ୍ଚେ ଜାଣିଥିବ ତୁମେ! ହୁଏତ ଜାଣି ବି ନ ଥାଇ ପାର ତୁମେ!

ଏଇ ଯେ ତୁମର ଓ ମୋର ବନ୍ଧନ, ତାହା ତ କେବଳ ଓ କେବଳ ବିଶ୍ୱାସର ହିଁ ବନ୍ଧନଟିଏ। ମୁଁ ଅନୁଭବ କରେ, 'ତୁମେ ପ୍ରେମ କର ମୋତେ, ତେଣୁ ନିଶ୍ଚେ ସମ୍ମାନ କର ମୋର ବିଚାରଧାରାକୁ। ତୁମେ ନିଶ୍ଚେ ମୁଁ ବାଣ୍ଟିଥିବା ପ୍ରତ୍ୟେକଟି ଅନୁଭବକୁ ସାଇତି ରଖୁଥିବ ତୁମର କରି ହୃଦୟ ଭିତରେ। ସାମାଜିକ ଉତ୍ତରଦାୟିତ୍ୱରେ ବନ୍ଧା ବୋଲି ଦୂରରେ ରହିଛୁ ସିନା, ତେବେ କେଉଁ ବା ଆମେ ଦୂରରେ ଅଛୁ ଯେ!' ତେବେ ଦିନେ ଶୁଣିଲି, ମୁଁ ଯାହା ଭାବେ, ଯାହା କୁହେ, ଯାହା ବାଣ୍ଟେ ତୁମ ସାଥିରେ... ତାହା ଖୁବ୍ ସାଧାରଣ ମତ, ମନ୍ତବ୍ୟ ପରି ତୁମେ ବାଣ୍ଟିଦିଅ ତୁମ ବନ୍ଧୁ, ବାନ୍ଧବୀମାନଙ୍କ ସାଥିରେ!

'ତା'ପରେ କ'ଣ କରୁଥିବ ତୁମେମାନେ? ନିଶ୍ଚେ ଠଚ୍ଚାରେ, ଉପହାସ ଭରା ଶିଢ଼ରେ ଓ ତାଚ୍ଛଲ୍ୟରେ ଉଡ଼ାଇ ଦେଉଥିବ ଏଇ ମୋର ଅବ୍ୟୟର ପ୍ରେମଭରା, ଅଭିମାନଭରା କଥାସବୁକୁ!' – ଯଦି ମୋ ଭାବନାର ଏଇ କଥା ସବୁରେ କିଞ୍ଚିତ୍ ବି ସତ୍ୟତା ଥାଏ ତେବେ ତ ଏ ଜୀବନକୁ ତୁଚ୍ଛ କରି ମୃତ୍ୟୁକୁ ଆଦରି ନେବାରେ ଘଡ଼ିଏ ବି ଲାଗିବନି ମୋତେ! ତେବେ ମନ କହୁଛି, ଏମିତି କେବେ ହେଁ ହେଇ ପାରିବନି। ସେ ତୋତେ ପ୍ରେମ ନ କରି ପାରନ୍ତି, ତେବେ ତୋ ପ୍ରେମକୁ ଅଗ୍ରାହ୍ୟ କରିପାରିବେନି କେବେ! ଏଇ ଆଶା ଟିକକ ଚିଠି ଲେଖିବାକୁ ଉସ୍କାଏ ମୋତେ, ତେବେ ଅଭିମାନୀ ପ୍ରେମିକା ମନଟି ସେ ଚିଠିକୁ ତୁମ ପାଖରେ ପହଞ୍ଚାଇବା ପାଇଁ ବାରମ୍ବାର ବାରଣ କରେ।

ତେବେ ଏଇ ଯେ ମୋର ଅଭିମାନଭରା ଅଭିଯୋଗ ତୁମ ପାଇଁ ତାକୁ କ'ଣ କେବେ ଏ ଜୀବନରେ ପ୍ରକାଶ କରି ପାରିବି ତୁମ ନିକଟରେ? ମୋର ଏ ଜୀବନ କ'ଣ କେବେ ସେ ସୁଯୋଗ ଟିକକ ଦେବ କି ମୋତେ?

ଏସବୁ କୌଣସି ପ୍ରଶ୍ନର ଉତ୍ତର ନାହିଁ ମୋ ପାଖରେ, ତଥାପି ମୋ ଝୁରୋପଣକୁ ମୁଁ ତୁମ ପାଇଁ ପ୍ରେମ ବୋଲି ଭାବେ। ସଭିଙ୍କ ଭିତରେ ଥାଇ ଏକା ଏକା ତୁମ ସହ ଜିଉଁଥାଏ।

॥ ୯ ॥

ଆଜିକାଲି ଖୁବ୍ ବେଶୀ ମନେ ପଡୁଛି ପୁରୁଣା ଦିନର କଥା। ତୁମ କଥା। ତୁମ ସହ ପ୍ରଥମ ପ୍ରଥମ ବନ୍ଧୁତାରେ ବାଣ୍ଟିଥିବା ମିଠା ମିଠା ଆପଣାର କଥା। କେହି ଜଣେ ସୋସିଆଲ୍ ମିଡିଆରେ ବନ୍ଧୁ ହେଇଛି ମୋର, ଯାହାର ନାଆଁ, ଗାଁ, ଚେହେରା କିଛି ବି ସାମଞ୍ଜସ୍ୟ ନାହିଁ ତୁମ ସାଥିରେ, ତେବେ ଏତେ ସାମଞ୍ଜସ୍ୟ ତୁମ କଥା ସାଥିରେ

ଯେ, ମୁଁ ଭ୍ରମରେ ପଡ଼ିବାକୁ ବାଧ୍ୟ ହେଉଛି। "ତୁମେ କି ଆଉ!" - ମୋ ପ୍ରେମ, ମୋ ଝୁରାପଣ ଏମିତି ସଞ୍ଚରିଗଲା ଇଥର ଦେଇ ଯେ ତୁମେ ବାଧ୍ୟ ହେଲ ଆମ ଭିତରର ସାମାଜିକ ଦୂରତ୍ୱକୁ ଅତିକ୍ରମି ମୋ ପାଖକୁ ଆସିବାକୁ! - ଏକଥା ଭାବିଲେ ଖୁସିରେ ଝୁମିଉଠେ ମନ। ପୁଣି ଡରିଯାଏ, ଯେବେ ଆଖପାଖ ଚାରିକଡ଼ରେ ଘଟିଯାଉଥିବା ଦୁର୍ଘଟଣାମାନଙ୍କୁ ଦେଖେ। "ଓଃ... କି ଠକାମି ପୁଣି କି ନୃଶଂସତା!" - କେଉଁଠି ପ୍ରେମିକ କାଟିଲା ପ୍ରେମିକାର ଶରୀରକୁ ତିରିଶ ଖଣ୍ଡ କରି ତ ପୁଣି ଆଉ ପାଦଟିଏ ଆଗକୁ ଯାଇ କିଏ ଘଟାଇ ପକାଇଲା ଆହୁରି ବର୍ବରତାଭରା କିଛି ନୃଶଂସ କାଣ୍ଡ। "ଆଃ... ଏମାନଙ୍କ ଭିତରେ ସତରେ କ'ଣ କେବେ ପ୍ରେମ ଥିଲା!" ଏ ପ୍ରଶ୍ନର ଉତ୍ତର ପାଏନି ସିନା, ମୁଁ ଫେରିପାଏ ମୋର ପାକଳ ବୟସ୍କ ମନଟିକୁ। "ତୁମେ ବି ବୋଧେ କେବେ ହୃଦୟରୁ ପ୍ରେମ କରିନ ମୋତେ, ନ ହେଲେ ତ ଆସିପାରିଥାନ୍ତ ତୁମ ନିଜସ୍ୱ ରୂପରେ। ଏକଥା ଘଟିଥିଲେ ମୁଁ ମୋର ସୌଭାଗ୍ୟକୁ ନେଇ କେତେ ଯେ ଗର୍ବ କରିଥାନ୍ତି ଏକଥା ଜାଣ ତ ତୁମେ!"

ଏତେସବୁ ପରେ 'ଅନୁଭବ' ନାଁଆଁ ନେଇ ଆସିଥିବା ସେଇ ମଣିଷଟି ଭିତରେ ମୁଁ ତୁମକୁ ହିଁ ଖୋଜେ। ତୁମରି ପରି ଅବିକଳ ଚଟୁଲ କଥା ତା'ର! ବେଳଝ୍ୟା କଥା ସବୁ। ମୁଁ ମିଛ ମିଛ ରାଗେ ଓ ମନେ ମନେ ହସେ।

କେତେ ଅଭାବପଣ ଥିଲା ମୋ ଜୀବନରେ, ଘଡ଼ିକରେ ତୁମର ମିଠା ମିଠା କଥାରେ ତୁମେ ଭରି ଦେଇଗଲ ମୋ ଜୀବନକୁ। ହେଇଯାଇଥିଲେ, ନିଜଠୁ ବି ଅଧିକ ନିଜର; ସବୁଠୁ ଆପଣାର! ଏତେ ପ୍ରେମ ଗଢ଼ିଦେଇ ହଠାତ୍ ଚାଲିଗଲ। ଗଲ ଯେ ଗଲ... ବିତିଗଲାଣି ଏ ଭିତରେ ଛଅବର୍ଷ। ଘଡ଼ିଏ ବି ଭୁଲିପାରିନି ତୁମକୁ। ନିଷ୍କ୍ରିୟ ହେଇ ଯାଇଥିବା ମଣିଷଟି ଆଜି ପୁଣି ଏଇ ଅଚିହ୍ନା ଲୋକଟି ଭିତରେ ତୁମକୁ ଖୋଜି ପ୍ରଗଲ୍ଭା ହେଇ ଉଠୁଛି। ପୁଣି ଦିଗହରା ହେଇଯାଇଥିବା ସ୍ୱପ୍ନସବୁ ନିଜ ଦେହରେ ଟେଣା ଖଣ୍ଡି ଉଡ଼ିବାକୁ ସଜବାଜ ହେଲେଣି!

ମୁଁ ଆଶ୍ଚର୍ଯ୍ୟ ହେଉଛି, ଏତେ ବର୍ଷ ପରେ ବି ପ୍ରେମ ଟିକିଏ ବି ଊଣା ହେଇଯାଇନାହିଁ। ତାହା ପୁଣି ବିନା ଦେଖାରେ; ବିନା କଥାରେ; ବିନା ସାନ୍ନିଧ୍ୟରେ!!

|| ୧୦ ||

ତୁମର ଏତେ ବର୍ଷ ପରର ଲେଉଟାଣି କ'ଣ ଏକଥା କହୁଛି କି - 'ତୁମେ ବି ଠିକ୍ ଝୁରି ହେଉଛ ମୋତେ ମୋରି ପରି। ତୁମେ ବି ମୋତେ ଥରେ ଦେଖିବା ପାଇଁ, ଭେଟିବା ପାଇଁ ସୁଯୋଗଟିଏ ଖୋଜୁଛ। ସେଇଥିପାଇଁ ଏ ରୂପ ବଦଲ; ମିଠା କଥା ଆଉ ପ୍ରଲୋଭନ।'

ତେବେ ମୁଁ ଯିବି ବା କେମିତି ? କିଏ ବା ନେଇଯିବ ମୋତେ ତୁମ ପାଖକୁ । ପ୍ରକାଶ ଯେ ମୁହଁ ଫୁଲାଇ ବସିଛି କେଉଁଠି, ମୋ ପାଖରେ ତା'ର ଖବର ହିଁ ନାହିଁ କାହିଁ କେବେଠୁ ! ତା' କଥା ମନେପଡ଼ିଲେ ମୁଁ ଦୁଃଖରେ ଭାଙ୍ଗିପଡ଼େ । ମୋ ଭୁଲ୍ ଠିକ୍‍ର ହିସାବ ନ ଦେଇ ସେ ଚାଲିଗଲା । ଗଲାବେଳେ ହୁଏତ କହିପାରିଥାନ୍ତା, 'ମା ? ବିବାହିତା ତୁମେ । ତୁମ ପାଇଁ ଅନ୍ୟ ପୁରୁଷ ପାଇଁ ଆସକ୍ତି ପାପ । ଏହା ତ କେବଳ ଓ କେବଳ ଏକଚାଟିଆ ଅଧିକାର ପୁରୁଷଟିଏର । ଯେକୌଣସି ବୟସରେ ପ୍ରେମ କରିବା ଓ ତାକୁ ମିଠା ମିଠା କଥା କହି ଭୁଲାଇବାର ଅଧିକାର କେବଳ ପୁରୁଷର ପୁଅର ହିଁ ଥାଏ ।'

ପର ନାରୀ କ'ଣ ପର ପୁରୁଷଠାରୁ ଖୁବ୍ ଭିନ୍ନ କି ? ଇଚ୍ଛା ହେଉଛି ପ୍ରକାଶକୁ ବୁଝାଇ ଦେବା ପାଇଁ ଏତେ ବର୍ଷର ଅଭିଜ୍ଞତା ଓ ତା' ଭିତରୁ ସାଉଁଟିଥିବା ସାରମର୍ମ । – "ତୁ ଯେ ଭାବୁଛୁ ତୋ ମଆକୁ ନଷ୍ଟଚରିତ୍ରା ବୋଲି, ପ୍ରକୃତରେ ସେ ନୁହେଁ ସେମିତି ! ଏ ଦୁନିଆରେ ଯେ ହଜାର ହଜାର ଚରିତ୍ର, ଯାହା ଉପରକୁ ଦେଖାଯାଉଛନ୍ତି ନିର୍ଲିପ୍ତ, ନିରାକାର, ସରସ, ସୁନ୍ଦର... ତାଙ୍କର ଭିତରର ବୀଭତ୍ସତାକୁ ଦେଖିଲେ ହୃଦୟ ଥରି ଉଠିବ ତୋର ! ତୋ ମାଆ ତ କେବଳ ପରସ୍ଥିତିର ଦାସତ୍ୱ ମାନି ହୃଦୟ ଦେଇ ବସିଛି ଜଣକୁ । ତଥାପି କୌଣସିଟି ଦିନ ନିଜ କର୍ତ୍ତବ୍ୟ ପଥରୁ ଓହରି ଯାଇ ନାହିଁ । ସେଇ ମଣିଷ ଜଣକ କଥାରେ କଥାରେ ତା' ମନରେ ପ୍ରେମର ନିଆଁ ଜାଳି ଦେଇଥିଲେ ବି ପର ମୁହୂର୍ତ୍ତରେ ସମାଜ ଆଳରେ ଦେଇ ଯାଇଥିବା ଦୂରତାକୁ ବି ସ୍ୱୀକାରିଛି ହୃଦୟରୁ ।"

ହଁ, ଏକଥା ସତ ଯେ ଦେହ ବା ଦହନ ନାହିଁ ବୋଲି ନୁହେଁ । ଏବେ ବି ଆଖି ବନ୍ଦ କଲେ ସେଇ ଯୋଗୀଙ୍କ ଛାତିରେ ଥୋଇଦିଏ ମୁଣ୍ଡ । ସେ ଆକଟ କରନ୍ତିନି ତ ! ବରଂ କେଡ଼େ ସ୍ନେହରେ, ଭଲପାଇବାରେ ସାଉଁଲେଇ ଆଣନ୍ତି, ମୋ ମୁଣ୍ଡରେ ତାଙ୍କର ହାତ । କପାଳରେ ଆଙ୍କିଦିଅନ୍ତି ସରୁ ଚୁମାଟିଏ । ଏଇ ମୋର ଚରମ ଈପ୍ସିତ ଚିତ୍ରଟି ମୋତେ ଅନାଦି କାଳରୁ ମୁଁ ପାଇବାକୁ ଅପେକ୍ଷା କରିଥିବା ପ୍ରେମର ଛବିଟିଏ ପରି ଦିଶେ । ଏ ସ୍ୱାର୍ଥସର୍ବସ୍ୱ ଦୁନିଆର ମଣିଷମାନଙ୍କ ଆଖିକୁ ଏଥିରେ ପାପ ଦିଶେ ଅଥଚ ପାପ ସବୁରେ ପ୍ରେମ । 'ଆହାଃ... ଏ କଳିଯୁଗର ଅନ୍ଧ ମଣିଷ !' – ଦୟା ଆସେ ଏମାନଙ୍କ ପାଇଁ ମନରେ ।

ଏସବୁ କହିବାକୁ ଭାବେ ସିନା ତେବେ କେହିପାରେନା ପ୍ରକାଶକୁ । ମନ ବଳେନା କହିବା ପାଇଁ ବୋଲି କହିଲେ ହିଁ ଠିକ୍ ହେବ । ଯାହାକୁ ସ୍ନେହରେ ଭଲପାଇବା ଢାଳିଦେଲା ପରେ ବି ପ୍ରେମରେ ପାପ ଦିଶିଲା, ତା' ଭିତରେ ଲୁଚି

ବସିଥିବ କେତେ କେତେ ଖରାପ ଭାବନା; ପାପକୁ ପୁଣ୍ୟର ଲେପ ଦେଇ ସୁନ୍ଦର କରିଥିବା ଭାବନାମାନଙ୍କର ସମାହାର। ତାକୁ ସେମିତି ଛାଡ଼ି ଦିଆଯାଉ। କୌଣସି ମା'କୁ ତା'ର ପ୍ରେମର ପରାକାଷ୍ଠା ଦେଖାଇବା ପାଇଁ ନିଜ ଆତ୍ମସମ୍ମାନକୁ ବାଜିରେ ଲଗାଇ ନିଜ ପାଇଁ ପ୍ରମାଣ ଦେବାକୁ ନ ପଡ଼ୁ, ସମ୍ଭବତଃ ନିଜ ସନ୍ତାନର ସାମ୍ନାରେ ତ କେବେ ବି ନୁହେଁ।

॥ ୧୧ ॥

ଖୁବ୍ ଇଚ୍ଛା ହେଉଛି ତୁମକୁ ଥରେ ଆଖି ପୂରାଇ ଦେଖିବା ପାଇଁ। ମୁଁ ରାସ୍ତାଟିଏ ତିଆରିଲି। ସୁଯୋଗଟିଏ ଉଣ୍ଠିଲି। ମିଳିଗଲା। ଯୁଗେ ଯୁଗେ ଏମିତି ବାହାନା ସବୁ ହିଁ ତ ପ୍ରେମର ପ୍ରମାଣ ଦେଇଥାଏ। ମୋ ବାଟକୁ ଅବାଟ କହିବେ ସଭିଏଁ, ମୁଁ ଜାଣେ... ତଥାପି ମୋ ପ୍ରେମକୁ ନେଇ ମୋ ମନରେ ଗର୍ବ କେବେ ଉଣା ହେଇନି କାଣିଚାଏ ବୋଲି ଏୟାଏଁ।

ଏଇ ଛଅ ବର୍ଷର ଦୀର୍ଘ ବ୍ୟବଧାନ ବଦଲାଇ ପାରିନି କିଛି। ଆଜି ବି ଭିଜିଟରସଙ୍କ ପାଇଁ ଉଦ୍ଦିଷ୍ଟ ରୁମ୍‌ଟି ଦିଶୁଛି ଠିକ୍ ପୂର୍ବ ପରି। ବସିବା ପାଇଁ ପଡ଼ିଛି ସେଇ ସୁନ୍ଦର ସୋଫା। ସୋଫା ସାମ୍ନାରେ କାଚ କାନ୍ତୁ। କାନ୍ତୁରେ ଝୁଲୁଛି ପଞ୍ଚଚିତ୍ର। କୋଣରେ ରାଧାକୃଷ୍ଣଙ୍କର ଯୁଗଳ ପ୍ରତିମୂର୍ତ୍ତି। ଅନ୍ୟ କୋଣରେ ଟେରାକୋଟା କାମରେ ତିଆରି ଫୁଲକୁଣ୍ଡ। କୁଣ୍ଡ ଭିତରେ ଶୋଭା ପାଉଛି ଦାମୀ ଫୁଲଗଛ।

ହଁ, ଏ ଛଅ ବର୍ଷର ଦୀର୍ଘ ସମୟ ବଦଲାଇ ଦେଇଛି ବି ଅନେକ କିଛି। ମୁଁ ବସିଛି ଏକା। ସଂପୂର୍ଣ୍ଣ ଏକା। ପାଖରେ ପ୍ରକାଶ ନାହିଁ। ସେ ମୁହଁ ତଳକୁ କରି ଟାଇପ୍ କରୁନି କିଛି ତା' ମୋବାଇଲ୍‌ରେ। ବାରମ୍ବାର ମୋତେ ଆଶ୍ୱାସନା ଦେଇ କହୁନି ଯେ "ଏଇଠି ବସନ୍ତୁ... ସିଧା ଦେଖନ୍ତୁ... ସେ ଆସିବେ ଯେ!!" ମୁଁ ମୋ ଚିନ୍ତା ଚେତନାର ପରିଧିକୁ ଏକଥା ପଶାଇ ପାରୁନି ଯେ, ସେ ନିଶ୍ଚେ ତୁମ ସହ ହିଁ ଚାଟିଂ କରୁଛି, ନ ହେଲେ ଏତେ ବିଶ୍ୱାସ ଓ ଦୃଢ଼ତା ଦେଖାଇ ତା' ମାଆକୁ ଏଇ ଜାଗାରେ ବସିବାକୁ କହି ପାରନ୍ତା ବା କିପରି! ମୁଁ ବସିଛି, ରୂପଚାପ, ନୀରସ ମନଟିଏ ନେଇ... ବଡ଼ ସଂଶୟରେ ମୋର ମନ... ତୁମେ ଆସିବ ନା ଆସିବନି ଯେ! ଆଜି ଦିନରେ ତୁମକୁ ଥରେ ଆଖି ପୂରେଇ, ମନ ପୂରେଇ ଦେଖିବାର ସୁଯୋଗ ପାଇବି ଅବା ପାଇବିନି ଯେ! ହଁ, ମୋର ଦୁଃଖୀ ହେବାର ଆଉ ଏକ କାରଣ ଏୟା ବି ହେଇପାରେ ଯେ, ମୋର ଅନୁଭବ କହୁଛି... ଏ ବଖରାଟିରେ ବଦଲିଯାଇଛି ବି ଆଉ ଏକ ଚିଜ। ଏ 'କାଚ କାନ୍ତୁ' ଖଣ୍ଡକ। କାଲି ଯାହା ଥିଲା ସ୍ଫଟିକ ପରି ସ୍ୱଚ୍ଛ, ଆଜି କାହିଁକି କେଜାଣି ଦିଶୁଛି ମୋଟା ଆଉ ଝାପ୍‌ସା।

॥ ୧୭ ॥

ସିକ୍ୟୁରିଟି ପିଲାଟି ପଚାରିଲା, "ମାମ୍, କାହାକୁ ଡାକିବି ?" ମୁଁ କହିପାରିଲିନି ତାକୁ ତୁମର ନାଆଁ। ମନର ଯନ୍ତ୍ରଣା ଛାତିରୁ ଯାଇ ପହଞ୍ଚି ସାରିଥିଲା ଆଖି ପାଖରେ। ବାହାରକୁ ବାହାରି ନିଜକୁ ମୁକ୍ତ କରିନେବା ପାଇଁ ଖୋଜୁଥିଲା ରାସ୍ତା। ମୋ ମନ ଭିତରେ କେତେ କେତେ ଭାବନାଙ୍କର ଭିଡ଼। ଆଜି ଯଦି ମୁଁ ନୁହେଁ, ତୁମେ ଯାଇଥାନ୍ତ ମୋ ପାଖକୁ ମୋତେ ଭେଟିବା ପାଇଁ, ମୁଁ କ'ଣ କରିଥାନ୍ତି ? କ'ଣ ଆସିଥାନ୍ତ ତୁମ ପାଖକୁ? ସେଇ ଅତି ପ୍ରିୟ ଛାତ୍ର, ଛାତ୍ରୀଙ୍କ ଆଗରେ ଆଖିରେ ଆଖି ମିଶାଇ କଥା ହେଇଥାନ୍ତି ତୁମ ସହ ? ସେଇ ଈର୍ଷାଲୁ କର୍ମକ୍ଷେତ୍ରର ବନ୍ଧୁବାନ୍ଧବୀ ଯେଉଁମାନେ ଦିନରାତି ଖୋଜନ୍ତି ମୋର ଦୁର୍ବଳତା ଥରେ ଉପହାସ କରି ଅନ୍ୟମାନଙ୍କ ସାମ୍ନାରେ ଛୋଟ ଦେଖାଇବା ପାଇଁ, ତାଙ୍କରି ଆଖିରେ ଉକୁଟି ଉଠୁଥିବା ପ୍ରଶ୍ନବାଣକୁ ଖାତିର ନ କରି ମୁଣ୍ଡ ତଳକୁ ଝୁଙ୍କାଇ ବସିପାରିଥାନ୍ତି ତୁମ ସାମ୍ନାରେ ! ହଠାତ୍ ମନେପଡ଼ିଲା, ମୁଁ ଏଠିକି ଆସି ମୋର ପ୍ରେମର ପ୍ରମାଣ ଦେଇନି ବରଂ ତୁମର ଅପମାନ କରିଛି। ପିଲାଟି ପୁଣି ପଚାରିଲା– "ମାମ୍, କାହାକୁ ଡାକିବି ? କାହା ପାଖରେ କାମ ଥିଲା କି ?"

– "ଆହାଃ... ଆଜି ଯଦି ମୋ ଚିଠିଭରା ଡାଇରିଟିକୁ ଆଣିକି ଆସିଥାନ୍ତି ସାଥିରେ, ତେବେ ବଞ୍ଚିଯାଇଥାନ୍ତି ମୁଁ। ତେବେ ଯେତକ ରାଗ ଓ ଅଭିମାନ ତ ସବୁ ଠୁଳ ନା ସେଇ ମୋରି ପ୍ରେମିକା ମନଟିରେ। ଏବେ କରିବି କ'ଣ ?

ମୁଁ ମୋ ଫୋନ୍କୁ ବାହାର କଲି। ସାଙ୍ଗଟିର ପାଖକୁ ଫୋନ୍ ନମ୍ବର ଟିପିବା ଭଳି କଲି। କାନ ପାଖରେ ଫୋନ୍ଟିକୁ ଚାପିଧରି କହିଲା, "ଓଃ... ବାହାରେ ଅଛୁ। କେଉଁଠି... ? ରାମ ମନ୍ଦିର ସାମ୍ନା... ଖଦି ଗ୍ରାମୋଦ୍ୟୋଗ...। ହଁ... ହଁ... ତୁ ସେଇଠି ଥା... ମୁଁ ସେଇଟିକି ଆସୁଛି...!"

ପିଲାଟି ଆଡ଼କୁ ଚାହିଁ ଟିକିଏ ବିବ୍ରତ ଭରା ସ୍ୱରରେ କହିଲି, "ଆଇ ଆମ୍ ସୋ ସରି... ମୋ ସାଙ୍ଗଟା... ଯାହାକୁ ଭେଟିବାକୁ ଆସିଥିଲି, ସେ ତା' କାମରେ ବାହାରକୁ ଯାଇଛି... ଯାଉଛି, ସେଇଠି ଭେଟିଦେବି।"

ପିଲାଟି ବୋଧେ ବିଶ୍ୱାସ କରିନେଲା ମୋ କଥା। ମିଡିଆ ହାଉସରେ କେତେ କେତେ ଜଣ କର୍ମଚାରୀ ଯେ ଏବେ କାମରେ ଯାଇଥିବେ ବାହାର କେଉଁ କେଉଁ ଜାଗା ସବୁକୁ! ତେବେ ମୁଁ ବିଶ୍ୱାସ କରିପାରିଲିନି ମୋ ନିଜକୁ। ମୁଁ କେବେ ଶିଖିଲି ଏତେ ଦୃଢ଼ତାର ସହ ମିଛ କହିବା ? କିଏ ଶିଖେଇଲା ମୋତେ ଏକଥା ? ପ୍ରେମର ମର୍ଯ୍ୟାଦା ରଖିବା ପାଇଁ କହିପାରେ ମୁଁ ଏତେ ବଡ଼ ମିଛ କଥା, ମୁଁ ଜାଣି ନ ଥିଲି ସତରେ !

ଆଉ ସାହସ ନ ଥିଲା ପିଲାଟି ମୁହଁକୁ ସିଧାକରି ଚାହିଁବା ପାଇଁ। ମୁହଁ ତଳକୁ କରି ଫେରି ଆସିଲି ଏକମୁହାଁ ହେଇ!

॥ ୧୩ ॥

ଫେରିଆସିବା ବେଳେ, ଲୁହ ଆଉ ଜମାରୁ ବି ବୋଲ ମାନିଲେନି। ମୁଁ ବି ତାଙ୍କୁ ଆକଟ ନ କରି ବହିଯିବାକୁ ଦେଲି।

ଖୁବ୍ ମନେପଡୁଥିଲା ପ୍ରକାଶ! ଚୋରଟା, ଜାଣେ ସବୁକଥା! ଆଜି ସେ ଏଠି ଥିଲେ, ମନା କରି ନ ଥାନ୍ତା ମୋତେ କାନ୍ଦିବାକୁ ବରଂ ମୋ ମୁହଁକୁ ଚାହିଁ ହସିଥାଆନ୍ତା ମୁହଁ ଚାପି ଚାପି। ଗୀତ ବି ଗାଇଥାଆନ୍ତା ବୋଧେ। ଖୁବ୍ ଭଲ ଗୀତ ଗାଏ ପ୍ରକାଶ। ଅକ୍ଷୟ ମହାନ୍ତିଙ୍କର ଗୀତ ତ ତା' କଣ୍ଠରେ ଏତେ ସାଜେ ଯେ ଯାହାକୁ ବି ନେଇଯାଇପାରେ ବାଟ ଭୁଲାଇ। ଏଠି ଥିଲେ, ଆଜି ସେ ଗାଇଥାନ୍ତା କେଉଁ ଗୀତ କହିଲ? ପକ୍କା... ସେଇ "କାଚକାନ୍ତର ଏପାଖେ ମୁଁ... ସେପାଖେ ଜୀବନ...!"

"ନା... ଚୋରଟା ସିଏ... ଅବିକଳ ତୁମରି ପରି...! ତା' ମୁହଁରୁ ତୁମେ କ'ଣ ଜାଣିପାରିବ ତା' ମନର ଭାବ! ନା... ପରା...। ଆଜିଯାଏଁ ସେ ଟାଉଟରଟା ମୋତେ ଏତକ ବି ଜାଣିନେଇ ଗର୍ବ କରିବାକୁ ଦେଲାନି ଯେ ସେଦିନ ଚାଟିଂରେ ତା' ସହ ତୁମେ ହିଁ ଥିଲ!"

ଆଜି ଏଠି ଥିଲେ ସେ ଆରମ୍ଭ କରିଥାନ୍ତା ତା'ର ଗୀତ, ଅକ୍ଷୟଙ୍କର ଏଇ ଗୀତର ଦ୍ୱିତୀୟ ଧାଡ଼ିରୁ...

"ଏ ପାଖରେ ଝରେ ବରଷା

ସେପାଖେ ଫଗୁଣ....

ସେପାଖେ ଫଗୁଣ!

କାଚକାନ୍ତର ଏପାଖେ ମୁଁ...

ସେପାଖେ ଜୀବନ!!"

ଶିକୁଳି

ନାରୀମାନେ ବୁଦ୍ଧିଜୀବୀରେ ଗଣାଯିବେ କି ନା, ମୁଁ ଜାଣେନା! ଛୋଟବେଳେ ଅନେକଥର ଶୁଣିଛି ଚୁଲିମୁଣ୍ଡର ନିଆଁ, ଧୂଆଁ ଆଷ୍ଟରେ ସ୍ତ୍ରୀଲୋକଙ୍କ ବୁଦ୍ଧି ଯେତକ ବାଷ୍ପ ହେଇ ଉଡ଼ିଯାଏ। ଏବେ କିନ୍ତୁ ମୋ ଭାବନାକୁ ନେଇ ମୁଁ ବହେ ହସେ। ଏମିତିରେ ଏବେ ବି ମୋ ପାକଳ ବୁଦ୍ଧିଜୀବୀ ନାରୀମନରେ ସବୁବେଳେ ଗୁଡ଼ାଏ ଆବୁରୁଜାବୁରୁ ପ୍ରଶ୍ନ ଆସୁଥାଏ-ଯାଉଥାଏ...। ସେଇ ଭିଡ଼ ଭିତରୁ ଗୋଟିଏ ସାର ପ୍ରଶ୍ନ କିଛି ଏମିତି, 'ଏଇ ଯେ କଥା ଉଠେ ଗଣତନ୍ତ୍ର, ବ୍ୟକ୍ତି ସ୍ୱାଧୀନତାର ତାହା ଭାରତରେ, ତା' ପୁଣି ଓଡ଼ିଶାରେ କ'ଣ କୌଣସି ମଣିଷ ଭୋଗିପାରେ ନା କ'ଣ!' ମୋ ଉତ୍ତରରେ ମୁଁ ପୁଣି କହେ, 'ହେ, ନା ମ! ଏଠି ଚାଲେ ଆମର ପରିବାରତନ୍ତ୍ର! ମାୟାରେ ବନ୍ଧା, ଆବେଗରେ ଛନ୍ଦା, ଅନୁରାଗରେ ସରସର, ଅଭିମାନରେ ଜରଜର ଓଡ଼ିଆ ଆମେ, ଘୃଣା କରୁ ବ୍ୟକ୍ତି ସ୍ୱାଧୀନତାକୁ; କାହିଁକି ନା, ଭଲପାଉ ଖୁବ୍ ଆମ ପରିବାରକୁ।'

ବାହାରେ ଶୁଭିଲା ଅଲିଆବାଲାର ହ୍ୱିସିଲ୍ ଶବ୍ଦ। ମୋର ସବୁତକ ଧ୍ୟାନକୁ ନିଜ ଆଡ଼କୁ ଟାଣିନେଲା ସେ। ମୋର ସବୁ ଧ୍ୟାନ, ଧାନ, ପ୍ରଶ୍ନ, ଉତ୍ତରକୁ କୁଆଡ଼େ ଉଡ଼େଇ, ହଜେଇ ମୁଁ କଚରା ବାଲ୍ଟି ଧରି ଦୌଡ଼ିଲି ଗେଟ୍ ବାହାରକୁ। ଫେରିବାବେଳେ ମୁଣ୍ଡ ଉଠାଇ ଚାହିଁଲି ତାରବାଡ଼ ସେପଟକୁ। ଆଜିବି ଡୁଗୁଡୁ ବସିଥିଲା ମୁହଁ ଶୁଖାଇ ସେଇ ତାଙ୍କର ସରୁ ବାରଣ୍ଡା ଧାରକୁ ଲାଗି। ଡୁଗୁଡୁ ହେଲା ଆମର କୁନି ପଡ଼ୋଶୀ। କୁନି- କାହିଁକି ନା, ତା' ବୟସ ମାତ୍ର ପାଞ୍ଚବର୍ଷ। ପଢ଼େ, ୟୁକେଜିରେ। ପଡ଼ୋଶୀ- ଏଇ ସୂତ୍ରରୁ ଯେ, ତା'ର ଅଜା, ଆଈ, ଯାହାଙ୍କ ସାଥିରେ ସେ ରୁହେ, ସେମାନେ ଆମର

ପଡ଼ୋଶୀ। ଅଜା, ଆଈ ଘର ଭିତରେ ସେମାନଙ୍କ କାମରେ ବ୍ୟସ୍ତ ଥାନ୍ତି। ଡୁଗୁଗୁ କିନ୍ତୁ ପ୍ରାୟ ହିଁ ଦିଶିଯାଏ ସେଇଠି, ସେଇ ବାରଣ୍ଡାରେ ସେମିତି ବିରସ ମନଟିଏ ନେଇ ବସିଥିବା ଅବସ୍ଥାରେ।

ତାରବାଡ଼ର ଏପଟର ସଂସାରରେ ଥାଉ ମୁଁ ଓ ମୋର କୋଡ଼ିଏ ବର୍ଷୀୟା ଗ୍ରାଜୁଏସନ୍ ପଢ଼ୁଥିବା ମନସ୍ତତ୍ତ୍ୱ ବିଭାଗର ଛାତ୍ରୀ, ଝିଅ। ହଁ, କାଁ ଭାଁ ଆମ ସହ ଥାଆନ୍ତି ବି ଚାକିରି ଦାୟରେ ଆମଠୁ ଦୂରରେ ରହୁଥିବା ଓ କେବେ କେମିତି ଆମ ପାଖକୁ ଆସୁଥିବା ମୋ ଝିଅର ବାପା। ତାଙ୍କର ବୟସ ପଞ୍ଚାବନ ବର୍ଷ। ଅଥଚ ସେ ଆସିଲେ, ଡୁଗୁଗୁ ମୁହଁରେ ହସ ଫୁଟେ। ସେ ଲାଗିଆସେ ତାରବାଡ଼ ପାଖକୁ। ମୋ ସ୍ୱାମୀଙ୍କ ମୁହଁରେ ବି ମୋତେ ଦିଶିଯାଏ, ସେଇ ଡୁଗୁଗୁ ମୁହଁର ସରଳ, ନିଷ୍କପଟ ହସ। ଉଭୟେ ଦୁଇଟି ସମବୟସ୍କ ବନ୍ଧୁଙ୍କ ପରି କଥା ହୁଅନ୍ତି। ଡୁଗୁଗୁ କୁହେ, 'ହ୍ୟାଲୋ... ହ୍ୟାଲୋ... କ୍ୟା ହାଲ? ଠିକ୍ ହୋ ନା? ହମ୍ ଔର ୟାହାଁ ନହିଁ ରହେଙ୍ଗେ ନାନା, ନାନୀକେ ପାଶ। ହମ ଚଲେ ଜାୟେଙ୍ଗେ ଦିଲ୍ଲୀ। ୱାହାଁ ରହେଙ୍ଗେ ମମ୍ମି, ପାପା କେ ସାଥ।' ତା' ପ୍ରଶ୍ନର ଉତ୍ତର ଦେବାବେଳେ ମୋ ମିସ୍ତରଙ୍କର ମୁହଁର ରଙ୍ଗ ବଦଳୁଥାଏ। ଖୁସି... ଖୁବ୍ ଖୁସି, ଦୁଃଖ... ଖୁବ୍ ଦୁଃଖର ଫେଣ୍ଟାଫେଣ୍ଟ ଅନୁଭବରେ ସେ ଭିଜୁଥାନ୍ତି ଯେମିତି। ମୁଁ ଦୂରରୁ ଠିଆହେଇ ଦୁହିଁଙ୍କୁ ଦେଖେ। ସେମାନଙ୍କର ଅନାବିଳ ବନ୍ଧୁତା ମୋତେ ବାରବାର ଟାଣେ ସେମାନଙ୍କ ପାଖକୁ।

ଡୁଗୁଗୁର ଦିଲ୍ଲୀ ଫେରିବା କଥା କିନ୍ତୁ ସତ ହୁଏନା। ବୋଧହୁଏ ମାଆ, ବାପା ଉଭୟ ଚାକିରି ବ୍ୟସ୍ତତା ଯୋଗୁଁ ଛୁଆକୁ ସମୟ ଦେଇପାରୁନାହାନ୍ତି। ତେଣୁ ବାଧ୍ୟବାଧକତାରେ ନିଜ ମାଆ, ବାପାଙ୍କ ଦାୟିତ୍ୱରେ ଛାଡ଼ିଛନ୍ତି ନିଜ ଛୁଆଟିକୁ। ମନେପଡ଼େ ମୋ ଝିଅର ବାଲ୍ୟକାଳ; ସେଇ ସମାନ ପରିସ୍ଥିତି, ସେଇ ଦୁଃଖ, ସେଇ କୋହ। ଆଖିରେ ଦିଶିଯାଏ ସେ ସମୟ। ମୋ ଝିଅର ସାତବର୍ଷର ବୟସର ସେଇ ଲୁହ ଜରଜର କାନ୍ଦୁରା ମୁହଁ, ଯେଉଁଦିନ ମୋର ନୂଆ ଜଏନ୍ ଚାକିରିରେ ଓ ପାରିପାର୍ଶ୍ୱିକ ପରିସ୍ଥିତିର ଦାୟରେ ସେ ମୋ'ଠୁ ଦୀର୍ଘ ଦୁଇବର୍ଷ ଦୂରରେ। ମୁଁ ମୋ ଭିତରୁ ବାହାରିଆସି ଚାହିଁଲି ତାରବାଡ଼ ସେପଟକୁ। ଡୁଗୁଗୁ ବସିଥିଲା ବିରସ ମନଟିଏ ନେଇ। ନିଜର ସବୁ ଶିଶୁସୁଲଭ ଚପଲାମିକୁ ଭୁଲି ଚୁପଚାପ ମନମାରି।

ଆଜି ସ୍ୱଗତୋକ୍ତି କଲା ଭଳି ତାରବାଡ଼ରେ ମୁଣ୍ଡଗଲାଇ ମୁଁ ଡୁଗୁଗୁକୁ ପଚାରିଲି, 'କ'ଣ ହେଲା ଡୁଗୁଗୁ? ଏକଜାମ ଓଭର? ଔର୍ କ୍ୟା ହାଲ, କୁଛ୍ ତୋ ଶୁନାଓ!' ତା' ମୁହଁ ହସ ହସ ଦିଶିଲା। କହିଲା- ହଁ, ସତାଇଶ୍ କୋ ହମ୍ ୟା ରହେଁ ହେଁ ମମ୍ମି, ପାପାକେ ପାଶ।'

ତା' ଆଇ ବାଟଘରୁ ବାହାରିଆସି ମୋତେ ଧୀରେକି କହିଲେ, 'ସେ ବାଲୁଙ୍ଗାଟାର କଥା କୁହନା ଝିଅ! ଡେଲି ଭିଡିଓକଲ୍‌ରେ ତା' ମାଆକୁ କହୁଛି, ସାନପିଲା କ'ଣ ନାନା, ନାନୀ ପାଖରେ ରହନ୍ତି କି ? ସେମାନେ ତ ତାଙ୍କ ମାଆ, ବାପାଙ୍କ ସାଥିରେ ରହିବା କଥା!'

ମୋ ଲୁହ ଲୁହ ଆଖି ଯୋଡ଼ିକୁ ନେଇ, ଫେରିଲି ମୁଁ ଓଦା ମନଟିଏ ନେଇ। ମୋ ଝିଅ ବଡ଼ ମନୋବିଜ୍ଞାନୀଟିଏ ଭଳି କହିଲା, ଏଥିରେ ଏତେ ଦୁଃଖୀ ହେବାର କ'ଣ ଅଛି ? ଆଜି ସେମାନେ ତାକୁ ନିଜ ପାଖରେ ରଖୁନାହାନ୍ତି। କାଲି ସେମାନେ ତା' ପାଖରେ ରହିବାକୁ ଚାହୁଁଥିବାବେଲେ ସେ ବି ତା' କାର୍ଯ୍ୟବ୍ୟସ୍ତତା ଯୋଗୁଁ ତାଙ୍କୁ ପାଖରେ ରଖିପାରିବନି। ଛାଡ଼ିଦେଇ ଆସିବ ବୃଦ୍ଧାଶ୍ରମରେ। ହଁ, ଗୋଟାଏ ଅସୁବିଧା ଅଛି। ଆମେରିକା, ଇଂଲଣ୍ଡର ଲୋକ ଏକଥାକୁ ସ୍ୱୀକାର କରିନିଅନ୍ତି ଖୁବ୍ ସହଜରେ। ଆମେ କିନ୍ତୁ କହିବା, 'ଠିକ୍ ସେ ପୁଅକୁ, ଯିଏ ମାଆ ବାପାଙ୍କୁ ବୁଢ଼ାକାଲରେ ଚିହ୍ନିଲାନି! ତେବେ କହିଲ ମାମା, ସତରେ ଦୋଷ କାହାର ?'

ପୁଣି ମୋ ମନ ଭିତରେ ପଶିଆସୁଥିଲା ଗୁଡ଼ାଏ ଆବୁରୁଜାବୁରୁ ପ୍ରଶ୍ନ। ଏ ମୁଣ୍ଡଗଣ୍ଡି କିଛି ନଥିବା ପ୍ରଶ୍ନମାନଙ୍କର ଉତ୍ତର କେଉଁଠୁ ଆଣିବି; ଏଇ ଯେ ଆମର ଭାରତୀୟ ସଂସ୍କୃତିକୁ ଭିଡ଼ି ଧରିଥିବା ଶିକୁଲିଟିର ଯେଉଁ ମୁଖ୍ୟ ଅଂଶଟି ଶିଥିଲ ପଡ଼ିଯାଉଛି ତା'ର ଦୋଷ କାହାକୁ ବା ଦେବି!?

ଜୀବନ ଦୁଇ ଫର୍ଦ୍ଦର

ଜୀବନ କେଉଁ ବୟସରୁ ଆରମ୍ଭ ହୁଏ, ପ୍ରଶ୍ନକଲେ ଉତ୍ତରଟିଏ ଖୋଜିବା ସତରେ ମୁସ୍କିଲ। ତଥାପି ମନରେ ଦ୍ୱିଧା ନ ରଖି ମୁଁ କହୁଛି, ମୋ ଜୀବନ ଆରମ୍ଭ ହେଲା ଏକୋଇଶ ବର୍ଷ ବୟସରୁ। ଠିକ୍ ବିଂଶ ଶତାବ୍ଦୀର ଆରମ୍ଭରେ। ଦୁଇ ହଜାର ମସିହା। ଏ ଜୀବନ ରାସ୍ତାରେ ସାଥି ହେଇ ବାଟ ଚାଲିବା ପାଇଁ ମୁଁ ପାଇଲି ମୋ ପରି ଆଉ ଜଣକୁ। ଆରମ୍ଭ ହେଲା ଜୀବନ। ଜୀବନର ଆଉ ଏକ ନାଁ ସଂଘର୍ଷ। ତେଣୁ ଆରମ୍ଭ ହେଲା ଜୀବନସଂଘର୍ଷ।।

ଇଏ ଥିଲା ଜୀବନର ପ୍ରଥମ ଫର୍ଦ୍ଦ।

ବାହାଘର ପୂର୍ବରୁ ଯଦିଓ ବାପା ଭାଇଙ୍କ ପାଖରେ ଛୋଟ ଛୋଟ ଜିନିଷ ପାଇଁ ଅଳି କରିବା ଗୋଟିଏ ଝିଅ ପାଇଁ ଅତି ସାଧାରଣ କଥା, ବାହାଘର ପରେ କିନ୍ତୁ ଏହା ହେଇଯାଏ ସ୍ୱାଭିମାନର ପ୍ରଶ୍ନ। ଆଉ, ଶ୍ୱଶୁରଙ୍କୁ କ'ଣ କେବେ କିଛି ମଗାଯାଇପାରେ ? ଏହାର ଉତ୍ତର ତ ମନ ଏମିତି ହିଁ ତତ୍‌କ୍ଷଣାତ୍ ରଖିଦିଏ– ନା... ନା... ବିଲକୁଲ ବି ନୁହଁ। ବାକି ରହିଲେ ବିଚରା ସ୍ୱାମୀ। ହଁ, ମନ କୁହେ... ସେ ମନ ବୁଝି ନ କହିବା ପୂର୍ବରୁ ଶାଢ଼ି, ଚୁଡ଼ି ଯାହା ଲୋଡ଼ା ରଖିଦିଅନ୍ତେ କି ଆଖି ସାମ୍ନାରେ। ତେବେ ଏମିତି ହୁଏନା। ହଁ, ହେଲେ ହେଉଥିବ ଆଉ କାହା ଭାଗ୍ୟରେ। ମୁଁ ଜାଣେ ଏ ସୁଖ ମୋ' ସୌଭାଗ୍ୟରେ ଲେଖା ହେଇକି ନାହିଁ। ମୋର ତେଣୁ ଚାକିରିଟିଏ ଲୋଡ଼ା। ନିହାତି ଭାବରେ ଲୋଡ଼ା।

ବେସରକାରୀ କଲେଜରେ ଅଧ୍ୟାପିକା ଚାକିରି ହୁଏତ ଗରିମାମୟ ନ ହେଇପାରେ, ତେବେ ଆତ୍ମନିର୍ଭରଶୀଳ ହେବା ପାଇଁ ସମ୍ମାନାସ୍ପଦ ପଦକ୍ଷେପ ନିଶ୍ଚୟ।

ମୋର ଚାକିରିରେ ଯୋଗ ଦେବା ନେଇ ଅରାଜି ନଥିଲେ କେହି। ବର୍ଷ ବର୍ଷ ଧରି ସରକାରୀ ଚାକିରି ବାହାରୁ ନଥିବାବେଳେ, ତାକୁ ଜଗି ରହିବା ବି ତ ମୂର୍ଖାମି ନା ! ଏଇ ଆରମ୍ଭ ହେଲା ଜୀବନ ସଂଘର୍ଷ।

ଧୀରେ ଧୀରେ ବିତୁଥିଲା ସମୟ। ଦେଉଥିଲା ନୂଆ ନୂଆ ଅନୁଭୂତି। ଶିଖାଉଥିଲା ଜୀବନ ଅନେକ କିଛି, ଏଇ ଯେମିତି ସଂଘର୍ଷର ଯଦିଓ ଆରମ୍ଭ ବିନ୍ଦୁଟିଏ ଥାଏ, ଶେଷ କିନ୍ତୁ ନଥାଏ। ପ୍ରତ୍ୟେକ ଦିନ ଏହା ତୁମ ପାଖକୁ ଆସେ ନୂଆ ନୂଆ ରୂପ ନେଇ। ତୁମ ସାମ୍ନାରେ ଖୋଲିଦିଏ ଦୁଇଟି ରାସ୍ତା: ଭୁଲିଯିବ ନିଜର ମୂଲ୍ୟବୋଧକୁ। ପ୍ରଥମ ଏବଂ ସହଜ ରାସ୍ତା। ପରିବେଶ ଓ ପରିସ୍ଥିତି ସହ ଖାପ ଖୁଆର ଆରାମରେ ଚଲିଯିବା ପାଇଁ ନିଜର ସ୍ୱାଭିମାନକୁ ପାସୋରି ଯାଇ ବଡ଼ବଡ଼ୁଆଙ୍କ ହଁରେ ମିଶେଇ ଦେବ ନିଜର ହଁ। ଯଦି ଈଶ୍ୱରଙ୍କ ସୃଷ୍ଟିରେ ତୁମ ନାରୀଟିଏ ତେବେ ଆହୁରି ସହଜ ହେଇ ଯାଇପାରେ ତୁମର ଆଗକୁ ବଢ଼ିଯିବାର ରାସ୍ତା। ଏଇ ଯେମିତି ଶାସକ ଗୋଷ୍ଠୀ ଆମ ସମାଜର ହେଲେ ପୁରୁଷମାନେ ଓ ସେମାନେ ଯେ ଜନ୍ମରୁ ଶାରୀରିକ ଭାବେ ଆମଠୁ ଶକ୍ତିଶାଳୀ। ଈଶ୍ୱର କିନ୍ତୁ ଆମକୁ ଦେଲେ ତାଙ୍କୁ ବଶ କରି ରଖିବା ପାଇଁ ଅସୀମ ସୌନ୍ଦର୍ଯ୍ୟ ଓ ଅମାପ କୌଶଳ। ଏଇ ଦେଖ, ମୁଁ ଫିଙ୍ଗିଲି ମୋ' ଆଖିର ମିଛ ମଧୁର ଚାହାଣି ପରି ଅମୋଘ ଅସ୍ତ୍ର ଏବଂ ମୋ ଆଗରେ ନତଜାନୁ ଏଇ କଷ୍ଟରୁ କଷ୍ଟକର ନିୟମ ତିଆରିଥିବା ସେଇ ଶକ୍ତିଶାଳୀ ପୁରୁଷ। ଏଇ ଦେଖ... ସହଜ ହେଇଗଲା ରାସ୍ତା। ମୁଁ ବଢ଼ିଗଲି ଆଗକୁ... ଖୁବ୍ ଆଗକୁ.. ଆବୋରି ନେଲି ମୋର ଉପସ୍ଥିତ ଆକାଶକୁ।

ଦ୍ୱିତୀୟ କଥା ଦୁର୍ଗମ ରାସ୍ତାରେ ତୁମକୁ ଠିଆ ହେବାକୁ ପଡ଼ିବ ଏକା, ଖୁବ୍ ଏକା। ତୁମର ଅସହାୟ ଆଖି ଦୁଇଟି ଖୋଜି ବୁଲିବ ସିନା ସହାୟତାର ଦୁର୍ବଳତମ ଆଶ୍ରାଟିଏ, ତେବେ କେହି ଆସିବେନି ତୁମ ପାଖକୁ। ଅବିକଳ ତୁମରି ପରି ଭାବୁଥିବା ମଣିଷଟିଏ ହୁଏତ ନିଜ ମନ ଭିତରେ ଚାହୁଁଥିବ ତୁମକୁ ସାହାଯ୍ୟର, ସହାନୁଭୂତିର ହାତକୁ ତା'ର ବଢ଼ାଇବା ପାଇଁ କିନ୍ତୁ ବଢ଼ାଉ ନ ଥିବ...। ଜାଣ କାହିଁକି ? ତୁମର ଏକାକୀତ୍ୱକୁ ଦେଖି ସେ ଏତେ ଭୟ ପାଉଥିବ ଯେ ତା'ର ସାହସ କୁଲାଉ ନଥିବ। ସିଏ ବି ଖୁବ୍ ଶୀଘ୍ର ଲୁଚିଯିବ ସେଇମାନଙ୍କ ଭିଡ଼ରେ। ଯେଉଁମାନେ ତୁମକୁ ସାମ୍ନାରେ ତ କହୁଥିବେ ଅନେକ କଥା ସାହସ ଦେଲା ପରି, କିନ୍ତୁ ପଛରେ...? ଏ ପ୍ରଶ୍ନର ଉତ୍ତର ତ ଆମେ ସଭିଏଁ ଜାଣୁ। ହୁଏତ ଏ ରାସ୍ତାରେ ଜଣେ ବଞ୍ଚାଇ ରଖିପାରିବ ତା'ର ମୂଲ୍ୟବୋଧକୁ, ତେବେ ପଛରେ ଆଖ୍ୟା ପାଇବ ବୋକାର... ବୋକାଟିଏର...। ଏଭଳି ଭାବେ ନିଜକୁ ଉପହସିତ ହେବାକୁ ଦେବା କ'ଣ କମ୍ କଷ୍ଟକର ସତରେ ?

ମୋ ସ୍ୱାମୀଙ୍କୁ ପଚାରିଲି- "ଦୁଇଟି ପିଲା ପ୍ରାକ୍‌ଟିକାଲ୍‌ ପରୀକ୍ଷା ଦେଇ ନ ଥିଲେ, ମୋ' ପାଖରେ ତାଲିକା ଅଛି, ଅଥଚ ଆଜି ଦେଖିଲା ବେଳକୁ ସେମାନଙ୍କର ପରୀକ୍ଷା ଖାତା ଅଛି ସେଇ ଖାତା ବଣ୍ଡଲ ଭିତରେ। କ'ଣ କରିବି, କହିଲ?"

ସେ କହିଲେ- "ଏଇ ଯେ ତୁମର ମାଷ୍ଟ୍ରିଆ କାମ, ମୋ' ବୁଝିବାର ବାହାରେ। ପ୍ଲିଜ୍... ତୁମେ ବାପାଙ୍କୁ ପଚାର! ସେ କହିପାରିବେ। ସେ ତ ତୁମରି ଗୋଷ୍ଠୀର। ହା... ହା...!

ଶ୍ୱଶୁର କହିଲେ- "ଯଦି ସଠିକ୍‌ ଜାଣିଛ ଯେ ସେ ଦି'ଟା ପିଲା ପରୀକ୍ଷା ଦେଇ ନାହାନ୍ତି, ତେବେ ତାଙ୍କ କପି କରେକ୍‌ସନ୍‌ କରନା।

ସହକର୍ମୀମାନଙ୍କର ମତ ଲୋଡ଼ିଲି। ସେମାନେ କହିଲେ, ତୁମ ଶ୍ୱଶୁର ୟୁଜିସି ଗ୍ରାଣ୍ଟରୁ ଲକ୍ଷ ଲକ୍ଷ ଦରମା ପାଉଥିବା ଅଧ୍ୟାପକ ଆଉ ତୁମେ ବିନା ଦରମାରେ ଘରୋଇ ମହାବିଦ୍ୟାଳୟରେ ଚାକିରି କରିଥିବା ଅଧ୍ୟାପିକା। ତାଙ୍କ ସହିତ ନିଜକୁ ସମାନ କରୁଛ କିଆଁ!

କେହି କେହି ଠୋ ଠୋ ହସି କହିଲେ, "ଆରେ ମାଡାମ୍‌ ଏହା କଲେଜ୍‌ ନୁହେଁ, ସେମାନେ ସେମାନଙ୍କର ରୋଜ଼ଗାର ପାଇଁ ଆରମ୍ଭ କରିଥିବା ସଂସ୍ଥା। ସେ ପୁଣି ଏମିତି ସଂସ୍ଥା ଯାହା ଚାଲିବା ଥୟ। ପ୍ରଚୁର ରୋଜଗାର ବି ଥୟ। ତାଙ୍କ ରାସ୍ତାରେ ଠିଆ ହେବାକୁ ବାହାରିଛ? କ'ଣ, ଚାକିରି ଲୋଭ ନାହିଁ ନା କ'ଣ? ହଁ, ଲେଡିଜ୍‌ ଲୋକ... ସ୍ୱାମୀଙ୍କ ଚାକିରି ତ ଅଛି। ଆଉ ଅସୁବିଧା କ'ଣ! ଆପଣଙ୍କର ଇଚ୍ଛା...।"

ମୁଁ ଜାଣେ, ମୁଁ ଖୁବ୍‌ ଜିଦ୍‌ଖୋର। ସତରେ ଯଦି ପରିଶ୍ରମ କରି ପାଠ ପଢ଼ିଛି, ତେବେ ଅନ୍ୟାୟ ଆଗରେ ମୁଣ୍ଡ ନୁଆଁଇବି କାହିଁକି? ଆଜି ଯେବେ ପରୀକ୍ଷା ଦେଇ ନଥିବା ପିଲାଟି କାଲି ଅଧିକ ନମ୍ବର ରଖି ପାସ୍‌ କରେ, ତେବେ ଦିନରାତି ଅକ୍ଲାନ୍ତ ପରିଶ୍ରମ କରି ପରୀକ୍ଷା ଦେଇଥିବା ପିଲାଟିର ମନୋବଳ ଯେ ଭାଙ୍ଗିପଡ଼ିବ, ତା'ର ଉତ୍ତରଦାୟୀ ରହିବ କିଏ? ମୁଁ ଏ ଅପରାଧବୋଧ ଭାବକୁ ଛାତିରେ ଚାପି ମୁଣ୍ଡରେ ବୋହି ବାଟ ଚାଲିପାରିବି ନାହିଁ। ପୁଣି ଜୀବନର ବାଟ। ମୋ ନିଷ୍ପତ୍ତିରେ ଅତଏବ ମୁଁ ଖୁସିଥିଲି।

ଏତକ ଅନୁଭବ କିନ୍ତୁ କରିପାରୁଥିଲି। ଆଗକୁ ବିପଦ ବାଟ ଜଗି ବସିଛି। ଟିକିଏ ଭୟ ପାଇଲି। ତେବେ ନିଜେ ପୁଣି ସାହସ ଯୋଗାଡ଼ିଲି। ଦିନ ଗଡ଼ିଚାଲିଲା। ଯେଉଁ ପିଲାମାନଙ୍କୁ ନେଇ ମୋର ଏତେ ଚିନ୍ତା, ସେଇ ପରୀକ୍ଷା ଦେଇ ନଥିବା ପିଲାମାନେ ପାସ୍‌ କଲେ ଏବଂ ଏଇ ଦୁର୍ବୋଧ ପାଠକୁ ଅବୁଝା ମୁଁ ପ୍ରତ୍ୟହ ଘର କାମ ସାରି, ଝିଅର ସବୁ ଦାୟିତ୍ୱ ତୁଲାଇ ପଚିଶ କିଲୋମିଟର ଦୂର ମୋ ଚାକିରି ଜାଗାକୁ

ବସ୍‌ରେ ଧାଇଁଲି। ଫେରିଲେ ଅଣନିଃଶ୍ୱାସୀ ହୋଇ ଘଣ୍ଟାଏ ଥକା ମାରି ଶୋଇଲି। ଶାଶୂ ଦେଖେଇ ଶୁଣେଇ କେବଳ କଥା କହିଲେ, ତାଙ୍କ କଥାକୁ ଅଣଶୁଣା କଲି। ଅଣଶୁଣା କଲି ବୋଲି ତ କଷ୍ଟ ପଡୁଥିଲେ ବି ଖୁସିରେ ଥିଲି। କେବେ କେମିତି ଖୁବ୍‌ ମନଦୁଃଖ ହେଉ ନ ଥିଲା ବୋଲି ନୁହେଁ। ଏଇ ଯେମିତି ସେଦିନ ଶାଶୂଙ୍କ ସାଥିରେ ଆଉ ତିନିଜଣ ସ୍ତ୍ରୀଲୋକ, କ'ଣ ତାଙ୍କର କଥା ଥିଲା ତାହା ମୋତେ ଅଜଣା, ଅଥଚ ମୁଁ ପହଞ୍ଚିଲା ବେଳକୁ ଜଣେ କହୁଛି ଘରୋଇ ମହାବିଦ୍ୟାଳୟର ଅଧ୍ୟାପକ। ଯୋଉ ତ ଚାକିରି... ସେଥିରେ ବୋହୂ ମହାରାଣୀଙ୍କର କମ୍‌ ଫୁଟାଣି କି! କେତେ ଟଙ୍କା ଦରମା କି! ଚାରି ହଜାର କି ପାଞ୍ଚ ହଜାର...! ମୋର ତ କାମବାଲୀ ନେଉଥିବ...!

ଫେରିଆସି ଖଟରେ ମୁହଁ ମାଡ଼ି କାନ୍ଦିଲି। କାନ୍ଦିଲି ଯେ କାନ୍ଦିଲି... କେତେବେଳେ ଶିଶାଙ୍କ ଆସି ପାଖରେ ଶୋଇଥିଲେ ଜାଣେନା, କହିଲେ– କାନ୍ଦୁଛ କାହିଁକି? ସେମାନେ ପାଠର ମୂଲ୍ୟ ଜାଣନ୍ତିନି। ମୂର୍ଖ ସେମାନେ। ତାଙ୍କ କଥା ଶୁଣି କାନ୍ଦୁଛ ନା! ମୁହଁକୁ ପାଖକୁ ଲଗାଇ ନେଇ କହିଲେ, ତୁମେ ଯେତେ ଶୁଣିବ, ସେମାନେ ସେତେ ଶୁଣେଇବେ। ଯେବେ ନ ଶୁଣିବ, ଦେଖିବ ଆପେ ଆପେ ଚୁପ୍‌ ହୋଇଯିବେ। ମୁଁ ଶିଶାଙ୍କଙ୍କୁ ଚାହିଁଲି, ଖୁବ୍‌ ଗର୍ବରେ, ଭଲପାଇବାରେ। ଲୁହମାନେ ଶୁଖିଗଲେ କେମିତି କେଜାଣି। ପୁଣି ଶତଗୁଣା ଉର୍ଜା ସାଉଁଟି ମୁଁ ଘରକାମ କଲି। ଝିଅର ସବୁ କାମ ସାରି ବସ୍‌ରେ କଲେଜ ଧାଇଁଲି। ଶାଶୂଙ୍କ ଉଲୁଗୁଣାକୁ ମନରେ ନରଖି ଝିଅଟିଏ ପରି ଆପଣାପଣର ହସଟିଏ ହସିଦେଲି। ଜୀବନ ସୁନ୍ଦର ହୋଇ ବହିଚାଲିଲା ତା' ବାଟରେ।

ତେବେ ଶିକ୍ଷାକୁ ବ୍ୟବସାୟ କରି ପ୍ରତିପତ୍ତି ଭରା ଜୀବନ ଜିଉଁଥିବା ଅପାଠୁଆ ଭଦ୍ର ସମାଜର ଲୋକମାନେ କ'ଣ ସତରେ ଭୁଲି ଯାଆନ୍ତି ଅପମାନ? ଛାଡ଼ି ପାରନ୍ତି ମିଛ ଅହଂକାର? ଏ ପ୍ରଶ୍ନ ସବୁର ଉତ୍ତର ମୋ ପାଖରେ ପହଞ୍ଚାଇବା ପାଇଁ ବାଟଜଗି ବସିଥିଲା ସମୟ।

ବିତିଛି ମାତ୍ର ତିନି କି ଚାରି ମାସ। ଗୋଟାଏ ଶୂନ୍‌ଶାନ୍‌ ଦ୍ୱିପ୍ରହର। ମୁଁ ଫେରୁଛି କଲେଜରୁ। ଶିଶାଙ୍କ ମୋତେ ନେବାପାଇଁ ପହଞ୍ଚିଛନ୍ତି ବସ୍‌ସ୍ଟାଣ୍ଡ। ମୋର ଫୋନ୍‌ ରିଙ୍‌ ହେଲା। କଲେଜ୍‌ ସଭାପତିଙ୍କର ଫୋନ୍–

– କୋଉଠି ଅଛନ୍ତି?

– କ୍ଲାସ୍‌ ନ ସାରି ପଲାଇଗଲେ କେମିତି?

– କାହାର ଅନୁମତି ନେଇ ଗଲେ?

– ଅଧ୍ୟକ୍ଷଙ୍କ ଟେବୁଲ୍‌ରେ ଆପଣଙ୍କ ଦରଖାସ୍ତ ମୁଁ ତ ଦେଖିପାରୁନାହିଁ। କେଉଁଠି ରଖିଛନ୍ତି?

୦୫... ଏତେ ସାରା ପ୍ରଶ୍ନ ! ଯେଉଁ ମହାବିଦ୍ୟାଳୟରେ କୁଆ, କୋଇଲିଟିଏ ଦିଶୁ ନଥିଲେ ବୋଲି ହିଁ ମୁଁ ଭୟ ପାଇ ଚାଲିଆସିଲି, ସେଠି ହଠାତ୍ ଏ ଅସମୟରେ ତାଙ୍କ ମହାବିଦ୍ୟାଳୟର ପରିଚାଳନା ସମିତି ସଭାପତିଙ୍କର ଫୋନ୍ ଓ ଫୋନ୍‌ରେ ଏ ପ୍ରଶ୍ନବାଣ ! କ'ଣ ଦେଇଥାନ୍ତି ଉତ୍ତର ? ମୁଁ ତ ଭାବୁଛି, ଠିକ୍ ହିଁ କହିଲି-

"ସାର୍, କେହି ବି ତ ନଥିଲେ କଲେଜରେ, ନା ପିଲା, ନା ଅଧ୍ୟାପକ ଓ ନା ହିଁ ଅଧ୍ୟକ୍ଷ। ରସାୟନ ବିଭାଗର ଅଧ୍ୟାପିକା ଜଣକ ବି ଯେତେବେଳେ ଚାଲିଗଲେ, ଅନ୍ୟ ଉପାୟ ନ ପାଇ ପ୍ରାକ୍ଟିକାଲ୍ କ୍ଲାସ୍ ସରିବା ପାଇଁ ବାକିଥିବା ମାତ୍ର ଅଧଘଣ୍ଟା ସମୟ ପୂର୍ବରୁ ଉପସ୍ଥିତ ଥିବା ତିନିଟି ପିଲାଙ୍କୁ ଛୁଟିକରି ପଲାଇ ଆସିବାକୁ ବାଧ୍ୟ ହେଲି।"

– ଆପଣ ଅଧ୍ୟକ୍ଷଙ୍କୁ ଏ କଥା ଫୋନ୍ କରି ଜଣାଇଥିଲେ ?

– ନା !

– କାହିଁକି ?

– ଜୟ୍‌ନ୍ କଲା ଦିନଠାରୁ ଏଭଳି ଷ୍ଟ୍ରିକ୍ଟ ପ୍ରିନସ୍‌ପୁଲ୍‌ରେ ଚଲିବା ଦେଖିନି କାହାକୁ। ସଭିଁଏ ତ ନିଜ ନିଜର ଇଚ୍ଛା ଅନୁସାରେ...

– ଆଚ୍ଛା ! ଏବେ ଆପଣଙ୍କ ନାଁଆଁରେ କାରଣ ଦର୍ଶାଅ ନୋଟିସ୍ ଦିଆଯାଉଛି। ଦେବେ ଆପଣଙ୍କର ଏକ୍ସପ୍ଲାନେସନ୍ ଲେଟର। ତା'ପରେ ଯାହା ଉଚିତ ପଦକ୍ଷେପ ନିଆଯିବ।

ମୋ' ମୁହଁର ଦୁର୍ଦ୍ଦଶା ସେତିକିବେଳେ ଦେଖିବା ପରି। ମୁଁ ଏମିତି ହିଁ, ଭାଙ୍ଗିପଡ଼େ କ୍ଷଣିକରେ। ମୋ ଭାଙ୍ଗି ପଡ଼ିବାରେ ନିଶ୍ଚୟ ହିଁ ଭାଙ୍ଗି ପଡ଼ିଲେ ଶଶାଙ୍କ ! କେତେବେଳେ ମୋ ହାତରୁ ଫୋନ୍ ଛଡ଼ାଇ ନେଇ କହିଲେ, 'ଚାକିରି ଧମକ ଦେଖାଉଛନ୍ତି କାହାକୁ ? ଲେଡିଜ୍ ଲୋକ, ଏକୁଟିଆ ସେଇ ଶୂନ୍‌ଶାନ୍ କଲେଜ୍‌ରେ ରହିଥାନ୍ତେ କେମିତି ? ଜାଣି ଜାଣି ହଇରାଣ କରୁଛନ୍ତି, ନୁହେଁ ! ରୁହନ୍ତୁ, ମୁଁ ବି ଦେଖୁଛି !'

ମୁଁ ଚାହିଁଥିଲି ଶଶାଙ୍କଙ୍କର ମୁହଁକୁ କିଛି ଗର୍ବରେ ଓ କିଛି ଭଲ ପାଇବାରେ। ମନଟି ଖୁସିରେ କୁରୁଳି ଉଠୁ ଉଠୁ ଏତିକି କହିଲା, 'ସ୍ୱାମୀଏ ଏତିକି ହିଁ ତ ଚାହେଁ, ଆଉ କ'ଣ କି ?'

ଆଗାମୀ ଦିନ ଯାହା ହେବାର ଥିଲା ତାହା ହିଁ ଘଟିଲା। କଲେଜ୍‌ରେ ପହଞ୍ଚୁ ପହଞ୍ଚୁ ପ୍ରିନ୍ସିପାଲ୍ ଡାକିଲେ ଷ୍ଟାଫ୍ ମିଟିଂ। ମୋତେ ଯଦିଓ ମିଟିଂର ଉଦ୍ଦେଶ୍ୟ ବିଷୟରେ ଖୁବ୍ ଭଲ ଭାବରେ ଜ୍ଞାତ ଥିଲା, ତେବେ ଜଣାନଥିଲା ଏକଥା ଯେ ପ୍ରଫେସନାଲ୍ ଲାଇଫ୍ ଏମିତି କଲେଜ୍‌ର ଚାରିକାନ୍ତୁ ଡେଇଁ ମୋ ଘର ଦୁଆର ଠକ୍ ଠକ୍ କରିବ।

ପ୍ରିନ୍ସିପାଲ୍ କହୁଥିଲେ, 'ଗତକାଲି ଚନ୍ଦ୍ରା ମାଡାମ୍ଙ୍କ ସ୍ଵାମୀ ଶଶାଙ୍କ ସାର୍ ପ୍ରେସିଡେଣ୍ଟ ସାର୍‌ଙ୍କ, ଯେଉଁ ଦୁର୍ବ୍ୟବହାର କଲେ, ଅବସ୍ଥା ଖୁବ୍ ଖରାପ ହେଇଯାଇଛି। ସାର୍‌ଙ୍କର ଏକା ଜିଦ୍, ମାଡାମ୍ ତାଙ୍କ ଘରକୁ ଯାଇ ତାଙ୍କୁ କ୍ଷମା ମାଗିବେ। ଅନ୍ୟଥା ସେ ଆଉ ଏ କଲେଜ୍‌ରେ ପାଦ ବି ଦେବେନି। ଏବେ କଲେଜ୍‌କୁ ବଞ୍ଚାଇ ରଖିବା ପାଇଁ ଆଉ କୌଣସି ବି ଉପାୟ ଦେଖାଯାଉନାହିଁ। ମାଡାମ୍‌ଙ୍କୁ ଯିବାକୁ ପଡ଼ିବ ତାଙ୍କ ଘରକୁ...। କ'ଣ କହୁଛନ୍ତି ମାଡାମ୍? କୁହନ୍ତୁ ଆପଣ?' ଏ ପ୍ରଶ୍ନ ମୋ ଉଦ୍ଦେଶ୍ୟରେ ଥିଲା।

ମୁଁ ମୁଣ୍ଡ ତଳକୁ କରି ବସିଥିଲି। ମନେ ପକାଉଥିଲି ଘଟଣା ସମୟରେ ଶଶାଙ୍କଙ୍କର ମୁହଁର ଭାବ ଓ ପ୍ରତିକ୍ରିୟା। ଗର୍ବରେ ଉଜ୍ଜ୍ୱଳ ଦିଶିଲା ମୋର ମୁହଁ। ନିଷ୍ପତ୍ତି ନେବାପାଇଁ ମୋତେ ମାତ୍ର ଦୁଇ ମିନିଟ୍ ସମୟ ଲାଗିଲା। – "ଯଦି ସତରେ ପାଠ ପଢ଼ିଛି, ତେବେ କାଲି ନିଶ୍ଚେ ମୁଁ କୌଣସି ସରକାରୀ ଚାକିରିରେ ଥିବି। କାହା ମିଛ ଅହଙ୍କାର ସାମ୍ନାରେ ମୋ ସ୍ଵାଭିମାନକୁ ବଳିଦେବାର ତ ପ୍ରଶ୍ନ ହିଁ ଉଠୁନି।"

ମୁଁ ଜାଣିଥିଲି, ମୋ ନିଷ୍ପତ୍ତିରେ ଶଶାଙ୍କ ମୋ ସାଥିରେ ହିଁ ରହିବେ। ଅତଏବ ମୋ ନାଆଁ ଆଗରେ ଲାଗିଥିବା ଅଧ୍ୟାପିକା ସମ୍ବୋଧନଟି ବାଟ ଭାଙ୍ଗି ଚାଲିଗଲା ତା' ବାଟ୍‌ରେ।

× × ×

ଜୀବନ, ଚଳଚିତ୍ରଠାରୁ କେଉଁ ଭିନ୍ନ ଯେ! ସମାନ ହିଁ ତ! ଚଳଚିତ୍ର ପରି ଆମ ଜୀବନରେ ବି ଆସେନି କି ଘଡ଼ିକର ବିରତି। ଯାହା ଜୀବନର ମୋଡ଼ ବଦଲାଇଦିଏ।

ମୋ ଜୀବନକୁ ବି ମିଳିଲା ହଠାତ୍ ଏମିତି ହିଁ ଏକ ବିରତି। ମୋ ଜୀବନ ନିଜ ଗତିପଥ ବଦଲାଇ ଘୁଞ୍ଚି ଆସିଲା ନିଜ ଘର ସଂସାର ଓ ଶଶାଙ୍କଙ୍କଠାରୁ ଦୁଇଶହ କିଲୋମିଟର ଦୂର ଏକ ନୂଆ ସହରକୁ। ଏଇ ଦୂର ସହରରେ ଯେତେବେଳେ ମୁଁ ଏକ ସରକାରୀ ବିଦ୍ୟାଳୟରେ ଜୟେନ୍ କରେ ଶିକ୍ଷିକା ରୂପେ, ମୁଁ ବୁଝିପାରେନି ମୁଁ ସତରେ ଦୁର୍ବଳ ନା ସାହସୀ। ସ୍କୁଲରେ ଓ ଘରେ ପ୍ରତ୍ୟେକଟି ପରିସ୍ଥିତିକୁ ଏକା ଯୁଝିବା ବେଳେ, ଝିଅର ସବୁ ଦାୟିତ୍ୱକୁ ଏକା ତୁଲାଇବା ବେଳେ ନିଜ ଉପରେ ଖୁବ୍ ଗର୍ବ ଆସେ ମୋର, ନିଜକୁ ସାହସୀ ମନେକରେ ମୁଁ। ତେବେ ରାତିର ଗାଢ଼ ଅନ୍ଧାରରେ ଏକା କଡ଼ ଲେଉଟାଇବା ବେଳେ ଖୁବ୍ ମନେ ପଡ଼ନ୍ତି ଶଶାଙ୍କ। ନିଜକୁ ଖୁବ୍ ଏକା ଓ ଦୁର୍ବଳ ମନେ କରେ ମୁଁ।

× × ×

ଜୀବନର ଦ୍ୱିତୀୟ ଫର୍ଦ।

ଆମ ଭିତରେ କେବେଠୁ ଆସିଲା ଏ ଦୂରତା ? ଆମେ ଖୁବ୍ କମ୍ ସମୟ କଥା ହେଉ । ଆମେ କହିଲେ ଏଠି ମୁଁ ଓ ଶଶାଙ୍କ । ଏଇ ତ ମାତ୍ର ଯାଇଛି ପାଞ୍ଚବର୍ଷର ସମୟ ଅଥଚ ଏ ଦୂରତା ଆମ ଭିତରେ ! ମୁଁ ଅନେକ ସମୟରେ ଭାବେ, ସତରେ ଏତେ କ୍ଷୁଦ୍ର ସମୟ କ'ଣ କାଟି ଦେଇପାରେ ମନର ବନ୍ଧନ ? ଯଦିଓ ସାମାଜିକ ବନ୍ଧନ ଦୃଷ୍ଟିରୁ ଆଜି ବି ଆମେ ଏକାଠି, ତେବେ ସତରେ କ'ଣ ଆମେ ଅଛୁ ଆଜି ଏକାଠି ? ଆଜି ଯେ ମୁଁ କିଛି ବି ଜାଣେନି, କେତେବେଳେ କ'ଣ କରନ୍ତି ଶଶାଙ୍କ । କାହା ସହ ମିଶନ୍ତି, ରାଗନ୍ତି କାହାକୁ ! ତାଙ୍କର ବନ୍ଧୁ କିଏ, କିଏ ତାଙ୍କର ଶତ୍ରୁ । ସେ ଯଦିବା କେବେ ଫୋନ୍ କରନ୍ତି, ତାଙ୍କ ସ୍ୱରରୁ ମୁଁ ବାରି ପାରେନା ତାଙ୍କର ବିବ୍ରତଭାବ । ବାରିପାରେନି ବି ତାଙ୍କର ମୁଡ୍ କିଭଳି ଥାଏ ସେତେବେଳେ । ମୋ' କାମ ଚାପରେ ମୁଁ ବି ଖୁବ୍ ଅନ୍ୟମନସ୍କ ହିଁ ଥାଏ । କେତେବେଳେ ଅଳ୍ପ ସମୟର ସାଧାରଣ କଥାବାର୍ତ୍ତା ପରେ ଉଭୟ ହିଁ ବ୍ୟଗ୍ର ହେଉଥୁ ଫୋନ୍ ରଖିଦେବା ପାଇଁ । ଫୋନ୍ କଟିଯାଏ । କଟି ଯାଉଥାଏ ନିବିଡ଼ତା, ଅନ୍ତରଙ୍ଗତା । ବଢୁଥାଏ ଦୂରତା । ବଢ଼ି ଚାଲିଥାଏ...

ରାତିର ଶାନ୍ତ ପରିବେଶରେ ମୁଁ ନିଜକୁ ପଚାରେ, ଏ ଦୂରତା କେଉଁ ଜାଗାକୁ ନେଇ ଯାଉଛି ଆମକୁ ? କେବେ ଇଏ ଆମକୁ କୋର୍ଟ ଯାଏ ଟାଣି ନେଇ ଯିବନି ତ ଆଉ !

ମୁଁ ମୋ'ଠୁ ଏ ପ୍ରଶ୍ନର ଉତ୍ତର ପାଇବା ଆଗରୁ, ମୋତେ ଏ ବିଷୟରେ ଅଧିକ ଭାବିବାକୁ ବାଧ୍ୟ କରିଥିଲା ଶାଶୂଙ୍କର ସେଇ କଥା ପଦକ ।

– "ସେଇ ଝିଅଟିକୁ କାଣୁ ? ସୁନନ୍ଦା ନା କ'ଣ ତା'ର ନାଆଁ । ଘରକୁ ପ୍ରାୟ ସମୟ ଆସେ ଯେ ।"

ମୁଁ କ'ଣ ଗୋଟାଏ ଅସ୍ପଷ୍ଟ ଉତ୍ତର ରଖିଲି । କ'ଣ କହିଲି କେଜାଣି ? ଶାଶୂ ପୁଣି ଯୋଡ଼ିଲେ, ସେଦିନ ଆସି ନ ଥିଲେ କି ସେମାନେ । କେତେ କ'ଣ ନେଇ ଆସିଥିଲା ତ ଶଶାଙ୍କ ସେମାନେ ଆସିଥିଲେ ବୋଲି । ମାଛ, ମାଂସ, ଚିଙ୍ଗୁଡ଼ି... କୋଉଥିରେ ଉଣା କରିନି । ତୋତେ କ'ଣ କହିନି କି ?

ମୋର ଘର୍ମାକ୍ତ ମୁହଁକୁ ଦେଖିପାରିଲାନି ଶାଶୂଙ୍କ ବୟସ୍କା ଆଖି । ମୋର ଥରଥର ଅବିଶ୍ୱାସରେ ଭରା କଣ୍ଠକୁ ଶାଶୂଙ୍କର ଅଭିଜ୍ଞ ମସ୍ତିଷ୍କ କ'ଣ ବାରି ପାରିନଥିବ ? ମୁଁ ଜାଣିନି ଏହାର ଉତ୍ତର, ତେବେ ମୋ ସ୍ୱରକୁ କିଛି ଦୃଢ଼ କରି କହିଲି—

"ଓଃ... ସୁନନ୍ଦା ! ହଁ, ଜାଣିନି କେମିତି ଯେ ! ଜାଣେ ତ ! ତାଙ୍କର ପଢ଼ା ସାଙ୍ଗ ଯେ ! ନିଜକୁ ବୋଧ ଦେବା ପାଇଁ ବୋଧେ ପୁଣି ଯୋଡ଼ିଲି କିଛି ଅନ୍ୟମନସ୍କ କଥା, ଭଉଣୀଟିଏ ଭଳି ସ୍ନେହ କରନ୍ତି ତ ତାଙ୍କୁ ।"

ମୋର ଏଇ କହିଥିବା କଥା ପଦକରେ କେତେ ଦୁଃଖ, କେତେ ଯନ୍ତ୍ରଣା, କେତେ ହରାଇବାର କଷ୍ଟ ଲୁଚିଥିଲା ସତେ, ସେସବୁର ହିସାବ ପାଇଲି ଶାଶୂଙ୍କ ପାଖରୁ ଫେରି ଆସିଲା ପରେ। ସାରା ରାତି ଶୁଖି ନଥିଲା ମୋର ଆଖିର ଲୁହ। କୁହୁଲି କୁହୁଲି କାନ୍ଦିଥିଲି ମୁଁ। ନିଜକୁ ବାରବାର ପଚାରି ଚାଲିଥିଲି ପ୍ରଶ୍ନଟିଏ "ଏ ଆଖି ଲୁହ ମୋର ପ୍ରକୃତରେ, ଅବିଶ୍ୱାସର ନା ଅଭିମାନର!"

ଶାଶୂଙ୍କୁ ସିନା ଠକିଦେଲି, ତେବେ ନିଜକୁ ଠକିବି କେମିତି ? ମୁଁ କ'ଣ କାଣେନି ପୁରୁଷଟିଏ ନାରୀର ବଶତା ସ୍ୱୀକାର କରେ କେତେବେଳେ ? ସୁନନ୍ଦା ଭଳି ସ୍ତ୍ରୀଲୋକମାନେ ଖୁବ୍ ଭଲରେ ଜାଣନ୍ତି ଯେ ନିଜକୁ କେଉଁ ହିସାବରେ ସେଇ ଏକାକୀ ପୁରୁଷଟିକୁ ନିକଟତର କରି ହୁଏ। ଯା ପରେ ଯେ ସବୁକିଛି ସହଜ। ସହଜ ହୋଇଯାଏ ପୁରୁଷଟିର ମସ୍ତିଷ୍କ, ହୃଦୟ, ପରିବାର ଓ ଜୀବନ ଉପରେ ରାଜୁତି କରିବା। ଏଥିପାଇଁ ଏମାନଙ୍କୁ ଖୁବ୍ ବେଶୀ କସରତ କରିବାକୁ ପଡ଼େନା। ନିରୋଳାରେ ମିଶିବା ପାଇଁ କେବଳ କିଛି ସୁଯୋଗ ସୃଷ୍ଟି କରିପାରିଲେ ହେଲା।

ଏତେଦିନ ପରେ ମୁଁ ଘାଣ୍ଟିଥିଲି ଶଶାଙ୍କଙ୍କର ଫଟୋ ସବୁ। ସୋସିଆଲ୍ ସାଇଟ୍‌ରେ ସିଏ ଏ ଭିତରେ ଅପ‌ଲୋଡ୍ କରିଥିବା ଫଟୋ ସବୁ। ତାଙ୍କୁ ଟ୍ୟାଗ୍ କରାଯାଇଥିବା ପୋଷ୍ଟସବୁକୁ। ଖେଳାଇଲି ତାଙ୍କ ବନ୍ଧୁ ବାନ୍ଧବୀଙ୍କର ତାଲିକା। ଇଏ କ'ଣ– "ଏମିତି ଫଟୋ ଉଠନ୍ତି କି ଭଉଣୀମାନେ ତାଙ୍କ ଭାଇଙ୍କ ସାଥିରେ ? ନିଜର ନାମମାତ୍ର ଓଢ଼ଣିକୁ ଛାତିରେ ମଝି ଭାଗରେ ଝୁଲାଇ, କେଉଁ ଭଉଣୀ ଫଟୋ ଉଠାଏ ଭାଇ ସାଥିରେ।" ପୁଣି ଅଧିକାଂଶ ଫଟୋରେ ସେ ଓ ଶଶାଙ୍କ ଦୁ‌ହେଁ ବସିଛନ୍ତି ପାଖାପାଖି ଓ ମଝିରେ, ବାକି ସାଙ୍ଗମାନେ ଘେରିହେଇ ସେମାନଙ୍କୁ ସୁରକ୍ଷା ଦେବା ଭଙ୍ଗୀରେ ସେମାନଙ୍କ ଚାରିକଡ଼େ।

ମୋତେ କାନ୍ଦ ଲାଗିଲା ଖୁବ୍। ରାଗ ବି ଆସିଲା ନିଜ ଉପରେ। "ଏହା ପ୍ରକୃତରେ ତା'ର ଚାଲାଖି ନା ମୋର ମୂର୍ଖାମି ! ଓଃ... ନିଆଁ ଲାଗିଗଲା ମୋ ଦେହରେ !"

କ୍ଷଣିକରେ ଇଚ୍ଛା ହେଲା ତା' ବେକ ମୋଡ଼ି ରକ୍ତ ପିଇଯା'ନ୍ତି ପରା। କିଛି ମନେ ପଡ଼ିଲାନି ମୋର... ମୁଁ କିଏ। କାହାକୁ କ'ଣ କହୁଛି... କିଛି ବି ନାହିଁ। ଫୋନ୍ ଲାଗିସାରିଥିଲା ସୁନନ୍ଦା ପାଖକୁ।

– କିଏ କହୁଥିଲେ ?

– ମୁଁ ! ଚିହ୍ନିପାରୁନ ! ତୁମ ଶଶାଙ୍କ ଭାଇର ସ୍ତ୍ରୀ।

ସେ କ'ଣ କହି ଆସୁଥିଲା ବୋଧେ, ମୁଁ କିନ୍ତୁ ଶୁଣିବା ଅବସ୍ଥାରେ ନଥିଲି। ରାଗରେ କ'ଣ ସବୁ କହିଗଲି କେଜାଣି... ଶେଷରେ ଲୁହ ଜରଜର ହେଇ ଥମ୍ କରି

ବସିପଡ଼ିଲି ମୋ' ଖଟ ଉପରେ । ଚେତା ପଶିଲା ମୋର ଯେ... ତେବେ ଅନେକ ସମୟ ପରେ । ଖୁବ୍‌ ଡେରିରେ ।

ଚେତା ପଶିବା ବେଳକୁ ବଦଳି ଯାଇଥିଲେ ଶଶାଙ୍କ । ନୀରବି ଯାଉଥିଲା ତାଙ୍କର ଭଲପାଇବା । ଆମ ଭିତରେ ରହି ଯାଇଥିବା ସବୁ ସଂପର୍କର ସୃତାଖିଅକୁ ଖୁବ୍‌ ସତର୍କତାର ସହ ଛିନ୍ନ କରି ଚାଲିଥିଲେ ସେ । ନିଜ ହାତରେ ଆଉଜାଇ ଦେଇଥିଲେ ତାଙ୍କ ସହ ଆମକୁ ସଂଯୋଗ କରୁଥିବା ପ୍ରତ୍ୟେକଟି ଦ୍ୱାର ।

ରୁଦ୍ଧ ଦ୍ୱାରର ସେପଟେ ଅଭିମାନରେ ମୁହଁ ଫୁଲାଇ ବସିଥିବା ଶଶାଙ୍କ ଓ ଏପଟେ ପଖ୍ଵାଉଆପର ନିଆଁରେ ଜଳୁଥିବା କିଂକର୍ଭବ୍ୟବିମୂଢ଼ା ମୁଁ !

“ମୁଁ କ'ଣ ସତରେ ଅନୁଭବି ନଥିଲି ଶଶାଙ୍କଙ୍କର ମୋ ପାଇଁ ଭଲପାଇବାକୁ । ତା'ହେଲେ ପୁଣି ମୋ ମନରେ ଅସୁରକ୍ଷା ଭାବନା ଆସିଲା କାହିଁକି ! ଏତେ ଅବିଶ୍ୱାସ ଭରି ରହିଥିଲା ନା ମୋ ଭିତରେ !

ମୁଁ ଜାଣେ ତ, ଯିଏ ଯେତେ ବି ନିକଟତର ହେବାକୁ ଚାହୁଁ, ଶଶାଙ୍କ ମୋ ଛଡ଼ା ଚାହିଁବେନି କାହାକୁ । ଭଲପାଇ ପାରିବେନି କାହାକୁ । ଏ ଦୃଢ଼ ବିଶ୍ୱାସ ମୋର ସେତେବେଳେ ଯାଇଥିଲା କୁଆଡ଼େ ? ଦିନ ଓ ରାତି ଏଇ ପ୍ରଶ୍ନ ମୋତେ କ୍ଷତାକ୍ତ କରିଚାଲିଛି । ମୁଁ ହୁଏତ ମାନସିକ ରୋଗୀଟିଏ ହେବାକୁ ବସିଲିଣି । ଡାକ୍ତର ଯେ କହିଲେ, “ଶରୀରର ରୋଗ ପାଇଁ ସିନା ଆମେ, ଆପଣଙ୍କର ଯେ ମନରେ ରୋଗ ।”

ଏମିତି ନିର୍ବାକ, ନିଷ୍ପନ୍ଦ, ଜୀବନଶୂନ୍ୟ ହେଇ ବିତିବାକୁ ଯାଉଥିଲା ବୋଧହୁଏ ସାରାଟା ଜୀବନ । ମୁଁ ପଚାରି ଚାଲିଥିଲି ନିଜକୁ “ଏହା କ'ଣ ଶେଷ ? ଆଉ କ'ଣ କିଛି ବଦଳି ଯିବନି କେବେ ? ଏମିତି କ'ଣ ଏତେ ଶୀଘ୍ର ହଠାତ୍‌ ସରିଯାଏ ସବୁକିଛି ? ପରିବାର ବୋଲି ତ ପୁଣି ଗୋଟାଏ କିଛି ସ୍ନେହ, ପ୍ରେମ, ମମତା ଦେଇ ଗଢ଼ିଥିଲି ମୁଁ । ସେମାନଙ୍କର କ'ଣ କିଛି ବୋଲି କିଛି ଦାୟିତ୍ୱ ନାହିଁ ? କାହିଁ... ଆଜିଯାଏ ବଡ଼ ଯାଆ ତ ଫୋନ୍‌ ଥରେ ମଧ କଲୋନି ।”

ମୁଁ ଫୋନ୍‌ ଲଗାଇଲି ବଡ଼ ଯାଆଙ୍କ ପାଖକୁ । ୦୪... ଆହୁରି ପାଗଳୀ ହେଇଗଲି ତାଙ୍କ କଥା ଶୁଣି । ସେ କ'ଣ ଏତେ ଦିନ ଧରି ବାଟ ଜଗି ବସିଥିଲେ ମୋ ମନରେ ଘର କରିଥିବା ଛୋଟ ଅବିଶ୍ୱାସର ନିଆଁରେ ପବନ ଦେଇ ହୁତୁହୁତୁ ଜଳାଇବା ପାଇଁ । ଏଇ ଲୋକମାନଙ୍କୁ କୁହାଯାଏ ନିଜର, ଆପଣାର ! ମୁଁ ଗୁଣୁଗୁଣୁ ହେଇ ନିଜକୁ କହିଲି, ଲୋକେ ମିଛ କହନ୍ତିନି, କଥାଟା ପ୍ରକୃତରେ ସତ, ଭାଇ-ଭଗୋରି ।

ମୁଁ ଦୃଢ଼ କଲି ନିଜକୁ । ମୋତେ ଜଣା, “ମୋ ପରିବାରକୁ ସମ୍ଭାଲି ରଖିବାର କୌଶଲ । ଟିକିଏ ଭୁଲ୍‌ଭାଲ୍‌ ତ ସବୁ ମଣିଷଙ୍କର ହେଇଯାଏ । ମୋର ଭୁଲ୍ ଥିଲା

ଯେ ମୋ'ର ଓ ଶଶାଙ୍କଙ୍କର ନିଜର କଥା, ଆମ ଭିତରେ ଆଲୋଚନା ନକରି ସୁନନ୍ଦା ପରି ତୃତୀୟ ମଣିଷକୁ କହିଲି। ମୋର ଆହୁରି ବଡ଼ ଭୁଲ୍ ହେଲା ଯେ ଶଶାଙ୍କଙ୍କର ଭଲ ପାଇବାକୁ ଅନୁଭବ କରି ସୁଦ୍ଧା ପୁଣି ଅବିଶ୍ୱାସ କଲି। ମୁଁ ଅବିଶ୍ୱାସ କଲି ବୋଲି ସିନା କେହି ବିଶ୍ୱାସ କରିବାର ଛଳନା ଜଗାଇ ତାଙ୍କର ନିକଟତର ହେଇପାରିଲା।"

ମନ ବିକଳ ହେଇ ଉଠିଲା। ଏଇ ଯାଇ ଶଶାଙ୍କଙ୍କୁ ଭିଡ଼ିଧରି କହି ଦିଅନ୍ତିନି, "ଭୁଲ୍ ବୁଝନା ଶଶାଙ୍କ। ତାହା ମୋର ତୁମ ପାଇଁ ଅବିଶ୍ୱାସ ନଥିଲା, ଥିଲା ପ୍ରଚୁର ଭଲପାଇବା। ନାରୀଟିଏ ସହ୍ୟ କରିପାରେନା, ତା'ର ପ୍ରିୟ ପୁରୁଷର ନାଆଁର ଉଚ୍ଚାରଣ ମଧ୍ୟ ଅନ୍ୟ ଏକ ନାରୀ ସାଥିରେ। ସେ ଜଳିଯାଏ ଈର୍ଷାରେ; ନିଜର ପ୍ରଚଣ୍ଡ ଭଲ ପାଇବାର ନିଆଁରେ! ହଁ, ହୁଏତ ମୋର ସେଇ ନିମିଷକର କ୍ରୋଧ ମୋ ଦ୍ୱାରା କରେଇନେଲା କିଛି ଭୁଲ୍ କାମ। ଯେଉଁଥି ପାଇଁ ସତରେ ମୁଁ ଅନୁତପ୍ତ। ମୋତେ କ୍ଷମା କରିଦିଅ! କ୍ଷମା...।"

'ହ୍ୟ... ନିଜ ଲୋକଙ୍କୁ କ୍ଷମା ମଗା ଯାଏନା। କ୍ଷମା ମଗାଯାଏ ପର ଲୋକଙ୍କୁ। ବାହାର ଲୋକଙ୍କୁ।

ମୁଁ ମୋ ମୋବାଇଲ୍‌ରେ ଅନେକ ଦିନରୁ ସାଇତି ରଖିଥିବା ସୁନନ୍ଦାର ଅବ୍ୟବହୃତ ନମ୍ବରକୁ ଦେଖିଲି ଥରେ... ଦୁଇଥର... ତିନିଥର। ଚେକ୍‌କଲି ସେଇ ନମ୍ବରରେ ଅଛି କି ହ୍ୱାଟ୍‌ସଆପ୍। ମେସେଜ୍‌ଟିଏ ଟାଇପ୍ କଲି–

"ପ୍ରିୟ ସୁନନ୍ଦା ମୋର ସ୍ନେହ ନେବ। ମୋର ଭୁଲ୍ ହେଇଛି, ମୋର ଭୁଲ୍ ପାଇଁ ମୁଁ ତୁମ ପାଖରେ କ୍ଷମା..."

ମୁଁ ଚମକି ପଡ଼ିଲି। ମୁଁ କ୍ଷମା ମାଗିବାକୁ ଚାହେଁ? କାହିଁକି ଓ କାହାକୁ? ହଠାତ୍? ମନେ ପଡ଼ିଲା ସେଇ ଧୁ ଧୁ ଦ୍ୱିପ୍ରହରରେ ସେଲ କଲେଜ୍ ପ୍ରେସିଡେଣ୍ଟ ମୋତେ ଫୋନ୍ କରିଥିବା ସମୟରେ ଦେଖିଥିବା ଶଶାଙ୍କଙ୍କର ଆଖି ଦୁଇଟି। କ'ଣ ଥିଲା ସେ ଆଖି ଦୁଇଟିରେ। ଥିଲା ପ୍ରଚୁର ସମ୍ମାନବୋଧ ମୋର ବିଚଳିତ ଅବସ୍ଥାରେ ବି ଦେଉଥିବା ଦୃଢ଼ ପ୍ରତ୍ୟୁତ୍ତର ପାଇଁ। ଥିଲା ବି ପ୍ରଚୁର ଭଲପାଇବା ସେଇ ଆଖି ଦୁଇଟିରେ କୌଣସି ନିର୍ଦ୍ଦିଷ୍ଟ କାରଣ ନଥାଇ।

"ଓଃ... କେଡ଼େ ବଡ଼ ଭୁଲ୍‌ଟାଏ ମୁଁ ଆଜି କରିବାକୁ ଯାଉଥିଲି ସତରେ। ମୁଁ କ'ଣ ଆଜିଯାଏ ଏୟା ଚିହ୍ନିଲି ଶଶାଙ୍କଙ୍କୁ।"

ଉତ୍ତର ଖୁବ୍ ସ୍ପଷ୍ଟ– ହୁଏତ ଗତଥର ସୁନନ୍ଦାକୁ ଫୋନ୍ କରି ଗାଲି କରିବା, ନିଜର ଈର୍ଷା ଦେଖାଇବା ଭୁଲ୍ ପାଇଁ କ୍ଷମା କରି ପାରିଥାନ୍ତେ ସେ ମୋତେ, କିନ୍ତୁ ନିଜ

ଆତ୍ମସମ୍ମାନକୁ ଭୁଲିଯାଇ ବିନା ଦୋଷରେ ସୁନନ୍ଦାକୁ କ୍ଷମା ମାଗିବା ଭୁଲକୁ କ୍ଷମା ଦେଇ ନ ଥାନ୍ତେ ସେ କେବେ ହେଲେ। କେବେ ବି ନୁହେଁ।

କେଉଁଠୁ ପ୍ରଚଣ୍ଡ ଆତ୍ମବିଶ୍ୱାସ ଫେରି ଆସିଲା ମୋ' ପାଖକୁ କେଜାଣି, ମୁଁ ଡିଲିଟ୍ କଲି ମୋ'ର ଲେଖିଥିବା ମେସେଜ୍। ଫୋନ୍ ଲଗାଇଲି ଶଶାଙ୍କଙ୍କ ନମ୍ବରକୁ। ଆଉଥରେ ଘୋଷିନେଲି ଏଇ ସାଙ୍ଗେ ସାଙ୍ଗେ ମୋ' ନିଜ ନିର୍ଦ୍ଧେଶନାରେ ମୋ ପାଇଁ ମୁଁ ପ୍ରସ୍ତୁତ କରିଥିବା ଡାଇଲଗ୍‍ଟିକୁ–

"ଏଇ... ତୁମେ ଆସୁଛ ନା ମୁଁ ଯିବି କହିଲ। ସତ କହୁଛି, ଆଉ ରହିପାରିବିନି ତୁମଠାରୁ ଦୂରରେ। ଖାଲି କ'ଣ ପୁରୁଷର ଶରୀରଟିଏ ଥାଏ। କ୍ଷୁଧା ଥାଏ। ନାରୀର ବି ଥାଏ ଆଜ୍ଞା! ଦେଖ, କହିଦେଲି ସବୁ ମନକଥା ଖୋଲିକି। ସମୟ ଥାଉ ଥାଉ ନିଜ ଜିନିଷ ନିଜ ଦାୟିତ୍ୱରେ ରଖିନିଅ। ପରେ ମୋତେ ଆଉ ଦୋଷ ଦେବନି, ଜାଣିଥାଅ।"

ଶଶାଙ୍କ ମୋର ଏମିତି ନିର୍ଲଜ୍ଜ କଥା ଶୁଣି ହସିବେ ନା ରାଗିବେ ? ଏମିତିରେ ଯେ ଶଶାଙ୍କ ମୋତେ ହସିଲେ ତ ସୁନ୍ଦର ଲାଗନ୍ତି, ରାଗିଲେ ଲାଗନ୍ତି ଆହୁରି ସୁନ୍ଦର। ଆଃ... ତାଙ୍କର ସେଇ ଯେ ନାକ ଅଗର ରାଗ... ଭାରି ପ୍ରେମ ଆସେ ସତରେ। ହେଃ... ରାଗୁଥାନ୍ତୁ ମ ? କିଏ ଡରେ ତାଙ୍କୁ... ମୋ ନିଜ ଲୋକଟିକୁ। ରାଗନ୍ତୁ, ଯେତେ ରାଗିବେ। ଅସୁବିଧା କିଛି ବୋଲି କିଛି ନାହିଁ। ମୁଁ ତ ଖୁସି। ହାଃ... ହାଃ...।

ଜୀବନ ପରୀକ୍ଷା

ଶିଖାର ଯେ ଆଜି ଜୀବନ ମରଣର ପରୀକ୍ଷା। ଆଜିକୁ ମାସେ ହେଲାଣି, ଯୋଉଦିନୁ ପରୀକ୍ଷା ସୂଚୀ ମିଳିଛି, ସେ ତା'ର ଖାଇବା ପିଇବା ବି ଭୁଲିସାରିଛି।

ତା' ବାପା ଯେ ତା'ର ଜନ୍ମ ହେବା ଦିନଠାରୁ କେବଳ ଗୋଟିଏ ସ୍ୱପ୍ନ ହିଁ ଦେଖି ଆସିଛନ୍ତି। ସେ ବଡ଼ ହୋଇ ଯେପରି ଦିନେ ତାଙ୍କର ଅପୂର୍ଣ୍ଣ ଇଚ୍ଛାକୁ ପୂରଣ କରିବ। ଡାକ୍ତରାଣୀଟିଏ ହୋଇ ବହୁତ ନାଆଁ କରିବ।

ଆଜିକାଲି ଯୁଗରେ ଯେତେବେଳେ ଲୋକମାନେ ପୁଅ ଲୋଡ଼ି ଝିଅ ଭ୍ରୁଣ ହତ୍ୟା ପାଇଁ ପଛାତ୍‌ପଦ ନୁହନ୍ତି, ସେତେବେଳେ ଯେ ତା' ବାପା, ତା'ର ଜନ୍ମ ପରେ ହିଁ ତାଙ୍କର ଆଉ ସନ୍ତାନ ଆବଶ୍ୟକ ନାହିଁ ବୋଲି ନିଷ୍ପତ୍ତି ନେଇଛନ୍ତି। ଶିଖା ହିଁ ତାଙ୍କର ଝିଅ ପୁଅ ସବୁକିଛି, ସେ ହିଁ ତାଙ୍କର ସବୁ ସ୍ୱପ୍ନ, ଆଶା ଭରସା ବୋଲି କହି ଆସିଛନ୍ତି। କେବଳ କହି ନାହାନ୍ତି, ସେ ସତରେ ମଧ୍ୟ କୌଣସି ଜିନିଷରେ ତା'ର ଉଣା କରି ନାହାନ୍ତି। ସେ ହେଉ ଅବା ସ୍ନେହରେ ଅବା ସୁବିଧା ସୁଯୋଗ ଯୋଗାଇ ଦେବାରେ।

ଶିଖା ମଧ୍ୟ ପ୍ରତିବଦଳରେ ସଦାବେଳେ ଚେଷ୍ଟା କରିଛି, ତା' ବାପାଙ୍କ ବିଶ୍ୱାସରେ କୃତକାର୍ଯ୍ୟ ହେବା ପାଇଁ। ଆଉ ଉଣାଅଧିକେ ହେଇଛି ମଧ୍ୟ। ଆଜି ପର୍ଯ୍ୟନ୍ତ ପ୍ରତ୍ୟେକ ଶ୍ରେଣୀରେ ସେ ନବେ ପ୍ରତିଶତରୁ ଅଧିକ ନମ୍ବର ରଖି ଶ୍ରେଣୀରେ ପ୍ରଥମ ସ୍ଥାନ ଅଧିକାର କରି କୃତକାର୍ଯ୍ୟ ହେଇ ଆସିଛି।

ତା' ବାପା ସମସ୍ତଙ୍କ ସମ୍ମୁଖରେ ଯେତେବେଳେ ଝିଅକୁ ନେଇ ଗର୍ବ କରନ୍ତି, ସେ ଖୁସିରେ ଫାଟିପଡ଼େ। କିନ୍ତୁ ମନ ଭିତରେ ଶଙ୍କିଯାଏ ଟିକେ। ସେ ସର୍ବଦିନ

ବାପାଙ୍କ ବିଶ୍ୱାସକୁ ଧରି ରଖିପାରିବ ତ! ତାଙ୍କ ସ୍ୱପ୍ନକୁ ପୂରଣ କରିବାରେ ସକ୍ଷମ ହେବ ତ! ନ ହେଲେ ତା' ବାପାଙ୍କ ମୁଣ୍ଡ ଯେ ନଇଁଯିବ ଦୁଃଖରେ, ଲଜ୍ଜାରେ। ସେ ଭୟଭୀତ ହେଇପଡ଼େ, ତା' ମୁଣ୍ଡ ଘୂରିଯାଏ। ନା... ତାକୁ ଆହୁରି ଅଧିକ ପରିଶ୍ରମ କରିବାକୁ ପଡ଼ିବ। ସେ କଦାପି ତା' ବାପାଙ୍କୁ ଅନ୍ୟମାନଙ୍କ ଆଗରେ ନଇଁଯିବାକୁ ଦେବନାହିଁ।

ତା' ବାପା ମଧ୍ୟବିତ୍ତ ପରିବାର ଏବଂ କ୍ଷୁଦ୍ର ଏକ କିରାଣି ଚାକିରିର ଦରମାରେ ମଧ୍ୟ ଯୁକ୍ତଦୁଇ ପରୀକ୍ଷା ପରେ, ତାକୁ ଏତେ ଦୂର ପଇସା ଖର୍ଚ୍ଚ କରି, କୋଟା ଭଲି ଜାଗାକୁ ଡାକ୍ତରୀ ପ୍ରବେଶିକା ପରୀକ୍ଷାର କୋଚିଂ ନେବା ପାଇଁ ପଠାଇଛନ୍ତି।

ସେଇଥିପାଇଁ ତା' ସାଙ୍ଗସାଥୀମାନେ ଜୀବନକୁ ମଉଜ ମଜଲିସ କରି ବିତାଉଥିବା ବେଳେ, ଶିଖା କିନ୍ତୁ ସମସ୍ତଙ୍କଠୁଁ ଅଲଗା ପାଠ ଭିତରେ ହିଁ ମଜ୍ଜି ରହିଥାଏ ଦିନରାତି। ସେ ତା' ବାପାଙ୍କ ଆଖିର ସ୍ୱପ୍ନକୁ ଭାଙ୍ଗିଦେଇ ନିଜ ଜୀବନକୁ ଉପଭୋଗ କରିବାକୁ କେବେ ବି ଚାହେଁନା।

ପରୀକ୍ଷା ଆଜିକୁ ଆଉ ମାତ୍ର ଦଶଦିନ ବାକି ଅଛି। ନିତ୍ୟକର୍ମକୁ ଛାଡ଼ିଦେଲେ ସେ ପ୍ରାୟ ପନ୍ଦରରୁ ଅଠର ଘଣ୍ଟା ପଢ଼ାପଢ଼ିରେ ସମୟ ବିତାଉଛି। ଆଜି କିନ୍ତୁ ବାହାରକୁ ନ ଗଲେ ନ ଚଳେ। ଶିଖା ଭାବୁଛି – ବାହାରକୁ ଗଲେ ବହୁତ ସମୟ ନଷ୍ଟ ହେବ। କିନ୍ତୁ ଚଳିବା ପାଇଁ ଦରକାରୀ ନିତ୍ୟବ୍ୟବହାର୍ଯ୍ୟ ଜିନିଷ ସବୁ ଯେ ସରିବାକୁ ଆସିଲାଣି। ଯେମିତି ହେଉ ଆଜି ଯାଇ ପାଖ ଦୋକାନରୁ କିଣି ନ ଆଣିଲେ, ଆଉ ସମୟ ମିଳିବନି।

ଶିଖା ବ୍ୟଗ୍ରତାର ଶୀର୍ଷ୍ସ ସୀମାରେ। ରାସ୍ତାରେ ଦୌଡ଼ୁଛି ମୁଣ୍ଡ ତଳକୁ କରି, ଚିନ୍ତାରେ ବୁଡ଼ିରହି। "ଆଃ..." ଚିତ୍କାର କରି ଉଠିଲା ଶିଖା। ତା'ପରେ ଚେତା ବୁଡ଼ିଗଲା ତା'ର। ଚେତା ଆସିଲାବେଳକୁ ସେ ଡାକ୍ତରଖାନାର ଶଯ୍ୟା ଉପରେ। ତା' ହାତରେ ସାଲାଇନ୍ ଚାଲିଛି। ମୁଣ୍ଡରେ ବ୍ୟାଣ୍ଡେଜ୍ ବନ୍ଧା ହେଇଛି। ପାଖରେ ନର୍ସ।

ନର୍ସଙ୍କୁ ଜିଜ୍ଞାସୁ ଦୃଷ୍ଟିରେ ଦେଖିଲାରୁ, ସେ କହି ଉଠିଲେ- "ନା... ନା... ଉଠନ୍ତୁନି...। ଆପଣଙ୍କୁ କିଛିଦିନ ନିହାତି ଭାବରେ ଶାରୀରିକ ଓ ମାନସିକ ବିଶ୍ରାମ ଦରକାର। ଡାକ୍ତର କହିଛନ୍ତି, ଆପଣଙ୍କ ମୁଣ୍ଡରେ ଆଘାତ ଲାଗିଛି। କୌଣସି ଏକ ଗାଡ଼ି ଆପଣଙ୍କୁ ଧକ୍କା ଦେବା ଯୋଗୁଁ ଆପଣ ପଡ଼ିଯାଇଥିଲେ। ଆପଣଙ୍କୁ ନିହାତି ଭାବରେ ଛଅ ସାତଦିନ ପୂର୍ଣ୍ଣରୂପରେ ବିଶ୍ରାମ ନେବାକୁ ପଡ଼ିବ।"

ଶିଖା ଯେ ପୂର୍ଣ୍ଣରୂପରେ ଭାଙ୍ଗିପଡ଼ିଛି, କ'ଣ କରିବ, ଆଉ କ'ଣ ନ କରିବ ସେ! କିଛି ବି ଚିନ୍ତା କରିବାର ସାମର୍ଥ୍ୟ ହରାଇ ବସିଛି ଯେମିତି।

ବାପା ତା'ର ମୁଣ୍ଡ ତଳକୁ ପୋତି ବସିଥିବା ଚିତ୍ରଟି ଯେ ତା' ମନକୁ ଆନ୍ଦୋଳିତ କରି ଚାଲିଛି। ସେ ନିଜେ ହିଁ ଦୋଷୀ ତା'ର ଆଜିର ଏ ପରିସ୍ଥିତି ପାଇଁ। ସେ ନିଜ ଭାଗ୍ୟକୁ ନିନ୍ଦି ଚାଲିଛି। ବାପା ତାକୁ ଏତେବର୍ଷ ଧରି ପୁଅ ପରି ବଡ଼ କଲେ, କେତେ ସ୍ନେହ ଦେଲେ; କିନ୍ତୁ ସେ ଯେ ତାଙ୍କର ଏତେ ଛୋଟ ଆଶାଟିକୁ ଜାଣି ମଧ୍ୟ ପୂରଣ କରିପାରିଲା ନାହିଁ, ତା'ର ଝିଅ ହେବାର କୌଣସି ଅଧିକାର ନାହିଁ ଆଦି ଚିନ୍ତା କରି ଦିନରାତି ନିଜକୁ ଧିକ୍କାରିବାରେ ଲାଗିଛି।

ସେ ଭାବୁଛି, ଆଜି ଯେପରି ହେଉ ମୋତେ ମୋ ଭୁଲ୍ ପାଇଁ ପ୍ରାୟଶ୍ଚିତ କରିବାକୁ ପଡ଼ିବ। ମୋ ବାପାଙ୍କୁ ଆଉ ମୁହଁ ଦେଖାଇପାରିବି ନାହିଁ।

ଅତି ଦୁଃଖରେ କାଗଜ ଖଣ୍ଡିଏ ଆଣି ଚିଠି ଲେଖିଛି– "ବାପା ଓ ମାଆ – ମୋତେ କ୍ଷମା ଦେବ। ମୁଁ ତୁମର ଝିଅ ହେବା ପାଇଁ ଯୋଗ୍ୟ ନୁହେଁ। ଏ ଚିଠି ପାଇ ଦୁଃଖ କରିବନି, ବ୍ୟସ୍ତ ହେବନି। ଏ ଚିଠି ତମ ପାଖରେ ପହଞ୍ଚିବାବେଳକୁ ଆଉ କିଛି ବାକି ନ ଥିବ।

ତୁମମାନଙ୍କ ସ୍ୱପ୍ନକୁ ମୁଁ ସାକାର କରିପାରିଲି ନାହିଁ। ତୁମର ଝିଅ ହେବାର ଯୋଗ୍ୟତା ମୁଁ ହରାଇ ସାରିଛି। ତୁମେ ଦୁହେଁ ମୋତେ ପୁଅଙ୍କଠୁ ବି ଅଧିକ ସ୍ନେହ ଦେଇଛ, ମୁଁ କିନ୍ତୁ ତୁମମାନଙ୍କ ପ୍ରତି ମୋର କର୍ତ୍ତବ୍ୟ କରିପାରିଲି ନାହିଁ। ଆର ଜନ୍ମକୁ ମଧ୍ୟ ଇଚ୍ଛା କରିବି, ଭଗବାନ ମୋତେ ପୁଣି ତୁମରି କୋଳରେ ଜନ୍ମ ଦିଅନ୍ତୁ ଏବଂ ତୁମର ସ୍ୱପ୍ନକୁ ସାକାର କରିପାରିବା ଭଳି ସାମର୍ଥ୍ୟ ଦିଅନ୍ତୁ। ରହୁଛି। ଆପଣଙ୍କର ଅଭାଗିନୀ ଝିଅ, ଶିଖା।"

ଚିଠିଟି ଲେଖିସାରି ତକିଆ ତଳେ ରଖିଦେଇ ଆଖି ବନ୍ଦ କରି ଶେଷଥର ପାଇଁ ତା' ବାପା, ମାଆଙ୍କ ଉପସ୍ଥିତିକୁ ଅନୁଭବ କରିବାକୁ ଚେଷ୍ଟା କରୁଥିଲା ଶିଖା। ସେ ଯଦି ଡାକ୍ତରୀ ପ୍ରବେଶିକା ପରୀକ୍ଷା ଦେଇସାରି କୃତକାର୍ଯ୍ୟ ହୋଇଥାଆନ୍ତା, ପରୀକ୍ଷାଫଳ ବାହାରିବା ସମୟରେ ତା' ବାପାଙ୍କର ମୁହଁ ଗର୍ବରେ ହେଉ ଅବା ଅଭିମାନରେ କିପରି ଔଜ୍ଜ୍ୱଲ୍ୟତାର ଶୀର୍ଷରେ ଥାଆନ୍ତା, ସେଇ ଦୃଶ୍ୟଟିକୁ ଅନୁଭବ କରିବାକୁ ଚେଷ୍ଟା କରୁଥିଲା ସେ।

ଆରେ... ଏ କ'ଣ....! ତା' ବାପା, ମାଆଙ୍କ ସ୍ୱର ଶୁଭୁଛି ଅତି ନିକଟରୁ। ସେମାନେ ଶିଖା... ଶିଖା... ମା'ରେ... ମା'ରେ... ବୋଲି ଡାକି ତା' ରୁମରେ ପ୍ରବେଶ କରୁଛନ୍ତି। ଶିଖା ଚମକିପଡ଼ି ଉଠି ବସିଛି ଶେଯରେ। ମା' ଆଖିରେ ଲୁହର ବନ୍ୟା। ବାପା ମୁଣ୍ଡ ତଳକୁ ପୋତି ଠିଆ ହୋଇଛନ୍ତି ନିଜ ଲୁହକୁ ଲୁଚାଇବାକୁ ଚେଷ୍ଟା କରି।

ମା' ଶିଖାକୁ କୋଳେଇ ନେଇ କହୁଛନ୍ତି- "ମା'ରେ ତୋ ସାଙ୍ଗମାନେ କହୁଛନ୍ତି ତୁ କେବଳ ପାଠରେ ମାତିଛୁ। ଆଉ ଅନ୍ୟ କୌଣସି କଥାକୁ ତୋର ଧ୍ୟାନ ନାହିଁ। ନିଜ ଯତ୍ନ ନେଉନୁ। ସେଇ ଅନ୍ୟମନସ୍କତା ଯୋଗୁଁ ହିଁ ଆଜି ଏତେବଡ଼ ଦୁର୍ଘଟଣାଟିଏ ଘଟିଗଲା। ଆରେ... ମା, ଆମେ ପ୍ରଥମେ ନିଜର ଧ୍ୟାନ ନେବା। ଏମିତି ପରୀକ୍ଷା ତ ଜୀବନରେ ଅତି ମାମୁଲି। ଜୀବନ ପରୀକ୍ଷା ଯେ ଅଧିକ କଠିନ, ଆମେ ତା' ପାଇଁ ସିନା ମାନସିକ ସ୍ତରରେ ପ୍ରସ୍ତୁତ ହେବା। ଆଉ ଏଇ ଡାକ୍ତରୀ ପରୀକ୍ଷା କ'ଣ ଯେ, ତୁ ତା' ପାଇଁ ନିଜକୁ ଭୁଲିବାକୁ ବସିଛୁ। ତାହା ପ୍ରତିବର୍ଷ ହେଉଛି, ଏ ବର୍ଷ ପରୀକ୍ଷା ନ ଦେଇପାରିଲେ ବି କ'ଣ ଏମିତି ଅସୁବିଧା ଯେ! ମୁଁ ତ ପ୍ରଥମରୁ ହିଁ ତୋ ବାପାଙ୍କୁ ମନା କରୁଥିଲି ଯେ ଝିଅଟା ପାଠ ଛଡ଼ା ଅନ୍ୟ କୋଉଠିରେ ଧ୍ୟାନ ଦିଏନା। ଆମେ ତାକୁ ଏତେ ଦୂରକୁ ଛାଡ଼ିବାନି। କିନ୍ତୁ ତୋର ଇଚ୍ଛା ଥିବ ଭାବି ବାପା ତୋ ମନକୁ ଭାଙ୍ଗିବେନି ବୋଲି ସେଇଥିପାଇଁ ଏତେ ଦୂରରେ ଆମେ ତୋତେ ଛାଡ଼ିଦେଇ ବଞ୍ଚିଛୁ। ନ ହେଲେ ତୋ ବିନା ଆମେ ଯେ ଗୋଟିଏ ଗୋଟିଏ ଦିନ କିପରି କଷ୍ଟରେ ବିତାଉଛୁ, ତାହା କେବଳ ଆମ ଦୁଇଜଣଙ୍କୁ ହିଁ ଜଣା। ମା'ରେ ତୁ ଭଲରେ ଥାଆ, ଆଉ ଖୁସିରେ ରହ, ହସି ହସି ତୋ ଜୀବନର ପ୍ରତ୍ୟେକଟି ପରୀକ୍ଷାରେ ଉତ୍ତୀର୍ଣ୍ଣ ହୁଅ, ସେତିକି ହିଁ ଆମର କାମ୍ୟ।"

ବାପା କହୁଛନ୍ତି- "ଝିଅ ଶିଖା, ତୋ ମାଆ ଯାହା କହୁଛନ୍ତି, ତାହା ପୂରା ସତକଥା। ଆମେ ଦୁଇଜଣ ଆମର ଖୁସି କେବଳ ତୋ' ହସ ଭିତରେ ହିଁ ଖୋଜି ପାଉ। ତୁ ହସ ହସ ରହି ନିଜ ଜୀବନକୁ ଉପଭୋଗ କରିପାରିଲେ ହିଁ ମୋ ଜୀବନଯୁଦ୍ଧରେ ମୁଁ ପାସ୍ କରିପାରିଲା ଭଳି ମୋତେ ଲାଗିବ। ତୁ ଆମକୁ କଥା ଦେ' ଯେ ତୁ ତୋ ନିଜର ସ୍ୱାସ୍ଥ୍ୟ, ନିଜର ଖୁସିକୁ ପ୍ରଥମେ ପ୍ରାଧାନ୍ୟ ଦେଇ ବଞ୍ଚିବୁ ଆଜୀବନ, ତା'ହେଲେ ଯାଇ ଆମେ ଖୁସି, ନଚେତ୍ ତୋ ଲୁହ ଯେ ଆମ ପାଇଁ ମୃତ୍ୟୁ ଯନ୍ତ୍ରଣାଠୁଁ ବି ଅଧିକ କଷ୍ଟଦାୟକ।"

ଶିଖା ନିଜ ଭୁଲ୍ ବୁଝିପାରୁଥିଲା। ସେ ତା' ବାପା, ମାଆଙ୍କୁ ଜାବୁଡ଼ି ଧରି କାନ୍ଦୁଥିଲା। ପ୍ରତିଜ୍ଞା କରୁଥିଲା ଯେ ସେ ଏ ଜୀବନଯୁଦ୍ଧରେ କେବେ ହାରିବନି କି ତା' ବାପା, ମାଆଙ୍କୁ ମଧ୍ୟ ହାରିବାକୁ ଦେବନି। ତା' ଭିତରର ଆତ୍ମପ୍ରତ୍ୟୟ ତାକୁ ଆଗକୁ ବଢ଼ିବାର ରାସ୍ତା ଦେଖାଉଥିଲା।

ପ୍ରେମର ବୃତ୍ତ : ଈର୍ଷାର ପରିଧି

'କୋଉଠୁ ପାଇଲା ଇଏ ନମ୍ବର ? ମୁଁ କ'ଣ ଉଠାଇବି ୟା'ର ଫୋନ୍ ?' ଏକ ମିଛ ଅହଙ୍କାରରେ ଶଢ଼ିଯାଉଥିଲା ବବିତା ।

'ଏ ବବିତାଟି କିଏ ? ତା'ର ଗୁରୁତ୍ୱ କ'ଣ ଖୁବ୍ ଅଧିକ ଏଇ ଗଚ୍ଛରେ ? ସେ କ'ଣ ମୁଖ୍ୟ ଚରିତ୍ର କି ଏଇ କାହାଣୀର ? ନାୟିକା ଅବା ଖଳନାୟିକା ସେ ? କିଏ ସେ ସତରେ ?' — ଏଭଳି ଭିନ୍ନ ଭିନ୍ନ ପ୍ରଶ୍ନ ସବୁ ଉଙ୍କି ମାରିପାରେ । ପ୍ରକୃତରେ ଉତ୍ତର ଗୁଡ଼ାକ ଅନ୍ୟମାନଙ୍କୁ ନିରପେକ୍ଷ ବି ନଲାଗି ପାରେ ।

— କ'ଣ କରିବି ଯେ ?

ମୋ କଥା ଯଦି ମୁଁ ଭଲ ଭାବରେ ଉପସ୍ଥାପନା ନକରିପାରେ । ତେବେ ସମସ୍ତଙ୍କ ଦୃଷ୍ଟିରେ ମୁଁ ଦୋଷୀ ହେବା ଧାର୍ଯ୍ୟ । ଆଉ କାହା ନଜରରେ ଦୋଷୀ ହେଲେ ମୋର କିଛି ଆପତ୍ତି ନାହିଁ ଅନ୍ୟ । ତୁମେ ମୋତେ ବୁଝିପାରିଲେ ହେଲା ।

ଅତଏବ ଆମକୁ ଫେରିବାକୁ ପଡ଼ିବ ମୁଖ୍ୟ ବିଷୟବସ୍ତୁ ପାଖକୁ । ବବିତା ପାଖକୁ ।

ବବିତା — ଜଣେ ମଧ୍ୟବୟସ୍କା ବିବାହିତା ମହିଳା । ଯିଏ ରହେ ଏଇ ସ୍ମାର୍ଟସିଟି ଭୁବନେଶ୍ୱରରେ । ନିଜକୁ ଖୁବ୍ ସ୍ମାର୍ଟ ବୋଲି ଭାବେ ବୋଧ ହୁଏ । ନହେଲେ ଏତେ ପୁରୁଷ ବନ୍ଧୁ ଥାଆନ୍ତେ କେମିତି ଯେ ତା'ର ?

ହେଃ ! ଛାଡ଼ ସେକଥା । ସେ ଯାହା ଭାବୁଥାଉ ନିଜକୁ । ମୋର କି ୟାଏ ଆସେ । ପ୍ରକୃତ କଥା କ'ଣ ଜାଣ ? ସେ ନିଜ ବ୍ୟବସାୟୀ ମୂର୍ଖ ସ୍ୱାମୀର ଟଙ୍କାରେ ଅଏସ୍ କରେ ଓ ନିଜକୁ ସଜାଏ । ପୁରୁଷ ବନ୍ଧୁଙ୍କ ମନ ଲୋଭାଏ ।

– ୩୪... ଭୁଲିଗଲି।

ସେ ତୁମ ପରି କବିମାନଙ୍କୁ କିଣି ନେଇପାରେ, ନିଜ ପଇସା ବଳରେ। ସେଇଥିପାଇଁ ତ ଟିକିଏ ମିଛ ପ୍ରଶଂସା ଶୁଣିବାକୁ ତଥା ନାରୀ ସାନ୍ନିଧ୍ୟ ପାଇବାକୁ କାକୁସ୍ଥ ହେଉଥିବା କବିମାନଙ୍କ ପାଇଁ ସେ କବିତା ଆସର ଆୟୋଜନ କରେ। ଆୟୋଜନ ନୁହେଁ ତ ସେ ସ୍ପୋନ୍‌ସର୍ କରେ। ସ୍ପୋନ୍‌ସର୍।

ଆହାୟ...। ବିଚରା କବିମାନେ। ମନେ ମନେ ନିଜକୁ ନେଇ ଖୁବ୍ ଗର୍ବ କରନ୍ତି। ଭାବନ୍ତି – ଏ ସୁନ୍ଦରୀ, ସ୍ମାର୍ଟ ମହିଲାଟି ତାଙ୍କ ପ୍ରତିଭାକୁ ଆଦର କରୁଛି। ସମ୍ମାନ କରୁଛି। ଆଦର, ସମ୍ମାନ କ'ଣ ବରଂ ତା'ଠୁ ଢେର ଅଧିକ... ପ୍ରେମ କରୁଛି ସେମାନଙ୍କୁ କହିଲେ ବୋଧହୁଏ ଠିକ୍ ହେବ। ସେଇ କବିତା ଆସରରୁ ସଦ୍ୟ ଫେରିଥିବା ପାଗଲ କବିମାନେ ତା'ର ରୂପ, ଗୁଣର ପ୍ରଶଂସାରେ ଲେଖିପକାନ୍ତି ବି ପାଞ୍ଚ ଦଶଟି କବିତା।

'ହୁସ୍‌ସ୍...। ବବିତା ନା କବିତା। କବିତା ନାଆଁରେ ଏ ମୂର୍ଖ ପ୍ରେମିକ କବିଗଣ ଲେଖିଯାଉଛନ୍ତି ଶହ ଶହ କବିତା।'

ଇସ୍‌ସ୍...। ଏ କଥାଗୁଡ଼ା କାହିଁକି କେଜାଣି ମୋ କାନକୁ ବି ଈର୍ଷାରେ ଜଳିପୋଡ଼ି ଯାଉଥିବା କଥା ଭଳି ଲାଗୁଛି। ମୁଁ କ'ଣ ଈର୍ଷା କରେ ବବିତାକୁ?

'ସତ କହିବି ଅନ୍ୟୟ?'

ମୁଁ ନା ଘୃଣା କରେ ତାକୁ। ପ୍ରଚୁର ଘୃଣା। ଏତେ ଘୃଣା ବୋଧହୁଏ ଜୀବନରେ କେବେ କାହାକୁ କରି ନଥିବି ମୁଁ।

କାହିଁକି ସ୍ନେହା?

କାରଣଟି ମୁଁ କେବେ ତୁମକୁ ବୁଝାଇ ପାରିବିନି ଅନ୍ୟୟ। ତୁମେ ବୁଝିପାରିବ, ଯଦି କେବେ ନାରୀ ହୃଦୟଟିଏକୁ ଭେଟିପାରିବ। ଦେଖିପାରିବ ଖୁବ୍ ନିକଟରୁ। ନିଜ ପ୍ରିୟ ପୁରୁଷଙ୍କୁ ତା' ପାଖରୁ କେହି ଛଡ଼ାଇ ନେବାର ଅପଚେଷ୍ଟା କରୁଥିଲେ, ସେ ଯେଉଁ ଅନ୍ତର୍ଦାହ ଭୋଗେ ସେଇ ଦହନ ଭାରରେ ଅନ୍ୟଜଣକୁ ସେ କେବଳ ଘୃଣା ହିଁ କରିପାରେ। ଆଉ ଅନ୍ୟ କିଛି ମଧ୍ୟ ନୁହେଁ।

: ଜାଣ, ଅନ୍ୟୟ?

: କ'ଣ?

: ସେଇଦିନର ମୋ' ଛାତିର ଦରଜ କଥା। ଏଯାଏଁ ଶୁଣା ହେଇନି କାଣିଚାଏ। ଏ ଜୀବନ ଥିବା ଯାଏଁ ସେ ଜ୍ୱଳନ ଏମିତି ହୃଦୟକୁ ଚରୁଥିବ ବୋଧହୁଏ। ୩୪... କି ଭୟଙ୍କର ସେ ଫଟୋ ସବୁ।

: କେଉଁ ଦିନର କଥା କହୁଛ, ସ୍ନେହା ? ମୁଁ ତ କିଛି ବି ବୁଝିପାରୁନି ।

: ନ ଜାଣିଲା ପରି କ'ଣ କହୁଛ । ସେଇ ଯେ ତୁମର କବିତା ଆସରର ଫଟୋ । ଘୁରି ବୁଲୁଥିଲା ସାରାଟା ସୋସିଆଲ୍ ମିଡିଆରେ । କେମିତି ଲଦିହେଇ ଠିଆ ହେଇଥିଲା ସେ ତୁମ ପାଖରେ !

: ଭୁଲ୍ ବୁଝୁଛ ତୁମେ । ସେ କଲେଜ୍ ବେଳର ସାଙ୍ଗ ମୋର । ଆଉ କିଛି ବି ନୁହେଁ । ବାସ୍, ଏଇ ସହରରେ ରୁହେ । ତେଣୁ ଆସିଥିଲା କବିତା ଆସରକୁ । – ଏଇ କଥା ତୁମେ କହିଥାନ୍ତ ମୋତେ । ଠିକ୍ କହୁଛି ନା ଅନ୍ୟୟ ?

: ଛାଡ଼ । ଦୁଃଖ କରିବି କେଉଁ କଥାକୁ । ମୁଁ ଖୁବ୍ ଭଲ ଭାବରେ ଜାଣେ, ମୋ କପାଳ କେଡ଼େ ଛୋଟ । ଆମେ ନା ହିଁ କେବେ ଏକାଠି ହେଇପାରିବା ଓ ନା ହିଁ ମୁଁ ତୁମକୁ ଏସବୁ କଥା ପଚାରି ପାରିବି । ନା ତୁମେ କେବେ ମୋ ପ୍ରଶ୍ନର ଉତ୍ତର ରଖିବ ଓ ନା ହିଁ ଏ ଜୀବନରେ ମୋ ହୃଦୟର ଅନ୍ତର୍ଦହନ କମ୍ ହେବ...। ମୁଁ ଆହୁରି ବି ଜାଣେ ଯେ ଅନ୍ୟୟ...।

: କ'ଣ ଜାଣ ସ୍ନେହା ? ଥରେ ମନ ଖୋଲି କହିଦିଅ । ହାଲୁକା ହେଇଯାଉ ତୁମ ମନ । ସଫା ହେଇଯାଉ ହୃଦୟ । କାହା ବିରୁଦ୍ଧରେ କାହିଁକି ଘୃଣା, ଈର୍ଷା, ଦ୍ୱେଷକୁ ନିଜ ମନ ଭିତରେ ପାଲି ପୋଷି ବଡ଼ କରୁଛ ।

: ହେଃ... ତୁମେ ବୁଝିପାରିବନି ମୋ ହୃଦୟର ବ୍ୟଥା । ମୋର ଭାଗ୍ୟ ଛୋଟ । ଆଜି ମୁଁ ଯଦି ତୁମ ପାଖରେ ଥାଆନ୍ତି... ସତ କହୁଛି... ମୁଁ ନା... ତୁମେ ଯେତେ ବୁଝେଇଲେ ବି କାନ୍ଦିଥାଆନ୍ତି ନାକ ସୁଁ ସୁଁ କରି । ତୁମ ଛାତିରେ ମୁଣ୍ଡ ରଖି ସେମିତି କାନ୍ଦି କାନ୍ଦି ପୁହାଇ ଦେଇଥାନ୍ତି ରାତି । ରାଣ, ନିୟମ ପକାଇ ଦୂରେଇ ଦେଇଥାଆନ୍ତି ତୁମକୁ ସେଇ ଡାହାଣୀ, ଚଣ୍ଡାଲୁଣୀ, ନିର୍ଲଜ୍ଜା ପାଖରୁ ।

ତେବେ ନିରାଟ ସତ କଥାରୁ ମୁହଁ ଫେରେଇବି କେମିତି ? ଆମେ ତ ରହିପାରିବାନି କେବେ ସାଥିରେ । ତା' ବୋଲି ମୁଁ କ'ଣ ଚୁପ୍ ରହିବି କି ଅନ୍ୟୟ ? ଆମେ ସାଥିରେ ଥାଉ ବା ନଥାଉ, ତୁମେ ତ ମୋର ନା । ତୁମ କଥାରେ ମୁଁ ମୁଣ୍ଡ ଖେଳେଇବିନି କେମିତି ଯେ ? ଅପରିଚିତ ମଣିଷଟିଏ ପରି ଚୁପ୍ ହେଇ ରହିପାରିବିନି ତ ମୁଁ କେବେହେଲେ ।

ମୁଁ ସେଇ ଫଟୋଟିକୁ ନିରିଖେଇ ଏପଟ ସେପଟ କରି ଚାରିଥର ଦେଖିଲି ।

ଏଇ ଯେଉଁ ଦୁଇଟି ପୁରୁଷ ତୁମର ଓ ବବିତା ପାଖରେ ବସିଛନ୍ତି । ସେଇମାନଙ୍କ ପାଖରେ ମୋତେ ପହଞ୍ଚିବାକୁ ପଡ଼ିବ । ଏମାନଙ୍କ ସହିତ ଆତ୍ମୀୟତା ନବଢ଼ାଇଲେ ମୋ ଦ୍ୱନ୍ଦ୍ୱରୁ ମୋତେ ମୁକ୍ତି ମିଳି ପାରିବନି କେବେ ।

ଗୋଟିଏ ଅଶାନ୍ତ ସାମୁଦ୍ରିକ ଝଡ଼ ମୋ ହୃଦୟ ଭିତରେ ଘନୀଭୂତ ହେଉଥିଲା ।

ଏ ଝଡ଼କୁ ଶାନ୍ତ କରିବାର ଏକମାତ୍ର ଉପାୟ; ମୋତେ ଏଇ ବଦ୍‌ମାସ ମହିଲା ସମ୍ବନ୍ଧରେ ସବିଶେଷ ବିବରଣୀ ନେବାକୁ ପଡ଼ିବ । ତେବେ କେମିତି ?

ଆଜିଯାଏଁ କୌଣସି ପୁରୁଷ ସାଥିରେ ବନ୍ଧୁତା କରିବା ପାଇଁ ଆଗଭର ହେବା ଭଳି ଇଚ୍ଛାଟିଏ ମୋ ଭିତରେ ଜାଗ୍ରତ ହେଇ ନଥିଲା । ପୁରୁଷ ଜାତି ଏକ ଅବିଶ୍ବସ୍ତ ଜାତି – ଏ ଧାରଣା ମୋର ଦୃଢ଼ କାହିଁ କେଉଁ ଛୋଟବେଳରୁ । ବୟସ ସାଥିରେ ଏ ଧାରଣା ଅଧିକରୁ ଅଧିକ ଗାଢ଼ ହେଇଛି ସିନା ଟିକିଏ ବି ଊଣା ହେଇନି । ସତକଥା ପୁରୁଷ ଭିତରେ କେଉଁଠି ନା କେଉଁଠି ଲୁଚି ରହିଥାଏ ଅସୁରଟିଏ । କୁକୁରଟିଏ । ଏମାନଙ୍କ ସାଥିରେ ପୁଣି ନିଜ ଆଡ଼ୁ ବନ୍ଧୁତା ।

ଭୁଃ.... । – ମୁହଁକୁ ବିକୃତ କଲି ମୁଁ । ପୁଣି ବୁଝାଇଲି ନିଜକୁ । ଏହାଛଡ଼ା ଯେ ଅନ୍ୟ ଉପାୟ ଆଉ କିଛି ବି ନାହିଁ ।

କେହି ଜଣେ କହିଥିଲେ ବୋଧେ ପ୍ରେମ ଓ ଯୁଦ୍ଧରେ ସବୁକିଛି ନ୍ୟାୟ୍ୟ । ତେବେ ପୁଣି ପଛଘୁଞ୍ଚା କାହିଁକି ? ନିଜ ପ୍ରେମ ପାଇଁ ମୋତେ ନିଜକୁ ହିଁ ଛିଡ଼ାହେବାକୁ ପଡ଼ିବ । ମୁଁ ମୋ ମନକୁ ଆଣ୍ଟ କଲି ।

ଫଟୋରେ ତୁମ ବାଆଁପଟରେ ଲାଗି ହୋଇ ଠିଆ ହେଇଥିବା ଏଇ ପିଲାଟି ବେଶୀ ଚଙ୍ଗଟଙ୍ଗା ଜଣାପଡ଼ୁଛି । ଆର ଜଣକ ଅପେକ୍ଷାକୃତ ଶାନ୍ତ । ତା' ପାଖରୁ କୌଣସି ଖବର ମିଳିବା ଅସମ୍ଭବ ବୋଧେ ।

ହଁ...ମ... । ସହଜରେ ଯଦି ଟିଣରୁ ଘିଅ ବାହାରି ପାରୁଛି । ଆଙ୍ଗୁଠି ତେଢ଼ା କରିବା ପରି କଷ୍ଟ ଉଠାଇବି କାହିଁକି । – ଏଇ ନିୟମକୁ ଆଧାର କରି ମୋର ଖାନତଲାସି କାମ ଆରମ୍ଭ କଲି ।

ଫଲାଫଲ–

ନାଆଁ – ଚିନ୍ତାମଣି ବାରିକ

ଗାଆଁ – ପିପିଲି

ଜିଲ୍ଲା – ପୁରୀ

ଜନ୍ମ ତାରିଖ – ୨୦ ମଇ ୧୯୭୫

ଓଁ – ଇଏ ତେବେ ତୁମର ସ୍କୁଲ ବେଳର ସାଙ୍ଗ । କଲେଜରେ ବୋଧେ ପେଞ୍ଚୁଆ । ହଁ, ମ୍ୟାଟ୍ରିକ୍ ଫେଲ୍ ହେଇଯାଇଥିବ ବୋଧେ । ଦେଖିଲେ ହିଁ ତ ଜଣାପଡ଼ୁଛି ଅପାଠୁଆ ଭଳି ।

ଯ଼ାକୁ ପୁଣି ସେ କବିତା... କବିତା ଚିହ୍ନିଲା କେମିତି ଯେ ? ଉଁ... ଛାଡ଼...। ଏ ଅବାନ୍ତର ପ୍ରଶ୍ନ ସବୁ ମୋ ଜୀବନକୁ ଦୁର୍ବିଷହ କରିସାରିଲେଣି। ମୁକ୍ତି ବି ତ ନାହିଁ ଏସବୁରୁ। ଅନ୍ୟ, ତୁମ ସଂପର୍କିତ ମଣିଷ ସବୁ ଏମାନେ। ତେଣୁ ମୋ ପାଇଁ ଖୁବ୍ ଆପଣାର। ମୋ ଜୀବନ ପରିଧିସ୍ଥ।

ଦେଖ, ତୁମ ସାଙ୍ଗର ଠିକଣା ମିଳିଗଲା। ଏତକ ଖବର ବି ଖୋଜିନେଲି। ଆଗକୁ କ'ଣ ବାକି ସବୁକିଛିକୁ ବି ବାହାର କରିନେବିନି କି ? ନିଜକୁ ବୁଝାଇବା କେତେବେଳେ ଖୁବ୍ କଷ୍ଟ ତ ପୁଣି କେବେ କେମିତି ଖୁବ୍ ସହଜ।

ମୋର ଏଇ ମତ ଉପରେ ମୁଁ ସସମ୍ମାନେ ସଙ୍ଗତି ଦେଲି ଓ କିଛିଦିନ ସଂପୂର୍ଣ୍ଣ ନୀରବ ରହିବା ପାଇଁ ନିଷ୍ପତି ନେଲି।

ଘଟଣାକୁ ଚାରିଦିନ ବିତିନି, ଅଧରାତିକୁ ଦିନେ ପହଞ୍ଚିଲା ଚିନ୍ତାମଣିର ଫୋନ୍। ଅଧରାତିମାନେ ରାତି ବାରଟା ନୁହେଁ। ତଥାପି ରାତି ଦଶଟା ଉପରକୁ ଯାଇ ସାରିଥିଲା ମୋ କାନ୍ତୁଘଣ୍ଟାର ଘଣ୍ଟାକଣ୍ଟା। ମୁଁ ଦୋଦୋପାଞ୍ଚ ହେଇ ଘଣ୍ଟାକୁ ଥରେ ଓ ମୋବାଇଲ୍‌କୁ ଥରେ ଚାହିଁଲି।

– ଏତେ ରାତିରେ ଗୋଟିଏ ଅଚିହ୍ନା ଅଜଣା ପୁରୁଷର ଫୋନ୍ ଉଠାଇବି ?

ହେଲେ ତା'ଠି ଯେ ମୋର ସବୁତକ କାମ। ସେ ଯେତେବେଳେ ନିଜ ଆଡୁ ଫୋନ୍ କରିଛି... ନ ଉଠାଇବା ମୂର୍ଖାମି ନିଶ୍ଚେ। ମନେ ପଡ଼ିଲା ଭାଗବତ ବାଣୀ: ଏ ମନ ଖୋଜୁଥାଇ ଯାହା, କାଳେ ପ୍ରାପ୍ତ ହୁଏ ତାହା। ତାହାରି ସହିତ କଥା ହେବାକୁ ଚାହୁଁଥିବା ବେଳେ ଫୋନ୍ ଆସିଛି, ତା'ରି ପାଖରୁ। ଏ ସୁଯୋଗ ହାତଛଡ଼ା କରିବାର ନୁହେଁ। ନହେଲେ କାଲିକୁ ପସ୍ତେଇବାକୁ ପଡ଼ିବ। ଜାଣିଥା' ସ୍ନେହା ମେଡମ୍।

ହଁ...ମ...। ତୁମର ବନ୍ଧୁ ସେ। ତୁମର ଆପଣାର ମଣିଷମାନଙ୍କୁ ପାଖରେ ପୁଣି ମୋର ଭୟ କ'ଣ ଯେ !

ମୁଁ ଫୋନ୍ ଉଠାଇଲି।

ଆରେ...। ଇଏ କ'ଣ ଯେ। – ମୁଁ ଆଶ୍ଚର୍ଯ୍ୟ କ'ଣ ସକ୍ତ ହେଇ ରହିଗଲି ଯେତେବେଳେ ସେ କହିଲା, ଏଇ ନିଅନ୍ତୁ। କଥା ହୁଅନ୍ତୁ। ମୋର ଜଣେ ବାୟବାୟଙ୍କ ସହିତ। ସେ କଥା ହେବାକୁ ଚାହାଁନ୍ତି ଆପଣଙ୍କ ସାଥିରେ।

କି... ଆଶ୍ଚର୍ଯ୍ୟ।

ମୋ ସହିତ ସେ କ'ଣ କଥା ହେବେ ? ମୁଁ ତାଙ୍କୁ ଜାଣେନି କି ଚିହ୍ନିନି। ଏକ କ୍ଷୀଣ ପ୍ରତିବାଦର ସ୍ୱର ମୋ ମୁହଁରୁ ଶୁଭିବା ସହିତ କୁଆଡ଼େ ଦବିଯାଇ ମିଳାଇଗଲା ଗୋଟିଏ କର୍କଶ କଣ୍ଠର ପ୍ରତ୍ୟୁତ୍ତର ଭିତରେ।

ଆଃ... ଏମିତି କଣ୍ଠସ୍ୱର... ପୁଣି ଏକ ମହିଲାର ?

ତା'ର ସେଇ କର୍କଶ କଣ୍ଠରେ ସେ କ'ଣ ସବୁ କହିଯାଉଥିଲା, କିଛି ବି ଶୁଭୁନଥିଲା ମୋତେ । ଶୁଭୁଥିଲା ତ କେବଳ ମୋ ହୃଦୟରୁ ଏକ ପ୍ରତିବାଦ । ଏ ନାରୀଟିର ହୃଦୟ ଖୁବ୍ ରୁକ୍ଷ । ଦୂଷିତ । ଆବର୍ଜନାମୟ । ଏଭଳି ଝିଅଟିଏ କେବେହେଲେ ଅନ୍ୟଙ୍କର ପସନ୍ଦ ହେଇନପାରେ । କେବେ ନୁହେଁ ।

ମୁଁ ତା' କଥା ଶୁଣୁଥିଲି ଖୁବ୍ ଧୈର୍ଯ୍ୟର ସହ । ସେ ମୋ ଉପରେ ଲଦିଚାଲିଥିଲା । ପ୍ରଶ୍ନ ପରେ ପ୍ରଶ୍ନମାନଙ୍କର ବୋଝ । ସବୁ ପ୍ରଶ୍ନ ତୁମକୁ ହିଁ କେନ୍ଦ୍ରକରି ଅନ୍ୟ । ଏବେ ତୁମେ ନିଶ୍ଚୟ ଜାଣିପାରୁଥିବ ସେଇ କର୍କଶକଣ୍ଠୀ ଭଦ୍ର ମୁଖାଧାରୀ ଅଭଦ୍ର ମହିଲାର ପରିଚୟ ।

ଓଡ଼ିଶାର ଏଇ ପଶ୍ଚିମାଞ୍ଚଳରେ ବଢ଼ି ଆସିଥିବା ଝିଅମାନେ ବୋଧେ ହିଁ ସରଳିଆ । ନା, ସରଳିଆ ନୁହେଁ ବରଂ କୁହାଯାଉ ମୂର୍ଖ । ହଁ... ଠିକ୍ କଥା... ମୂର୍ଖ । ନହେଲେ ମୁଁ ଏମିତି ତା' କଥାରେ ଭଲି ଯାଇଥାନ୍ତି କେମିତି ? ବାନ୍ଧବଟିଏ ପରି ନିଜ ହୃଦୟକୁ ଖୋଲିଦେଲି କାହିଁକି ? ସେ ଏମିତି ସେଇ ଚିନ୍ତାମଣିକୁ ହାତକରି ଅଧରାତିରେ ମୋତେ ଲୁଚିଲୁଚି କନ୍‌ଫରେନ୍‌ କଲ୍‌ କଲା ଅଥଚ ତା'ର ଏଇ ଅଭଦ୍ରାମୀ ପାଇଁ ମୁଁ ତାକୁ ଗାଲି ନକରି ତା' ସହିତ ବାଣ୍ଟି ଚାଲିଥିଲି ସୁଖ, ଦୁଃଖ । କ୍ଷଣିକ ପାଇଁ ଭୁଲିଯାଇଥିଲି ବି ବୋଧହୁଏ ଯେ, ଇଏ ହେଲା ସେଇ ମହିଲା ଯିଏ ନିଜ ଅର୍ଥ ଓ ଲୋକବଳର ସାହାଯ୍ୟ ନେଇ ତୁମ ପାଖରେ ପହଞ୍ଚିବାକୁ ଚେଷ୍ଟା କରୁଛି । ଆସନ୍ତା କାଲି ହୁଏତ ମୋର କହିଥିବା କେଉଁ ଧାଡ଼ିଏ କଥାକୁ ଅନ୍ୟବାଟରେ ତୁମ ସାମ୍ନାରେ ଉପସ୍ଥାପନ କରି ସେ ତୁମ ମନରେ ମୋ ପାଇଁ ବିଷ ଭରି ଦେଇପାରେ । ମୁଁ କିନ୍ତୁ ତା' ସହିତ ଖୁବ୍ ଆତ୍ମୀୟତାର ଭାବ ନେଇ ବାଣ୍ଟିଥିଲି ତୁମ ସହ ମୋର ପ୍ରଥମ ସାକ୍ଷାତର କଥା । ହୃଦୟରେ ସାଇତି ରଖିଥିବା ସୁଖଦ ସ୍ମୃତି କଥା । ଦୁଃଖଦ ବିରହୀ ମୁହୂର୍ତ୍ତମାନଙ୍କର ବ୍ୟଥା ।

ଆହା... ଆଜି ଯେତେବେଳେ ମନେ ପଡ଼ୁଛି ସେକଥା, ମୋ ନିଜ ଉପରେ ଦୟା ଆସୁଛି ମୋର । ଏମିତି ହିଁ ତ ହୁଏନା ଅନ୍ୟ । କେତେ କେତେ ନିରବ ପ୍ରେମ କାହାଣୀ ଏଭଳି ହିଁ ତ ସମାଧି ପାଏ । ବନ୍ଧୁତାର ମୁଖା ପିନ୍ଧି କେତେ ହାତ ଲମ୍ବି ଆସେ ଓ କେଉଁ ଦୁର୍ବଳ ମୁହୂର୍ତ୍ତର ଫାଇଦା ନେଇ ଚାପିଧରେ ଦୁଇଟି ପ୍ରେମ ସରସର ମନରେ ବସା ବାନ୍ଧିଥିବା ଅବିଶ୍ୱାସର ଛାୟା । ମୂର୍ତ୍ତିକୁ ।

ଏଇ ଅବିଶ୍ୱାସର ଛାୟା ମୂର୍ତ୍ତି କାଲି ଯେତେବେଳେ ତା'ର ବିଶାଳକାୟ ରୂପ ଧରିବ, ସବୁ ପ୍ରେମୀ ଯୁଗଳଙ୍କ ପରି ଆମେ ବି ବୋଧେ ଦୂରେଇଯିବା ପରସ୍ପର

ନିକଟରୁ। ସେତେବେଳେ ଏଇ ବନ୍ଧୁତାର ମୁଖା ତଳେ ଲୁଚିଥିବା ଚିନ୍ତାମଣି ଆଉ ବବିତା ପରି ମଣିଷମାନେ ଲୁଚି ଲୁଚି ହସିବେ ନା, ଅନ୍ୟୟ।

ମୁଁ ସେମାନଙ୍କୁ ଏତେ ରାଗୁଛି କାହିଁକି ଯେ ? ଈର୍ଷା କରେ କି ମୁଁ ସେମାନଙ୍କୁ ?

ହେୟ... ନା ମ !

ଈର୍ଷା କରିବି କାହିଁକି ଯେ ! ମୁଁ ଶହେ ପ୍ରତିଶତ ସିଓର ଯେ ତୁମର ସେଭଳି କିଛି ବି ଫିଲିଙ୍ଗସ ସେଇ ବବିତା ପାଇଁ ନାହିଁ। ଜାଣିଲି କେମିତି, ସେଇ କଥା ପଚାରୁଛ ନା ? ଉତ୍ତର ଖୁବ୍ ସହଜ। ଶୁଣ – ପ୍ରେମ ସବୁବେଳେ ଲୁଚାଛପା। ସେ ହେଉ ଅବା ଜଣେ ମାମୁଲି ପ୍ରେମିକ ଅବା ହେଉ ଜଣେ ଅସାଧାରଣ ପ୍ରେମିକ, ସେ କିନ୍ତୁ ଚାହେଁ ସବୁବେଳେ ଏ ଦୁନିଆର ଅନ୍ୟ ପୁରୁଷଙ୍କ କୁଦୃଷ୍ଟିରୁ ନିଜ ପ୍ରେମିକାକୁ ଆଢୁଆଳ କରି ରଖିବାକୁ। ଲୁଚାଇ ରଖିବାକୁ। ଯେମିତି ତୁମେ ଆଜି ଯାଏଁ ମୋତେ ଲୁଚାଇ ରଖିଛ ଓ ରଖିଥିବ। କିନ୍ତୁ ତାକୁ ଠିଆ କରିଛ ପଚାଶ ପୁରୁଷଙ୍କ ସାମ୍ନାରେ। ସେ ମନେ ମନେ ଯଦି ଗୁଢ଼ ଖାଉଛି ତେବେ ଖାଉଥାଉ। ମୁଁ ଦୁଃଖୀ ହେଉଛି କେଉଁ କାରଣକୁ।

ମୁଁ ମୋ ଆଖି ଲୁହକୁ ପୋଛିଲି। ସହଜ ଓ ନିର୍ମଳ ହସଟିଏ ହସିଦେଇ ମୋ ନିଜ ମନର ଭାବନାକୁ ସ୍ୱଗତୋକ୍ତି ଜଣାଇଲି। ତଥାପି... ନିଜକୁ ନିଜେ ବୁଝାଇବା ଗୋଟାଏ କ'ଣ ଯେ ଅନ୍ୟୟ, ଏ ହସ ନା କେବଳ ଏକ ମନ ବୁଝାଇବା ହସ ହିଁ ଯେ।

କେମିତି ସ୍ନେହା ? ସବୁ ତ ବୁଝ। ପୁଣି ଏତେ ଅବୁଝା ହୁଅ କାହିଁକି ?

ସତ କହିବି ଅନ୍ୟୟ ? ମୁଁ ନା ଲୁଚାଇ ରଖିଛି ଗୋଟିଏ କଥା ତୁମ ପାଖରୁ। ମୋ ନିଜ ପାଖରୁ ବି। ପ୍ରକୃତରେ ମୁଁ ଖୁବ୍ ଈର୍ଷା କରେ ସେ ବବିତାକୁ। ବିନା କାରଣର ଈର୍ଷା ନୁହଁ ମ। କାରଣ ଅଛି ନା ! ତା'ର ଖୁବ୍ ଭାଗ୍ୟ ବୋଲି ସିନା ସେ ଫଟୋ ଉଠାଉଛି ତୁମ ସାଥିରେ, ପାଖରେ ଠିଆ ହେଉଛି। କଥା ହେବାର ସୁଯୋଗ ପାଉଛି। ହେଲେ ମୁଁ... ?

ଛାଡ଼। ହୀନକପାଳୀମାନଙ୍କ ଭାଗ୍ୟରେ କ'ଣ କେବେ ଲେଖାଥାଏ ଏଭଳି ସୁଖ।

ନା... ନଥାଏ...। ମୋ ଆଖିରୁ ଝରିପଡୁଥିବା ଦୁଇଟୋପା ଲୁହକୁ ସତର୍ପଣରେ ପୋଛିନେଲି ମୋ ଶାଢ଼ିକାନିରେ। ଶାଢ଼ି କାନିମାନଙ୍କର ଅନେକ ସାମର୍ଥ୍ୟ ! ସେମାନେ ନିଜ ହାତରେ ସାଉଁଟି ନେଇ ପାରନ୍ତି ଈର୍ଷା, ପ୍ରେମ, ଅଭିମାନ, ସ୍ନେହ... ଏଭଳି ଭଳିକି ଭଳି ରଙ୍ଗକୁ।

ଖୁବ୍ ଅନ୍ୟମନସ୍କା ହେଇ ଉଠୁଛି ମୁଁ। କ'ଣ ହେଇଛି ଯେ ମୋର ? ତା'ର ଫୋନ୍ କଲ୍ ମୋ ଜୀବନରେ ଗୋଟିଏ ଘଟଣା ଥିଲା ଅବା ଦୁର୍ଘଟଣା। ଆଜିୟାଏଁ ମୁଁ

ଘୂରି ବୁଲୁଥିଲି ତୁମ ପ୍ରେମର ବୃତ୍ତରେ । ଏକାକୀ । ତେବେ ପୂରା ସ୍ୱାଧୀନ । କିନ୍ତୁ ଆଜି...। ସବୁକିଛି ଓଲଟ ପାଲଟା ହୋଇଯାଇଛି ଯେମିତି ମୋ ଭିତରେ ।

ଆଃ...। ଖୁବ୍ ଯନ୍ତ୍ରଣା ଯେ ମୋ ମନ ଭିତରେ । ଅନ୍ୟ, ତୁମେ ବି କ'ଣ ପ୍ରେମ କର ଏ ଝିଅକୁ ? ଯଦି ସେମିତି କିଛି ନାହିଁ ତୁମ ଦୁହିଁଙ୍କ ଭିତରେ ତେବେ ସେ କେଉଁ ଅଧିକାରରେ ମୋତେ ପ୍ରଶ୍ନ ପରେ ପ୍ରଶ୍ନ ପଚାରି ଚାଲିଥିଲା ? ଓଃ...। ମୁଁ ପାଗଳୀ ହୋଇଯିବି ବୋଧେ । ମୁଁ କିଏ ଅନ୍ୟ ? କିଏ ଯେ ମୁଁ ? ତୁମେ ତ କେବେହେଲେ ଥରୁଟିଏ ପାଇଁ ସ୍ୱୀକାର କରିନ ଯେ ତୁମେ ମୋତେ ପ୍ରେମ କର ବୋଲି । ହୁଏତ ମୁଁ ହିଁ ପାଗଳଙ୍କ ପରି ମୋ ନିଜ ସ୍ୱପ୍ନରେ ବିଭୋର ହୋଇ ନିଜକୁ ସଜାଇ ରଖିଛି ତୁମ ପ୍ରେମିକା ରୂପରେ । ବର୍ଷ ବର୍ଷ ଧରି ନିଜ ସହ ନିଜେ ହିଁ କରିଚାଲିଛି ଆତ୍ମ ପ୍ରବଞ୍ଚନା ।

ଆଜି କିନ୍ତୁ ଖୁବ୍ କଷ୍ଟ ହେଉଛି ଅନ୍ୟ । ପ୍ରଚଣ୍ଡ କଷ୍ଟ । କାହା ସହିତ ବାଣ୍ଟିବି ଯେ, ଏ ଦୁଃଖ ।

"ଆହାଃ... ସେ ମୋତେ ଫୋନ୍ କରି ପଚାରି ପାରିଲା ତୁମ ବିଷୟରେ ଯଦି ଏତେ ସବୁ କଥା... ତେବେ ମୁଁ କାହିଁକି ନୁହେଁ।" – ନିଜକୁ ଶକ୍ତ କରୁଥିଲି ମୁଁ । ପ୍ରେମରେ ଯେ ପ୍ରଚଣ୍ଡ ଶକ୍ତି । କଳାହାଣ୍ଡି ଓ କୋରାପୁଟର ଶାନ୍ତ ଝିଅଟିକୁ ବି କରିଦେଇପାରେ କଟକୀ ଝିଅଙ୍କ ପରି ଚାଲାକ୍ ମୁଖରା ଆଉ ଧୂର୍ତ୍ତ । ଆଉ ମୁଁ ତ ସହଜରେ ରୂପରେ ଗୁଣରେ ମନ ମୋହୁଥିବା ସମ୍ବଲପୁରର ଝିଅ ।

ବବିତାର ଫୋନ୍ ନମ୍ବର ଯୋଗାଡ଼ କରିବା ମୋ ପାଇଁ ଖୁବ୍ କଷ୍ଟସାଧ୍ୟ କାମ ନଥିଲା । ମୁଁ ସାଇତି ରଖିଲି ତା' ନମ୍ବରକୁ ଉଚିତ ସମୟରେ କାମରେ ଲଗାଇବା ପାଇଁ ।

ମୋତେ ତୁମର ସେଇ ମୂର୍ଖ ସାଙ୍ଗ ଚିନ୍ତାମଣି ସାଥିରେ ବନ୍ଧୁତା ବଢ଼ାଇବାକୁ ପଡ଼ିବ । ମୁଁ ଜାଣେ ଯେ ଏସବୁ ପସନ୍ଦ ନୁହେଁ ତୁମର । ହେଲେ କ'ଣ କରିବି ଯେ ? ଆଉ କିଛି ଉପାୟ ବି ତ ନାହିଁ ମୋ ପାଖରେ । ମୋ ଭୁଲ୍ ପାଇଁ ମୋତେ କ୍ଷମା କରିଦେବ ଅନ୍ୟ ।

ମୁଁ ଫୋନ୍ ଲଗାଇଲି ଚିନ୍ତାମଣି ପାଖକୁ ।

– ହ୍ୟାଲୋ ।

– ହଁ, ଜାଣିପାରିଲେ ? ଚିହ୍ନିଲେ ? ମୁଁ କହୁଥିଲି... ସ୍ନେହା– ଏଥର ପୁରୀ ଗଲେ ଭେଟ ହେବ ଆପଣଙ୍କ ସାଥିରେ ।

– ଆହାଃ କେବେ ଆସିବ ସେ ସୌଭାଗ୍ୟ ।

– ଶୀଘ୍ର... । ଖୁବ୍ ଶୀଘ୍ର । କେବେ ଖୋଲୁଛି ଯେ ଶ୍ରୀମନ୍ଦିର ? କରୋନା ଯୋଗୁଁ ବନ୍ଦ ଥିଲା ନା ଦିଅଁ ଦର୍ଶନ ?

– ଏଇତ ନୂଆବର୍ଷ – ତିନି ତାରିଖରୁ – ସବୁ ଖୋଲା । ଆସୁନାହାନ୍ତି । ଆପଣଙ୍କ ଦିଅଁ ଦର୍ଶନ ହେଇଯିବ – ଆଉ ଆମର – ଦର୍ଶନ ।

(ହେଁ... ହେଁ... ହେଇ କେମିତି ଅଲୀଜୁକଙ୍କ ପରି ହସିଲା ଚିନ୍ତାମଣି । ମୁଁ ଖୁବ୍ ଭଲ ଭାବରେ ବୁଝି ବି ପାରିଲି ତା'ର ଅଶାଳୀନ ହସର ଅର୍ଥ । ବିରକ୍ତିରେ ଯଦିଓ ଭରିଗଲା ମୋର ମନ । ତଥାପି ମୋର ବିରକ୍ତିଭାବକୁ ମୋ ଭିତରେ ଲୁଚାଇ ନେଇ, ଫିକା ହସଟିଏ ଫୋପାଡ଼ି ଦେଲି ତା' ଉପରେ । ଫୋନ୍ ରଖିଲି)

X X X

ଜାନୁୟାରୀ ମାସ ୦୩ ତାରିଖ ।

ଫିବର୍ଷର ନୂଆ କ୍ୟାଲେଣ୍ଡର ସହିତ ଏଥର ବି ଆସିଛି ଜାନୁୟାରୀ ମାସର ତିନି ତାରିଖର ସକାଳ । ଏ ଦୁଇହଜାର ଏକୋଇଶ ମସିହାର ଏଇ ତାରିଖଟି କିନ୍ତୁ ଭିନ୍ନ ସଭିଙ୍କ ପାଇଁ । ଅଧିକ ଓଡ଼ିଶାବାସୀଙ୍କ ପାଇଁ । ସାରା ଓଡ଼ିଶାବାସୀ ଖୁସି ଓ ଚଳଚଞ୍ଚଳ ଆଜି ଥରେ ତାଙ୍କ ଆରାଧ୍ୟ ଚକାଡୋଲାଙ୍କୁ ମନଭରି ଦେଖିନବା ପାଇଁ । ମୋ ପାଇଁ ଯେ ସମସ୍ତଙ୍କ ଠାରୁ ଅଧିକ ସ୍ପେଶିଆଲ୍ ଆଜିର ଦିନ । ମୋ ଭିତରେ ଦିନରାତି ଅହରହ ଚାଲିଥିବା ବିଶ୍ୱାସ-ଅବିଶ୍ୱାସ, ପ୍ରେମ-ପ୍ରତାରଣାର ପ୍ରଶ୍ନୋତ୍ତର ଖେଳର ଉତ୍ତର ମିଳିଯିବ ମୋତେ ଆଜି । ମୁଁ ଜାଣେ, ଜିତିବ ମୋର ବିଶ୍ୱାସ; ଅଗାଧ ପ୍ରେମ ।

ମୁଁ ତାକୁ ବାରମ୍ବାର ପଚାରୁଥିଲି– ଆଚ୍ଛା । ତା'ହେଲେ ଆପଣଙ୍କର ବାନ୍ଧବୀ ସେ । ମୋର ଅନୁମାନ କିନ୍ତୁ କହେ, ସେ ଛୋଟ ହେବ ଆପଣଙ୍କଠାରୁ ବୟସରେ । ପୁଣି ସାଙ୍ଗ ହେଲା କେମିତି ଯେ ?

– ଆରେ! ନା... ନା... । ଅନୁ (ଅନ୍ୱୟ) ସହିତ ଆମେ ପଢ଼ୁଥିଲୁ ସ୍କୁଲରେ । ମୁଁ ପଛକୁ ରହିଗଲି । ତେଣୁ ବବିତା ସହିତ ସାଙ୍ଗ କଲେଜରେ ।

– ସେ କ'ଣ କବୟିତ୍ରୀ କି ? ଦେଖାଯାଏ ଫଟୋରେ କବିତା ଆସରରେ ଆପଣମାନଙ୍କ ସାଥିରେ । ହେଃ... ମୋତେ ମିଛ କହୁଛନ୍ତି ମ ଆପଣ । ସେ କେବଳ ବାନ୍ଧବୀ ନୁହେଁ । ବାନ୍ଧବୀଠାରୁ ଅଧିକ କିଛି ବୋଧ ହୁଏ ? ଫଟୋ ତ କହୁଛି... ଆପଣଙ୍କର କବି ବନ୍ଧୁକର ସ୍ପେଶିଆଲ୍ ବାନ୍ଧବୀ ବୋଧେ । ଆହଃ... ଲୁଚାଇବାର କ'ଣ ଅଛି ଯେ ?

– ଆରେ ନା... ନା... । ସତରେ କେବଳ ସାଙ୍ଗ । ଆଉ କିଛି ବି ନୁହେଁ ।

– ଓହୋ...। ହାଲୁକା ହେଇଗଲା ମନ। ଓହ୍ଲାଇଗଲା ହୃଦୟରୁ ବୋଝ। ଆହା... କେଡ଼େ ବୋକୀ ମୁଁ ସତରେ। ମିଛରେ କେତେ ରାଗୁଥିଲି ବିଚାରୀ ଝିଅଟିକୁ।

ଏଇଠୁ ଫେରିଲେ ପ୍ରଥମ କାମ – ତାକୁ ଫୋନ୍ କରି ନିଜ ଭୁଲ୍ ପାଇଁ କ୍ଷମା ମାଗିନେବା।

X X X

ନୂଆବର୍ଷ ଗୋଟେ ଅବସର, ବନ୍ଧୁଙ୍କ ସହିତ ଭଲପାଇବା ବଢ଼ାଇବା ପାଇଁ। ଆହୁରି ବି ଇଏ ଗୋଟାଏ ଅବସର ଶତ୍ରୁଙ୍କୁ ମିତ୍ର କରିନେବା ପାଇଁ। ଏତେ ବର୍ଷ ଧରି ମୁଁ କେତେ ଗାଲି କରିଛି ବବିତାକୁ। ତା' ପୁଣି ଏକ ମିଛ ସନ୍ଦେହକୁ ଭିତ୍ତି କରି। ଆଜି ଠିକ୍ ସମୟ, ନିଜ ଭୁଲକୁ ସୁଧାରିନେବା ଉଚିତ।

ମୁଁ ମେସେଜ୍ ବକ୍ସକୁ ଯାଇ ମେସେଜ୍ ଟାଇପ୍ କଲି– ନବବର୍ଷର ଅନେକ ଅନେକ ଶୁଭେଚ୍ଛା। ଶୁଭଙ୍କର ହେଉ ଦୁଇହଜାର ଏକୋଇଶ ମସିହା।

ନୂତନ ବନ୍ଧୁତାର ଶୁଭ ମୁହୂର୍ତ୍ତ ପୁଲକପ୍ରଦ ଚିରକାଳ। ମୁଁ ମେସେଜକୁ ବବିତା ପାଖକୁ ପଠାଇଦେଇ ସେଇ ସମୟକୁ ଅପେକ୍ଷା କଲି ଖୁବ୍ ଆବେଗର ସହ।

ଆଃ... କେତେ ରୁକ୍ଷ ଉତ୍ତର।

– ମୋ ଫୋନ୍ ନମ୍ବର ଆପଣ ପାଇଲେ କେଉଁଠୁ?

– ଖୋଜିଲେ ସବୁ ମିଳିଯାଏ – ନବବର୍ଷର ଶୁଭେଚ୍ଛା (ପାଖରେ ଫୁଲଟିଏ)

– କେଉଁଠୁ ପାଇଲେ, ସେ କଥା କୁହନ୍ତୁ?

– (ଊଃ... ଧନୀ, ଆତ୍ମଗର୍ବୀ ମଣିଷଙ୍କ ସାଥିରେ ବନ୍ଧୁତା ବାନ୍ଧିବା ପାଇଁ ଆଗଭର ହେବା ବୋଧେ ମୋର ପାଗଲାମି ଥିଲା। ଏବେ କରିବି କ'ଣ ଯେ? ବୋଧହୁଏ ସିଧା କଥାହେଇ ଏ ଭୁଲ୍ ବୁଝାମଣାକୁ ଏଡ଼ାଇ ଯାଇ ପାରିବି)। ଆମେ କ'ଣ କଥା ହେଇପାରିବା?

– (ପ୍ରତ୍ୟୁତ୍ତର ଡିଲିଟ୍ ହେଲା ତିନି ଚାରିଥର): କରନ୍ତୁ।

– ଊଃ... ଏତେ ଗର୍ବ। କେଉଁ କଥାକୁ ନେଇ ଯେ? ଛାଡ଼, ସେ ଯେ ତୁମର ବାନ୍ଧବୀ ଅନ୍ୟ। ତାକୁ ନେଇ ମନ ଭିତରେ ଆଉ କୌଣସି ପ୍ରକାର ତିକ୍ତତାକୁ ବଢ଼ିବାକୁ ଦେବିନି। ଯେତେ ଶୀଘ୍ର ତା' ସହିତ ସାଧାରଣ ସଂପର୍କଟିଏ ତିଆରି ନେଇ ପାରିବି, ସେତିକି ଶୁଭଙ୍କର ହେବ। ମୁଁ ନର୍ମାଲ୍ ହେବାକୁ ଚେଷ୍ଟା କଲି।

ପ୍ରଶ୍ନ ପରେ ପ୍ରଶ୍ନ। ଶହ ଶହ ପ୍ରଶ୍ନରେ କ୍ଷତାକ୍ତ କରି ଚାଲିଥିଲା ସେ ମୋତେ। ତଥାପି ଧୈର୍ଯ୍ୟର ସହ ତା' ପ୍ରଶ୍ନର ଉତ୍ତର ରଖୁଥିଲି ମୁଁ। ମୋ ଆଡୁ ଯେ ପ୍ରଥମେ ବନ୍ଧୁତାର ହାତ ବଢ଼ାଇଛି ମୁଁ। ତେଣୁ ତା' ଅହଙ୍କାରୀ ପ୍ରଶ୍ନମାନଙ୍କର ଉତ୍ତର ତ ମୋତେ ଧୈର୍ଯ୍ୟର ସହ ରଖିବାକୁ ହିଁ ପଡ଼ିବ।

ଆଃ...। ବିରାଟ ବଡ଼ ଭୁଲ୍‌ଟିଏ ଆଜି ହେଇଗଲା ସିନା ମୋ ଦ୍ୱାରା। ହେଲେ ଉପାୟ କ'ଣ ଯେ ଏବେ ? – ମୁଁ ତା'ର ସବୁ ତେର୍ଛା ପ୍ରଶ୍ନର ସିଧା ଉତ୍ତରଟିଏ ଦେବା ପାଇଁ ଆପ୍ରାଣ ଉଦ୍ୟମ କରୁଥିଲି। ସତ ପୁଣି କେବେ କ'ଣ ସିଧା ହେଇପାରେ। ମୋ ଉତ୍ତର ସବୁକୁ ସେ କେମିତି ଗ୍ରହଣ କରୁଥିଲା ସେକଥା ତ ଜାଣିନି, ମୁଁ କିନ୍ତୁ ଖୁସିଥିଲି। ଫୋନ୍ ରଖିଲା ପରେ କିଛି ଆଶ୍ୱସ୍ତ ଥିଲି ହୃଦୟରୁ।

ଯା'ହେଉ ମୋ ପ୍ରେମର ମର୍ଯ୍ୟାଦା ମୁଁ ରଖିପାରିଛି। ତୁମ ପ୍ରେମିକାର ଅଧିକାର ନେଇ ତୁମ ବାନ୍ଧବୀ ସହିତ ଏକ ସାଧାରଣ ତଥା ସୁନ୍ଦର ସଂପର୍କ ଗଢ଼ିବା ପାଇଁ ଚେଷ୍ଟା କରିଛି। – ମୁଁ ଖୁସି ଥିଲି। ଖୁବ୍ ଖୁସି ଥିଲି। ମାତ୍ର ପାଞ୍ଚ ମିନିଟ୍ ପାଇଁ। ପାଞ୍ଚ ମିନିଟ୍ ବିତିଛି କି ନାଇଁ ଆସିଗଲା ଚିନ୍ତାମଣିର ଫୋନ୍।

ସେ (ଚିନ୍ତାମଣି): ଆସିବା କଥା ତାକୁ ଜଣାଇଲ କାହିଁକି ? ତା' ଫୋନ୍ ନମ୍ବର ପାଇଲ କେମିତି ? ତାକୁ ଏତେ ସବୁ କଥା ଜଣାଇବା ଦରକାର କ'ଣ ଥିଲା ?

ମୁଁ : ଆପଣମାନେ ପରା ଭଲ ବନ୍ଧୁ ? ଏଥିରେ ଲୁଚାଇବାର କ'ଣ ଅଛି ? ମୁଁ ଜାଣିନଥିଲି ଏତେ ସବୁ କଥା ଆପଣମାନଙ୍କ ଭିତରେ ଅଛି ବୋଲି। ନ ହେଲେ ଲୁଚାଇ ଥାଆନ୍ତି ପରା।

ସେ: ମୁଁ ରଖୁଛି। ଯାହା ହେଲା କିନ୍ତୁ ଠିକ୍ ହେଲାନି କିଛି।

କଟିଗଲା ଫୋନ୍ ଯୋଗାଯୋଗ। ମୁଁ ବୁଝିପାରୁନଥିଲି, ମୋର ଭୁଲ୍ କ'ଣ ରହିଲା ? ବସିପଡ଼ିଲି ଲଥ୍‌କରି। ଗୋଡ଼ ପାଖରେ ପଡ଼ିଥିବା ସୋଫାଟି ନିଜ କୋଳରେ ଧରିନେଇ ବଞ୍ଚାଇ ନେଲା ମୋତେ।

ତୁମମାନଙ୍କ ଭିତରେ ସଂପର୍କ କ'ଣ ଅନ୍ୟ ? କ'ଣ ସଂପର୍କ ଯେ ? ମୋ ମୁଣ୍ଡ ଏଇ ଏବେ ହିଁ ଦି' ଫାଳ ହେଇ ଫାଟିଯାଇଥାନ୍ତା ବୋଧେ। ଏସବୁ ସହିବି କେମିତି ଯେ ?

ନା...। ପାରୁନି ମୁଁ। ପାରିବିନି ମୁଁ।

ଫୋନ୍ ଲଗାଇଲି ଚିନ୍ତାମଣି ପାଖକୁ –

ମୁଁ: ଆପଣଙ୍କୁ ପ୍ରଥମରୁ ହିଁ ପଚାରିଥିଲି ମୁଁ। ଆପଣ ନିଜେ ହିଁ କହିଲେ ବନ୍ଧୁ ବୋଲି। ତେଣୁ ମୁଁ ଜଣାଇଦେଲି ସବୁକଥା ସତ ସତ କରି। ଏବେ କିନ୍ତୁ ବୁଝିପାରୁଛି, ଏ ସଂପର୍କ ବନ୍ଧୁତାର ନୁହେଁ। କ'ଣ ମୁଁ ଠିକ୍ କହୁଛି ନା ? ସେ ବାରମ୍ବାର ମୋତେ ଆପଣଙ୍କର କବି ବନ୍ଧୁଙ୍କ ସହିତ ଭେଟ ହେବା କଥା ପଚାରୁଥିଲା କାହିଁକି ? କ'ଣ ତା'ର ସଂପର୍କ ତାଙ୍କ ସହିତ ? ବୋଧହୁଏ ପ୍ରେମ କରେ ସେ...?

ସେ: ସେ କଥା ମୁଁ କହିପାରିବି ନାହିଁ। ସେଭଳି ପ୍ରଖର ବୁଦ୍ଧି ମୋର ନାହିଁ। କବିମାନଙ୍କର ଥାଏ। ଅନ୍ୟ କାହା କଥା କହିପାରିବିନି ମୁଁ। ମୋର ତ କେବଳ ବାନ୍ଧବୀ ହିଁ ସେ।

ଓଃ...। କ'ଣ ସବୁ ଘଟିଯାଉଛି ପ୍ରଭୁ। କାହାକୁ ବିଶ୍ୱାସ କରିବି ? କାହାକୁ ଅବିଶ୍ୱାସ ? ତୁମେ ଦେଇପାରିବ ମୋ ପ୍ରଶ୍ନ ସବୁର ଉତ୍ତର। ତେବେ କେଉଁ ଅଧିକାରରେ ମୁଁ ପଚାରିବି ତୁମକୁ ଏସବୁ କଥା, ଅନ୍ୱୟ। ଛି୍ୟ... ତୁମେ ଦୟା ଦେଖାଇ ଯଦି ପ୍ରେମ କର ମୋତେ, ତେବେ ତ ମୋ ନିଜର ଘୃଣାରେ ହିଁ ଜଳିଯିବି ମୁଁ। ଆଉ ଯଦି ସେ ଚିନ୍ତାମଣି ଓ ବବିତାର କଥା ମିଛ ହେଇଥାଏ, ତେବେ ? ଗୋଟିଏ ପ୍ରେମ ଫୁଲ ଫୁଟିବା ଆଗରୁ ଝଡ଼ିଯିବ ସିନା।

ମୋ ନିଜର ପ୍ରେମ – ବିଶ୍ୱାସ, ଈର୍ଷା – ଦ୍ୱନ୍ଦ୍ୱର ମଝିରେ ଦୋଦୁଲ୍ୟମାନ ଏକ ପ୍ରସ୍ତର ମୂର୍ତ୍ତି ପରି ନୀରବରେ ଠିଆ ହେଇଥିଲି ମୁଁ – ସ୍ନେହା – ଅନ୍ୱୟ, ତୁମରି ପ୍ରେମିକା।

ଶ୍ରଦ୍ଧାରୁ ଶ୍ରାଦ୍ଧଯାଏ

॥ ୧ ॥

କୁନିଅପାର ସେଦିନର ଯେଉଁଭଳି ବ୍ୟବହାର; ବାପା କେବଳ ଚମକି ଉଠି ନ ଥିଲେ ବରଂ ଖୁବ୍ ଡରିଯାଇଥିଲେ ମଧ୍ୟ । ବାପା କ'ଣ ଯେ, ତାଙ୍କ ଜାଗାରେ ଯିଏ ଥିଲେ ବି ଡରିଥାନ୍ତା । ମୁଁ ଓ ମାଆ, ଉଭୟେ ତ ଥରୁଥିଲୁ ଭୟରେ, ଆଶଙ୍କାରେ । ଆଜିଯାଏ ସଭିଙ୍କୁ ଭୟ କରୁଥିବା, କାହାରି କୌଣସି କଥାରେ କେବେ ପ୍ରତିବାଦ କରିବାକୁ ଶିଖି ନ ଥିବା କୁନିଅପା ସେଦିନ ପ୍ରଲାପ କରୁଥିଲା ପାଗଳଙ୍କ ପରି ।

ମଝି ଦୁଆର ଉଠୁଥିଲା ହୁତୁହୁତୁ ହୋଇ ଜଳୁଥିବା ନିଆଁର ଲେଲିହାନ ଅଗ୍ନିଶିଖା । ନିଜ ପ୍ରଯୋଜିତ ଏଇ ଅଗ୍ନିଖେଳରେ ଆହୁରି ଅଧିକ ଘୃତ ନିକ୍ଷେପଣ କଲା ପରି କୁନିଅପା ତା' ଭିତରେ ପକାଇ ଚାଲିଥିଲା ଅସଂଖ୍ୟ ଚିଠି, ଫଟୋ, ମଉଳିଲା ଗୋଲାପ ଫୁଲ ତଥା ଆହୁରି କେତେ କ'ଣ! ଆଖିରୁ ତା'ର ଛିଣ୍ଡୁ ନ ଥିଲା ଲୁହର ଧାର । ଅଥଚ ଅବିଶ୍ରାନ୍ତ ଭାବେ ଲାଗିରହିଥିଲା ତା'ର ନିଷ୍ଫଳ ପ୍ରୟାସ, ସେଇ ଲୁହଧାରର ଶେଷ ଶୁଖିଲା ଚିହ୍ନଟିକୁ ମଧ୍ୟ ନିଜ ମୁହଁରୁ ପୋଛି ନିଷ୍ଚିହ୍ନ କରିଦେବା ପାଇଁ ।

ଅଳ୍ପ ଦୂରରେ ଠିଆ ହୋଇଥିଲି ମୁଁ । ଡରରେ ଓ ଆଶଙ୍କାରେ ତ୍ରସ୍ତ । ମୋ ମୁହଁଟି ଦିଶୁଥିଲା, ପକ୍ଷ ହରାଇ ଆକାଶେ ଉଡ଼ୁତାରୁ ଭୂମିକୁ ଖସୁଥିବା ଚଢ଼େଇଟିର ମୁହଁ ପରି । ମାଆଙ୍କ ଆଖିରେ ଶ୍ରାବଣର ଢ଼େଇବର୍ଷା ପରି ଲୁହ । ବାପାଙ୍କ ମୁହଁରେ ବିଷାଦର କଳାମେଘ ।

ଏ ଭୟ, ଆଶଙ୍କା ତଥା ବିଷାଦର ଲହୁ ଲୁହକୁ ପାସୋରି ପୁଣି ପ୍ରକୃତିସ୍ଥ ହେବାକୁ ଢେର୍ ବର୍ଷ ଲାଗିଥିଲା ଆମ ସଭିଙ୍କୁ। ଆମ ପରିବାରକୁ। ଯା' ଭିତରେ ବିତିସାରିଛି ଅନେକ ବର୍ଷ। ଆସିଛି କେତେ ବସନ୍ତ ନୂଆ ରୂପରେ ସଜେଇ ହୋଇ। ଫେରିଯାଇଛି କେତେ କେତେ ବସନ୍ତ ମୋତେ ତା' ରଙ୍ଗରେ ରୂପରେ ସଜାଇ ନ ପାରି, ମନମାରି।

ମୋ ମନରେ ବେଳ ଅବେଳରେ ବାରମ୍ବାର ଆଙ୍କି ହେଇଯାଏ ସେଦିନର ସେଇ କରୁଣ ଚିତ୍ର। କୁନିଅପା ସମୟ ସାଥିରେ ପାସୋରିଗଲା ତା'ର ଦୁଃଖ। ସମୟ ସହିତ ତାଳ ଦେଇ ବଢ଼ିଗଲା ଆଗକୁ। ଠିକ୍ ହିଁ କଲା ସେ! ଦୁଃଖକୁ ପାସୋରି ପାରିଲେ କେଡ଼େ ସହଜ ହୋଇଯାଏ ଜୀବନ! ତେବେ ପାସୋରି ନ ପାରିଲେ!? ଗୋଟିଏ ମାଆ ପେଟର ଭଉଣୀ ଆମେ, ଅଥଚ ମୁଁ କାହିଁକି କୁନିଅପା ହୋଇପାରିଲିନି କେଜାଣି? ତା' ଦୁଃଖକୁ ପାଲିଲି, ପୋଷିଲି, ବଡ଼ କରି ଜିଆଁ ରଖିଲି ମନରେ!

॥ ୭ ॥

ମୁଁ ଓ ମିତ୍ରା ଢେର୍ ଗପୁ। ଢେର୍ ମାନେ, ସତରେ ହିଁ ଢେର୍। ଏଇ ଢେର୍ ଗପିବା ଗୁଣଟି ମିତ୍ରାର ମୋତେ ବଡ଼ ଖୁସି ଦିଏ। ଆପଣାର ଆପଣାର ଲାଗେ। ଜୀବନର ପଇଁତିରିଶି ବର୍ଷ ବିତାଇ ସାରିବା ପରେ ତା' ସହ ଯେ ଏଇ ନୂଆ ନୂଆ ଚିହ୍ନା ମୋର, ଏକଥା ମୁଁ ଭୁଲିଯାଏ ବାରମ୍ବାର।

ସେ ମୋତେ ଏକଥା ବି ଭୁଲିବାକୁ ବାଧ୍ୟ କରେ ଯେ ଦିନେ ମୁଁ କୁନିଅପାର ସେଇ ବାଚାଳତା ଦେଖି ମନେ ମନେ ନିଷ୍ପଭି ନେଇଥିଲି– ବାହା ହେବିନି। ପୁରୁଷମାନଙ୍କୁ ବିଶ୍ୱାସ କରିବା ଅର୍ଥ ନିଜକୁ ନିଜେ ଠକିବା। ନିଜେ ନିଜକୁ ଲହୁଲୁହାଣ କରିବା। ନିଜକୁ ନିଜେ ଛୁରିକାଘାତ କରିବା।

ମୋତେ ଦେଖୁ ଦେଖୁ କହିବ, "ମୋର ନା ଅବିକଳ ତୋରି ପରି ହିଁ ଭାଉଜଟିଏ ଲୋଡ଼ା ଥିଲା। ଭାଉଜ... ଭାଉଜ... ଏ ଭାଉଜ...!" ମୁଁ ଗଡ଼ିଯାଏ ହସି ହସି। କୁହେ, "ହଁ ନା! ଆଉ କହନା, ଏତେ କଥା! ମୂଲ୍କରୁ ମାଇପ ନାହିଁ, କଥଣ ନା, ପୁଅର ନାଆଁ ଗୋପାଲିଆ। ରହିଆ... ରହିଆ...।" ସେ ପୁଣି ଖତେଇ ହୁଏ ମୋତେ, "ବୁଝିଲୁ ନା ରୁନି! ତୁ ରହିଆ'! ଏ ରୂଢ଼ି ଏଠି ହବନି ବୁଝିଲୁ? ମୋର କ'ଣ ଭାଇ ନାହିଁ ଯେ ତୁ ଭାଉଜ ହେଇପାରି ନ ଥାନ୍ତୁ ନା କ'ଣ? ଭାଇ ଅଛି, ଆଉ ବଡ଼ ହ୍ୟାଣ୍ଡସମ ଭାଇ ମୋର ବୁଝିଲୁ? ତୁ କ'ଣ ବାହୁନିବୁ ମ ତାକୁ! ହଁ ସେ ମନା କରିଥିଲେ, କରିଥାଆନ୍ତା ହୁଅତ!" ମୁଁ ପୁଣି ଯୋଡ଼େ, କହେ, "ଏଇ... ରହିଆ... ରହିଆ...। ଆମର ବି ବାହା ଦେଇ ନ ଥାନ୍ତେ ମ ତୁମର ଏଇ କଟକିଆଙ୍କୁ। କିଏ

ଦିଅନ୍ତୁ, ନ ଦିଅନ୍ତୁ... ମୁଁ କାହିଁକି ବାହା ହେବାକୁ ଯାଆନ୍ତି ଯେ !" ସେ ଟିକିଏ ଗମ୍ଭୀର ହେଇଯାଏ ମୋ କଥାରେ। କୁହେ, "ତୁ ଜାଣିନୁ, ମୋ ଭାଇ ନା ଖୁବ୍ ଭଲ। ତେବେ ଭାଉଜ... !"

ତା' ଉଦାସ ମୁହଁକୁ ଦେଖି ମୁଁ ଚୁପ୍ ହେଇଯାଏ। କେବେ କେମିତି ଅବଶ୍ୟ ଆମର ଏଇ ଠଟାମଜା ସୀମା ସରହଦ ଡେଇଁଯାଏ। ମୋର କଟକିଆ ଆକ୍ଷେପରେ ସେ ବି ଉତ୍ତର ଫେରାଏ, "ଭଲ ହେଇଛି, ଭାଇ ମୋର ବାହା ହେଇସାରିଛି ସିନା, ନ ହେଲେ ମୋ ଜିଦ୍‍ରେ ସେ ବାହା ହୁଅନ୍ତା ତୋତେ। ତା'ପରେ ତୁ ରୁନିରୁ ହେଇଯାଆନ୍ତୁ ରୁନିତା ଭାଉଜ! ସମ୍ବଲପୁରିଆ ଭାଉଜ! ଓଃ... ମୁଁ ତ ଶୁଣିଛି...!"

"କ'ଣ ଶୁଣିଛୁ? କହ...। କହୁନୁ। କହ ନା ?"

"ହଉ... ହଉ... କହୁଛି। ଟିକିଏ ସ୍ୱାର୍ଥପର! ଟିକିଏ ନୁହଁ ଭଲରେ ସ୍ୱାର୍ଥପର! ବାହା ହେଉ ହେଉ କେବଳ ସ୍ଥିର ହେଇଯାଆନ୍ତି। ଘରଦ୍ୱାର, ମାଆବାପା କାହାକୁ ପଚାରନ୍ତିନି! ରାଗିବୁନି ମୋତେ। ମୁଁ ଯାହା ଶୁଣିଛି, ସେକଥା କହୁଛି କେବଳ।"

"ରାଗିବି କାହିଁକି ଯେ! ସତକଥା ତ କହୁଛୁ।"

ଏମିତି ଏମିତିରେ ବିତିଗଲା ମିତ୍ରା ସହ ଦୁଇବର୍ଷ। ରାଉରକେଲା ପରି ଏକ ସହର, ଯେଉଁଠି ସାରା ଦେଶର ପ୍ରତିନିଧିତ୍ୱ କରିବା ଭଳି ସବୁ ଭାଷାଭାଷୀର ଲୋକ ଏକାଠି ସହାବସ୍ଥାନ କରନ୍ତି। ସେଇଠି ମୁଁ ଓ ମିତ୍ରା ଓଡ଼ିଶାର ପଶ୍ଚିମାଞ୍ଚଳ, ପୂର୍ବାଞ୍ଚଳର ଅଧିବାସୀ ସାଜି କେବେ ପୁରା ଦୁଇଭାଗ ହୋଇଯାଉ ତ ପୁଣି କେବେ 'ଆମେ ଓଡ଼ିଆ, ଭାରି ବଢ଼ିଆ' ନ୍ୟାୟରେ ସମ୍ପୂର୍ଣ୍ଣ ଏକ ବି ହେଇଯାଉ। ତା'ର 'ଭାଉଜ' 'ଭାଉଜ' ଡାକରେ କେବେ କେମିତି ମୋ ଅବିବାହିତା କୁଆଁରୀ ଛନଛନ ମନଟି ତା' ଭାଉଜ ସାଜି ଘରସଂସାରର ଲୋଭରେ ପଡ଼େନା ବୋଲି ବି ତ ନୁହେଁ!

ମୋ'ଠୁ ସାତବର୍ଷ ସାନ ମିତ୍ରାର ଦୃଢ଼ ନିଷ୍ପତ୍ତି ଥିଲା, ସେ ଏତେ ଦୂରରେ ନୁହେଁ, ନିଜ ଅଞ୍ଚଳରେ, ଘର ପାଖରେ ଚାକିରି କରିବ। ଦିନେ ଯେ ସେ ବଦଲି କରି ତା' ଅଞ୍ଚଳକୁ ଚାଲିଯିବ, ଏକଥା ତା' ସହ ପ୍ରଥମ କରି ମିଶିବା ଦିନଠୁ ହିଁ ମୋତେ ଜଣା ଥିଲା। ତା'ଠୁ ହୁଏତ ଯେତେଶୀଘ୍ର ଦୂରତା ରଖି ଦୂରେଇ ଯାଇଥାନ୍ତି, ମୋ ପାଇଁ ସେତିକି ଲାଭଦାୟୀ ହେଇଥାନ୍ତା। କିନ୍ତୁ ମୁଁ ମୂର୍ଖ, ଏତେ ଭଲପାଇବସିଥିଲି ତାକୁ ଏଇ ଦୁଇବର୍ଷରେ ଯେ ତା'ର ସେଇ ମୋତେ ଏକା କରି ଯାଉଥିବା ବେଳର ଅନୁରୋଧକୁ ମଧ୍ୟ ଏଡ଼ାଇ ଯାଇ ପାରିଲିନି।

ଆଜି ବାରମ୍ବାର ମୋର ଅନ୍ତରାତ୍ମା ମୋତେ କୁହେ– ଏ କେଉଁ ଜନ୍ମର ବନ୍ଧନ ବାକି ଥିଲା, ଯାହା ବାନ୍ଧିଦେଇ ଆସିଲୁ ଏଭଳି ଭାବେ ସେଠିକି ଯାଇ କେଜାଣି!

॥ ୩ ॥

ବୋଉ ସେଦିନ କହିଲେ, "ପାନ ଖାଇବନି ନା ଝିଅ? ଖାଅ ମ! ଖଣ୍ଡିଏ ତ ଖାଅ! ମୁଁ ଭାଙ୍ଗିଦେଉଛି, ବସ ତୁମେ!"

ଏତେ ଭଲପାଇବାକୁ ନା କହିବା ଆସେନା ମୋତେ! ମୁଁ ମୁଣ୍ଡ ଟୁଙ୍ଗାରିଲି। ଅସ୍ତିସୂଚକ। ବୋଉ ଖୁସି ହେଇଯାଇଥିଲେ ଖୁବ୍। ତାଙ୍କ ମୁହଁ ଦିଶିଥିଲା ଉଜ୍ଜ୍ବଳ। ତାଙ୍କ ଖୁସି ସଂଚରି ଆସିଥିଲା ମୋ ଯାଏ। ମୋ ମୁହଁରେ ନେସି ହେଇ ଯାଇଥିଲା ଏକ ଅପୂର୍ବ ଉଲ୍ଲାସ।

ବୋଉ ଓହ୍ଲାଇଥିଲେ ଖଟରୁ ତଳକୁ। ଟାଣିଥିଲେ ତାଙ୍କର ପାନଡାଲା। କାଢ଼ିଥିଲେ ପାନପତ୍ର, ଚୂନବାକ୍ସ, ଖଇର ଡବା, ଧଣିଆ ଗୁଣ୍ଡି, ଗୁଆକାତି। କାଟିଥିଲେ ଗୁଆ। କେତେ ଯତ୍ନରେ ଭାଙ୍ଗିଥିଲେ ପାନ, ତା'ର ଶହେ ଗୁଣ ଅଧିକ ସ୍ନେହରେ ବଢ଼ାଇ ଦେଇଥିଲେ ପାନ ମୋ ହାତକୁ।

ଓଃ... କି ସ୍ବାଦ, ସେ ପାନ! ମୁଁ ତ ପ୍ରେମରେ ପଡ଼ିଲି। କାହାର ଯେ? ବୋଉଙ୍କର ଅବା ପାନର? – ଏ ପ୍ରଶ୍ନଟି ସେଇଠୁ ଫେରିବା ପରେ ମୁଁ ଶହେଥର ନୁହେଁ, ହଜାର ଥର ପଚାରିଛି ମୋ ନିଜକୁ। ଚମକିପଡ଼ିଛି, ଉତ୍ତର ସବୁକୁ ଯେତେଯେତେ ଥର ନିରିଖେଇ ଚାହିଁଛି।

ଏମିତି ବି କ'ଣ ସତରେ ପ୍ରେମ ହୁଏ?

ସାତ ଭାଇ ଭଉଣୀରେ ସବା ସାନ ମିତ୍ରାର ସୌଭାଗ୍ୟକୁ ନେଇ ସେଦିନ ଖୁବ୍ ଈର୍ଷା କରିଥିଲି ମୁଁ। ବଡ଼ ପାଞ୍ଚ ଭାଇ ଭଉଣୀଙ୍କୁ ଯଦିଓ ଦେଖିଲି ଫଟୋଫ୍ରେମ୍ରେ, ତେବେ ମିତ୍ରା ଓ ତା'ର ଉପର ଭାଇ ତନ୍ମୟଙ୍କ ଭିତରେ ଥିବା ଗାଢ଼ ଭଲପାଇବା, ନିବିଡ଼ ବନ୍ଧନକୁ ଦେଖିଲି ଖୁବ୍ ନିକଟରୁ, ନିରିଖେଇକି। ଈର୍ଷା ଆସିବା ସ୍ବାଭାବିକ ଥିଲା। ତେବେ ଅସ୍ବାଭାବିକ ଥିଲା, ଦୀର୍ଘ ପଇଁତିରିଶି ବର୍ଷ ଧରି ମୋର ଏଇ କୁଆଁରୀ ବୋଲକରା ମନଟା ହଠାତ୍ ତା'ର ଇୟ୍ଥା ବାହାରକୁ ଚାଲିଆସିବା। ଏଥିରେ ବ୍ରେକ୍ କଷିବା ହୁଏତ ସହଜ ହୋଇଥାନ୍ତା ଯଦି ସେଦିନ ମିତ୍ରାର ଭାଉଜ ଓ ପିଲାମାନେ ଘରେ ଥାଆନ୍ତେ। ଦୁର୍ଭାଗ୍ୟକୁ ସେମାନେ ବି ଚାଲିଯାଇଥିଲେ ସେଦିନ କୋଡ଼ିଏ କିଲୋମିଟର ଦୂର ତାଙ୍କ ମାମୁଘର ଗାଁକୁ। ରହିଯାଇଥିଲେ ଘରେ ବୟସ ଅଧିକ ହେଇଯାଇଥିବା ଯୋଗୁଁ ବୋଉର ଦେଖାଶୁଣା ଦାୟିତ୍ଵ ଖୁବ୍ ଖୁସିରେ ଖୁସିରେ ତୁଲାଉଥିବା ମିତ୍ରାର ସବା ସାନଭାଇ ତନ୍ମୟ। ପହଞ୍ଚିଥିଲୁ ମୁଁ ଓ ମିତ୍ରା। ଘରେ ସେଦିନ ସର୍ବମୋଟ ସଦସ୍ୟ ଥିଲୁ ଚାରିଜଣ। ମୁଁ କେବଳ ବାହାର ସଦସ୍ୟ। ମୋର କିନ୍ତୁ ଜମାରୁ ଅନୁଭବ ହିଁ ହେଉ ନ ଥିଲା ଯେ ମୁଁ ବାହାରର କେହି ଜଣେ, ଯିଏ ଏଇ ଏବେ ଏବେ ଘଡ଼ିଏ ସମୟ ପାଇଁ କୁଣିଆଁ ଏ ଘରର।

ଦିନରାତି ହଜାରେ ଥର ଭାଉଜ, ଭାଉଜ ଡାକି ଚିଡ଼ାଉଥିବା ମିତ୍ରା ସେଦିନ ଥରୁଟିଏ ପାଇଁ ବି ଡାକୁ ନ ଥିଲା ଭାଉଜ ବୋଲି। ମୁଁ କିନ୍ତୁ ପାଲଟି ଯାଉଥିଲି ତା'ର ଆଦରର ଗେହ୍ଲୀ ଭାଉଜ। ତନ୍ମୟଙ୍କର ସ୍ତ୍ରୀ ଓ ବୋଉଙ୍କର ସୁନାନାକୀ ବୋହୂ। ପିଲାବେଳେ ଚୋରି ଚୋରି ଖେଳିଥିବା ମିଛିମିଛିକାର ସଂସାରଗଢ଼ା ଖେଳ ଆଜି ଖେଳୁଥିଲି ପୁଣିଥରେ ଏଇ ମୋର ପ୍ରାପ୍ତବୟସରେ। ଟେବୁଲ୍ ଉପରେ ଥୁଆ ହୋଇଥିବା ତନ୍ମୟଙ୍କ ପରିବାରର ଫଟୋଫ୍ରେମ୍ ଭିତରୁ ତାଙ୍କ ସ୍ତ୍ରୀଙ୍କୁ କାଢ଼ିନେଇ ସେଇଠି ନିଜକୁ ରଖି ମୋ ମନକୁ ମନ ମୁଁ ଖେଳୁଥିଲି ବୋହୂବୋହୂକା ଖେଳ। ଲାଜୁଆ ତନ୍ମୟ, ବୋଉଙ୍କର କଥା କଥାରେ ଝାଲେଇ ଯାଉଥିବା, ଚୁପ୍‍ମାରି ହସି ଦେଉଥିବା, ମିଠାସ୍ୱରରେ ବୁଝି ନ ହେଲା ପରି କ'ଣ ସବୁ ଗୁଣୁଗୁଣୁ କରି ଉତ୍ତର ରଖୁଥିବା ତନ୍ମୟଙ୍କୁ ମୋ ଶାଢ଼ିକାନିରେ ବାନ୍ଧି ଘରର ସାମ୍ରାଜ୍ଞୀ ସାଜି।

ଭ୍ରମ ଟୁଟିଲା ତ ମନେପଡ଼ିଲା– ଆରେ! ମୋତେ ଯେ ଶୀଘ୍ର ଫେରିଯିବାକୁ ଅଛି। ଏଇଠି ମୋ ପାଇଁ ଜାଗା ନ ଥିଲା କି ନାହିଁ ମଧ୍ୟ। ଯେତେ ଅଧିକ ସମୟ ବିତାଇବି, ସେତିକି ଅଧିକ କଷ୍ଟ ପାଇବି, ଯନ୍ତ୍ରଣା ଭୋଗିବି, ଦୂରେଇ ଯିବା ସମୟ ଆସିଲେ। ମୁଁ ତରତର ହେଲି।

ବୋଉ କହିଲେ, "ଏତେ ଦୂରୁ ଆସି ଘଡ଼ିଏ ନ ଯାଉଣୁ ଯିବାକୁ ବାହାରିଲ ଝିଅ! ଦିନଟିଏ ରହିଯାଅ ମ! କିଛି ଅସୁବିଧା ହବନି। ପୁଅ ମୋର ଯିବ ସାଥିରେ, ଛାଡ଼ିଦେଇ ଆସିବ, ଚିନ୍ତା କରନା।"

ମୋ ମନ ଭିତରେ କିନ୍ତୁ ଚାଲିଥିଲା ଭିନ୍ନ କଥା। କୁହାଯାଉ, ଚାଲିଥିଲା ଦ୍ୱନ୍ଦ୍ୱ। ଅତୀତରେ ଏଠାକାର ସଂପର୍କରେ ଶୁଣିଥିବା କଥାସବୁ କେତେ ମିଛ ତଥା ମନଗଢ଼ା ନ ଥିଲା ସତେ! ମୁଁ ଆଶ୍ଚର୍ଯ୍ୟ ହେଉଥିଲି ନିଜେ ନିଜ ଭିତରେ, ଆହା୍... ଶୁଣାକଥା ସବୁ କେତେ ଭିନ୍ନେ ସତେ ସତ୍ୟଠାରୁ, ବାସ୍ତବତାଠାରୁ! ବୋଉ ଦିଶୁଥିଲେ ଦେବୀଟିଏ ପରି, ଖୁବ୍ ସୁନ୍ଦରୀ ତଥା ମମତାମୟୀ। ଢେର ପୁଣ୍ୟ ଅର୍ଜି ନ ଥିଲେ କ'ଣ ଏଭଳି ବୋଉଙ୍କର ବୋହୂ ହେବାର ସୌଭାଗ୍ୟ ମିଳେ କି? ମୁଁ ଉଠି ସଲଖି ଠିଆହେଲି, ଫେରିଆସିବାର ଦୃଢ଼ ନିଷ୍ଚୟ କରିସାରି।

ଫେରିଲି ମଧ୍ୟ। ଫେରିବାବେଳେ ମୋ ଧାରଣା ସବୁ ବଦଲାଇ ନେଇ ଆସିଲି ମୋ ମନରେ ନୂଆ ନୂଆ କିଛି ସତେଜ ଧାରଣା। ବୋଉ ଖୁବ୍ ପ୍ରାଞ୍ଜୀ। ସ୍ନେହୀ ମଧ୍ୟ। ଭଲପାଆନ୍ତି ବିଲେଇକୁ, ଯାହା ପୋଷା ତାଙ୍କର ଅନେକ ଦିନର। ଆହୁରି ବି ଖାଇବାରେ ତାଙ୍କର ପାନ ପରି ମାଛ ବି ଖୁବ୍ ପ୍ରିୟ। ଆଉ ତନ୍ମୟ? ଖୁବ୍ ଲାଜକୁଲା। ତା' ସାଙ୍ଗକୁ ଜ୍ଞାନରେ, ବୁଦ୍ଧିରେ, ବ୍ୟବହାରରେ ଅବିକଳ ଛାଇଟିଏ ବୋଉଙ୍କର। ଆଉ ରହିଲା

ମିତ୍ରା। ସେ ତ ଆଜୀବନ ପାଇଁ ସେମିତି ହିଁ ରହିଗଲା, ସ୍ନେହୀ ତଥା ପରମ ବାନ୍ଧବୀ ନଣନ୍ଦଟିଏ ହେଇ ମୋର।

ଏତେ ସୁନ୍ଦର ପରିବାରଟିଏ ପାଇଲି। ସେଠି ପୁଣି ମୋର ଅଶୁଭ ନଜର ପଡ଼ିବାକୁ ଦିଅନ୍ତି ନା? ଲୋକନିନ୍ଦା କିଛି ଡାକିଆଣିବା ପରି ପରିସ୍ଥିତିଟିଏ ଆସିବାକୁ ଦିଅନ୍ତି ନା? ବୋଉଙ୍କ ସଂସ୍କାରକୁ କିଏ ନିନ୍ଦା ଦେଲେ ମୁଁ ସହିପାରିବି ନା? ମୋତେ ଜଣା ଥିଲା ମୋର ଉତ୍ତର। ମୁଁ ଫେରିଆସିଲି ଆଉ କେବେ ସେଠିକି ଭୁଲରେ ମଧ୍ୟ ପାଦ ନ ଦେବାର ପ୍ରତିଶ୍ରୁତି ନିଜକୁ ଦେଇ।

ମୁଁ ଠିକ୍ କଲି ନା?

॥ ୪ ॥

ଏ କିଛିବର୍ଷ ଭିତରେ ହୁଏତ ମୋ ମାନସପଟରେ ଝାପସା ହେଇଯାଇଛି ମିତ୍ରାର ନାଁ, ତେବେ ଅଧିକ ଉଜ୍ଜ୍ୱଲ ହେଇ ଉଠିଛି ସେଇ ମଣିଷଙ୍କର ନାଁ ଯିଏ ହୁଏତ କେହି ବୋଲି କେହି ନୁହନ୍ତି ମୋର। ବାରମ୍ବାର ମନ ଭିତରେ ଆସିଛନ୍ତି ତନ୍ମୟ। ଗୋଟିଏ ରଙ୍ଗିନ, ସୁନେଲି ସଂସାରର ସ୍ୱପ୍ନ ଦେଖାଇ ବିଭୋର କରି ରଖିଛନ୍ତି ମୋତେ। ଯେଉଁ ନାମହୀନ ସମ୍ପର୍କର ସଂଜ୍ଞାଟିଏ ଖୋଜି ପାଇନି ମୁଁ, ସେଇ ସ୍ୱପ୍ନରେ ମୁଣ୍ଡହେଇ ଭୁଲିଛି ଜୀବନର ଅଭାବବୋଧ। ସେଇ ସଂସାର ଭିତରେ ଗୋଟିଏ ପାର୍ଶ୍ୱଚରିତ୍ର ହେଇ ରହିଯାଇଛି ମିତ୍ରା, ପ୍ରିୟ ବାନ୍ଧବୀ ମୋର। ତେବେ ଅନେକ ସମୟରେ ଅବାଧରେ, ମୁଖ୍ୟ ଭୂମିକା ନେଇ ଆସିନାହାନ୍ତି ବୋଉ ବୋଲି ନୁହେଁ, ବୋଉ ଆସନ୍ତି ମୋ ମନରେ, ଅନେକ ସମୟରେ।

ଯେଉଁଦିନ ମିତ୍ରା ପାଖରୁ ବୋଉଙ୍କର ଶେଷ ସମୟର ସେଇ ଫଟୋଟି ପାଇଲି, ଛାତି ଫାଟିଗଲା ମୋର ଦୁଃଖରେ, ଯନ୍ତ୍ରଣାରେ, ଅସହାୟତାରେ। ପାଖରେ ସାତ ଭାଇ ଭଉଣୀଙ୍କର ଉପସ୍ଥିତି ଥିଲେ ସୁଦ୍ଧା ତନ୍ମୟ ଯେ ବୋଉଙ୍କୁ, ତାଙ୍କର ନିଷ୍ପ୍ରାଣ ଶରୀରଟିକୁ କୋଳରେ ଜାକି ଧରି ଭାଙ୍ଗିପଡୁଥିଲେ ସମ୍ପୂର୍ଣ୍ଣ ରୂପେ ସେଇ ଫଟୋଟିରେ। କେବଳ ତାଙ୍କର ଦୁଃଖ ହିଁ ସଂଚରି ଆସିଲା ମୋ ପାଖକୁ ସେକଥା ନୁହେଁ, ବରଂ କେବେ ଜୀବନରେ ବିବାହ ନ କରିବା ପରି ନିଷ୍ପତ୍ତିଟି ଆଜି ମୋତେ ମୋ ଜୀବନର ବୃଥା ଆସ୍ଫାଳନ, ଭୁଲ୍ ନିଷ୍ପତ୍ତି ପରି ଅନୁଭବ ହେଲା। ଖୁବ୍ ବିକଳ ହେଇ ଉଠିଲି, ଦୌଡ଼ିଯାଇ ଛାତିରେ ତନ୍ମୟଙ୍କୁ ଜାକିଧରିବାକୁ, ତାଙ୍କ ଜୀବନର ସବୁ ଅଭାବବୋଧକୁ ମେଣ୍ଟାଇ ତାଙ୍କୁ ପରିପୂର୍ଣ୍ଣ କରିଦେବାକୁ ଇଚ୍ଛା ହେଇଥିଲା ସିନା, ନିଜ ଅସହାୟତା କଥା କ'ଣ ଜଣା ନ ଥିଲା କି ମୋତେ। ଜାଣିଥିଲି ବୋଲି ତ ନିଜକୁ ଲୁଚାଇ ରଖିବାକୁ ବାଧ୍ୟ ହେଲି। ଯୋଗଦେବାକୁ ଡରିଥିଲି ବୋଉଙ୍କ କର୍ମରେ।

ଆଜିର ଖବରଟି କିନ୍ତୁ ମୋ ପାଖକୁ ପହଞ୍ଚିଥିଲା ମିତ୍ରା ପାଖରୁ ନୁହେଁ ବରଂ ଅନ୍ୟ ଏକ ବନ୍ଧୁଙ୍କ ନିକଟରୁ। ମୁଁ ବନ୍ଧୁଜଣଙ୍କ ନିକଟରୁ ଆସିଥିବା ସେଇ ସକାଳୁଆ ମେସେଜ୍‍ଟିକୁ ଖୋଲିଥିଲି ଏୟା ଭାବି ଯେ ଏହା ସକାଳର ଗୁଡ୍‍ ମର୍ଷିଂ ମେସେଜ୍‍। ଖୋଲୁ ଖୋଲୁ କିନ୍ତୁ ଚମକି ଉଠିଲି। ଉଦାସ ହେଇଗଲି କ୍ଷଣକେ।

୩୪...! କାଲି ଦିନଟି ବିତିଗଲେ ପରଦିନ ତେବେ ବୋଉଙ୍କର ଶ୍ରାଦ୍ଧ! ବୋଉଙ୍କର ଯିବାର ବର୍ଷେ ପୂରିଗଲା, ନୁହେଁ? ଆଃ, ବୋଉ କ'ଣ ନାହାନ୍ତି ସତରେ! ଖୁବ୍‍ ଅବିଶ୍ୱାସ ଲାଗୁଥିବା କଥା ବି କେବେ କେମିତି ନିଜକୁ ଚିମୁଟି ଦେଇ, ନିଜକୁ କ୍ଷତାକ୍ତ କରି ନିଜ ବିଶ୍ୱାସକୁ ଅଣାଯାଏ। ମୁଁ ସେୟା ହିଁ କରୁଥିଲି ନିଜ ସାଥିରେ।

॥ ୫ ॥

ସାରାଟା ରାତି ନିଦ ନାହିଁ ଆଖିରେ। ଏ କେମିତିକା ଅନୁଭବ କେଜାଣି! ବାରମ୍ବାର କେହି ଜଣେ କାନେ କାନେ କହୁଛି- ୩୪, ଏତେ କାମ ଥାଉ ଥାଉ ତୁ ଶୋଇଛୁ ନା ଆରାମରେ!

କ'ଣ ଯେ କରିବି ଏ ଅଧରାତିଟାରେ, ସେକଥା ଜଣା ନାହିଁ ମୋତେ। ନ ଉଠିଲେ ହୃଦୟ କିନ୍ତୁ ଥିକ୍କାର କରୁଛି।

ମୁଁ ମୋବାଇଲ୍‍ ଖୋଲି ଆଉଥରେ ପଢ଼ିପକାଇଲି ଶ୍ରାଦ୍ଧର କାର୍ଡଟିକୁ। କାର୍ଡଟିକୁ ଉଜ୍ଜ୍ୱଲ କରିପକାଉଛି ବୋଉଙ୍କର ସେଇ ଚିରାଚରିତ ପାନବୋଲା ହସ ହସ ମୁହଁ। ତଳେ ଲେଖାଅଛି- ଏ ଅବସରରେ ଯୋଗ ଦେବା ପାଇଁ ବିନମ୍ର ନିବେଦନ। ସକାଳେ ଶ୍ରାଦ୍ଧ ତର୍ପଣ; ସନ୍ଧ୍ୟାରେ ଶ୍ରଦ୍ଧା ନିବେଦନ। ପରେ ପରେ ନାମସଂକୀର୍ତ୍ତନ ତଥା ପ୍ରୀତିଭୋଜନ। ସବାତଳେ ସବୁ ବଡ଼ଭାଇଙ୍କ ନାମତଳେ ବିନୀତ ଅପେକ୍ଷାରେ ତନ୍ମୟ, ତୁମେ।

ହଠାତ୍‍ ମୁଁ ଭୁଲିଗଲି ମୋର ପାରିପାର୍ଶ୍ୱିକ ପରିସ୍ଥିତି। ଭୁଲିଗଲି, ଏ କାର୍ଡଟି ମୋ ପାଇଁ ନୁହେଁ। ଭୁଲିଗଲି, ଯେଉଁ ବନ୍ଧୁଙ୍କ ପାଖରୁ ଏ କାର୍ଡ ମୁଁ ପାଇଛି, ସେ କେବଳ ମୋର ବନ୍ଧୁ ନୁହନ୍ତି, ତନ୍ମୟଙ୍କର ବି ବନ୍ଧୁ। ମୁଁ ପୋଛିଲିନି ମୋ ଆଖିରୁ ବହିଆସୁଥିବା ଧାର ଧାର ଲୁହକୁ। ନା... ନା... ବୋଧହୁଏ ଭୁଲିଗଲି ସେ ଲୁହମାନଙ୍କୁ ପୋଛିବାକୁ ଲେଖିଲି, 'ବୋଉ ଥିଲେ ସିନା ସେଠି କିଛି ଅସ୍ତିତ୍ୱ ଥିଲା ମୋର। ଯିବାର କିଛି ଅର୍ଥ ବି ଥିଲା। ତାଙ୍କ ନ ଥିବାରେ ସବୁ ମୂଲ୍ୟହୀନ! ତାଙ୍କ ପାଖରେ ରହିବାର ସୌଭାଗ୍ୟ ଅରଜି ପାରି ନ ଥିଲି ବୋଲି ସିନା ଆଜି ଏତେ ଦୂରରେ।' ଭାବପ୍ରବଣତାର ଆତିଶଯ୍ୟରେ ମୁଁ ପୋଛିଲିନି ଆଖିରୁ ବୋହୁଥିବା ମୋର ଧାର ଧାର ଲୁହ।

ଆଖି ଆଗରେ ଭାସିଯାଉଥିଲା ବୋଉଙ୍କର ସେଇ ହସ ହସ ମୁହଁ। କାନରେ ପ୍ରତିଧ୍ୱନିତ ହେଉଥିଲା ତାଙ୍କର ସେଇ ମହୁବୋଲା କଥା, "ଝିଅ! ମନପସନ୍ଦର

ସାଥୀଟିଏ ବାଛିନେଇ ସଂସାର ଗଢ଼ିନିଅ। ଏ ଆଜିକାଲିର ପିଲାମାନେ କାହିଁ ଏମିତି ସଂସାର ଗଢ଼ିବାକୁ ଡରୁଛନ୍ତି କେଜାଣି। ଆଜି ଦେଖ, ଝିଅ ପୁଅ ଜନ୍ମ କରିଥିଲି, ବଢ଼ାଇଥିଲି ବୋଲି ସୁଖରେ ଅଛି ସିନା, ନ ହେଲେ କ'ଣ ହୁଅନ୍ତା ମୋର! ମୋ ତନ୍ମୟ ଖୁବ୍ ଭଲ। ଯେତେ କାମ ଥାଉ ତା'ର, ମୁଁ ଯଦି କହିବି, ପୁଅ ଏଯା ନାହିଁ, ପାନ କେମିତି ଖାଇବି, ସେ ପ୍ରଥମେ ମୋ କଥା ଶୁଣିବ। କେବଳ ପାଠ ପଢ଼ିଲେ କ'ଣ ହୁଏ? ବଡ଼, ଗୁରୁଜନଙ୍କ କଥା ନ ଶୁଣିଲେ, ଭଲମନ୍ଦ ବିଚାର କରିବା ନ ଥିଲେ, ମୁଁ ଭଲପାଏନା ସେସବୁ!"

ତାଙ୍କ ପାଖରେ ଆସି ଲାଗି ହେଉଛି ସେଇ ପୋଷା ବିଲେଇଟି। ବୋଉ ଗେହ୍ଲାରେ ସାଉଁଲି ଦେଉଛନ୍ତି ତା'ର ଦେହ। କହୁଛନ୍ତି, "ଏଥର ତିନିଟା ଛୁଆ ହେଇଥିଲେ ଯାର। ଗୋଟିକ ପୂରା ଧଲା ସରସର। ସେଇ ପାଖଘର ନେଇଛନ୍ତି। ଭଲରେ ରଖିଛନ୍ତି। ଓଲେଇ ଖଣ୍ଡେ ହେଇଛି। ଯା' ତା' ଘରେ ଖାଇଯାଉଛି ମାଛ। ଆରେ ଝିଅ, ତୁମେ ମାଛ ଖାଅ ନା ନାହିଁ ଯେ?"

ସରୁ ନ ଥିବା ବୋଉଙ୍କର ସ୍ନେହବୋଳା କଥାସବୁ ଆଜି ପ୍ରଳୟ ରଚୁଛନ୍ତି ମୋ ହୃଦୟରେ। ନିଜ ଗେଲବସରର ସାନପୁଅ ତନ୍ମୟଙ୍କ ପାଇଁ ତାଙ୍କର ସ୍ନେହବୋଳା ଉଚ୍ଛ୍ୱସିତ ପ୍ରଶଂସା ମୋ ମନରେ ପ୍ରେମର ଢେଉ ସଂଚାର କରୁଛି। ବୋଉଙ୍କର ସଂସ୍କାରୀ କଥାସବୁ ପୁଣି ମୋ ମନରେ ଭୟ ବି ଟିଆରୁଛି।

ଆରେ! ବୋଉ ଆଉ ଜାଣିନେଲେ କି ମୋ ମନର କଥା? ସେ ଦେଖିନେଲେ କି ଆଉ ମୋର ଲୁଚି ଲୁଚି ତନ୍ମୟଙ୍କୁ ଚାହିଁବା? ଏବେ କରିବି କ'ଣ?

ହେ, ଭଗବାନ୍! ବୋଉ ଯଦି ଜାଣନ୍ତି ମୋ ମନକଥା, ନିଷ୍ଚେ ହିଁ ଦୁଷ୍ଚରିତ୍ରା ବୋଲି ଭାବୁଥିବେ ମୋତେ ସେ!

କେତେବେଳୁ ଆଖି ଲାଗିଯାଇଥିଲା କେଜାଣି, ଏକଥା ମନରେ ଆସୁ ଆସୁ ଚଟ୍‌କରି ଭାଙ୍ଗିଗଲା ମୋର ନିଦ।

॥ ୬ ॥

ମୋବାଇଲ୍‌କୁ ଚାଳିଲି ସମୟ ଦେଖିବା ପାଇଁ। ସମୟ ସକାଳ ଚାରିଟା। ଶୀତଦିନ। ଚାରିପଟେ କିଟିକିଟି ଅନ୍ଧାର। ବନ୍ଧୁଙ୍କ ପାଖରୁ ଆସିଥିବା କାର୍ଡଟି ଉପରେ ଆଉଥରେ ଆଖି ବୁଲାଇ ଆଣିଲି। ୦୪... ଏହା ଏକ ଫରୱାର୍ଡ ମେସେଜ୍। ବନ୍ଧୁଙ୍କ ପାଖକୁ ଶ୍ରାବ ନିମନ୍ତେ ଆସିଥିବା ପତ୍ରଟିକୁ ସେ ପଠାଇ ଦେଇଛନ୍ତି ମୋ ପାଖକୁ। ମୁଁ କିନ୍ତୁ ନିଦ ବଉଲାରେ, ମୋ ଭାବପ୍ରବଣତାରେ ଏହା ମୋ ପାଖକୁ ଆସିଥିବା କଥା ଭାବିନେଇ ଏ ଭିତରେ କେତେ କ'ଣ ଲେଖିସାରିଛି ତାଙ୍କୁ। କ'ଣ ସେ ଭାବୁଥିବେ

ମୋତେ! ଯେଉଁଠି କିଛି ବୋଲି କିଛି ଅଧିକାର ନାହିଁ ମୋର, ସେଠିକାର ବିଷୟ ନେଇ ଏଭଳି ଭାବପ୍ରବଣତାଭରା ଉତ୍ତର ସବୁ ରଖିବା! ଖୁବ୍ ଲଜ୍ଜା ଲାଗିଲା ମୋତେ। ଆଖିବୁଜି ପୁଣିଥରେ ଶୋଇବାକୁ ଚେଷ୍ଟା କଲି। ନିଦ ହେଲେ ସିନା ଶୋଇବ ମଣିଷ।

ଉଠିଲି। ଖୁବ୍ ସଫାସୁତୁରା, ଝଡ଼ାପୋଛା ହେଇଥିବା ଘରଟି ଅପରିଚ୍ଛନ୍ନ ଦିଶିଲା ମୋତେ। ଝାଡ଼ୁ ଧରିଲି, ଲାଗିଗଲି ଧୁଆ ପୋଛାରେ। କାହାପରେ କ'ଣ କରିବି ଯଦିଓ ଜଣା ନ ଥିଲା ମୋତେ, ଗୋଟିଏ ଶୂନ୍ୟ ମନ ନେଇ ଆରମ୍ଭ ହେଲା ମୋର ଦିନ।

ମନ ଭିତରେ କେବଳ ଗୋଟିଏ ପ୍ରଶ୍ନ ଅନବରତ - କେମିତି ଦିଆଯାଏ ଶ୍ରାଦ୍ଧ? ଏ ପ୍ରଶ୍ନର ଉତ୍ତର କ'ଣ ଜଣା ନାହିଁ ମୋତେ। ଜଣା ତ। ମୋ ମାଆ ବି ତ ଶ୍ରାଦ୍ଧ ଦେଉଥିଲେ, ତାଙ୍କ ପୂର୍ବଜମାନଙ୍କୁ। ଶ୍ରାଦ୍ଧରେ ସେ କିଛି କରୁ ନ ଥିଲେ ବୋଲି ବି ନୁହେଁ, କରୁଥିଲେ ବହୁତ କିଛି। ଏଇ ଯେମିତି - ପୂର୍ବଦିନରୁ ପ୍ରସ୍ତୁତ ହେଇଯାଇଥାଏ ବାସ୍ନାଭରା ଅରୁଆ ଚାଉଳର ଖୁଦ, ଯାହାଠୁ ପ୍ରସ୍ତୁତ ହୁଏ ଖୁଦ ପିଠା। ଶ୍ରାଦ୍ଧ ଦିନର ମୁଖ୍ୟ ପିଠା। ଯାହା ବିନା ଶ୍ରାଦ୍ଧ ଦେଇ ହୁଏନା ବୋଲି କୁହନ୍ତି ମାଆ। ଆହୁରି ବି ବଟୁରା ହେଇଯାଏ ବିରି। ପରଦିନର ପିଠାପଣା ଭିତରେ ତା'ର ବି ତ ମୁଖ୍ୟ ଭୂମିକା। ଅଲଣା ବରା ସାଙ୍ଗକୁ ଖୁଦରୁ ତିଆରି ପିଠା, ଯେତିକି ସୁସ୍ୱାଦୁ ସେତିକି ପ୍ରିୟ ଆମ ସଭିଙ୍କର।

ଆହୁରି ବି କିଛିଦିନ ପୂର୍ବରୁ ଡକା ସରିଥାଏ ବ୍ରାହ୍ମଣଠାକୁରାଙ୍କୁ। ପୂର୍ବଦିନ ସନ୍ଧ୍ୟାରେ ପୁଣିଥରେ ମନେପକେଇଦେବା ପାଲି ପଡ଼ିଥାଏ ବାପାଙ୍କ ଉପରେ। ମାଆ ବାରମ୍ବାର ପଚାରୁଥାଆନ୍ତି ବାପାଙ୍କୁ, "ଖେଡୁ କକାକେ କହିଛ ତ? କେତେବେଳେ ଆସବାର ଲାଗି କହିଛ ଯେ? ଆଜି ସେ ଆମର ଇନେ ଖାଏବେ, କହିଛ ନା?" ମାଆ ବାହାରିଯାଆନ୍ତି ପାଖ ପଡ଼ିଶା ଘରମାନଙ୍କୁ ସକାଳେ ରୋଷେଇ ସକାଶେ ବାରଣ କରିବା ପାଇଁ। ଗଲାବେଳେ ବରାଦ ଦେଇକି ଯାଆନ୍ତି ବାପାଙ୍କୁ, "ମୋର ଆସ୍ଲା ଭିତରେ, ଇ ନଡ଼ିଆସବୁ ଟିକେ କୁରିକି ରଖିଦେଇଥ...! ହଁ... ହଁ - ଖଲିଗୁରାକ ଭି ତ ଟିପ୍‍ବାର ଅଛେ। ସେ ନ ପଡ଼ିଛେ ସବୁ ଫଳଶା ପତର। ମୁଇଁ ଆସୁଛେଁ, ଟିପିବି ଯେ! ଧୁଇଦେବ ତୁମେ।"

ସକାଳୁ ଉଠିବାବେଳକୁ ଦେଶୀ ଘିଅର ବାସ୍ନାରେ ମହକି ଯାଉଥାଏ ଚତୁର୍ଦିଗ। ପ୍ରସ୍ତୁତ ହେଇସାରିଥାଏ ଖୁଦପିଠା, ଅଲଣା ବରା, ବିନାଛୁଙ୍କ ଦିଆ ଡାଲମା, ଖଟା, ତରକାରୀ। ଆଉ ଗୋଟିଏ ଚୁଲାରେ ବସିଥାଏ ଖିରି। ହାଣ୍ଡିରେ ଫୁଟୁଥାଏ କ୍ଷୀର। ଉତ୍ତୁ ଉତ୍ତୁ ତାଗିଦା- ଜଲଦି ଗାଧା। ଆଜିପରି ଦିନରେ ଏତେ ଡେରିଯାକେ ଶୁଅନ୍ତିନା! ଅନେକ ବାରଣ- ଗାଧୋଇନୁ ପରା, ଏତି ଛୁଁନା। ସେଠି ବସ୍‍ନା।

ଘଣ୍ଟାଏ ନ ଯାଉଣୁ ସଭିଏଁ ପ୍ରସ୍ତୁତ। ଆହୁରି ପ୍ରସ୍ତୁତ ମଧ୍ୟ ଶ୍ରାଦ୍ଧର ସବୁ ସରଞ୍ଜାମ। ବ୍ରାହ୍ମଣଅଜା ଆସିଲେ ମାଆ ବଢ଼ାଇ ଦିଅନ୍ତି ଡାଲି, ଆଳୁ, ଚାଉଳ, ପରିବା ସଜା ହେଇ ଥୁଆ ହେଇଥିବା ଗୋଟିଏ ପିଉଳ ପରାତ। "ଯେ କ'ଣ" ବୋଲି ପଚାରିଲେ କୁହନ୍ତି– 'ଖେଟୁ କକାର ଖର୍ଚ୍ଚା ଇଯେ। ଆଜି ସେ ଖାଏଲେ ମାନେ ତୋର ଦାଦା, ଆଇମା ସଭେ ଖାଏବାର ସାଙ୍ଗେ ସମାନ। ବୁଝ୍‌ଲୁ!' ଅଜା ହସି ହସି କହୁଥିବେ, 'ତୁମେ କାନ ମାନୁଛ ବୋଲି ଗୋ ବହରିଆ, ନ ହେଲେ ଆଏଜ୍‌ କାଏଲ୍‌ କିଏ ପଚରଉଛେ ହାମ୍‌କେ, କହ୍‌ତ ?' ତାଙ୍କ କଥା ଶୁଣିଦେଲେ ମାଆଙ୍କ ଛାତି କୁଣ୍ଢେମୋଟ। 'ରହ... ରହ... କକା ଟିକେ!' କହି ଦୌଡ଼ନ୍ତି। ବାପାଙ୍କ ଝୁଲୁଥିବା ସାର୍ଟ ପକେଟ୍‌ରୁ ନ ପଚାରି କାଢ଼ିନେଇ ଆସନ୍ତି ଟଙ୍କା। ବଢ଼ାଇ ଦିଅନ୍ତି ଅଜାଙ୍କ ହାତକୁ। 'କକା! ଇଟା ତୁମର ଦକ୍ଷିଣା ଗୋ। ଦେଖ... ଦେଖ... ମନ୍‌କେ ପାଉଛେ କି ନି ଯେ ?' – କହୁ କହୁ ସଞ୍ଚରିଯାଏ ସଭିଙ୍କ ମୁହଁରେ ହସ।

ଏଇଠି ସରିଯାଏନି ଶ୍ରାଦ୍ଧ। ପୁଣି ଆରମ୍ଭ ହୁଏ ରୋଷେଇ, ତା' ସହ ଧାଁଦୌଡ଼। ପାଖ ପଡ଼ିଶା, ନିକଟ ସଂପର୍କୀୟ ପଚାଶ, ଷାଠିଏ ଲୋକଙ୍କ ଖାଇବା ପ୍ରସ୍ତୁତି। ସାରାଦିନ ମାଆଙ୍କ ସହ ସବୁକାମରେ ପାଖରେ ଥାଆନ୍ତି ବାପା। ଥାଏ ମୁଁ ବି। ସବୁ କାମ ସରୁ ସରୁ ଦିନ ତିନିଟା ଅବା ଚାରିଟା। ଦିନସାରାର ଥକ୍‌ଆପଣର ଲେଶମାତ୍ର ବି କିନ୍ତୁ ଦୃଶ୍ୟ ହୁଏ ନାହିଁ ମାଆଙ୍କ ମୁହଁରେ, ବରଂ ତା' ଜାଗାରେ ଝଲସୁଥାଏ ଅଜବ ପ୍ରଶାନ୍ତି ଓ ଆତ୍ମସନ୍ତୁଷ୍ଟି। ମୋ ଆଖିରେ ଆହୁରି ଅଧିକ ସୁନ୍ଦରୀ ଦିଶନ୍ତି ମାଆ। ଅବିକଳ ଦେବୀଟିଏ ପରି।

ଏସବୁ କଥା ଆଜି ଖୁବ୍‌ ବେଶୀ ମନେପଡୁଛି ମୋର। ଏହା ସହ ଅନେକ ନିରୁଦ୍ଦିଷ୍ଟ ଇଚ୍ଛାମାନେ ବି ମନରେ ଲହଡ଼ି ଭାଙ୍ଗୁଛନ୍ତି। "ତନ୍ମୟ! ବୋଉଙ୍କ ତନ୍ମୟ! ଆଜି ଥାଆତନି ତୁମେ ମୋ ପାଖରେ! ଅଳ୍ପ ବୟସରୁ ସଂସାର ଗଢ଼ିଥିବା ମାଆଙ୍କୁ ଯେମିତି ସବୁ ଶିଖାଇ ବତାଇ ବାପା କରି ନିଅନ୍ତି ପୋଖତ ଗୃହିଣୀ, ତୁମେ ବି ସେମିତି ଗଢ଼ିଦିଅନ୍ତ ମୋତେ। ସତ କହୁଛି, ଘଡ଼ିଏ ବି ଲାଗି ନ ଥାନ୍ତା ମୋତେ ନିଜକୁ ତୁମ ମନମୁତାବକ ସଜାଡ଼ି ନେବା ପାଇଁ। ଦୁହେଁ ମିଶି ଏତେ ସୁନ୍ଦର ଭାବେ ସମ୍ଭାଳି ନେଇଥାନ୍ତେ ସଂସାର ଯେ, ଯିଏ ଦେଖନ୍ତା ଆଶ୍ଚର୍ଯ୍ୟ ହେଇ ଚାହାଁନ୍ତା ନିଶ୍ଚୟ ଥରେ।"

ଆଜି ବୋଉଙ୍କର ଶ୍ରାଦ୍ଧ। ବୁଧବାର। ଗତକାଲି ଥିଲା ଅଁଲା ନବମୀ। ରାଧାପାଦ ଦର୍ଶନର ଶୁଭ ଅବସର। ଆସନ୍ତାକାଲିଠୁ ଆରମ୍ଭ ପଞ୍ଚୁକ। ଓଡ଼ିଆଙ୍କ ଆମର ପୁଣ୍ୟମାସ। ଏଭଳି ସମୟରେ କୌଁ ଭାଁ କିଛିକୁ ଛାଡ଼ିଦେଇ ହୁଏତ କେହି ବି କିଣୁ ନ ଥିବେ ମାଛ। ତଥାପି ଶୁଭିଲା ମାଛବାଲାର ଡାକ, 'ମାଆ, ମାଛ ନିଅ... ମାଛ–। ଚୁନାମାଛ...

ବଡ଼ମାଛ... ରୋହି... ଭାକୁର... ମିରିକାଲି...।' ମାଛବାଲାର ଡାକ ଶୁଣି ମୁଁ ଦୌଡ଼ିଗଲି ବାହାର ଯାଏ। ସେ ମାଛ କରିବି କ'ଣ ସେକଥା ଭାବି ନ ଥିଲେ ସୁଦ୍ଧା କିଣାହେଇ ଆସିଲା ମାଛ। ଗୋଟିଏ ଚୁଲାରେ ବସିଲା ଖେଚୁଡ଼ି, ଅନ୍ୟଟିରେ ମାଛ ତରକାରି। ମନେପଡ଼ିଲା, ବାରିପଟେ ଚାରିଦିନ ହେଲା ବିଲେଇଟାଏ ଛୁଆ ପକେଇଛି ଚାରିଟା। ମାଛ ବାସ୍ନାରେ ସେ ତ ହାଜର। ତା' ସହ ତା'ର କୁନି କୁନି ଛୁଆଗୁଡ଼ାକ ବି ଦିଶୁଥିଲା ଦୂରରୁ। ମାଛ ତରକାରିକୁ ଅଜାଡ଼ି ଦେଉ ଦେଉ ବେଢ଼ିଗଲେ ମାଥା ବିଲେଇକୁ ତା'ର ପିଲାମାନେ। ସେମାନଙ୍କର ଖୁସି ଯଦିଓ ଦେଖିବା ଭଲି, ମୋର ସମୟ ନ ଥିଲା ଦେଖିବା ପାଇଁ। ଅଯଥାରେ ତରତର ହେଉଥିଲି ମାଆଙ୍କ ପରି।

ଏ 'ଅଯଥା' ଶବ୍ଦଟି ମୋ ମନକୁ ପାଇଲା ନାହିଁ। ଗୁଣୁଗୁଣୁ ହେଇ ନିଜକୁ କହିଲି– ଶ୍ରଦ୍ଧା ନ ଥିଲେ କେଉଁ ଦେଇ ହୁଏ ଶ୍ରାଦ୍ଧ! ଯୋଗାଡ଼ିଲି– ଗୋଟିଏ ବଡ଼ ବ୍ୟାଗ୍‌ରେ ଚାଉଳ, ଡାଲି, ଆଳୁ, ବାଇଗଣ, ଟମାଟୋ, ଲଙ୍କା। ବ୍ୟାଗ୍‌କୁ ରଖିଲି ଗାଡ଼ି ଡିକିରେ ମୋର। ବାହାରିଗଲି ମନ୍ଦିରକୁ। ବାଟରେ ଭୋଗ ନେବାପାଇଁ ଅଟକିଲି। ପାଖରେ ଲାଗିକି ପାନ ଦୋକାନଟିଏ। କହିଲି– ପାନ ଚାରିଖଣ୍ଡ ଭାଙ୍ଗିଦିଅନ୍ତୁ। ପୂଜା ସାମଗ୍ରୀ ପ୍ରସ୍ତୁତ ହେବା ଭିତରେ ପ୍ରସ୍ତୁତ ବି ହେଇସାରିଥିଲା ପାନ। ମନରେ କେତେ କେତେ ଅଦରକାରୀ ଚିନ୍ତାଙ୍କୁ ମୁଣ୍ଡାଇ, ପୁଣି ଗାଡ଼ିରେ ଚଢ଼ିଲି ଓ ବଢ଼ିଗଲି ମନ୍ଦିର ଦିଗକୁ।

ମୋର ମନରେ ଯେତକ ଅବାସ୍ତବ ଚିନ୍ତାକୁ ଭୁଲ୍ ପ୍ରମାଣିତ କରୁଥିଲେ ନନା। ନନା ଥିବେ ନା ନାଇଁ? ଏଭଳି ପ୍ରଶ୍ନରେ ରାସ୍ତାସାରା ଘାରି ହେଉଥିବା ମୁଁ ଦେଖିଲି ନନା ପୂଜା ପାଇଁ ଏକଦମ୍ ପ୍ରସ୍ତୁତ। ସମୟ ନଥଚା। ପାଖରେ ଠିଆ ହେଇଛନ୍ତି ବେଶ୍ କିଛିଜଣ। ସମସ୍ତେ ହାତଯୋଡ଼ିଛନ୍ତି। ପାପୁଲିରେ ସଭିଙ୍କର ଫୁଲ। ନନା ମୋ ହାତକୁ ମଧ୍ୟ ବଢ଼େଇଦେଲେ ଫୁଲ କିଛି। ବାଜିଉଠିଲା ଶଙ୍ଖ, ଘଣ୍ଟ, ଆଳତିର ସ୍ୱର। ନନା କହିଲେ, ମୁଁ ଭୋଗ କରିଦେଉଛି ଝିଅ, ତୁମେ ବାହାରେ ଯାଇ ଧୂପକାଠି ଲଗେଇ ଦେଇ ଆସ। ନନାଙ୍କ ହାତକୁ ବଢ଼ାଇଦେଲି ଜରିଗୁଡ଼ା ସେଇ ପାନ ଚାରିଟି। ୩୪...! ତାଙ୍କ ଖୁସି କଥା କହିଲେ ନ ସରେ। ମୁଁ ବ୍ୟାଗ୍‌କୁ ତାଙ୍କ ହାତକୁ ବଢ଼ାଇ ଦେଉ ଦେଉ କହିଲି, ଏଇ ଖର୍ଚ। ରୋଷେଇ କରିବେ। ବୋଉଙ୍କ ଯିବାର ଆଜି ବର୍ଷେ ପୂରିଲା। ଦକ୍ଷିଣା ବି କିଛି... କହି ବଢ଼ାଇଦେଲି ଦୁଇଶହ ଏକ ଟଙ୍କା। ମୁଁ ଯାହାସବୁ କରୁଛି ସେସବୁ ଭୁଲ୍ ଅବା ଠିକ୍ ଏକଥାକୁ ଭାଲି ହେଉଥିବା ବେଳେ ନନାଙ୍କର ହସହସ ମୁହଁକୁ ଦେଖି ମୋ ପିଣ୍ଡରେ ପ୍ରାଣ ପଶିଲା। ତାଙ୍କର ପାଦ ଛୁଇଁ ମୁଷ୍ଟିଆ ମାରିଲି।

"ଝିଅ। ପ୍ରସାଦ ପାଇକି ଯିବ। ଏମିତି ପଳାଇ ଯିବନିଟି।" କହୁ କହୁ ନନାଙ୍କ ନଜର ପଡ଼ିଲା ମୋର ମାଟିଆ ରଙ୍ଗ ମେରୁନ୍ ଧଡ଼ି ଶାଢ଼ି ଉପରେ। "ସ୍କୁଲ୍ ଡେରି ହେଇଯିବ କି?" – ପଚାରିଲେ ନନା। ମୁଁ ମୁଣ୍ଡ ଟୁଙ୍ଗାରିଲି। ସେ ହସିଦେଇ କହିଲେ, "କାମ ପ୍ରଥମେ ନା।"

ସ୍କୁଲରେ ପହଞ୍ଚିବା ବେଳକୁ ସରିଯାଇଛି ପ୍ରାର୍ଥନା କ୍ଲାସ୍। ତଥାପି ଖୁବ୍ ଡେରି ହେଇନି। ପ୍ରଥମ ପିରିୟଡ୍ ଆରମ୍ଭ ହେଇନି। କେହି କ୍ଲାସ୍‌କୁ ଯାଇନାହାନ୍ତି। ବାନ୍ଧବୀ ଜଣକ ଠାଆକରି କହିଲେ, "କଥା କ'ଣ? ଚୁଟି ସାମ୍ପ୍। ଶାଢ଼ି ନୂଆ। ପୂରା ସୁନ୍ଦରୀ ଏକଦମ୍!" ମୁଁ ବି ତାଙ୍କୁ ଚିଡ଼ାଇବା ସ୍ୱରରେ ଉତ୍ତର ଦେଲି, "ସୁନ୍ଦରୀ ଦିଶୁଛି? ସତରେ ନା ମିଛରେ ମ!" ସେ ନିଜ କଥାରେ ଅଧିକ ଜୋର୍ ଦେଇ କହିଲେ, "ମିଛ କାହିଁକି ହୁଅନ୍ତା ମ! ପୂରା ସତ।"

ମୁଁ କହିଲି, "ମନ୍ଦିର ଯାଇଥିଲି। ସେଥିପାଇଁ ମଠାପାଟଟା ପିନ୍ଧିପକେଇଛି।"

ସେ କହିଲେ, "ବୁଧବାରରେ ମନ୍ଦିର? ସ୍ପେସିଆଲ୍ ଡେ ନା କ'ଣ?"

ସେ ହସିଲେ ହାଃ... ହାଃ... ହେଇ। ମୁଁ ବି ହସିଲି, ତାଙ୍କ ହସ ସହ ତାଲ ଦେଇ। ତେବେ କହିପାରିଲିନି ଅନେକ କଥା। ଏଇ ଯେମିତି– ଆଜି ବୋଉଙ୍କର ଶ୍ରାଦ୍ଧ। ତାଙ୍କର ଯିବାକୁ ଆଜି ବର୍ଷେ ପୂରିଲା। ପାନ ଖୁବ୍ ପ୍ରିୟ ଥିଲା ବୋଉଙ୍କର। ହଁ, ମାଛ ଖାଇବାକୁ ଭଲପାଉଥିଲେ ସେ। ଖୁବ୍ ଭଲପାଉଥିଲେ ବି ସେଇ ପୋଷା ବିଲେଇଟିକୁ।

ଏସବୁ କଥା କେମିତି ବା କହିଥାନ୍ତି ତାଙ୍କୁ! ସେ ଯେ ଜାଣନ୍ତି, ମୁଁ ଓଡ଼ିଶାର ପଶ୍ଚିମାଞ୍ଚଳକୁ ବୁଢ଼ାଉଥିବା ସମ୍ବଲପୁର ଜିଲ୍ଲାର ଏକ ଛୋଟ ଉପଖଣ୍ଡ କୁଚିଣ୍ଡା ପାଖରେ ଥିବା ପାରୁଆଭାଡ଼ି ଗାଁର ଝିଅ, ଯିଏ ମାଆକୁ ମାଆ ଡାକେ, ବୋଉ ନୁହେଁ। ତେବେ ବାନ୍ଧବୀ ଜଣକ ନିଶ୍ଚୟ ଏକଥା ଜାଣିଥିବେ ଯେ, ସେ ବୋଉ ଡାକ ହେଉ ଅଥବା ହେଉ ମାଆ ଡାକ; ଡାକରେ କିଛି ବି ନ ଥାଏ। ଥାଏ ବି ବହୁତ କିଛି। ଏଇ ଯେମିତି ଲୁଚିଥାଏ ଅସୀମ ଶ୍ରଦ୍ଧା, ଅମାପ ଭଲପାଇବା। ଏ ଭଲପାଇବା ଏମିତି ଯେ ଉପକୂଳ ଓଡ଼ିଶାର ଚାଲିଚଳଣ, ବିଧିକର୍ମ କିଛି ଜାଣି ନ ଥିବା ଝିଅଟି ହାତରୁ ବି କରାଇ ନେଇପାରେ ଶ୍ରାଦ୍ଧ ତର୍ପଣ! ଶ୍ରାଦ୍ଧ ତର୍ପଣ ପୁଣି ଏପରି ଏକ ମଣିଷର, ଯାହାର ବୋଉ ସେ କେବେହେଲେ ହୋଇପାରେ ନାହିଁ।

କାହାଣୀ କ୍ୟାପ୍‌ସୁଲ୍‌

ପ୍ରଥମେ କହିବି କାହାଣୀ କଥା, ତା'ପରେ ଯାଇ ଆସିବ କ୍ୟାପ୍‌ସୁଲ୍‌। ହଁ, କାହାଣୀ – ଏମିତି ହିଁ କିଛି ନଥାଇ ନଥାଇ ସବୁ ସରିଗଲା ପରେ ଆରମ୍ଭ ହୁଏ ଗୋଟେ କାହାଣୀ। ଯେତେବେଳେ କି ସବୁ ଥାଇ ସୁଦ୍ଧା ଘଟୁ ନଥାଏ କିଛି। ହଁ, ଗୋଟିଏ ଦିନ ହଠାତ୍‌ ମୁଁ ଭାବିଲି, ଏଇ ଶେଷ। ଯା'ପରେ ଆଉ କ'ଣ ବା ଥାଇପାରେ ଜୀବନରେ!

ଏଇ ଦିନଟି ବିଷୟରେ କିଛି ସୂଚନା ରଖିବା ପୂର୍ବରୁ ମୁଁ ବୋଧହୁଏ ମୋ'ର ପରିଚୟ କହି ରଖିବା ଉଚିତ ହେବ। ମୁଁ ସିକ୍ତା। ବୟସ ମାତ୍ର ପଇଁତିରିଶ ବର୍ଷ। ତେବେ ପୁଅଟିଏ ଅଛି ମୋର, ତିନି ବର୍ଷର। ତା' ନାଁ ଅଦ୍ୱୈତ। ମୁଁ ଗେହ୍ଲାରେ ତା'କୁ ଡାକେ ଆଦି, ଆଦୁ... ଆଉ ଆହୁରି କେତେ କ'ଣ ନାଁରେ। ପୁଅକୁ ବହୁତ ଭଲପାଉଥିବା ମୁଁ କିନ୍ତୁ କେବେ ଭଲପାଇପାରି ନଥିଲି ତା' ବାବାଙ୍କୁ। ଦ୍ୱିବେନ୍ଦୁଙ୍କୁ। ଦ୍ୱିବେନ୍ଦୁ ଥିଲା ମୋ ସ୍ୱାମୀଙ୍କ ନାଁ। ଥିଲା ବୋଲି ଲେଖିଲି, କାହିଁକି ନା, ଏହା ମୋର ବର୍ତ୍ତମାନର ପରିଚୟ ନୁହେଁ। ଏହା ମୋ' ଅତୀତ ଜୀବନରେ ଘଟିଥିବା ଏକ ଆକସ୍ମିକ ଦୁର୍ଘଟଣା ହିଁ ମାତ୍ର। ବର୍ତ୍ତମାନ ତ ମୁଁ ଦ୍ୱିବେନ୍ଦୁଙ୍କ ବିଧବା!

ଦ୍ୱିବେନ୍ଦୁଙ୍କ ସହ ଦୀର୍ଘ ଛଅ ସାତ ବର୍ଷର ବୈବାହିକ ଜୀବନ। ଗୋଟିଏ ସଂସାର ନାଆର ସେ ନାଉରି, ମୁଁ ଯାତ୍ରୀ। ଅଥଚ ତାଙ୍କ ସଂପର୍କରେ କାହାକୁ କିଛି ଜଣାଇବି ବୋଲି ଭାବିଲେ, ମୋ' ତୁଣ୍ଡରେ ଶଢଟିଏ ସୁରେନି। କ'ଣ କହିବି କ'ଣ କହିବି ସତରେ, ଭାବି ଭାବି ହିଁ ନୀରବ ରହେ ମୁଁ। ଆହୁରି ବି, ଅନେକ ଚେଷ୍ଟାପରେ ମଧ୍ୟ ବୈଧବ୍ୟର ଯନ୍ତ୍ରଣାକୁ ମୋ' ମୁହଁରେ ଫୁଟାଇ ପାରେନି ମୁଁ

ବରଂ ତା' ସ୍ଥାନରେ ଉକ୍ତିମାରେ ଅଜବ ଏକ ଅଶୃସ୍ତିର ଉଲ୍ଲାସ! ମୁହଁ ଦିଶେ କିଛି ପ୍ରଫୁଲ୍ଲ; ହସହସ!

ଯଦି ଏଇ କାହାଣୀକୁ ଏଠି ରଖି ମୁଁ ବାକି ଅଧାକୁ କାହାକୁ ଅନୁମାନ ଲଗାଇବାକୁ କୁହେ, ସେ ଆଖି ବୁଜି କହିବ – ଏ ନିଶ୍ଚେ ଗୋଟେ ପରକୀୟା ପ୍ରୀତିର କାହାଣୀ। ଅନ୍ୟ କାହା ପାଖରେ ମନ, ତନ ନ ଢାଳି ଦେଇଥିଲେ, ସ୍ୱାମୀର ମରଣ ପରେ କେଉଁ ଅବା କାହାର ମୁହଁ ଦିଶେ ହସହସ। ନା...ନା... ବରଂ ଯା'ଠାରୁ ଆଉ ଦି' ପାଦ ଆଗକୁ ଯାଇ ସେ କହିପାରେ ଯେ, ସେ କଥା ନୁହେଁ ବରଂ କହ, ଯେ ତା' ପ୍ରେମିକ ସାଥିରେ ମିଶି ମାରିପକାଇଛି ସେ ପିଲାଟିକୁ। ନହେଲେ ଅଠତିରିଶ ବର୍ଷ କ'ଣ ଗୋଟେ ବୟସ ଯେ କିଏ ମରିବ ନା କ'ଣ! ପୁଣି ଏତେ ବଡ଼ ଡାକ୍ତରଙ୍କର ଗୋଟିଏ ବୋଲି ପୁଅ। ଅମାପ ସଂପତ୍ତି। ବାପାର ଭଲ ଡାକ୍ତର ବୋଲି ସହର ଗୋଟାକରେ ନାଁ। ବାହା ହେବାର ପାଞ୍ଚଟା ବର୍ଷ ଯାଇନି ମରଣ! ଆଶ୍ଚର୍ଯ୍ୟ ନୁହଁ!!!

'ହଁ....ତ, ଆଶ୍ଚର୍ଯ୍ୟ, ସତରେ!' ଆଶ୍ଚର୍ଯ୍ୟ ହିଁ ହୁଏ ମୁଁ, ଯେତେଯେତେ ଥର ମୋ' ମାଆ, ବାପାଙ୍କୁ ଦେଖେ। ବଡ଼ଘର ପୁଅ; ଯୌତୁକ ଦେବାକୁ ନ ପଡ଼ିପାରେ; ନା...ନା... ଧନୀ ଘରେ ଝିଅ ତାଙ୍କର ରାଣୀ ସୁଖ ଭୋଗ କରିବ; ଦରକାର ସମୟରେ ସାହାଯ୍ୟ ସହଯୋଗ ବି ମିଳିବ; ଏଇଭଳି ଆଶା ଟିକକ ନେଇ ହିଁ ନିଶ୍ଚୟ ଏ ବାହାଘର କରିଥିଲେ ସେମାନେ! ନହେଲେ ନିଜ ଅଳିଅଳି ଝିଅକୁ ଏମିତି ବଦ୍‌ମିଜାଜ, ନିଶାଖୋର, ଗଞ୍ଜେଡ଼ ମଣିଷଟିଏ ହାତରେ କିଏ ଟେକିଦିଏ ନା କ'ଣ?

ଯିଏ ବି ପଢ଼ିବ ଏ ଗପ, ସେ ଓଲଟା ପ୍ରଶ୍ନ କରିବ ମୋତେ, ତୁମେ ଏ ବାହାଘର ପାଇଁ ମନା କଲନି କାହିଁକି? ଆଜି ଆଉ କ'ଣ ସେ ପୁରୁଣା ଯୁଗ ଅଛି ନା କ'ଣ ଯେ, ଯେଉଁଠି ବାପା ମାଆଙ୍କ ମନ ପାଇବ ସେଇ ଖୁଣ୍ଟରେ ଝିଅ ଯାଇ ଗାଈ ପରି ଠିଆ ହୋଇଯିବ! ମୁଁ ବି ବୁଝିଛି ଏସବୁ କଥା। ବୁଝିନି ବୋଲି ତ ନୁହେଁ। ତେବେ ନ ବୁଝିବାର ଅଭିନୟ କରି ବଞ୍ଚିଚାଲିଛି ସେଇ ଦିନଠୁ...!

'କେଉଁ ଦିନଠୁ, କହିଲ?'

ସେଇ ଦିନଠୁ, ଯେବେ ମାଆ ମୋ'ର ଏବେ ବିବାହ ନ କରିବା ଭଳି ସାଧାରଣ ପ୍ରତ୍ୟାଖ୍ୟାନର ଏକ ନିଷ୍ଠୁର ଓ ଅକାରଣ ଉତ୍ତର ମୋତେ ଫେରେଇଲେ। କହିଲେ– 'କିଏ କେଉଁଠି ନିଜେ ଠିକ୍ କରିଛ ଯଦି ବାହା ହେଇପଡ଼। ସେ ଭଲ! ଆମକୁ ଆଉ କିଛି ବୁଝିବାକୁ ନ ପଡ଼।'

ମୁଁ ଆଶ୍ଚର୍ଯ୍ୟ ହୋଇ ଥରୁଟେ ମା'ଙ୍କୁ ମୋର ଚାହିଁଲି। ତା'ପରେ କିନ୍ତୁ ମନେ ମନେ ନିଜକୁ ହଜାର କ'ଣ ଲକ୍ଷ ଥର ଭିନ୍ନ ଭିନ୍ନ ଆଲରେ ଗୁଡ଼ାଏ ପ୍ରଶ୍ନ ପଚାରିଲି।

ଆଘାତ ପରେ ଆଘାତ ପହଞ୍ଚାଇ ଏତେ ବର୍ଷ ଧରି ସଂଚିଥିବା ସବୁ ଆବେଗକୁ ଜାଳିପୋଡ଼ି ନିଜକୁ ଆଶ୍ୱସ୍ତ କଲି।

ଥରୁଟେ ବି ମା'ଙ୍କୁ ପାଲଟା ପ୍ରଶ୍ନ ପଚାରିଲିନି ଯେ, 'ତୁମେ କ'ଣ ସତରେ ମୋ'ର ଜନ୍ମଦାତ୍ରୀ ମାଆ!' ବାପା ପରା ତୁମର ବିଶ୍ୱସ୍ତତାକୁ ଆକ୍ଷେପ କରନ୍ତି ବୋଲି, ମୁଁ ଜନ୍ମରୁ ଭୁଲିସାରିଛି ମୋର ଝିଅମନର ସବୁଠକ ସଉକ। ରୂପଗୁଣର ସବୁଠକ ପ୍ରାଚୁର୍ଯ୍ୟ ଥାଇ ସୁଦ୍ଧା ପିଲାଟିବେଳୁ ଏଭଳି ସନ୍ନ୍ୟାସିନୀ; ସଂସାରବିମୁଖା; ସାଜସଜ୍ଜା ଆଭୁଷଣରେ ବୈରାଗୀ ବେଶ ମୋ'ର; କେବଳ ତୁମକୁ ବାପାଙ୍କର ତୀର୍ଯ୍ୟକ୍ କଟାକ୍ଷ ନ ଶୁଣିବାକୁ ପଡ଼ୁ ବୋଲି!' ତେବେ ସବୁ ପ୍ରଶ୍ନ କ'ଣ ପାଟି ଖୋଲି ପଚାରି ହୁଏ? ଏତେ କଷ୍ଟକର ପ୍ରଶ୍ନର ଉତ୍ତର ଖୋଜିବା ଅପେକ୍ଷା କ'ଣ ସହଜ ନଥିଲା କି, ଗୋଟିଏ ନିଶାଖୋର, ମଦ୍ୟପ ସ୍ୱାମୀକୁ ବରଣ କରିନେବା? କେଜାଣି, ମୁଁ ଠିକ୍ ନା ଭୁଲ୍! ମୋତେ ତ ସହଜ ଲାଗିଲା ସେ ଡାକ୍ତର ଘର ଏକମାତ୍ର ବୋହୂ ସାଜି ଓଠରେ ନାଲି ଲିପ୍‌ଷ୍ଟିକ୍ ଓ ମୁହଁରେ ମାନୁଥିବା ସାଜଶୃଙ୍ଗାର କରି ଧନୀଘର ବୋହୂର ପରିଚୟ ପାଇ ବଞ୍ଚିବା। ଏମିତି ହିଁ ଗତାନୁଗତିକ ଭାବେ ଆରମ୍ଭ ହୋଇଥିଲା ଏଇ ମୋର କାହାଣୀ; ଜୀବନ କାହାଣୀ! ଚାଲିଥାନ୍ତା ଓ ସରିଥାନ୍ତା ମଧ୍ୟ! ତେବେ ସରିଲାନି। ଅଚାନକ ଦ୍ୱିବେନ୍ଦୁଙ୍କ ଏଇ ସଡ଼କ ଦୁର୍ଘଟଣା କାହାଣୀକୁ, ମୋର ବୈଧବ୍ୟ, ଏ କାହାଣୀକୁ ସାରିଲାନି ତ ବରଂ ଆରମ୍ଭ କଲା ଗୋଟିଏ କାହାଣୀ!

ଆରମ୍ଭ: ଅନେକ ବର୍ଷ ପରେ ପୁଣି ଆରମ୍ଭ ହେଲା ଜୀବନ। ଛାତିରେ ଖାତା ଜାକି, ମଲିଟିଆ ଧଳାରଙ୍ଗର କୁର୍ତ୍ତି ଓ ଚୁଡ଼ିଦାର ପିନ୍ଧି ମୁଁ ଗଲି କମ୍ପ୍ୟୁଟର ସେଣ୍ଟର, କମ୍ପ୍ୟୁଟର ଶିଖିବାକୁ।

ମାସଟିଏ ଗଡ଼ିଯାଇଥିଲେ ସୁଦ୍ଧା ଆରମ୍ଭ ହୋଇ ନଥିଲା କାହାଣୀ। ଯଦିଓ ସେଇଠି ଆମେ ଝିଅ କୋଡ଼ିଏକୁ ପୁଅ ପନ୍ଦର ସତର ସରିକି ପିଲା କମ୍ପ୍ୟୁଟର ଶିଖୁଥିଲୁ। ମୁଁ ପୂର୍ବବତ୍ ହିଁ ଥିଲି, ନିରସ ଓ ମୌନ! ଦିନେ କିନ୍ତୁ ମୋ ସାମ୍ନା ସିଟ୍‌ରେ ବସିଥିଲା ସେ! ମୁଁ ତାକୁ ଚାହିଁବାକୁ ଚାହୁଁ ନଥିବା ସତ୍ତ୍ୱେ ଚାହିଁଲି। ମନ ଭିତରେ ଛୋଟ ନିରିମାଖି ଢେଉଟିଏ ମୁଣ୍ଡ ଉଠାଇ ବହିଗଲା। 'ଯେ କିଏ! ଆଖି ଦୁଇଟି କେତେ ଦୀପ୍ତ ଓ ଗଭୀର ସତରେ! ମୁହଁଟି ଏତେ ଶାନ୍ତ ପୁଣି ଏତେ ଉଜ୍ଜ୍ୱଳ କେମିତି! ପ୍ରାଜ୍ଞ ପୁରୁଷ ଜଣେ ନିଶ୍ଚେ। ଅବିକଳ ସୂର୍ଯ୍ୟଙ୍କ ତେଜ। ନା...ନା ଭୁଲ୍ କହିଲି, ଚନ୍ଦ୍ରଙ୍କ ପରି ଶାନ୍ତ ଓ ଶୀତଳ। ହେଏ... ନାଁଟି କ'ଣ ଯେ!'

ମନରେ ମୁଣ୍ଡ ଟେକୁଥିବା ପ୍ରଶ୍ନମାନଙ୍କୁ ମନ ଭୁଲାଇ, ଗୀତ ଶୁଣାଇ ଶୁଥାଇ ପକାଇଲି। ଅଧିକ ଜାଣିଲେ, ମୋ ପାଇଁ ଅଧିକ ଖରାପ! ତେବେ କ୍ଲାସ୍ ସରିବା ପରେ ଡିପାରଟର୍ ସାଇନ୍ କଲାବେଳକୁ ନୂଆ ନାଟିକୁ ଅଣ୍ଠାଲିବାର ମୋହକୁ କ'ଣ ତ୍ୟାଗି ପାରିଲି କି! ଆସ୍ତେକି ପଢ଼ିଲି, 'ସୁକୁମାର! ସୁକୁମାର ସ୍ୱାଇଁ!'

"ଓଃ...ନାଁ ଗୋଟିକ ବି କେତେ ସରଳ, ମନଲୋଭା, ମନଛୁଆଁ ସତରେ!" ମୁଁ ଗୁଣୁଗୁଣୁ ହେଇ କହିଲି, 'ସୁକୁମାର - ସିଲ୍ଳା', 'ସିଲ୍ଳା ସୁକୁମାର'... 'ସୁକୁ - ସିକୁ', 'ସିକୁ - ସୁକୁ'..., ହେଃ... ଅତି ବେକାର ବୁଦ୍ଧି ମୋର ଯାହା!"

ପ୍ରତିଦିନ କଂପ୍ୟୁଟର ସେଣ୍ଟର ପହଞ୍ଚିବା ଓ ସେଇଠୁ ଫେରିବା ଭିତରେ, ମୋ' ମନକୁ ଆନ୍ଦୋଲିତ କରି ରଖେ ଗୋଟେ ଢେଉ। ଦିନକୁ ଦିନ ବଢୁଥାଏ ଏ ଢେଉର ଉଚ୍ଚତା। ତେବେ ଆଶ୍ୱାସନାର କଥା ଏତିକି ମାତ୍ର ଯେ ଘରକୁ ଫେରିଲା ପରେ ଆଦିର ମୁହଁଟି ଦେଖିଲେ, ତା' ସରୁ ଓଠ ତଳର ହସ ଧାରଟି ଦେଖିଲେ ଏ ଢେଉ ନଇଁଆସେ ଧୀରେଧୀରେ। ତା' ଚିବୁକରେ ବୋକଟିଏ ଦେଉ ଦେଉ ଦାୟିତ୍ୱର ବୋଝ ତଳେ ମିଳାଇଯାଏ ସେ ଢେଉ। ସେଦିନ କିନ୍ତୁ ସେମିତି ହେଇ ନଥଲା। ମୁଁ ଓ ଜିନି, ସୁକୁମାର ଓ ଶୁଭେନ୍ଦୁ ଚାରିହେଁ ମିଶି ଯାଇଥିଲୁ ପାଖ ରେଷ୍ଟୁରାଣ୍ଟକୁ। ବାର୍ଥ୍‌ଡେ ଥିଲା ଜିନିର। ସେ ଓ ଶୁଭେନ୍ଦୁ ଉଭୟ ଯିବାକଥା, ତେବେ ସମାଜକୁ ଡର। ଲୋକଙ୍କ ନଜରକୁ ଏସବୁ ପ୍ରେମ ପ୍ରସଙ୍ଗ ଶୀଘ୍ର ଦୃଷ୍ଟିଗୋଚର ତ ହୁଏ, ଦୃଷ୍ଟିକଟୁ ବି ହୁଏ। ସେଇଥିକୁ ଆଡ଼େଇଯିବା ପାଇଁ ମୁଁ ଆଉ ସୁକୁମାର ଥିଲୁ ସେମାନଙ୍କ ସାଥୀରେ। ମୁଁ ତ ରାଜି ଥିଲି ଜିନିର ଅନୁରୋଧରେ। ତେବେ, ସୁକୁମାର ? ଖୁବ୍ ଅଳ୍ପ କଥା ହେଉଥିବା ସୁକୁମାରଙ୍କ ମୋତେ ଲୁଚେଇ ଲୁଚେଇ ବାରମ୍ବାର ଚାହିଁବା ବେଶ୍ ଥର ଧରା ପଡ଼ିଯାଇଥିଲା ମୋ ଆଖିରେ ସେଦିନ। ତଥାପି ନିଜକୁ ଭୁଲେଇଦେବା ପାଇଁ ମୁଁ ବାରମ୍ବାର ମୋ ନିଜକୁ ବୁଝାଉଥିଲି, 'ନା... ସେପରି କିଛି ବି ନୁହେଁ! ସେ ଦେଖୁଥିଲେ ସେପଟକୁ ଓ ଠିକ୍ ସେତିକିବେଳେ ମୁଁ ତାଙ୍କୁ ଦେଖି ନେଇଛି! ସୁକୁମାରଙ୍କ ଗାଡ଼ି, ତେଣୁ ଶୁଭେନ୍ଦୁ ନିଶ୍ଚୟ ହିଁ ତାଙ୍କୁ ଅନୁରୋଧ କରିଛି ସାଙ୍ଗରେ ଆସିବା ପାଇଁ। ତେଣୁ ସିନା...!'

ଏସବୁ ପର୍ଯ୍ୟନ୍ତ ଠିକ୍ ଥଲା। ତେବେ ରେଷ୍ଟୁରାଣ୍ଟରୁ ବାହାରିବା ବେଲକୁ ଅଦିନିଆ ମେଘ ସାଙ୍ଗକୁ, ବର୍ଷାର ଛିଟା। ଜିନି ଆଉ ଶୁଭେନ୍ଦୁ କଥା ହେଇ ହେଇ ବଢ଼ିଗଲେ ଆଗକୁ, ଗାଡ଼ି ଯାଏଁ। ସୁକୁମାର ବି ତ ଯାଇପାରିଥାନ୍ତେ ନା! ସେ କିନ୍ତୁ ବଢ଼ାଇଦେଲେ ତାଙ୍କ ହାତ, ମୋ ଆଡ଼କୁ। ବଢ଼ି ଆସିଥିବା ହାତ ଫେରେଇଦେବା କ'ଣ ଠିକ୍ ହୋଇଥାନ୍ତା ? ମୁଁ ଜାଣିନି ଏହାର ଉତ୍ତର! ମୋର ପ୍ରତ୍ୟୁତ୍ତରରେ ଆପେଆପେ ମୋ' ହାତଟି ବଢ଼ିଯାଇଥିଲା ତାଙ୍କ ହାତକୁ! ଅଦିନ ମେଘର ବର୍ଷାକୁ ମାତ୍ ଦେଇ

ଆମେ ସଭିଏଁ ଫେରିଲୁ ଯେ ଯାହା ଘରକୁ, ମୁଁ କିନ୍ତୁ ଫେରିଲି କି ନା, ମୁଁ ଜାଣେନା ଏକଥା ! ହୁଏତ ଫେରିଲି, ତେବେ ପ୍ରେମର ବର୍ଷାରେ ସଂପୂର୍ଣ୍ଣ ଜୁଡୁବୁଡୁ ହୋଇ। ଓଦା ସରସର ହୋଇ।

କାହାଣୀର ମୋଡ଼ (ଦ୍ବିଷ): ଆଜିକାଲି ମୁଁ ଅନୁଭବ କରିପାରେ ଯେ ମୋ' ହୃଦୟରେ ଖେଳି ବୁଲୁଥିବା ଲାଜୁଆ ହସ ଟିକକ ମୋ' ମୁହଁକୁ ଔଜ୍ଜଲ୍ୟ ଦେଇଛି। ଦେଇଛି ବି ଚଞ୍ଚଳତା ନିରୀହ ହରିଣୀ ଶାବକଟିଏର। ତେବେ ବୁଝିପାରେନା ଗୋଟିଏ କଥା, ମୋ' ଶାଶୂଙ୍କ ମୁହଁର ହସ ଲିଭିଯାଇଛି କାହିଁକି ? କ'ଣ ଏକମାତ୍ର ପୁଅ ଦିବ୍ୟେନ୍ଦୁଙ୍କ ହରେଇବା ଏହାର କାରଣ ହେଇଥାଇପାରେ କି ? ନା...ଅସମ୍ଭବ ! ପାଞ୍ଚ, ଛଅ ବର୍ଷ ଏଠି ବିତାଇ ସାରିଲା ପରେ ଅନ୍ତତଃ ମୁଁ ଏଥରେ ନିଃସନ୍ଦେହ ଯେ ଦିବ୍ୟେନ୍ଦୁଙ୍କ ଏଭଳି ଅବାଟରେ ଯିବା, ବେଖାତିର ଭାବ ନେଇ ନିଜ ପର ସବୁ ଲୋକଙ୍କୁ ହେୟ ଜ୍ଞାନ କରିବା ପଛରେ ଶାଶୂ ହିଁ ଦାୟୀ। ସେମାନଙ୍କ ଭିତରେ ଦୂରତା ବି ଏତେ ଅଧିକ ଥିଲା ଯେ କେହି କାହାକୁ ସହ୍ୟ କରିପାରୁ ନ ଥିଲେ ଘଡ଼ିକ ପାଇଁ। ଏମିତିରେ, ଏହା କେମିତି ଅବା ସମ୍ଭବ ଯେ !

ହଁ, ଯେ କାରଣଟି ହୁଏତ ହେଇଥାଇପାରେ। ଶ୍ବଶୁରଙ୍କ ସ୍ବାସ୍ଥ୍ୟ ବିଗିଡ଼ିବା ଯୋଗୁଁ ଏବେ ତାଙ୍କର ହସପିଟାଲ, କ୍ଲିନିକ୍କୁ ଯିବା ସମୟ କମିଯାଇଛି। ଅଧିକ ସମୟ ରହୁଛନ୍ତି ଘରେ। ତେଣୁ ପ୍ରଭାତ ଅଙ୍କଲଙ୍କ ଘରକୁ ଆସିବା ମଧ୍ୟ କମିଛି। ଯଦିଓ ବନ୍ଦ ହୋଇନି ସଂପୂର୍ଣ୍ଣ ରୂପେ।

ଏଇ ପ୍ରଭାତ ଅଙ୍କଲ ମଣିଷଟି ମୋ'ର କେମିତିକା ଅଙ୍କଲ ସେକଥା ତ ମୁଁ ଜାଣିନି, ଆହୁରି ବି ଜାଣିପାରିନି ସେ ମାମାଙ୍କର ବନ୍ଧୁ କେମିତି ହେଲେ ? ବାବାଙ୍କର ବନ୍ଧୁତା ସୂତ୍ରୁ ବନ୍ଧୁ ଅବା ତାଙ୍କର ନିଜର ପୁରୁଷ ବନ୍ଧୁ ହେତୁ ବନ୍ଧୁ ! ସେମାନଙ୍କର ଘନିଷ୍ଠତା ଯେ ମୋ' ମନରେ ପ୍ରଶ୍ନ ଝଡ଼ ସୃଷ୍ଟି କରିନି ସେକଥା ତ ନୁହେଁ, ତେବେ ପଚାରିଥାନ୍ତି କାହାକୁ ! ତେଣୁ ମୁଁ ନିଶ୍ଚୁପ୍ ! ତେବେ ସତ କହିବାକୁ ଗଲେ, ମୋତେ ସେ ଲୋକଟି ଜମାରୁ ଭଲ ଲାଗେନା !

ସର୍ବସମ୍ମୁଖରେ ମାମାଙ୍କର ତାଙ୍କ ପାଖକୁ ଭାଇ ଡାକ ଆଲରେ ଲାଗି ଆସିବା, ତାଙ୍କର ମଧ୍ୟ ମାମାଙ୍କୁ ଠକ୍କା, ଚାହିଁଚାପରା ଭରା କଥାବାର୍ତ୍ତା, ମୋ' ବାଟ ଓଗାଲି ଠିଆ ହୁଏ ସିନା, ସେ ଲୁଚାଇ ପାରିନାହାନ୍ତି କେବେ ମୋ' ନିକଟରୁ ତାଙ୍କର ସେଇ କାମୁକରେ ଭରା ଅପରିଚ୍ଛନ୍ନ ଆଁ ଆଖି ଦୁଇଟିକୁ। ମୁଁ ସତର୍କ ହେଇଉଠେ। ମୋତେ ସେ ଲାଗନ୍ତି ହିଂସ୍ର, ମଦମତ୍ତ ଷଣ୍ଢଟିଏ ପରି ! ଓ୍ବ, ମୁଁ, ବିନା ତାର ବାଡ଼ର ଅସହାୟ

ଛନଛନ ସବୁଜ ଗଛଟିଏ। ଭୟରେ ସାଙ୍କୁଡ଼ି ଯାଉ ଯାଉ ମୁଁ ସେମାନଙ୍କ ମଝିରୁ ପଳାଇଯିବା ପାଇଁ ବାଟ ଉଣ୍ଡେ। ମୁଁ କିନ୍ତୁ ଜାଣେ, ସେ ଖୁବ୍ ଚାଲାକ୍ ଧୂର୍ତ। ମାମା କେମିତି ଜାଣିପାରନ୍ତିନି କେଜାଣି! ବୋଧହୁଏ ସବୁ କିଛି ବୁଝିପାରୁଥିଲେ ସୁଦ୍ଧା ସେଇ ମଣିଷଟିର ସବୁ ଅବଗୁଣ ପାଇଁ ଆଖି ବୁଜିଦେବା ହେଲା ପ୍ରେମ। ଅନ୍ଧ ପ୍ରେମ!

ମାମା କହିଲେ, 'କେତେଥର ପ୍ରଭାତ୍ ଅଙ୍କଲ କହିଲେଣି, ତୋତେ ନେଇ ତାଙ୍କ ଘରୁ ବୁଲାଇ ଆଣିବା ପାଇଁ। ତୋ'ର ବେଳ ହେଉନି! ଆଜି ରେଡ଼ି ହେଇଯିବୁ, ଯିବା!'

ମୁଁ କହିଲି, 'ଆଉ ଆଦି! ସେ ଶୋଇଥିବ ମାମା! ତା'କୁ ନେଇ କୁଆଡ଼େ ଯିବା ଗୋଟାଏ ଝଞ୍ଜଟିଆ ବ୍ୟାପାର। ଆପଣ ଯାଆନ୍ତୁ, ବୁଲି ଆସନ୍ତୁ!'

ମୋର ଏ ପ୍ରତ୍ୟୁତ୍ତର ପରେ ଢେର୍‌ଦିନ ଚାଲିଲା ମାମାଙ୍କର ମୁହଁଫୁଲା। କଥାକଥାକେ ତୀକ୍ଷ୍ଣ ଛୁରିକାର ଆଘାତ। ମୁଁ ଶିଖୁଥିଲି ନିରବରେ ମୁଣ୍ଡପୋତି ପ୍ରତିବାଦବିହୀନ ଜୀବନ ଜିଇଁବା। ତେବେ ସେଇ ସମୟଗୁଡ଼ିକରେ ଯଦି ପାଖଆଖରେ ପ୍ରଭାତ ଅଙ୍କଲ ବି ଥାଆନ୍ତି, ଉଭୟଙ୍କର କଟାକ୍ଷ ମିଶିଯାଇ ଯମ ଯନ୍ତ୍ରଣା ପହଞ୍ଚାଇପାରେ। ନିଜକୁ ବିଚରା କହିଦେବା ଅତି ହଁ ସହଜ, ତେବେ ସତରେ ହଁ ସେ ପରିସ୍ଥିତିରେ ମୁଁ ମୋ ନିଜକୁ ବିଚାରୀ ଭିନ୍ନ ଅନ୍ୟ କିଛି ବି ଭାବି ପାରେନା।

ସେଦିନ ମାମାଙ୍କର କଡ଼ା ଆଦେଶ, 'ଆଜି ମାଉସୀ ଆସିଲେ, ଘର କାମ ସାରି ପୁଅକୁ ଜଗିଦେବ। ତୁ ରେଡ଼ି ହେଇଯିବୁ, ଯିବା ପ୍ରଭାତ ଅଙ୍କଲ ଘରୁ ବୁଲିଦେଇ ଆସିବା!' ମୋର ନା ଶୁଣିବା ପାଇଁ ତାଙ୍କ ଭିତରେ ଆଉ ଟିକିଏ ସ୍ୱହା ଥିବା ଭଳି ଅନୁଭବ ହେଲାନି ମୋ'ର। ଅଗତ୍ୟା ମୁଁ ଚୁପ୍ ରହିଲି।

କାହାଘରକୁ ବୁଲିବାକୁ ଯାଇଛ, ଡ୍ରଇଂରୁମ୍‌ରେ ବସିବା ଯାଏଁ କଥା ଠିକ୍ ତ ଅଛି। ଶୋଇବା ଘରକୁ ଯିବା କ'ଣ ଠିକ୍ କି? ତା' ବି ତାଙ୍କ ଘରେ କାମବାଲୀ ମାଉସୀଙ୍କୁ ଛାଡ଼ିଦେଇ ଆଉ କେହି ସ୍ତ୍ରୀଲୋକ ନଥିବା ଅବସ୍ଥାରେ! ମାମା କିନ୍ତୁ ଜୋର କରି ନେଇଗଲେ ମୋତେ ଶୋଇବା ଘର ବଖରା ଯାଏ। ମୁଁ ପ୍ରତିବାଦ କଲି– 'କହିଲି, ଏଠି ଠିକ୍ ଅଛି। ଏଠି ବସିବା!' ଗଛଗୁଡ଼ାକ ଦେଖିବାକୁ ଆରମ୍ଭ କଲି। ମାମା ଆସି ଜୋର୍‌କରି ଭିଡ଼ିନେଲେ ଶୋଇବା ଘର ଯାଏଁ। କହିଲେ, ତୁ ସେଠି କୁଣିଆଙ୍କ ପରି ବସିରହିଲେ ଅଙ୍କଲଙ୍କୁ ଭଲ ଲାଗିବ ନା? କ'ଣ ଭାବିବେ ସେ!'

ମୁଁ ମନେ ମନେ କହିଲି, ଏଥରେ ଭାବିବାର କ'ଣ ଅଛି ସେ! ମୁଁ ତ କିଛି ଅସୁନ୍ଦର କଥା କରିନି କି କହିନି। ବରଂ ତୁମେ ଯାହା ଜୋର୍‌କରି ମୋ ଦ୍ୱାରା କରାଉଛ, ତାହା ଖରାପ। ଖୁବ୍ ଖରାପ।' ତେବେ ମୁହଁ ଖୋଲି କିଛି ନ କହିପାରିବା ମୋର

ବିବଶତା ଥିଲା। ମୁଁ ଚୁପ୍ ରହିଲି। ବସିଲି ଯାଇ, ଶୋଇବା ଘରର ସେଇ ଖଟ ପାଖର ବେତ ଚେୟାର୍ ଉପରେ। ଦୁଇଟି ଚେୟାର୍, ମାମା ଯାଇ ବସିଲେ ଖଟ ଉପରେ। ବସିଲେ ତ ନୁହେଁ, ଯାଉ ଯାଉ ଗଡ଼ିପଡ଼ିଲେ ଖଟ ଉପରେ। ଗୋଡ଼ ଅଧା ଝୁଲି ରହିଲା ଖଟ ତଳକୁ ଓ ଗୋଟାକଯାକ ଶରୀର ସେଇ ଖଟର ନରମ ଗଦି ଉପରେ। ଓଃ– ମାମାଙ୍କ ଦେହ କ'ଣ ସତରେ ଏତେ ଅବଶ। ଏତେ ଥକ୍କା ଭରି ରହିଛି ତାଙ୍କର ଏଇ ସୁଢୋଳ ଦେହଟି ଭିତରେ। ମୋ'ର ଇଚ୍ଛା ହେଉଥିଲା ତାଙ୍କୁ କହନ୍ତି, 'ଇଏ କ'ଣ ଚାଲିଛି ଏଠି! ତୁମକୁ ଜାଗା ହଉନି ଯଦି ବସିବାକୁ, ମୁଁ ଉଠି ଯାଉଛି ବରଂ, ତୁମେ ଏଠି ବସ। ଯାହା କରୁଛ କର! ତେବେ ପ୍ଲିଜ୍, ଏମିତି ଅଭଦ୍ରଙ୍କ ଭଲି ହୁଅନା!' ମୋ'ର କିଛି କହିବା ପୂର୍ବରୁ ସେ କିନ୍ତୁ ମୋତେ ଚମକାଇ ଦେଇ ଟାଣିନେଲେ ମୋତେ ମୋର ଗୋଟିଏ ଆଖି ପଲକରେ ତାଙ୍କ ପାଖକୁ, ଖଟ ଉପରକୁ!

'ନା...ନା...ଏ କ'ଣ...?' କହି ଉଠୁଥିବା ବେଳେ ମୁଁ, ସେ ଖିଲ୍ଖିଲ୍ ହସରେ ପୋତି ହୋଇଯାଉଥିଲେ ଯେମିତି।

'ବି କାମ୍ ଡିଅର୍! ଘଡ଼ିଏ ଆରାମରେ ଶୋଇପଡ଼ ଏଠି। ମୁଁ ଯାଏ, ଚା' କରି ଆସେ ସଭିଙ୍କ ପାଇଁ' କହି ଦ୍ରୁତଗତିରେ ଚାଲିଗଲେ ୫ପଟିକି ରୋଷେଇ ଘରକୁ। ଏବେ ସେଇ ଏସି ରୁମ୍ରେ ବନ୍ଦ କବାଟ ପଛରେ କେବଳ ପ୍ରଭାତ ଅଙ୍କଲ୍ ଆଉ ମୁଁ। ପ୍ରଭାତ ଅଙ୍କଲ୍ ସୌଖୀନ ବେତ ଚେୟାର୍ ଉପରେ ବସିଥିଲେ ଖୁବ୍ ଆରାମରେ ଓ ମୁଁ ଦ୍ବନ୍ଦ୍ୱ, ଗ୍ଲାନି, ଅପମାନର ଫେଣ୍ଡାଫେଣ୍ଡି ଅନୁଭବମାନଙ୍କୁ ଏକ୍ଲା ସାମ୍ନାକରି ଥକିପଡ଼ୁଥିବା ଅବସ୍ଥାରେ ଅଧା ଚେତା, ବେଶୀ ନିସ୍ତବ୍ଧ ଶରୀରଟିକୁ ମୋର ଠେଲିଠୁଲି ତାଙ୍କ ଶୋଇବା ଘର ଖଟ ଉପରୁ ଟେକିଟାକି ଉଠାଇବା ଚେଷ୍ଟାରେ!

ଶେଷ: ମୁଁ ଜାଣେ, ଏହାଠାରୁ ଅଧିକ ବଡ଼ ବଡ଼ ଦୁଃସ୍ଥିତିକୁ ମୋତେ ସାମ୍ନା କରିବାକୁ ପଡ଼ିବ ଆଗକୁ। କେହି ବୋଲି କେହି ମୋର ସାହା ନଥିବେ! କେହି ବୋଲି କେହି ନଥିବେ କାହିଁକି ଯେ! ସୁକୁମାର ଖୁବ୍ ପ୍ରେମ କରନ୍ତି ମୋତେ, ମୁଁ ଅନୁଭବ କରିଛି ଏକଥା। ହଁ, ମୁଁ ଜାଣେ ମୋର ଅନୁଭବରୁ ଯେ ସେ ଖୁବ୍ ପ୍ରେମ କରନ୍ତି ମୋତେ। ସେଦିନ ତାଙ୍କର ସେଇ କ୍ଷଣିକ ଛୁଆଁରେ ମୁଁ ଅନୁଭବ କରିଛି ସେଇ ଦୃଢତା, ଯାହା ଥାଏ ପ୍ରେମିକ ପୁରୁଷଟିର ତା'ର ପ୍ରିୟତମା ପାଇଁ କେବଳ!

ତା'ହେଲେ ପୁନି, ଏତେ ଦିନ ଧରି ସେ ମୋ ଭଲମନ୍ଦର ଖବର ଥରେ ରଖି ନାହାନ୍ତି କାହିଁକି? ଜାଣନ୍ତି ତ ସେ, ମୁଁ କେତେ ନିଃସଙ୍ଗ, କେତେ ଏକା! ତଥାପି

ଖବର ରଖିନାହାନ୍ତି ମୋର, ଏମିତି କାହିଁକି ? ମୋ' ଅନୁଭବ; ଅନୁରାଗ ଓ ଅନୁଭୂତିଙ୍କ ଭିତରେ ବେଶ୍ କିଛି ସମୟ ଚାଲିଲା ଯୁଦ୍ଧ। ମୁଷ୍ଟି ଯୁଦ୍ଧ।

ଆଜିର ଏ ସମାଜରେ ପୁରୁଷର ସଖ୍ୟ ବିନା ନାରୀଟି କେତେ ଯେ ନିଆଶ୍ରୀ ସେକଥା କ'ଣ ଆଉ ଜାଣିବାକୁ ଡେରି ଅଛି ନା କ'ଣ ? ନାହିଁ ତ! ଦ୍ୱିବେଦୁଙ୍କ ମୃତ୍ୟୁ ପରେ ପ୍ରତିଟି ମୁହୂର୍ତ୍ତରେ ଅନୁଭବିଛି ମୁଁ ଏ ସତ୍ୟକୁ। ସେଇ ସମାନ ପରିସ୍ଥିତିରେ ଜଣେ ପ୍ରିୟ ପୁରୁଷ ପାଖରେ ସାହସ ଦେଇ, ପ୍ରେମ ଦେଇ ଛିଡ଼ା ହେବା କେତେ ଯେ ଦର୍ପ ଭରିଦିଏ ମନରେ, ସେକଥା ବି ଅନୁଭବ କରିବାକୁ କେଉଁ ବାକି ରହିଲା କାଣିଚାଏ। ଏତକ ବି ଅନାୟାସରେ ଶିଖାଇଦେଲେ ଈଶ୍ୱର କିଛି ସମୟ ପାଇଁ ହେଉ ପଛେ ସୁକୁମାରଙ୍କ ସାହଚର୍ଯ୍ୟ ଦେଇ।

ମୁଁ ଖଟ ଉପରୁ ଉଠୁ ଉଠୁ ପ୍ରଭାତ ଅଙ୍କଲଙ୍କ ଆଖି ଦୁଇଟିକୁ ଆଉଥରେ ନିରିଖେଇକି ଦେଖିଲି। ଦୁଇଟି ହିଂସ୍ର, ଶିକାରୀ ଆଖି। ମୁଁ ଜାଣେ, ତାଙ୍କର ସେଇ ଶିକାରୀ ତୀକ୍ଷ୍ଣ ନଜର ଲାଗିଛି କେଉଁଠ! ତେବେ ଜାଣେନି, ମୁଁ ଏକା ଏକା ତା' ବିରୁଦ୍ଧରେ ଲଢ଼ିବାର ସାହସ ରଖେ କି ନାହିଁ। ସେ ତ ପଛ କଥା, ତେବେ ଏଇ ମୁହୂର୍ତ୍ତରେ ମୋତେ ଏଇଠୁ ଏକା ହିଁ ସାହସ କରି ଉଠିବାକୁ ପଡ଼ିବ। ଘଡ଼ିକ ପାଇଁ ମନେ ପଡ଼ିଲେ ସୁକୁମାର! ପୁଣି ଭାବିଲି, 'ତାଙ୍କର କ'ଣ ଅଛି! ସୁଖରେ, ଶାନ୍ତିରେ ଅଛନ୍ତି ସେ! ସେଇଠି ପ୍ରେମ ନାମକ ଏକ ଝଡ଼କୁ ଅଯଥାରେ ଠେଲିଦେଇ ତାଙ୍କ ଶାନ୍ତି ଭଙ୍ଗ ନ କରାଯାଉ। ସେ ବାହାରି ଯିବେ ଏ ପ୍ରେମ ଭ୍ରମରୁ ଖୁବ୍ ଶୀଘ୍ର। ପୁଣି ଗୁଣ୍ଡୁଗୁଣ୍ଡୁ ହେଇ ନିଜକୁ କହିଲି, 'ବୁଝିଲୁ ନା ସିଂହ, ଏଇ କଥାଟା, ଯାହା ତୁ କହିଲୁ ମ, ପ୍ରେମ – ଭ୍ରମ କଥା, ତାହା ସତରେ ସେଭଳି ନୁହେଁ ମ! ବରଂ ୟାର ବିପରୀତ !'

'ହଁ ବିପରୀତ !'

'ହେଃ...ବିପରୀତ, ଫିପରୀତ...କିଛି ନାହିଁ। ସୁକୁମାର ଆଗକୁ ନିଶ୍ଚେ ହିଁ ଭୁଲିଯିବେ ଯେ କେବେ ସେ ସିଂହା ବୋଲି ଝିଅଟିଏକୁ ଭେଟିଥିଲେ କେଉଁଠ! ଯିଏ ବିଧବା ଥିଲା। ତା'ର ଗୋଟିଏ ପୁରୁଷର ଆଶ୍ରୟ ଶକ୍ତ ଭାବେ ଲୋଡ଼ା ଥିଲା ସେ ସମୟରେ। ହଁ, ତା'ର ଗୋଟିଏ କୁନିପୁଅ ଥିଲା। ତା'କୁ ସେ ଏକା ଏକା ବଡ଼ କେମିତି କଲା କେଜାଣି ? ଏ ସମାଜର ଅନେକ ଚକ୍ରାନ୍ତର ଭଉଁରୀରେ ମୁଣ୍ଡ ପାତିଦେଇ ହରାଇ ପକାଇଲା କି ତା'ର ଚରିତ୍ର ? ନା, ଏବେ ବି ସେମିତି ହଁ ଅଛି, ନିରିମାଖି ଓ ହସକୁରୀ !'

ସତରେ ତ, ଏତେକଥା ଭାବିବାକୁ ତାଙ୍କୁ କେମିତି ବା ଦେଇ ପାରିବି ଯେ ମୁଁ! ଘଡ଼ିକ ପାଇଁ ହେଲେ ବି ପ୍ରେମରେ ଟେକି ଦେଇଥିଲି ମୋ' ହାତକୁ ତାଙ୍କ

ହାତରେ, ସେ ହାତକୁ ବୋଝକରି କେମିତି ଲଦିଦେବି ତାଙ୍କ ଜୀବନରେ! ସେ ଥାଆନ୍ତୁ ସୁଖରେ; ଦୂରରେ!

ଗୋଟିଏ ଝଟକାରେ ନିଜକୁ ଏକାଠି କରି ଝାଡ଼ିଝୁଡ଼ି ମୁଁ ଉଠାଇନେଲି ସେଇ ଶୋଇବା ଘର ଖଟ ଉପରୁ ଓ ମାମା, ମାମା ଡାକି ଡାକି ଝଟିଟି ଗଲି ରୋଷେଇ ଘର ଆଡ଼କୁ!

ଏଇଟି ସରିଲା ଗୋଟିଏ କାହାଣୀ! ପ୍ରେମ କାହାଣୀ! ତୁମେ କ'ଣ ସ୍ୱୀକାର କରିପାରୁନା କି, ଏହାକୁ ଏକ ପ୍ରେମ କାହାଣୀ ବୋଲି? ତୁମେ ସ୍ୱୀକାର କର ଅବା ନକର, ମୁଁ ତ ଜୋର୍‌ଦେଇ କହିବି ଯେ ଏହା ଏକ ପ୍ରେମ ଗପ! ମୋ'ର ଏଭଳି ଭାବେ ଏ ଗପକୁ ପ୍ରେମ ଗପ କହି ଲଦିଦେବା ପଛରେ ଏକ ନିର୍ଦ୍ଦିଷ୍ଟ କାରଣ ଅଛି।

ଯେତେ ଯେତେ ଥର ମୁଁ ଗପ ଲେଖେ ଓ ଚାହେଁ ଯେ ଏହା ସମାଜରେ କିଛି ପରିବର୍ତ୍ତନ ଆଣୁ, ଲୋକେ ଜାଣନ୍ତୁ, ସତରେ ଘରକାନ୍ତ ଭିତରେ କେତେ କ'ଣ ଘଟିଯାଏ, ଯାହା ଦେଖାଯାଏନି ବାହାରକୁ। ସତରେ କିନ୍ତୁ ସେଇଠି ଲୁଚିଥାଏ ଦୁଃଖ, ଯାତନା, ନିର୍ଯାତନା...। ସେତେ ସେତେ ଥର ଲୋକେ କିନ୍ତୁ ତାକୁ ପ୍ରେମ ଗପ କହି ନିଅନ୍ତି ବଡ଼ ହାଲୁକା ଭାବରେ। ତେବେ ଲୋକଙ୍କୁ ଦୋଷ ଦେଇ ବୋଧେ ଲାଭ ହିଁ ନାହିଁ, ମୁଁ ତ ଲେଖେ ହିଁ ସେମିତି! ସେମିତି! ଏ ସେମିତିମାନେ କେମିତି? ଯେମିତି କି କ୍ୟାପ୍‌ସୁଲ – ଉପରେ ପ୍ଲାଷ୍ଟିକ୍‌ ଜରି ଖୋଲ କିନ୍ତୁ ଭିତରେ! ଭିତରେ ନାଲି, ନେଲି, ହଳଦିଆ, ଲାଲ୍‌ ରଙ୍ଗବେରଙ୍ଗର ଛୋଟ ଛୋଟ ଆକର୍ଷଣୀୟ ଗୁଲି। ସେ ଗୁଲି ଦେଖିବାକୁ ସୁନ୍ଦର ସିନା ନିର୍ମ୍ମିତାଠୁ ଅଧିକ ପିତା; ମହା ପ୍ରତାପୀ; ବଡ଼ ବଡ଼ କଷ୍ଟକର ରୋଗର ସମୂଳ ବିନାଶକାରୀ!!

'ହା...କି ଛଳନା, ସତରେ!'

ଉପରେ ରଖିଦେଲି ପ୍ରେମର ଖୋଲ ଓ ତା' ଭିତରେ ସଜାଇ ରଖିଦେଲି ଏ ଦୁନିଆରେ ଘଟୁଥିବା ଯାବତୀୟ ପ୍ରବଞ୍ଚନା। ପରକୀୟା ପ୍ରୀତି। ସ୍ନେହ ନାଁରେ ପରିବାର, ଆତ୍ମୀୟସ୍ୱଜନଙ୍କର ମାନସିକ ଶୋଷଣ। ବନ୍ଧୁ ବୋଲାଉଥିବା ଲୋକଙ୍କର ମୁଖା ତଳେ ଲୁଚିଥିବା ଛଳନାରେ ଭରା ମୁହଁ। ବିଶ୍ୱାସ ଓ ଅନ୍ଧବିଶ୍ୱାସର ଏଇ ଛକିଗୁନ ଖେଳରେ ଦୋଦୁଲ୍ୟମାନ ମୁଁ ଲୁଚିଗଲି... ସରି... ଲୁଚାଇନେଲି ନିଜକୁ ସିଙ୍କାର ମୁଖା ତଳେ ଓ ସାରିଦେଲି ଗୋଟାଏ କାହାଣୀ। ନାଁ ଦେଲି ତା'ର 'କାହାଣୀ କ୍ୟାପ୍‌ସୁଲ୍‌ ଅବା କ୍ୟାପ୍‌ସୁଲ୍‌ କାହାଣୀ!'

ପ୍ରେମଗଛ

'ସବୁ ସହର କ'ଣ ଏକାପରି! ଉଉପ୍ତ ଓ ରୁକ୍ଷ! କଂକ୍ରିଟ୍ ରୋଡ଼ରେ ଭରା!' ନିଜକୁ ପ୍ରଶ୍ନ କରି ନିଜେ ପୁଣି ଉତ୍ତର ରଖିଲି, 'ନା! ସବୁ ସହର ରୁକ୍ଷ ନୁହେଁ! ପ୍ରେମିକର ସହରରେ କଂକ୍ରିଟ୍ ରାସ୍ତାର କଡ଼େକଡ଼େ ବି ବଢ଼ୁଥାଏ ପ୍ରେମଗଛ। ଫୁଟୁଥାଏ ପ୍ରେମଫୁଲ। ଛୁଟୁଥାଏ ବାସ୍ନା। ଟାଣୁଥାଏ ମନ। ବିଭୋର ହେଉଥାଏ ମନ ସାଥିରେ ଆତ୍ମା।'

ଆଃ... ଆଜି ବି ଛକ ପରେ ମୋ' ଗାଡ଼ିର ମୁହଁ ସେଇ ବୁଲାଣି ରାସ୍ତା ଦିଗକୁ ମୁହାଁଇଲା। ଦିଶିଗଲା ମୋର ସେଇ ପ୍ରିୟ ଟିକେଟ୍ କାଉଣ୍ଟର୍। ସେଇଠି ବସିଥିବା ଟୋପିପିନ୍ଧା ଲୋକଟିର ଚିହ୍ନାଚିହ୍ନା ମୁହଁ। ଟିକେଟ୍ କିଣିବାକୁ ଆସିଥିବା ଦୁଇଜଣ ଲୋକଙ୍କ ସାଥିରେ କଥା ହେବାରେ ସେ ବ୍ୟସ୍ତ ଥିଲା।

ଖୁବ୍ ଇଚ୍ଛା ହେଲା, ଗାଡ଼ିକୁ ବନ୍ଦ କରିବି। ପାଖକୁ ଯିବି। ପଚାରିବି, 'ଟିକେଟ୍। କେଉଁ ଜାଗାକୁ ଯିବେ? ଆପଣ କ'ଣ ସେଠି ଚାକିରି କରନ୍ତି? ଓଃ... ଆପଣଙ୍କର ଘର ସେଇଠି! ଖୁବ୍ ଭଲ ସହରଟିଏ ନୁହେଁ!' ତା'ପରେ ହସିବି ଅଳ୍ପ। ମୋ' ହସ ଦେଖି ସେ ପଚାରିବାକୁ ବାଧ୍ୟ ହେବେ, 'କ'ଣ ଆପଣଙ୍କ ଘର ମଧ୍ୟ ସେଇଠି କି ? କୋଉ ଏରିଆ କହିଲେ? ହଁ... ହଁ... ସେ ଏରିଆଟା ଆମ ଘର ପାଖାପାଖି ହେବ। ଓଃ... ଡକ୍ଟର ଆୟୁଷ ମିଶ୍ର! କିଏ ନଜାଣେ ଯେ ତାଙ୍କୁ! ଏତେ ଅଳ୍ପ ବୟସରୁ ଖୁବ୍ କମ୍ ଜଣଙ୍କୁ ଏମିତି ସଫଳତା ମିଳିଥାଏ।'

ଟିକେଟ୍ କାଉଣ୍ଟରର ସେଇ ଟୋପିପିନ୍ଧା ଲୋକଟି ମୋ' ଆଡ଼କୁ ଚାହିଁ ପଚାରିଲା, 'କ'ଣ ମା'! ଆଜି ଟିକେଟ୍ କାଟିବା ତ!'

'ଆଃ... ଆୟୁଷ... ତୁମ ସହରଟା ଏତେ ଆକର୍ଷଣୀୟ କାହିଁକି ! ତା'ର ସବୁକିଛି ନୀଳ ଦିଶେ ମୋତେ। ଆକାଶ ନୀଳ। ମାଟି ବି ନୀଳ। ପାଣି ବି ନୀଳ। ମୁଁ ତୁମ ସହରର ନାଆଁ ଦେଇଛି... ନୀଳ ସହର।'

ମୋ' ଚାକିରିକୁ ଏଇ ତ ପୁରିଛି ମାତ୍ର ଗୋଟିଏ ମାସ। ବ୍ୟାଙ୍କ୍‌ରୁ ଘରର ଦୂରତା ପାଖାପାଖି ସାଢ଼େ ତିନି କିଲୋମିଟର। ବ୍ୟାଙ୍କ୍‌ରୁ ମାତ୍ର ପାଞ୍ଚଶହ ମିଟର ଦୂରତା ସିଧା ଆସିଲା ପରେ ପଡ଼େ ଏଇ ଛକ। ଟ୍ରାଫିକ୍ ଛକ, ଏଇଠୁ ଫିଟିଛି ଘରପାଇଁ ଦୁଇଟି ରାସ୍ତା। ଗୋଟିକ ସିଧା ଓ ଅନ୍ୟଟି ବୁଲାଣି।

ସିଧା ରାସ୍ତାଟିରେ ଘରକୁ ଗଲେ ତିନି କିଲୋମିଟର ବାଟ। ବୁଲାଣି ରାସ୍ତା ଦେଇ ଗଲେ ଆଉ ଅଧ କିଲୋମିଟର ରାସ୍ତା ଅଧିକ। ତଥାପି ଏଇ ମାସକଯାକ ମୁଁ ଏଇ ବୁଲାଣି ରାସ୍ତା ଦେଇ ଘରୁ ଅଫିସ୍ ଯାଇଛି ଓ ପୁଣି ଅଫିସରୁ ଘରକୁ ଫେରିଛି। ଆଜିଯାଏଁ ଏ'ର ରହସ୍ୟ ମୁଁ କାହା ପାଖରେ ଖୋଲିନି। ନିଜଠୁ ମଧ ଲୁଚାଇ ରଖିଛି।

ତେବେ ଏଇ ବୁଲାଣି ରାସ୍ତାରେ ପଡ଼ୁଥିବା ଟିକେଟ୍ କାଉଣ୍ଟର୍‌ରେ ଟିକେଟ୍ ବିକୁଥିବା ଏଇ ବୁଢ଼ା ଟୋପିବାଲା ଲୋକଟି ବୋଧେ ମୋ' ରହସ୍ୟକୁ ଭେଦ କରିନେଇଛି !

ସେଦିନ ଗାଡ଼ି ଠିଆକରି କାଉଣ୍ଟର ପାଖକୁ ଯାଉଯାଉ ପଚାରିଲା, 'ସେଠି କିଏ ଅଛନ୍ତି କି ମା' !'

ମୁଁ କିଛି ନକହି ତଳକୁ ମୁଣ୍ଡ ପୋତିଲି। ମୋ' ଲାଜଲାଜ ମୁହଁ ଦେଖି କ'ଣ ଅନୁମାନ କଲା କେଜାଣି, କହିଲା, 'ଏଇ ନିଅ। ମୋ' ନମ୍ବର ଟିପିରଖ। ତୁମର ଯେବେ ଯିବାକୁ ହେବ, ମୋତେ କେବଳ ଥରୁଟିଏ ଫୋନ୍ କରି ଜଣାଇଦେବ। ମୁଁ ତୁମ ପାଇଁ ସବୁଠୁ ଭଲ ବସ୍ତିର ଭଲ ସିଟ୍‌ଟିକୁ ରଖିଦେବି।'

ସେଦିନୁ ଆଉ ତା' ପାଖକୁ ଯାଇନି। ତେବେ ଗଲା ଆସିଲା ବେଳେ ଯେତେ ବ୍ୟସ୍ତ ଥିଲେ କି ସେ ମୋତେ ଦେଖି ହସେ ଓ ମୁଁ କି ପ୍ରତ୍ୟୁତ୍ତରରେ ହସିଦେଇ ଆଗେଇଯାଏ। ଖୁବ୍ ଲାଜ ଲାଗେ ମୋତେ। ଯେମିତି ଅଚାନକ ତୁମର କୌଣସି ଆତ୍ମୀୟଙ୍କ ସହ ଭେଟ ହେଇଗଲା ମୋର। ସେ ମୋ' ଖବର ଯାଇ ତୁମକୁ ଶୁଣାଇବ, ଏମିତି ହିଁ କିଛି ଅନୁଭବରେ ଭିଜିଯାଏ ମୁଁ।

ଅଥ ବ୍ୟାଙ୍କ୍‌ରେ ଶୁଣିବାକୁ ପାଇଲି, କ'ଣ ଗୋଟାଏ ଟ୍ରେନିଂ ଅଛି ତୁମ ସହରରେ। ପାଞ୍ଚଦିନ ପାଇଁ ଟ୍ରେନିଂ। ମୁଁ ପୁଣିଥରେ ବୁଡ଼ିଗଲି ସ୍ୱପ୍ନରେ।

'ଆଃ... ଏ ଟ୍ରେନିଂ ଲେଟର୍‌ଟି ମୋ' ନାଆଁରେ ହେଇନଥାନ୍ତା' ନଜାଣିଲା ପରି ସମସ୍ତଙ୍କୁ ପଚାରିଲି, 'ଆଚ୍ଛା ! ଏ ଟ୍ରେନିଂ କେଉଁଠି ? କେଉଁ ସମୟଯାଏ ଟ୍ରେନିଂ।

ଯିଏ ଗଲେ ଚଳିବ, ନା କେବଳ ଅଞ୍ଜଲା ସିଂ ହିଁ ଯିବ ?' ଏଭଳି ସବୁକଥା ଯେବେ ପଚାରିବାକୁ ଲାଗିଲି, ସମସ୍ତେ ସନ୍ଦେହରେ ମୋ' ମୁହଁକୁ ଚାହିଁଲେ। କେହି କିନ୍ତୁ ଥରେ ହେଲେ କହିଲେନି ଯେ, 'ଯିଏ ଗଲେ ଚଳିବ। ସ୍ମିତା... ତୁ ଯିବୁ କି ? ତୁ ତ ଏକୁଟିଆ ଲୋକ। ଦାୟିତ୍ୱ ବୋଲି କିଛି ନାହିଁ ଏବେ ତୋର। ଘର, ଦ୍ୱାର, ସଂସାର, ପିଲାଛୁଆ। ଯାଉନୁ ଯା'। ବୁଲି ଆସିବୁ... ଯା'।'

ଅଞ୍ଜନା ସିଂ ମଧ୍ୟ ଥରୁଟିଏ କହିଲାନି ଯେ, 'ମୋ' ଝିଅ ଛୋଟ ଅଛି ସ୍ମିତା। ମୋ' ସାନ ଭଉଣୀଟା ପରା, ମୋ' ପାଇଁ ଥରେ ଯାଆନ୍ତୁନି। ଆରଥର ତୋ' ଟ୍ରେନିଂ ବେଳକୁ ମୁଁ ଚାଲିଯିବ। ଏଥରକ ତୁ ମୋ' ପାଇଁ ଯା' ଟିକେ, ପ୍ଲିଜ୍।'

ମୁଁ ତାଙ୍କ ମୁହଁକୁ ବଲବଲ ଚାହିଁ ଭାବୁଥିଲି, 'କେମିତିକା ମା'ଟା! ଦାୟିତ୍ୱ ଜ୍ଞାନ ବୋଲି କିଛି ନାହିଁ ଯାଙ୍କର। ଏତେ ଛୋଟ ଛୁଆକୁ ନେଇ କ'ଣ ଦୂର ସହରକୁ କେହି ଯାଏ।'

ପଚାରିଲି, 'ଅଞ୍ଜନା ଅପା! ଝିଅକୁ କ'ଣ ଗୋଟେ ବର୍ଷ ପୂରିଗଲା ?'

: 'ନାଇଁରେ! ଏଇ ପରା ସାତ ତାରିଖକୁ ଆଠ ମାସ ପୂରିବ।'

: 'କେମିତି କରିବ ? ଟ୍ରେନିଂକୁ କ'ଣ ଛୋଟ ଝିଅକୁ ନେଇକି ଯିବ ? ନନେଇ ପୁଣି ଯିବ ବା କେମିତି ?'

: 'କ'ଣ କରିବା କହ। ଚାକିରି କରିଛେ ମାନେ ମୁଣ୍ଡ ବିକିଛେ। ଅବଶ୍ୟ ଭୁବନେଶ୍ୱରରେ ମୋ ସାନଭାଇ, ଭାଉଜ ଅଛନ୍ତି। ତାଙ୍କ ସାଥୀରେ ମୋ' ମା' ବି ରହନ୍ତି। ଝିଅର କିଛି ଅସୁବିଧା ହେବନି ଯେ।'

ସେ ନିଜ କାମରେ ଧ୍ୟାନ ଦେଲେ। ମୁଁ ବୁଡ଼ିଗଲି ମୋ' ଚିନ୍ତାରେ। 'ତୁମର ଡାକ୍ତର ଚାକିରି। ଖୁବ୍ ବ୍ୟସ୍ତତାମୟ ଜୀବନ। ଏମିତିରେ ମୁଁ କି ଯଦି ଚାକିରି କରେ, ତେବେ ଆମ ପିଲାମାନଙ୍କୁ ସମ୍ଭାଳିବ କିଏ ? ସେମାନେ ତ ପରହାତରେ ଅବହେଳାର ଶିକାର ହେବେ। ତାଙ୍କୁ ଭଲ ମଣିଷ କରି ଗଢ଼ି ତୋଲିବା ପାଇଁ ମୋତେ ଚାକିରି ଛାଡ଼ିବାକୁ ପଡ଼ିବ। ଆୟୁଷ। ମୋ'ର କୌଣସି ଆପତ୍ତି ନାହିଁ, ଚାକିରି ଛାଡ଼ିବାରେ। ସୁଗୃହିଣୀଟିଏ ହେବା କ'ଣ ଗୋଟିଏ ତପସ୍ୟାଠାରୁ କମ୍ କି ? ନିକର ସବୁ ଇଚ୍ଛା ଅନିଚ୍ଛାକୁ ତ୍ୟାଗିଦେଇ ଗଢ଼ିବାକୁ ପଡ଼େ ଗୋଟେ ସୁନ୍ଦର, ବୁଝାମଣାର ପରିବାର। ଯେଉଁଠି ସମସ୍ତେ ସମସ୍ତଙ୍କୁ ବୁଝିପାରୁଥିବେ। ଭଲପାଉଥିବେ। ସମ୍ମାନ ଦେଉଥିବେ ଏକ ଆରେକର ଖୁସିକୁ। ବାଣ୍ଟିବେ ଏକ ଆରେକର ଦୁଃଖ, ଅନ୍ତର୍ଯନ୍ତ୍ରଣା। ମୁଁ ଉତୁରି ଆସିପାରିବି ତ ସେଇ ପରୀକ୍ଷାରେ! ଆମର ଭେଟ ନ ହେବା ଯାଏ ମୋତେ କିନ୍ତୁ ଏ ଚାକିରି କରିବାକୁ ପଡ଼ିବ। ନହେଲେ ତୁମେ କେମିତି ବିଶ୍ୱାସ କରିପାରିବ ଯେ,

ଡାକ୍ତରୀ ନ ପଢ଼ି ପାରିଲେ କ'ଣ ହେଲା। ମୁଁ ତୁମ ପାଇଁ ଶିକ୍ଷାରେ, ବୃଦ୍ଧିରେ ଯୋଗ୍ୟ। ତୁମ ପରିବାର, ଆମ ପରିବାରକୁ ସୁନ୍ଦର, ସମର୍ଥ କରି ଗଢ଼ି ତୋଲିବାର ସାମର୍ଥ୍ୟ ମୋ' ଭିତରେ ଅଛି।'

'ଆଃ... କ'ଣ ଯେ ଭାବିବସେ ମୁଁ। ମୋ'ର ଭାବନାର ଠିକଣା ନାହିଁ ସତରେ।' ଯେଉଁଠି ଆମେ ପରସ୍ପରକୁ ଭେଟିପାରିନେ ଥରେ, ସେଠି ମୁଁ ଘର ତୋଲି ପରିବାର ଗଢ଼ି ବୁଢ଼ୀ ହେବାକୁ ବସିଲିଣି। ନିଜ ଉପରେ ହସିଲି ବହେ। ନିଜ ଉପରେ ହସିବା ବି ଠିକ୍ ନୁହେଁ ଭଲି ମୋତେ ଲାଗିଲା। ହଁ, ଗତକାଲି ହିଁ ତ ମା' ବାବାଙ୍କୁ କହୁଥିଲେ, 'ଏବେ ସ୍ନାତାର ଚାକିରି ବି ହେଲାଣି। ତୁମେ ତାଙ୍କ ମାମୁକୁ ଡାକି ସବୁକଥା ଥରେ ପକ୍କା କରିନିଅ। ଆୟୁଷକୁ ବି ଥରେ ଘରକୁ ଡାକି ଆଣିବାକୁ କୁହ। ଏମିତି ନହେଉ ପରେ ନେଡ଼ିଗୁଡ଼ କହୁଣିକୁ ବହିଯାଉଥିବ।'

ତାଙ୍କ କଥା ଶୁଣି ମୋତେ ବି ଖୁବ ଡର ଲାଗିଲା।

'ଆଃ... ଏ ଦଶବର୍ଷ ଧରି ଭୋଗିଥିବା ସ୍ୱପ୍ନ ସବୁ ଆଉ ଦୁଃସ୍ୱପ୍ନ ହେଇ ଯିବେନି ତ ? ନା... ନା...। ଏମିତି ହେବନି କେବେହେଲେ।'

ଦଶବର୍ଷ। ହଁ... କେତେ ପଢ଼ୁଥିଲି ମୁଁ ସେତିକି ବେଳେ! ସପ୍ତମ! ହଁ, ସପ୍ତମ। ଦିନେ ପିଇସୀ ଝିଅ ଭଉଣୀଠାରୁ ଶୁଣିଲି, ମୋ' ବାହାଘର ଠିକ୍ ହେଇସାରିଛି, ଏମିତି ଜଣେ ପୁଅ ସାଥିରେ ଯିଏ ଖୁବ୍ ଭଲ ପଢ଼େ। ଖୁବ୍ ସୁନ୍ଦର ଯାହାର ଚେହେରା! ମୁଁ ପଚାରି ପାରିଲିନି ମୋ' ବଡ଼ ଭଉଣୀକୁ, 'ଅପା! ତା' ନାଆଁ କ'ଣ ? କେତେ ପଢ଼େ ? କେଉଁଠି ତା'ର ଘର ?' ସେ କ'ଣ ମୋତେ ଦେଖିଛି ? ଦେଖିନି ଯଦି ପୁଣି ମୋତେ ବାହାହେବାକୁ ହଁ କହିଲା କେମିତି ?'

ତେବେ ସ୍ୱପ୍ନଟିଏ ମନଭିତରେ କେଉଁଠି ବସା ବାନ୍ଧୁଥାଏ, 'ଗୋଟିଏ ଘର। ଆପଣାର ଘର। ନିଜର ସଂସାର। ପ୍ରେମିକ ବର।'

ସବୁ ଝିଅ ବୋଧେ ଏମିତି! ନିଜକୁ ସମ୍ଭାଳି ପାରିନଥିବା ବୟସରୁ ସେମାନେ ସ୍ୱପ୍ନ ଦେଖିପାରନ୍ତି ଗୋଟିଏ ପରିବାର ସମ୍ଭାଳି ନେବାର! ମୁଁ ମଧ୍ୟ ବ୍ୟତିକ୍ରମ ନଥିଲି। ମୁଁ ସେଇ ଗୋଟିଏ ସ୍ୱପ୍ନରେ ମୋ'ର ଭିନ୍ନଭିନ୍ନ ରଙ୍ଗ ଭରିଦେଇ ବଞ୍ଚୁଥିଲି ମୋ'ର ଜୀବନ। ବିତୁଥିଲା ବର୍ଷ।

ନାଆଁ ଜଣାନଥିବା ପୁଅଟିଏ ମୋ' ମନଭିତରେ ସେଇ ଦଶବର୍ଷ ତଳେ ପୋତି ଦେଇଥିଲା ପ୍ରେମ ମଞ୍ଜିଟିଏ। ବୟସ ସାଥୀରେ ସେଇ ମଞ୍ଜି ଭିତରୁ ମାଟି ଫଟାଇ ଉପରକୁ ଉଠୁଥିଲା ଦୁଇଟି କଅଁଳ ପତ୍ର। ତଥାପି ବାକି ହେଇ ରହିଥିଲା କିଛି ଆବରଣ। ସେଇ ଆବରଣ ଫିଟିଗଲା ସେଇଦିନ, ଯେଉଁଦିନ କଲେଜରୁ ଫେରି

ଘରେ ଭେଟିଥିଲି ତୁମ ମାମୁଙ୍କୁ। ତୁମ ମାମୁ ବ୍ୟସ୍ତ ଥିଲେ ବାବାଙ୍କ ସହ କଥାରେ। ମାଆ ବ୍ୟସ୍ତ ଥିଲେ ରୋଷେଇ ଘରେ, ବୋଧହୁଏ ତାଙ୍କ ଚର୍ଚ୍ଚା ପାଇଁ ରୋଷେଇରେ।

ଘରକୁ ପଶୁପଶୁ ଆଖି ଇସାରାରେ କହିଦେଲେ, 'ମୁଣ୍ଡିଆ ମାର!' ମୁଁ ମୁଣ୍ଡିଆ ମାରିଲି। ସେ ଆଶୀର୍ବାଦରେ ପୋତିପକାଇଲେ ମୋତେ। କହିଲେ, 'କି ସୁନ୍ଦର ମାନିବ ଦୁଇଜଣଙ୍କର ଯୋଡ଼ି। ଯେମିତି ରାମ-ସୀତା। ଆୟୁଷ୍ମତୀ ହେଇଥାଅ ମାଆ! କେମିତି ପଢୁଛ ? ଡାକ୍ତର ହେବ କି ? ମନଦେଇ ପଢ଼। ଆମ ଆୟୁଷ ଖୁବ୍ ଭଲ ପଢ଼େ, ଜାଣିଛ ନା! ଥରକରେ ମେଡିକାଲ୍ ପାଇଛି ସେ !' ଗର୍ବରେ ଦୀପ୍ତ ହେଇ ଉଠିଲା ତାଙ୍କ ଆଖି। ମୁଁ ମୁହଁ ପୋତି ମୁଣ୍ଡ ରୁଙ୍ଗାରିଲି। କେହି ଦେଖିପାରିନଥିବେ ମୋ' ମୁହଁ। ମୁଁ କିନ୍ତୁ ଜାଣେ, ମୋ' ମୁହଁର ଦୀପ୍ତିରେ ଫିଟିଗଲା ସେଇ ଦ୍ୱିପତ୍ରୀ ଶିଶୁଗଛଟିକୁ ଢାଙ୍କି ରଖିଥିବା ସୂକ୍ଷ୍ମ ଆବରଣ।

ମା' କହିଲେ, 'ଯାଆ! ଗୋଡ଼ ହାତ ଧୋଇନେ! କ'ଣ ଟିକିଏ ଜଲଖିଆ ଖାଇନେ।'

ମୁଁ ଧାରେଧାରେ ଅପସରି ଗଲି। ଖୁସିର ଆତିଶଯ୍ୟରେ ଲଥକରି ବସିଗଲି ବିଛଣାଟା ଉପରେ। ବାରମ୍ବାର ଉଚ୍ଚାରୁଥିଲି ନାଆଁଟିଏ... ଆୟୁଷ... ଆୟୁଷ... ଆୟୁଷ। ଅଜବ ଶିହରଣରେ ଶିହରି ଉଠିଲା ମୋ' ଶରୀର। ଅନୁଭବ ହେଉଥିଲା, ଏ ନାଆଁ ଆଗରେ ତୁଚ୍ଛ ହୀରା... ନୀଲା... ମୋତି... ମାଣିକ। ଲଜ୍ଜାରେ ପୋତି ହେଇଯାଉଥିଲା ମୁଣ୍ଡ। ମନରେ ଭାସିଆସିଲା ଛବିଟିଏ। ଜଣେ ପ୍ରଜ୍ଞାବାନ, ଦୀପ୍ତ ପୁରୁଷଟିଏର ଛବି। ମୋ' ଜୀବନସାଥୀଙ୍କର ଛବି।

ଅପେକ୍ଷା କଲି। ମାମୁଙ୍କ ଯିବା ପରେ ମା' ନିଶ୍ଚୟ ଆସି ମୋତେ ତୁମ ବିଷୟରେ ଜଣାଇବେ। ମା'ଙ୍କ ସାଥିରେ ତୁମ ବିଷୟରେ କଥାହେବି, ଏକଥା ଭାବିଦେଲା ବେଳକୁ ଲାଜରେ ରକ୍ତାଭ ହେଇ ଉଠୁଥାଏ ମୋ' ମୁହଁ। ସେ କ'ଣ ପ୍ରଶ୍ନ କଲେ, ମୁଁ କ'ଣ ଉତ୍ତର ରଖିବି ଯାହା ଅଶୋଭନୀୟ ଲାଗିବନି; ସେଇ କଥାକୁ ଭାବିଭାବି ଭାରାକ୍ରାନ୍ତ ହେଇଉଠୁଥିଲା ମୋ' ମୁହଁ। ଏମିତିରେ ମୁଁ ନା ମା'ଙ୍କୁ ମନକଥା ଖୋଲି କହିପାରେ ନା ବାବାଙ୍କୁ। ଏକାକୀ, ନିଃସଙ୍ଗ ସନ୍ତାନଟିଏ ମୁଁ କେବେଠୁ ଅନ୍ତର୍ମୁଖୀ ହେଇସାରିଥିଲି। କାହାକୁ କିଛି କହି ପାରୁନଥିବା ମୁଁ, ସ୍ୱପ୍ନରେ ବଞ୍ଚେ ଅଧିକ ସମୟ।

ମାମୁଙ୍କ ଯିବାପରେ ମଧ୍ୟ ମାଆ ମୋତେ ଯେତେବେଲେ କିଛି ପଚାରିନଥିଲେ, ସେତେବେଲେ ଲାଗିଲା ଯେମିତି, 'ଆଃ... ବଞ୍ଚିଗଲି ମୁଁ !'

ତେବେ ସତ କହିଲେ, ମନ ଭିତରେ ଗୋଟିଏ ପ୍ରବଲ ଇଚ୍ଛା ଲହଡ଼ି ଭାଙ୍ଗୁଥିଲା, ତୁମ ବିଷୟରେ କଥା ହେବା ପାଇଁ। ତୁମ ଫଟୋଟିଏ ଦେଖିବା ପାଇଁ। ତୁମ ବିଷୟରେ ମୋ' ଅନୁଭବ ସବୁକୁ ବାଣ୍ଟିବା ପାଇଁ। ଅନେକ ହଁ ନା'ର ଦ୍ୱନ୍ଦ ଭିତରୁ ବାହାରି ଅତି କଷ୍ଟରେ ମୋ' ସାଙ୍ଗ ଲୀନାକୁ କହିଥିଲି ତୁମ କଥା।

ସେ ହସିହସି ଗଡ଼ିଗଲା। ଚିଡ଼ାଇବାକୁ ଆରମ୍ଭ କଲା, 'ସ୍ମିତା! ଏ ତୋ'ର କେମିତିକା ପ୍ରେମ! ନଦେଖି, ନଜାଣି ପୁଣି ଏତେ ପ୍ରେମ!'

ମୁଁ କହିଲି, 'ଆଣି ଦେଉନୁ ଫଟୋଟିଏ। ମୁଁ କ'ଣ ଦେଖିବାକୁ ମନା କରୁଛି କି!'

ଏଇ ଲୀନା କିନ୍ତୁ ମୋ' ପାଇଁ ତୁମର ଫଟୋଟିଏ ଯୋଗାଡ଼ କରିପାରିଲା ନାହିଁ। ନିଜେ ତ ବଛାକୁ ବଛା ପ୍ରେମିକ ବଦଳାଏ, ମୋ' କଥା କିନ୍ତୁ ମା', ବାବାଙ୍କ ପାଖରେ ରଖିପାରିଲା ନାହିଁ। ତା' ଉପରେ ମୋ'ର ଢେର୍ ଅଭିମାନ। ତଥାପି ପ୍ରେମଗଛଟିର ଚେର ଶକ୍ତ ହେଉଥାଏ! ମୁଁ ସ୍ୱପ୍ନ ବୁଣୁଥାଏ। ଦିନରାତି ତୁମ ସହ ସଂସାରଟିଏ ଗଢୁଥାଏ। ତୁମ ଅଜାଣତେ ତୁମକୁ ମୁଁ ମୋ' ଜୀବନ ନାଆର ନାଉରୀ କରି ସାରିଥିଲି।

ପ୍ରତ୍ୟେକ ଝିଅ ବୋଧହୁଏ ଏମିତି! ନିଜ ମନର ମଣିଷକୁ ଭେଟିଲାପରେ ସେ ପ୍ରେମ ନାଆଁରେ ଗଢୁଥାଏ ନିଜ ପାଇଁ ଗୋଟିଏ ଈପ୍ସିତ ପୃଥିବୀ। ତୋଳୁଥାଏ ଗୋଟିଏ ଘର। ଗୋଟିଏ ପ୍ରେମର ସହର।

ଥରେଥରେ ମୋତେ ଡର ମାଡ଼େ। 'ତୁମେ ଯଦି ମୋତେ ଦେଖିଲା ପରେ, ମୋତେ ଜାଣିଲା ପରେ... ମୋତେ ନାପସନ୍ଦ କର। ତୁମେ ଏତେ ମେଧାବୀ। ମୁଁ ଯେ ତିନିଥର ଚେଷ୍ଟାପରେ ମଧ୍ୟ ଡାକ୍ତରୀ ପ୍ରବେଶିକା ପରୀକ୍ଷାରେ ଉତ୍ତୀର୍ଣ୍ଣ ହେଇପାରିଲି ନାହିଁ।' ଭାବିଦେଲା ମାତ୍ରେ ଥରିଯାଏ ମୋ' ହାତ ପାଦ।

ପୁଣି ଥରେଥରେ କ'ଣ ଭାବେ କହିଲା, 'କାହିଁକି ପସନ୍ଦ ନକରିବ ଯେ? ମୁଁ କେଉଁ ରୂପରେ, ଗୁଣରେ କମ୍ କି?'

ସେଦିନ ମୁନା କହିଲା, 'ବୁଝିଲୁ ସ୍ମିତା! ତୁ'ଟା ଖୁବ୍ ଭାଗ୍ୟବତୀ!'

ମୁଁ ପଚାରିଲି, 'କେମିତି? ବୁଝାଇ କହିଲୁ।'

କହିଲା, 'କେମିତି କ'ଣ! ମା', ବାପାଙ୍କର ଗୋଟିଏ ବୋଲି ଅଳିଅଳି ଝିଅ। ବଢ଼ିଲୁ ଅଯସ ଆରାମରେ। ବର ପାଇବୁ ପୁଣି ଡାକ୍ତର। ସେ ପୁଣି ବାହାଘର ପୂର୍ବରୁ ତୋ' ହାତମୁଠାରେ।'

ତା'ର ଶେଷ ଧାଡ଼ିରେ ମୁଁ ଚମକି ଉଠିଲି। ଜିଜ୍ଞାସୁ ଆଖିରେ ତା' ମୁହଁକୁ ଚାହିଁଲି। ମୁହଁରୁ ଆପେଆପେ ବାହାରି ଆସିଲା ଶବ୍ଦଟିଏ, 'ହାତମୁଠାରେ?'

: 'ନୁହେଁ ତ ଆଉ କ'ଣ? ମଉସା ଯେତେବେଳେ ଏତେ ବର୍ଷ ଧରି ଏତେ ଟଙ୍କା ଖର୍ଚ୍ଚ କରି ଆୟୁଷକୁ ଡାକ୍ତରୀ ପାଠ ପଢ଼ାଇଛନ୍ତି, ସେ କ'ଣ ତୋ' ହାତମୁଠାରେ ନରହି ବାହାରିଯିବ।'

ଗୋଟାଏ ଶକ୍ତ ଧକ୍କାରେ ଥରିଗଲି ମୁଁ। ଲାଗିଲା ଯେମିତି ମୋତେ ନଜଣାଇ ମୋ' ଅଜାଣତରେ ମୋତେ ନେଇ ଗୋଟେ ବଡ଼ ଧରଣର କିଣାବିକା ସରିଯାଇଛି। ବାପା କ'ଣ ଟଙ୍କା ଖର୍ଚ୍ଚ କରି ମୋ' ପାଇଁ ସୁନ୍ଦର, ସୁରକ୍ଷିତ ଜୀବନଟିଏ ଯୋଗାଡ଼ କରିବାରେ ଲାଗିଛନ୍ତି? ତେବେ ସେ କ'ଣ ଟଙ୍କା ଖର୍ଚ୍ଚକରି ମୋ' ପାଇଁ ତୁମ ମନରେ ପ୍ରେମ ତିଆରି କରିଦେଇ ପାରିବେ? ମୁଁ ତୁମର ପ୍ରେମ ଚାହେଁ, ଦୟା ନୁହେଁ। ମୋ' ବାପାଙ୍କ ସାହାଯ୍ୟ ପାଇଁ ତୁମେ ଯେ ମୋତେ ଦୟା ଦେଖାଇ ବାହା ହେଇ ପଡ଼ିବ, ଏହା ମୋ' ପାଇଁ ଯେତିକି ଅସହ୍ୟ ସେତିକି ପୀଡ଼ାଦାୟୀ।

ତେବେ ମନପକ୍ଷୀଟିଏ ତର୍କବିତର୍କର ଧାର ଧରେନା। ତା'ପାଇଁ ମୁଁ ତୁମର ବାଗଦତ୍ତା।

ଏଇ ଯେମିତି ଆଜି ବ୍ୟାଙ୍କର ସେଇ ଟ୍ରେନିଂ ଘଟଣା ମନ ଭିତରେ ଏମିତି ସ୍ୱପ୍ନ ବୁଣିଦେଲା ଯେ, ସେଇ ଟିକେଟ୍ କାଉଣ୍ଟର ପାଖରେ ହିଁ ମୋ' ଆଖି ସାମ୍ନାରେ ନାଚିଗଲା ଗୋଟେ ଦୃଶ୍ୟ।

"ମୁଁ ଯାଇଛି ତୁମ ସହର। ତୁମେ ମୋତେ ନେଇଯିବା ପାଇଁ ବସଷ୍ଟପରେ ପହଞ୍ଚିଲ। ସକାଳୁ ସକାଳୁ ତୁମ ସହରଟା ଦିଶୁଥିଲା ସଜଫୁଲ ପରି ସତେଜ। ବସ୍ ପହଞ୍ଚିବା ବେଳକୁ ତୁମେ ମୋତେ ଅପେକ୍ଷା କରି ଠିଆହୋଇଛ। ମୋ ହାତରୁ ଲଗେଜ୍ ନେଇ ବାଇକ୍ ମଝିରେ ଥୋଇଲ। କହିଲ, 'ବସ!' ତୁମ କଥାସବୁ ଶୁଭୁଥିଲା ଖୁବ୍ ଗମ୍ଭୀର। ମୁହଁରେ ମଧ୍ୟ ଗାମ୍ଭୀର୍ଯ୍ୟ। ତେବେ ଭଲଲାଗୁଥିଲା ତୁମର ଗାମ୍ଭୀରତା... ପୌରୁଷତ୍ୱର ଲକ୍ଷଣ। ବାଇକରେ ବସିଲ ତୁମେ, ତା'ପରେ ଲଗେଜ୍ ଓ ତା' ପଛକୁ ମୁଁ। ତୁମେ ନୀରବ। ମୁଁ ଚିଡ଼ାଇବା ସ୍ୱରରେ କହିଲି, 'ଏ ଡାକ୍ତର ସବୁ ଏମିତି ଗମ୍ଭୀର କାହିଁକି? ପାଠ ପଢ଼ିପଢ଼ି କଥା ହେବାକୁ ଭୁଲିଯାଆନ୍ତି ନା କ'ଣ?'

ତୁମେ ହସଦେଇ କହିଲ, 'କହୁନ! କ'ଣ କହୁଛ... କୁହ!' ପଛକୁ ଘୁଞ୍ଚି ଆସିଲ ଅଧ। ମୁଁ ତୁମକୁ ପଛରୁ ଜଡ଼ାଇଧରି ଚୁମିଦେଲି ତୁମ ଗାଲ। ଦୁଷ୍ଟାମିରେ କାମୁଡ଼ି ଦେଲି ତୁମ କାନ। ତୁମେ ମିଛ ରାଗ ଦେଖାଇ କହିଲ, 'ସ୍ୱାତୀ ମେଡମ୍! କିଛି ଦୁର୍ଘଟଣା ଘଟିଲେ ମୋତେ ଆଉ ଦୋଷ ଦେବନି।' ମୁଁ ହସିଦେଇ କହିଲି, 'ହଉ! ଡାକ୍ତର ତ ମୋ' ପାଖରେ! ଦୁର୍ଘଟଣାକୁ ଡରୁଛି କିଏ?'

ଟିକେଟ୍ କାଉଣ୍ଟରର ସେଇ ଟୋପିବାଲା ବୁଢ଼ା ଲୋକଟି ମୋତେ ଚାହିଁ ବାରମ୍ବାର ପଚାରୁଥିଲା, "ମା'! କେଉଁ ତାରିଖର ଟିକଟ୍ କାଟିବି କୁହ! ତୁମ ପାଇଁ କମ୍ ରେଟ୍ ଓ ଭଲ ସିଟ୍।"

ମୁଁ ଲାଜେଇ ଯାଇ ଇତସ୍ତତଃ ହେଇ ଉଠିଲି। କହିଲି, "ନାଇଁ ମଉସା। ଟ୍ରେନିଂଟିଏ ପଢ଼ିବାର ଅଛି ତ! କେତେବେଳେ ବି ଯିବାକୁ ପଡ଼ିପାରେ। ଆପଣଙ୍କର

ନମ୍ବରଟା ଟିପି ରଖିଥିଲି ଫୋନ୍‌ରେ । ପାଉନି । ଆଉ ଥରେ ଦେଲେ । ଯେତେବେଳେ ଦରକାର ହେବ, ମୁଁ ଆପଣଙ୍କୁ ଜଣାଇବି ।"

ସେ ଗୋଟିଏ କାଗଜରେ ନାଆଁ ଓ ଫୋନ୍ ନମ୍ବର ଲେଖି କାଗଜଟିକୁ ବଢ଼ାଇଦେଲେ ମୋ' ହାତକୁ । ମୁଁ ସ୍ଲିପ୍‌ଟି ନେଇ, ମୋ' ଘରମୁହାଁ ହେଲି ।

ଆଜି ଅନେକ ଦିନ ପରେ ତୁମ ମାମୁଙ୍କୁ ଘରେ ଦେଖିଲି । ଗାଡ଼ିକୁ ରଖି ଶୀଘ୍ରତାରେ ଯାଇ ମୁଣ୍ଡିଆ ମାରିଲି ।

'ଏଇ ମା'ମାନେ ସବୁ ଯୁଗଯୁଗକୁ ଏମିତି । ପୁଅଝିଅ ଛଡ଼ା ତାଙ୍କର ଆଉ ଦୁନିଆ ବୋଲି କିଛି ନଥାଏ । ସେ ନିଶ୍ଚୟ ତୁମ ମାମୁଙ୍କୁ ଡକାଇବା ପାଇଁ ବାବାଙ୍କୁ ବ୍ୟତିବ୍ୟସ୍ତ କରିଛି । ନହେଲେ ସେ ଏମିତି ଅକସ୍ମାତ୍ ଆସିଥାନ୍ତେ କାହିଁକି ?'

ମୋ ମନ ଭିତରଟା କିନ୍ତୁ ମା'ଙ୍କ ପାଇଁ କୃତଜ୍ଞତାରେ ଭରିଗଲା । 'ଆଃ... ମା'ଟିଏ ହିଁ ନିଜ ଝିଅର ମନକୁ ପଢ଼ିପାରେ । ବ୍ୟାକୁଳତାକୁ ବୁଝିପାରେ । ଆଉ କେହି ନୁହେଁ । ତେବେ ସେ ଏମିତି ଦୁଃଖରେ ଭାଙ୍ଗିପଡ଼ିଲା ପରି ଦେଖାଯାଉଛି କାହିଁକି ?'

"ତୁମେ ମନା କରିଦେଇନ ତ ବାହାଘର ପାଇଁ ? ଆଃ... ହୃଦୟ ଭିତରେ ଏ ଯନ୍ତ୍ରଣା କାହିଁକି ? ହୃଦୟ ଭିତରେ ବଢୁଥିବା ସେଇ କଅଁଳ ଛନଛନ ଗଛଟି କେଉଁ ଭୟର ଧାସରେ ଝାଉଁଳି ଯାଉଛି । ହେ ପ୍ରଭୁ! ମୁକ୍ତି ଦିଅ ଏ ମାନସିକ ଯନ୍ତ୍ରଣାରୁ ।" ହୃଦୟରୁ ଏକ ଆନ୍ତରିକ ପ୍ରାର୍ଥନାରେ ଥରିଗଲା କି ବଖରାଟିର ଅଦୃଶ୍ୟ ବାୟୁମଣ୍ଡଳର ଉପସ୍ଥିତି ମଧ୍ୟ! ମାମୁ ମୋ ମୁଣ୍ଡ ଆଉଁଶି ଦେଇ କହିଲେ, "ତୋ' ଭାଗ୍ୟ ଖରାପ ନୁହେଁ । ସେଇ ମୂର୍ଖଟାର ହିଁ ଭାଗ୍ୟ ଖରାପ! ଯିଏ ତୋ' ଭଳି ସୁନା ପ୍ରତିମାଟିକୁ ହତାଦର କରିଛି । କ'ଣ ନା, ଡାକ୍ତରାଣୀ ବାହାହେବ! ଏକା ଜାଗାରେ, ଏକା ଚାକିରିରେ ରହିଲେ ପରସ୍ପରକୁ ବୁଝିବାକୁ ସହଜ ହେବ । ପାରିବାରିକ ଜୀବନ ସହଜ ସୁନ୍ଦର ହେବ! ତେବେ ମୋତେ ବ୍ୟସ୍ତ ହ'ନା । ଜମା ଚିନ୍ତା କରନା । ତୁ ମୋ' ଝିଅ । ତା'ଠାରୁ ହଜାରେ ଗୁଣର ଅଧିକ ଭଲ ପିଲା, ସେଇ ଡାକ୍ତର ମୁଁ ତୋ' ପାଇଁ ଯୋଗାଡ଼ କରି ଆଣିବି । ମୋ'ର ଏତେ ବର୍ଷର କଥା ପଦକକୁ ସେ ରଖିଲା ନାହିଁ । ଆଜି ମୁଁ ତା' ସହ ସବୁ ସଂପର୍କ ତୁଟାଇ ଦେଇ ଆସିଛି । ଆଜିଠୁ, ମରିଗଲା ସେ ମୋ' ପାଇଁ..."

ନିଜ ପାଦତଳର ମାଟି ଧସିଯାଉଥିବା ଜାଣିପାରି ଧୀର ପଦପାତରେ ଓହରିଗଲା ଗୋଟିଏ ଝାଉଁଳି ପଡୁଥିବା ପଲ୍ଲବିତ ପ୍ରେମଗଛ! ଆଃ... ଏ ଗଛ କ'ଣ ଆଉ କେବେ ଉଧେଇ ପାରିବ ? ପତ୍ର, ଫୁଲ, ଫଳରେ ଭରିଉଠିବା ପାଇଁ ତାକୁ ଯେଉଁ ମାଟି ଟିକକ ଲୋଡ଼ା, ତାହା କ'ଣ କେଉଁ ଉତ୍ତପ୍ତ କଂକ୍ରିଟ୍ ସହର ଆଉ ତାକୁ ଦେଇ ପାରିବ...

ଘଟଣାକ୍ରମ ଓ ଭ୍ରମ

ଊଣେଇଶ ଶହ ପଞ୍ଚାଶୀ ମସିହା । କେଉଁ ବାର ଥିଲା, ଆଜି ମନେ ପଡୁନି ସେକଥା । ଯେମିତି ବୟସ ସାଥିରେ ଅହଂକାର ବଢ଼ି ସାନ କରିଦିଏ ସଂପର୍କ, ସେମିତି ହିଁ ରାସ୍ତାରେ ବଢୁଥିଲା ପାଣି । ପାଦେ... ଆଣ୍ଠୁଏ... । ଆରେ, ଅଣ୍ଟାଏ ହେଇଯିବ ନା କ'ଣ ! ଓଡ଼ିଶାର ଏ ଛୋଟ ସହରରେ ଆଜି ଅଦିନିଆ ବନ୍ୟା । ତାହା ପୁଣି ଅସମୟରେ ।

ସକାଳ ପ୍ରହର । ସାମ୍ନାସାମ୍ନି ଦୁଇଟି ସ୍କୁଲ୍- ଗୋଟାଏ ବାଳକ ବିଦ୍ୟାଳୟ ଆଉ ଗୋଟାଏ ବାଳିକା । ଦୁଇ ସ୍କୁଲରେ ବନ୍ଦୀ ଆମେ ଦୁଇ ଭାଇ ଭଉଣୀ, 'ଆଲୋକ ଓ ଅଲିଭା' । ମୁଁ ଅଲିଭା ସାନ ଓ ମୋର ବଡ଼ ଭାଇ ଆଲୋକ ମୋ'ଠାରୁ ଠିକ୍ ଦୁଇବର୍ଷ ବଡ଼ । ମୋର ବୟସ ସାତ ବର୍ଷ । ପଢ଼େ, ଦ୍ୱିତୀୟ ଶ୍ରେଣୀରେ । ଭାଇ ଦୁଇବର୍ଷ ବଡ଼ । ପଢ଼େ, ଚତୁର୍ଥ ଶ୍ରେଣୀରେ । ଦେଖିବାକୁ ଗଲେ ସେ ବି ସାନ, ତେବେ ମୋ' ପାଇଁ ବଡ଼ । ମୁଁ କେତେ ସାନ ଓ ସେ କେତେ ବଡ଼, ଏକଥା ତ ଜାଣେନା... ତେବେ ଜାଣେ ଏତିକି, ସେ ଯାହା କହେ, ତାହା ଠିକ୍ । ସେ ଯାହା କରେ, ତାହା ହିଁ ଯଥାର୍ଥ । ସେ ହସିଦେଲେ ମୁଁ ଖୁସି, ସେ ରାଗିଗଲେ ମୁଁ ଦୁଃଖୀ ।

ସେ କହେ, 'କବାଟ ଶକ୍ତକରି ଧର । ସେଇ ସ୍ଲାବ୍ ଉପରେ ଥୁଆ ହେଇଛି ଅମୁଲ ଡବା । ଖାଇବୁ ନା ନାଇଁ? ତୋତେ ଅମୁଲ ଭଲ ଲାଗେଟି ?' ମୋ ମୁହଁରେ ଛୋଟ ହସ ଧାରେ ଖେଳିଯାଏ । ଖୁବ୍ ସୁନ୍ଦର ସେ ହସ । ପରମ ପରିତୃପ୍ତିର ସେ ହସ । ମୁଁ ଜୋରରେ ଜାବୁଡ଼ି ଧରେ କବାଟ । ଟିକିଏ ହୁଗୁଲା ହେଲେ ହାତ, ଭାଇର ପଡ଼ିଯିବାର ଡର । ମୁଁ ମୋର ସବୁ ଏକାଗ୍ରତାର ସହ ଜାବୁଡ଼ି ଧରେ କବାଟ । ଭାଇ ସେଇଠି ଉପରେ ଠିଆ ହେଇ ହିଁ ଖାଇଯାଏ ଅଧା ଡବା ଅମୁଲ । ମୁଁ ବିକଳ ହେଇ ଚାହିଁଥାଏ ତଳୁ । ମନଭରି ଅମୁଲ ଖାଇସାରିଲା ପରେ, ମୋ ବିକଳିଆ ମୁହଁକୁ ଚାହେଁ ଓ ପଚାରେ-

'ଖାଇବୁ?' ମୁଁ ମୁଣ୍ଡ ଟୁଙ୍ଗାରେ, ସମ୍ମତିସୂଚକ! ମୁଁ ଗୋଟାଏ ଚାମଚ ଅବା ଦି' ଚାମଚ ଅମୂଲ ନ ଖାଉଣୁ କୁହେ- ଚାଲ... ଚାଲ... ରଖିଦେବା, ବେଶୀ ସରିଲେ ମାଆ ଜାଣିନେବେ। ମୋ ଆଖି କୁହେ, 'ତୁ ତ ଏତେ ସାରା ଖାଇଲୁ, ମୁଁ ତ ଗୋଟାଏ ଚାମଚ ଖାଇନି।' ସେ ବୁଝିପାରେ ନା କ'ଣ, ଆଶ୍ୱାସନା ଦେବା ସ୍ୱରେ କୁହେ, 'ହଉ... ହଉ... ଆରଥରକୁ ତୁ ଅଧିକ ଖାଇବୁ, ତୋ ମନ ପୂରିବା ଯାଏଁ ଖାଇବୁ, ହେଲା! - ଓଃ, କି ଯେ ଖୁସି ମୁଁ... ସେଇ ତା'ର ପଦଟିଏର ଆଶ୍ୱାସନାଭରା କଥାରେ!

'ହଁ, ବଡ଼ଭାଇ ମାନଙ୍କର ଏମିତି ହିଁ ଆଶ୍ୱାସନାଭରା କଥା କେଇପଦ ଚିରକାଳ ସାନ'ଭଉଣୀମାନଙ୍କର ସାହସ, ସନ୍ତୁଷ୍ଟି ଓ ଗର୍ବ। ଝୁରିପଡ଼େ ବି ସେମାନଙ୍କର ଆତ୍ମସନ୍ତୁଷ୍ଟିର ହସ ହେଇ ଓଠ ଧାରୁ ବେଳରେ ପୁଣି ଅବେଳରେ।'

କେବଳ ଏଇ ଗୋଟିଏ ଘଟଣା ତ ନୁହେଁ, ଏଭଳି ଅସରନ୍ତି ଘଟଣା ଘଟିଚାଲିଥାଏ... ଯେଉଁଠି ସେ ପାଖରେ ଥାଏ, ବିଶ୍ୱାସ ହେଇ, ସାହସ ହେଇ।

ସେଦିନ ପାଣି ବଢ଼ି ବଢ଼ି ଚାଲିଥିଲା, ମୁଁ କିନ୍ତୁ ଜମାରୁ ଡରୁନଥିଲି। ଭାଇର ହାତ ଧରି ମୋର କୁନି କୁନି ପାଦ ଦୁଇଟିରେ ଆଗକୁ ଧାଉଁଥିଲି, ତା' ପାଦରେ ପାଦ ମିଶାଇ। ସେଦିନ ନଥିଲା ତ ଆମ ଭିତରେ କୌଣସି ଅହଂକାର ଅବା ଅଭିମାନର ପାଚେରୀ। ଥିଲା ଯଦି ଥିଲା କେବଳ ଓ କେବଳ ସ୍ନେହର ସୂକ୍ଷ୍ମ କିନ୍ତୁ ନିବିଡ଼, ଗାଢ଼ ବନ୍ଧନଟିଏ। ଆତ୍ମବିଶ୍ୱାସର ସହ କେହିଜଣେ ହୃଦୟରୁ କହୁଥିଲା- ତୋ ଭାଇ ଅଛି ତୋ ପାଖରେ। ତୋର ପୁଣି ଡର କାହାକୁ! ବିଲକୁଲ ବି ମନେ ପଡ଼ୁନଥିଲା ଯେ, ଆଜି ଘରେ ଆମ ଦୁହିଁଙ୍କୁ ଛାଡ଼ି କେହି ବି ନାହାଁନ୍ତି। ବାପା ଯାଇଛନ୍ତି ବାହାର ସହରକୁ ଅଫିସ୍ କାମରେ ଓ ଜେଜେମା'ଙ୍କ ଅସୁସ୍ଥତା ଯୋଗୁଁ ମାଆ ଗାଁକୁ। ସକାଳୁ ବାପାଙ୍କ ଅଫିସ୍ ପିଅନ ବଟକୁ' କା ହିଁ ଥିଲେ, ଯିଏ ଆମକୁ ସଜବାଜ କରି ପଠାଇଥିଲେ ସ୍କୁଲକୁ। ସେତକ କାମ ସାରି ସେ ତ ଯାଇ ସାରିଛନ୍ତି ଅଫିସ୍, ତେଣୁ ଏବେ ଘର ଥିବ ପୂରା ଫାଙ୍କା, ଶୂନ୍‌ଶାନ୍‌। ହଁ, ଆରପାଖଟିରେ ଥିବେ ଘର ମାଲିକଙ୍କ ପରିବାର ଲୋକ ସଭିଏଁ। ତେବେ ଏଭଳି ଅବେଳରେ ସେମାନେ ଆସିପାରନ୍ତି, ନ ବି ଆସିପାରନ୍ତି। ଏମିତିରେ ତାଙ୍କ ମଝିଆଁ ପୁଅଟି ଭାରି ବଦମାସ। ଭାଇ ସହ ଟିକିଏ ବି ପଡ଼େନି ତା'ର। ଥରେ ଭାଇର ପାଦ ଉପରେ ମାରିଥିଲା କୋଦାଲରେ। 'ଓଃ... କେତେ ଯେ ରକ୍ତ!' ଯେବେ ମନେପଡ଼େ, ଛାତି ଥରିଉଠେ ଭୟରେ। ଭାରି ବିକଳ ଲାଗେ।

ଚାହିଁଲି ଭାଇର ପାଦ ଦୁଇଟି ଆଡ଼କୁ। ପାଣିରେ ବୁଡ଼ି ରହିଥିବା ଯୋଗୁଁ ଦେଖାଗଲାନି କିଛି। କିନ୍ତୁ ସ୍ମୃତିରେ ଭାସିଉଠିଲା ସେଦିନ ରାତିର ଭାଇର ରକ୍ତ ଜରଜର ପାଦ ଦୁଇଟି। ଇଚ୍ଛା ହେଲା - ତାକୁ ଯାଇ ଏବେ ବାଡ଼ାଇ ଦେଇ ଆସନ୍ତି। ମୋ'

ଅସହାୟ ଛଳଛଳ ଆଖି ଦୁଇଟି ପହଁରି ଆସିଲା ଭାଇ ଉପରେ । ସେ ଭାବିଲା, ମୁଁ ଡରୁଛି ବୋଧେ । କହିଲା– ଡରନା, ମୁଁ ଅଛି !

ମୁଁ କହି ପାରିଲିନି– ଡରୁନି । ଡରିବି କାହିଁକି ଯେ ! ମୋ ଭାଇ ଥିଲେ ମୋର ଡର କାହାକୁ ! ତେବେ କେବଳ ଟୁକଟୁକ କରି ତା' ମୁହଁକୁ ଚାହିଁଲି ସିନା କହିପାରିଲିନି କିଛି । ନ କହିପାରିବାର ଏକ ବିଶେଷ କାରଣ ନିହାତି ଭାବରେ ଅଛି । କାରଣ ହେଲା– ଭାଇ ଥିଲେ ଡର ସିନା ନାହିଁ ଦୁନିଆକୁ, ତେବେ ପ୍ରାଣେ ଭୟ ତ ପୁଣି ସେଇ ଭାଇକୁ ନା ! ଏ ଡର ଭଲା । ଖୁବ୍ ଜରୁରୀ ବି । ଘରର ବଡ଼ଙ୍କ ପାଇଁ ମନରେ ସମ୍ମାନ ମିଶ୍ରିତ ଭୟ ନ ରହିଲେ ଅବାଟରେ ଗୋଡ଼ ପଶିବା କେତେ ଦୂର ଯେ !

ଭାଇ ସେଦିନ ଅଧିକ ସତର୍କ ହେଇଯାଇଥିଲା ମୋତେ ନେଇ । ମୋ ଆଖି ଦୁଇଟିର ଭାଷାକୁ ଠିକ୍ ପଢ଼ି ନପାରି । ଘରେ ପହଞ୍ଚିଲା ପରେ, ସେଇ ନଅ ବର୍ଷର ବାଲ୍ୟତ ହାତ ଦୁଇଟିରେ ଟେକିଟାକି ଚଢ଼ାଇଥିଲା ମୋତେ, ଘର ବାରଣ୍ଡାରେ ପଡ଼ିଥିବା ଟେବୁଲ୍‌ଟି ଉପରେ । ତା'ପରେ ଚଢ଼ିଥିଲା ନିଜେ । ବାପା ଫେରିବା ଯାଏଁ, ନିଜର ସବୁ ଶକ୍ତି ସାମର୍ଥ୍ୟ ଲଗାଇ ବାପା ପରି ଘଣ୍ଟ ଘୋଡ଼ାଇ ରଖିଥିଲା ତା'ଠାରୁ ମାତ୍ର ଦୁଇ ବର୍ଷର ସାନ, ସେଇ ତା'ର ଡରକୁଲି ସାନ ଭଉଣୀଟିକୁ । ସେଇଦିନ ସେଇ କିଛି ଘଣ୍ଟାର ଉତ୍ତରଦାୟିତ୍ୱ ତୁଲାଇ ତୁଲାଇ ମୋ ଆଖିରେ ଭାଇ ହେଇଯାଇଥିଲା ଖୁବ୍ ବଡ଼ । ତା' ସ୍ଥାନ ମୋ' ଆଖିରେ ଉଠିଯାଇଥିଲା ଖୁବ୍ ଉଚ୍ଚକୁ, ଯାହା ଆଉ କୌଣସି ପରିସ୍ଥିତିରେ ବି ତଳକୁ ଖସିବାର ନଥିଲା କେବେ !!

X X X

ଦୁଇହଜାର ମସିହା । ପନ୍ଦର ବର୍ଷରେ କ'ଣ କେବଳ ଶରୀରରେ ହିଁ ପରିବର୍ତ୍ତନ ଆସେ ନା ପରିବର୍ତ୍ତନ ଆସେ ମନରେ ମଧ୍ୟ ? – ମୁଁ ମୋ' କଥା କୁହେ । ମୋ' ଚିନ୍ତାଧାରା ତ ଆଜି ମୋତେ ହିଁ ଚମକାଇ ଦେଉଛି ! ମୁଁ କେମିତି ଭାବିପାରୁଛି କେଜାଣି ଯେ ଏହା ଭାଇର ଈର୍ଷା କେବଳ, ମୋର ସଫଳତାକୁ ନେଇ ! ନହେଲେ ଏଭଳି ବ୍ୟବହାର ସେ କେବେହେଲେ କରିପାରନ୍ତା ନାହିଁ ମୋ ସାଥିରେ ! ସେ କିନ୍ତୁ ଅଜାଣତରେ ନୁହେଁ, ଜାଣି ଜାଣି ହିଁ ପାଣି ସୁଅ ମଝିରେ ଛାଡ଼ିଦେଇଥିଲା ମୋ'ର ହାତ ।

ହଁ, ଭାଇର ଗ୍ରାଜୁଏସନ୍ ସରିଥିଲା । ପଢ଼ାପଢ଼ିରେ ଆଗ୍ରହ ରଖୁନଥିବା ଭାଇ ସେଇଠି ସାରିଥିଲା ତା'ର ପାଠ । ମୋର କିନ୍ତୁ ସେବେଲକୁ ପଦାର୍ଥ ବିଜ୍ଞାନରେ ପୋଷ୍ଟ ଗ୍ରାଜୁଏସନ୍ । ପ୍ରଥମ ବର୍ଷରେ ପ୍ରଥମ ଶ୍ରେଣୀରେ ପାସ୍ କରିସାରିଥିବା ମୋର ଆଗକୁ ଦ୍ୱିତୀୟ ବର୍ଷ ତଥା ଶେଷ ପରୀକ୍ଷା । ପଢ଼ାପଢ଼ି ପାଇଁ ଘରକୁ ଆସିଛି କିନ୍ତୁ କାଲିକୁ ୟୁନିଭର୍ସିଟି ନପହଞ୍ଚିଲେ ନଚଳେ । ଅଥଚ ଆଜି ପୁଣି ଠିକ ସେମିତି ହିଁ ଅଦିନ ମେଘ

ଓ ତୁମୁଲ ବର୍ଷା। କଳା ମେଘର କୋପକୁ ଦେଖି ପାପ ଛୁଉଁଥାଏ ମନରେ। 'ଏ ବର୍ଷା ଯଦି ନ କମେ ? ବସ୍ ଯଦି ନ ଚାଲେ ? ହେ ଭଗବାନ, କାହିଁକି ଯେ ଆସୁଥିଲି ଘରକୁ ! ଘରକୁ ନ ଆସି ସେଇଠି ହଷ୍ଟେଲରେ ରହି ପଡ଼ିଥିଲେ କ'ଣ ହେଇ ନଥାନ୍ତା ! ଏବେ କ'ଣ କରିବି ! କିଏ ଛାଡ଼ିଦେବ ମୋତେ ହଷ୍ଟେଲରେ ! ପ୍ରବଳ ବର୍ଷା ଯୋଗୁଁ ପ୍ରାୟ ସବୁ ବସ୍ ବାତିଲ। ଭାଇ କ'ଣ ଛାଡ଼ିଦେବ ତା' ବାଇକ୍‌ରେ ମୋତେ ! ନା... ନା... ସେ ଆଉ ଆଗ ପରି ନାହିଁ, କାହିଁକି କେଜାଣି ମୋତେ ତ ବିଲକୁଲ ବି ଭଲପାଉନି ଆଉ ! ବରଂ ରାଗୁଛି ଖୁବ୍ ! ସେ କ'ଣ ଈର୍ଷା କରେ କି ମୋତେ ? ନିଜ ସାନ ଭଉଣୀକୁ ସେ ଈର୍ଷା କରେ ! ! କ'ଣ ମୁଁ ଆଗକୁ ପଢ଼ିଲି ବୋଲି ! ହେ... ନା... ନା... ଛି... ଛି... କ'ଣ ଯେ ଭାବେ ମୁଁ ! ! ସେ ନୁହେଁ ବରଂ ମୁଁ ହିଁ ଧୀରେ ଧୀରେ ଅହଙ୍କାରୀ ହେବାକୁ ବସିଲିଣି ବୋଧେ ! ନହେଲେ ନିଜ ବଡ଼ ଭାଇ ବିଷୟରେ ଏଭଳି ଅବାନ୍ତର ଧାରଣା ସବୁ କ'ଣ ଘର କରନ୍ତା ନା ମୋ ମନରେ ! !"

ବର୍ଷା କମୁନଥିଲା। ଗାଁ, ଘର, ଦାଣ୍ଡ ଦୁଆର, ରାସ୍ତାଘାଟ ସବୁଆଡ଼େ ବଢ଼ୁଥିଲା ପାଣି। ଚାରିଦିଗ ପାଣିରେ ବୁଡ଼ି ଯାଉଥିବା ବେଳେ, ମୋ ମନରେ ବଢ଼ି ଚାଲିଥିଲା ପ୍ରଶ୍ନ ଓ ଦ୍ବନ୍ଦ୍ବ।

ମୁଁ ମୋତେ ନେଇ ହଷ୍ଟେଲରେ ଛାଡ଼ିଆସିବା କଥା ଭାଇକୁ ନୁହେଁ, ବାପାଙ୍କୁ କହିଲି। କହିଲି– 'ବାପା, ଭାଇକୁ କହିଦିଅ ନା, ତା' ବାଇକ୍‌ରେ ମୋତେ ଛାଡ଼ିଦେବ ହଷ୍ଟେଲରେ !' ମୁଁ ଜାଣିଥିଲି ଯା' ପରେ, ଭାଇର ଇଚ୍ଛା ଅନିଚ୍ଛା ଖୁବ୍ ମୂଲ୍ୟହୀନ। ସେ ମୋତେ ଛାଡ଼ି ଯିବାକୁ ବାଧ୍ୟ ଏକରକମ ! ମୁଁ ଠିକ୍ ଜାଣିଥିଲି, ଭାଇ ଯିବ... ସେ ଯିବାକୁ ବାଧ୍ୟ। ଭାଇ ଗଲା ବି ମୋତେ ଛାଡ଼ିବାକୁ। ତା' ବାଇକ୍‌ରେ ଚୁପ୍ ମାରି ବସିଥିବା ମୁଁ ମୋ ପାରିଲାପଣକୁ ନେଇ ଖୁସି ଥିଲି। ତେବେ ଏଯାଏଁ ମାପି ନଥିଲି ମୋ' ଅପାରଗପଣକୁ।

ରାସ୍ତାରେ ପଡ଼େ ଗୋଟାଏ ନାଳ। ତା' ଉପରେ ପାଣିର ସୁଅ ପ୍ରଖର। ଗାଡ଼ି ଚଲାଇକି ନାଳ ପାର ହେବା ମୁସ୍କିଲ। ମୁଁ ଯେ ପାଣି ଡରୁଆ ଜନ୍ମରୁ। ମନ କହୁଥିଲା– ଭାଇ ତ ଅଛି, ଡର କ'ଣ ! ତା' ମୁହଁକୁ ଚାହିଁଲି ! ଆଜି ଆସିଲାବେଳୁ ରାଗରେ ମୋ ସହ କଥା ହେଉ ନଥିବା ଭାଇ ଏବେ ଚାହିଁଲା କଟମଟ କରି ମୋ ମୁହଁକୁ। ଡର ଲାଗିଲା ଆହୁରି ଅଧିକ। ତଥାପି ମନ ହେଉଥିଲା କହିବା ପାଇଁ, ଯା... ମୁଁ ଖାତିର କରେନା ତୋ'ର ଏ ମିଛ ରାଗ।

ଆଖପାଖରେ ଠିଆ ହେଇଥିବା ଲୋକମାନେ କହିଲେ, ସେମିତି ଗାଡ଼ିରେ ବସିକି ଯାନ୍ତୁନି, ଯାଇପାରିବେନି ! ଭାଇ ମାନିଲା ସେମାନଙ୍କ କଥା– ପ୍ରଥମେ ଯାଇ ଛାଡ଼ି ଆସିଲା ଗାଡ଼ି। ଆର କୂଳରେ ମୁଁ। ଗାଡ଼ି ଛାଡ଼ି ଫେରିଲା ମୋତେ ହାତ ଧରି

ନାଲ ପାର କରାଇବା ପାଇଁ। ମୋ ମୁହଁରେ ହସ, କିଛି ଖୁସିର ଓ କିଛି ଗର୍ବର। – 'ମୋ ଭାଇ, ମୋର। ଡରିବାର ନାହିଁ କିଛିକୁ। କାହାକୁ। କୌଣସି ପରିସ୍ଥିତିକୁ।' ଠିକ୍ ପ୍ରଖର ସ୍ୱରରେ କିନ୍ତୁ ଘଡ଼ିକ ପାଇଁ ହୁଗୁଳା ହେଇ ଆସିଲା ଭାଇର ହାତ। ମୁଁ ପାଣିଧାରରେ ଭାସିଯିବିକି ବୋଲି ଭୟରେ ଜଡ଼ସଡ଼ ହେଉ ହେଉ ଯଦିଓ ସେ ସମ୍ଭାଳିନେଲା – ତେବେ ସେଇ କ୍ଷଣିକ କ'ଣ ଥିଲା ? "ତାର ରାଗ, ଈର୍ଷା, ପ୍ରତିଶୋଧ ଅବା ମୋ'ର ଅହଂକାର, ଅବିଶ୍ୱାସୀ ମନରେ ପ୍ରତିପୋଷିତ କିଛି ଅହଂକାର ଭରା ଭ୍ରମ !"

X X X

ୟା' ପରେ ପୁଣି ବିତିଯାଇଛି ଆଠ ବର୍ଷ। ବୋଧହୁଏ ଦୁଇ ହଜାର ଆଠ ମସିହା। ମୁଁ ବୟସରେ ସାନ ହେଲେ କ'ଣ ହେଲା, ଅନେକ ଦିନରୁ ଘରସଂସାର କରି, ଗୋଟାଏ ପରିବାର ଓ ନିଜ ଛୁଆପିଲାଙ୍କ ଜଞ୍ଜାଳ ସମ୍ଭାଳି ଏବେ ଅଭିଜ୍ଞା। ଭାଇ ବୟସରେ ବଡ଼ ହେଲେ କ'ଣ ହେଲା, ଏବେ ଏବେ ରୋଜଗାରକ୍ଷମ ହେଇଥିବା ଯୋଗୁଁ ଅବିବାହିତ। ଘର ଗୃହସ୍ଥି ଆରମ୍ଭ କରି ନଥିବାରୁ ଏବେ ବି ସାଂସାରିକ ଦୃଷ୍ଟିରୁ ଅନଭିଜ୍ଞ ମୋ ମତରେ। ଏମିତିବି ମୋ'ଠାରୁ ବେଶ୍ ସାନ ବୋଲି ଭାବେ ମୁଁ ତାକୁ।

ଅନେକ ଜାଗାରୁ ଆସୁଛି ଭାଇ ପାଇଁ ବିବାହ ପ୍ରସ୍ତାବ। ଭାଇର କିନ୍ତୁ ଖୁଦ୍‍। ଡର ଏୟା ଯେ, ଗୋଟାଏ ଅଜଣା ଅଣୁଣା ଝିଅ ଆସି ଭାଙ୍ଗିଦେଇପାରେ ଘର। ତା' ଚିନ୍ତା ସତରେ ଅମୂଳକ ବି ତ ନୁହେଁ! ଆଜି ଯାହଁ ଦେଖିଲେ, ସେୟା ହିଁ ତ ଘଟୁଛି। ବାହାଘର ଚାରିଦିନ ନ ବିତୁଣୁ ସ୍ୱାମୀକୁ ଶିଖାଇ ଯୋଖାଇ ଦୂରେଇ ନେଉଛନ୍ତି ଘରଠୁ। ଗଢୁଛନ୍ତି ଏକା ଏକାର ସଂସାର। ନିଜର କହିଲେ କେବଳ ସେମାନେ ଭାବୁଛନ୍ତି ସେମାନେ ସ୍ୱାମୀ ସ୍ତ୍ରୀ ଦୁଇଜଣ ଓ ତାଙ୍କର ହେବାକୁ ଥିବା ପିଲାଟି... ସେତିକି ହିଁ। ତା'ଠୁ ଜଣେ ବି ଅଧିକ ନୁହେଁ।

ଆମେ କିନ୍ତୁ ଛୋଟବେଳୁ ଦେଖିଛୁ ଅନ୍ୟ ଏକ ପ୍ରକାର ପରିବାର। ଆମେ ଅର୍ଥ ଏଠି, ମୁଁ ବି ଆଉ ଭାଇ ବି ଓ ଆମ ପରିବାରର ଅନ୍ୟ ସଦସ୍ୟମାନେ ବି। ଛୋଟଟି ବେଳୁ ବଢ଼ିଛୁ ଆମେ ଭିନ୍ନ ପରିବେଶରେ, ଘର କହିଲେ ଏଠି କେବଳ ଆମେ ନଥିଲୁ, ଥିଲେ ଅନେକ – ବାପା ଚାକିରୀ ଜାଗାରେ ଥିଲେ ସୁଦ୍ଧା ମାଆ ବାପାଙ୍କ ସାଥିରେ ସହରରେ ନ ରହି ଜେଜେମା, ଜେଜେଙ୍କ ଏକମାତ୍ର ବୋହୁ, ତେଣୁ ଶେଷ ବେଳର ସାହାଭରସା ହେଇ ରହୁଥିଲେ ତାଙ୍କ ସହ ଗାଁରେ। ବାପା ସିନା ଜେଜେଙ୍କର ଗୋଟାଏ ପୁଅ ତେବେ ଜେଜେଙ୍କର ଝିଅ ଯେ ପାଞ୍ଚଟି। ସେ ପାଞ୍ଚ ଝିଅଙ୍କର ପୁଅ ଝିଅ ପୁଣି ଅଠର, ଉଣେଇଶଟି। ସେତିକି ବି ତ ନୁହେଁ, ବାପାଙ୍କର ଦୂରସଂପର୍କୀୟ ଭଉଣୀ ଆହୁରି ଚାରିଟି, ଯାହାଙ୍କ ଦାୟିତ୍ୱ ସେମାନଙ୍କ ପିତୃବିୟୋଗ

ପରେ ନେଇଥିଲେ ଜେଜେ ଓ ତାଙ୍କ ପରେ ବାପା । ତେଣୁ ଆମ ଜ୍ଞାତସାରରେ ଆମର ପିଉସୀ ଥିଲେ ନଅଜଣ ଓ ପିଉସୀମାନଙ୍କ ପୁଅ ଝିଅ ହେତୁ ଭାଇ ଭଉଣୀ ତିରିଶ ସରିକି । କେବଳ ଏତିକି ନୁହେଁ, ଜେଜେଙ୍କର ଭଉଣୀ– ଅର୍ଥାତ୍ ବାପାଙ୍କର ପିଉସୀମାନେ ବି ଆସୁଥିଲେ ପ୍ରାୟ ହିଁ ନିଜ ଭାଇ ପାଖକୁ (ଆମ ଜେଜେଙ୍କ ପାଖକୁ) ଓ ତାଙ୍କ ଉଭାରେ ନିଜ ଭଣଜା (ମୋ ବାପା)କୁ ଦେଖିବାକୁ, ଭେଟିବାକୁ ଓ ରହୁଥିଲେ ଘରେ ସପ୍ତାହ ସପ୍ତାହ... ମାସ ମାସ । ଏହାପରେ ଆହୁରି ଅନେକ ସଂପର୍କୀୟ ଦୂର ହେଇସାରିଥିଲେ ସୁଦ୍ଧା ଆସୁଥିଲେ ଘରକୁ ଏବଂ ଆମ ପାଇଁ ସେମାନେ ଖୁବ୍ ନିକଟ ସଂପର୍କୀୟ ହିଁ ଥିଲେ । ଏସବୁ ସମ୍ଭବ ହେଉଥିଲା କାହାପାଇଁ? କେଉଁଠୁ ପାଉଥିଲେ ସେମାନେ ଏତେ ଆପଣପଣ, ଯାହା ଯୋଗୁଁ ନିଜ ଘର ଭଳି ଆସୁଥିଲେ, ବସୁଥିଲେ, ରହୁଥିଲେ, ତାହା ପୁଣି ନିର୍ଦ୍ୱନ୍ଦ୍ୱରେ ? ଉତ୍ତର ନିଶ୍ଚେ ଏୟା ଯେ– ମୋ ମା’ ହିଁ ଥିଲେ ଏକମାତ୍ର କାରଣ । ପୁରୁଷଟିଏ ତ ଘର ବାହାରର ମଣିଷ । ସେ କେବଳ ଦରକାରୀ ଜିନିଷପତ୍ର ଯୋଗାଇବା ଜାଣେ ସିନା, ତାକୁ ତୁଲାଇବା ନିଶ୍ଚେ ଘର ଭିତରେ ଚଳପ୍ରଚଳ ନାରୀଟିଏର କାମ । ତେଣୁ ଏସବୁ ନିଶ୍ଚେ ମାଆଙ୍କର ଭଲପାଇବା ନେଇ ସମ୍ଭବ ହେଇଥିଲା ।’ – ଏକଥା ମୁଁ ପୂର୍ବରୁ କିଛି କିଛି କିନ୍ତୁ ମୋ ବାହାଘର ପରେ ଖୁବ୍ ଭଲ ଭାବରେ ହୃଦୟଙ୍ଗମ କରିସାରିଥିଲି । ତେବେ ଭାବି ନଥିଲି, ଭାଇବି ପୁଅଟିଏ ହେଇ ସୁଦ୍ଧା ଏସବୁ ବିଷୟରେ ଭାବୁଥିବ କେବେ ।

ଭାଇ ଜିଦ୍ ଧରି ବସିଲା ଯେ ଅଜଣା ଅଚିହ୍ନା ଝିଅ ନୁହେଁ ବରଂ ବଡ଼ ପିଉସୀଙ୍କ ବୋହୂର ଭଉଣୀକୁ ମାନେ ପିଉସୀ ପୁଅ ଭାଇର ଶାଳୀକୁ ବାହା ହେବ । ‘ଏତେ ବର୍ଷ ମୋତେ ନିଜ କଡ଼ା ନଜରରେ ରଖିବା ପରେ ନିଜେ ପ୍ରେମ ବିବାହ – ଭଲ ତ !’ – ଯେ କେହିବି ଭୃକୁଞ୍ଚନ କରିବ... ମୁଁ ବା କରନ୍ତିନି କେମିତି ? ଘର ଲୋକଙ୍କର ବି ଆପତ୍ତି ନଥିଲା ବୋଲି ତ ନୁହେଁ, ତେବେ ତା’ ପକ୍ଷ ଶୁଣିବା ପରେ କିଏ ବା କ’ଣ କହନ୍ତା ? ତା’ ମତ ଥିଲା, ଅଜଣା ଅଶୁଣା ଝିଅଟି ଆସି ଘରର ଅନ୍ୟମାନଙ୍କୁ ଆପଣାର ନ ବି କରିପାରେ, ତା’ ଅପେକ୍ଷା ଜଣାଶୁଣାରେ ଆଣିଲେ ଭଲ । ଏମିତିରେ ବଡ଼ ଭାଉଜ ଭଲ, ଇଏ ତାଙ୍କ ଭଉଣୀମାନେ ନିଶ୍ଚୟ ହିଁ ସଭିଙ୍କ ଆପଣାଇ ଚଳିବ ।

ଏସବୁ କଥା ତ ମୋ’ କାନ ଯାଏଁ ବି ପହଞ୍ଚିଥିଲା, ତେଣୁ ମୁଁ ଖୁସି ଥିଲି – ଯା’ହେଉ, ବାହାଘର ନିଷ୍ପତ୍ତି ବେଳେ ବି ନିଜ କଥା ପ୍ରଥମେ ନ ଭାବି, ଭାବିଛି ଘର କଥା ପ୍ରଥମେ । ଏହାଠାରୁ ଅଧିକ କ’ଣ ବା ଆଶା କରାଯାଇପାରେ ପୁଅଟିଏ ପାଖରୁ । ତେବେ ଏ ଖୁସି ବଢ଼ି ହଜାର ଗୁଣ ହେଇ ଯାଇଥିଲା, ଯେଉଁଦିନ ଶୁଣିଲି, ଭାଇର ନିଜର ହେବାକୁ ଥିବା ସ୍ତ୍ରୀ ପାଖରେ ଏକମାତ୍ର ସର୍ତ: ସେ ଯେମିତି ତା’ର ସାନ

ଭଉଣୀଟିକି କେବେହେଁ ଅନାଦର ନ କରନ୍ତି। ନିଜ ପାଇଁ, ଏଭଳି ଭାଇଟି ପାଇଁ, ଆମର ଭାଇ ଭଉଣୀର ନିବିଡ଼ ଅଦ୍ଭୁତ ସଂପର୍କକୁ ନେଇ ସେଦିନ ଗର୍ବରେ ପୂରି ଉଠିଥିଲା ମୋର ହୃଦୟ। ମୋ ସୌଭାଗ୍ୟ ସାମ୍ନାରେ ଖୁବ୍ ଛୋଟ ଲାଗୁଥିଲେ ମୋତେ, ଏ ସ୍ୱାର୍ଥପର ଦୁନିଆ ଓ ତା'ର ଲୋକମାନେ।

ମୁଁ ପ୍ରତିଜ୍ଞା କରିଥିଲି ସେଦିନ ନିଜେ ନିଜ ପାଖରେ – ଭାଇ ଯାହା, ଭାଉଜ ତାହା। ଭାଇ ପାଇଁ ଯେତିକି ଶ୍ରଦ୍ଧା ମନ ଭିତରେ ତିଆରି ହେଇଥାଏ, ଭାଉଜ ପାଇଁ ବି ସେତିକି ଶ୍ରଦ୍ଧା, ସମ୍ମାନ ଓ ଭଲପାଇବା ତିଆରିବାକୁ ପଡ଼େ। ମୋ ଭାଇକୁ ମୁଁ ଢେର୍ ଭଲପାଏ। ତେଣୁ ଭାଉଜଟି ଏକାନ୍ତ ଆପଣାର ହିଁ।

X X X

ଏ ଭିତରେ ପୁଣି ବିତୁଥାଏ ଦିନ, ମାସ, ବର୍ଷ...। ବର୍ଷ ପରେ ବର୍ଷ। ଭାଇ ପରି ଭାଉଜଙ୍କୁ ଭଲପାଇବା ଚକ୍କରରେ ଅନେକ କଥା ଦେଖି ଅଦେଖା କରିବାକୁ ପଡ଼େ। ଶୁଣି ଅଶୁଣା କରିବାକୁ ପଡ଼େ। ତେବେ ଗୋଟାଏ ଜାଗାରେ ଉଠୁଥିବା ମୋ ମନର ପ୍ରଶ୍ନ ସବୁ କାହିଁକି କେଜାଣି ଜମା ଶାନ୍ତ ହୁଏନା। ଭାଉଜ ବଡ଼ ପରି ମୋ ସୁଖଦୁଃଖ, ହାନିଲାଭ ପଚାରି ବୁଝିବାକୁ କେବେହେଁ କିଲ୍ କରନ୍ତିନି ମୋତେ। କରନ୍ତି ଯେବେ ବି– ତାହା ଥାଏ, ପରିବାରର ଅନ୍ୟ ସଦସ୍ୟଙ୍କ ବିରୁଦ୍ଧରେ କୌଣସି ଅଭିଯୋଗ, ଆପଣିକୁ ନେଇ। ମୁଁ ବୁଝିପାରେନା– ଏ ପରିବାର ବିରୁଦ୍ଧରେ ବି ଅଭିଯୋଗ, ଯେଉଁଠି ବୋହୂ ପାଇଁ ବାହାଘର ପୂର୍ବରୁ ଶ୍ୱଶୁରଙ୍କ ପଇସାରୁ ଖଟ, ଆସବାବପତ୍ର କିଣା ହେଇ ଆସେ। ନିଜ ଇଚ୍ଛାରେ ଖାଇବା, ପିନ୍ଧିବା, ଶେୟ ଛାଡ଼ିବା, କାମ କରିବା ନ କରିବାର ପୂର୍ଣ୍ଣ ସ୍ୱାଧୀନତା ବାହାଘର ପରଦିନ ହିଁ ଦେଇ ଦିଆଯାଏ। କାହିଁ, ଆମକୁ ତ ଏଯାଏଁ ମିଳିନି ସେ ସ୍ୱାଧୀନତା, ତଥାପି ଶାଶୂ, ଶ୍ୱଶୁରଙ୍କ ବିରୁଦ୍ଧରେ କହିବା, କହିପାରିବା ଯାଏଁ କଥା ଯାଇନି। ମୁଁ ଭାବେ– 'ସ୍ୱାଧୀନତାର ପ୍ରକୃତ ଅର୍ଥ ବୁଝି ନଥିବା ଲୋକକୁ, ସ୍ୱାଧୀନତା ପରି ଏକ ଦୃଢ଼ ଅଧିକାର ଦେଇ ଦିଆଗଲେ, ତା' ପୁଣି ନ ମାଗୁଣ୍ଟୁ, ତାକୁ ଉପରମୁହାଁ ହେବାକୁ ଘଡ଼ିଏ ସମୟ ବି ଲାଗି ନଥାଏ!' ଅନେକ ଦିନ ଏମିତି ହୁଏ, ଭାଇ ପାଟିରୁ ମାଆଙ୍କ ପାଇଁ ଅକଥନୀୟ ଗାଳି, ମାଆଙ୍କ ଆଖି ଗାଲ ଲୁହରେ ଓଦା ଓ ଭାଉଜ ନିର୍ଦୋଷ, ନିରୀମାଖି ସାଜି ନିରାପଦ ଦୂରତାରେ ଠିଆ।

ଘରର ପ୍ରତ୍ୟେକଟି କଥା କେମିତି କେଜାଣି ଘରକୁ ଅପମିଶ୍ରିତ ହେଇ ଫେରେ, ପିଉସୀ ଘର ବୋଟଦେଇ। ଯଦିଓ ବାପା ଓ ଭାଇଙ୍କ ପାଖରେ ଘର କଥା ବାହାରେ ପ୍ରଘଟ କରୁଥିବା ଭଳି ସାଂଘାତିକ ଦୋଷରେ ଦୋଷୀ ହେଇ ଠିଆ ହେଇଥାନ୍ତି ମାଆ। ପୁଣି ମୋ ମନରେ ବସା ବାନ୍ଧିବା ଆରମ୍ଭ କରୁଥାଏ ଭ୍ରମ!

ଦ୍ରୋଣଙ୍କର ତିନିଟି ସ୍ବରଚିତ୍ର

ବିଦ୍ୟାଳୟରେ ଚିତ୍ରାଙ୍କନ ପ୍ରତିଯୋଗିତା। ଅଷ୍ଟମରୁ ଦଶମ ଶ୍ରେଣୀ ପିଲା ହେଲେ ପ୍ରତିଭାଗୀ। କଠିନ ବିଷୟବସ୍ତୁ ଯୋଗୁଁ ଭାଗ ନେବାକୁ କେହି ବି ରାଜି ନୁହଁ। ଦାୟିତ୍ୱରେ ଥିବା ଶିକ୍ଷିକା। ଜଣକ ବ୍ୟସ୍ତ ହେଇପଡ଼ିଲେ। ଅନେକ କୁହାକୁହି ପରେ ପ୍ରସ୍ତୁତ ହେଲେ ତିନିଜଣ, ଦୁଇଜଣ ଝିଅକୁ ଜଣେ ପୁଅ : ଅବିନାଶ, ସାକ୍ଷୀ ଓ ରୋଜି। ତେବେ ତିନିଜଣଙ୍କୁ ନେଇ ପ୍ରତିଯୋଗିତା କରିବା ଖୁବ୍ ମୂଲ୍ୟହୀନ, ପୁଣିଥରେ ବ୍ୟସ୍ତ ହେଇ ପଡ଼ିଲେ ସ୍ବିତାମାମ୍।

ମାମୁନ ରାଜି ହେଲା ଭାଗ ନେବାପାଇଁ ସିନା, ତେବେ ବଡ଼ କଷ୍ଟରେ। ଅନେକ ଅନୁରୋଧ ପରେ ଯାଇ ରାଜି ହେଇଥିବା ମାମୁନକୁ ଯେତେବେଲେ ସ୍ବିତାମାମ୍ ତା'ର ପଚାରିଲେ- "ତୋର ଏତେ ସଉକ ଡ୍ରଇଂରେ, ତା'ହେଲେ ପୁଣି, ପ୍ରତିଯୋଗିତାରେ ଭାଗ ନେବାପାଇଁ ତୁ ରାଜି ନୁହଁ କାହିଁକି ? ତୁ ତ ଶିଖୁଛୁ ନା ଶ୍ୟାଡିଂ, ଏଠି ପୁଣି ଭାଗ ନେବାକୁ ଅରାଜି ଯେ ?" ମାମୁନର ଗୋଟାଏ ହିଁ ଉତ୍ତର, "ମୁଁ ଭାଗ ନେଲେ ବି କିଛି ବଦଲିବାର ନାହିଁ ମାମ୍! ମୁଁ ଭାଗ ନେଲେବି ଜିତିପାରିବିନି, ଦେଖିବେ ଆପଣ! ହଉ, ଆପଣଙ୍କ କଥା ଅମାନ୍ୟ କରିବିନି। ଆପଣଙ୍କ କଥା ରଖିବା ପାଇଁ ମୁଁ ଭାଗ ନେବି ଏ କମ୍ପିଟିସନ୍‌ରେ! ଆପଣ କିନ୍ତୁ ନିଜେ ଦେଖିବେ, ମୁଁ ଯେତେ ଭଲ ପେଣ୍ଟିଙ୍ଗ୍ କଲେ ମଧ୍ୟ ହେଡ୍‌ମାମ୍‌ଙ୍କୁ ପସନ୍ଦ ଆସିବନି, ମୁଁ ସିଲେକ୍ଟ ହେବିନି କେବେହେଲେ !..."

ଦୀର୍ଘ ଦୁଇଘଣ୍ଟାର ଅକ୍ଲାନ୍ତ ପରିଶ୍ରମ ପିଲାଙ୍କର। ଚାରିଟି ଚିତ୍ରକୁ ସାଉଁଟି ପ୍ରଧାନ ଶିକ୍ଷିକାଙ୍କ କୋଠରି ଆଡ଼କୁ ଗଲାବେଳେ ସ୍ମିତା ଦେଖିଲେ ପ୍ରତ୍ୟେକଟି ଖାତାକୁ ଗୋଟି ଗୋଟି କରି ନିରିଖିଛି, ସବୁଠୁ ଭଲ ଚିତ୍ରଟି ମାମୁନର। ଗୁଣୁଗୁଣୁ ହେଇ ନିଜକୁ ନିଜେ କହିଲେ, ଏଠି ଆଜି ଯଦି ମାମୁନ ପ୍ରଥମ କିମ୍ବା ଦ୍ୱିତୀୟ ଆସେ, ଏଯାଏଁ ତା'ର ଭୁଲ୍ ଧାରଣା ଯାହା ବି ଅଛି, ସେ ବଦଳିଯିବ ନିଶ୍ଚେ।

ପ୍ରଧାନ ଶିକ୍ଷିକାଙ୍କ ରୁମ୍ ଭିତରେ ପଶିବାବେଳେ ହିଁ ଶୁଭିଲା ତାଙ୍କର କଣ୍ଠସ୍ୱର, 'କେତେଜଣ ଥିଲେ ? କିଏ କିଏ ?'

ସ୍ମିତା– ଚାରିଜଣ ମାତ୍ର। ଅବିନାଶ, ସାକ୍ଷୀ, ରୋଜି, ମାମୁନ।

ପ୍ରଧାନ ଶିକ୍ଷୟିତ୍ରୀ– ମାମୁନର ଖାତା କାଢ଼ିଦେଇ ବାକି ତିନିଟି ଖାତା ମୋତେ ଦିଅ।

ସ୍ମିତା– ଆଁ...! କ'ଣ କହିଲେ..!

ପ୍ରଧାନ ଶିକ୍ଷୟିତ୍ରୀ– ମାମୁନର ଚିତ୍ରକୁ ଅଲଗା କରି ମୋତେ ବାକି ତିନିଟି ଖାତା ଦିଅ।

ସ୍ମିତା– ଓ୍ୱ... ହଁ, ଦଉଛି।

ପ୍ରଧାନ ଶିକ୍ଷୟିତ୍ରୀ– ଏ ତିନିଜଣଙ୍କ ଭିତରୁ ଏବେ ପ୍ରଥମ, ଦ୍ୱିତୀୟ ଓ ତୃତୀୟ ବାଛି ଦିଅ।

ଫଟୋ ଉଠିଲା କ୍ଲିକ୍...।

ଏଇଠ ଠିଆ ହେଇଛନ୍ତି ଦ୍ରୋଣ ଆଜି ବି ସଗର୍ବେ, ଏକଲବ୍ୟର ଡାହାଣ ବୃଦ୍ଧାଙ୍ଗୁଳିକୁ ଦକ୍ଷିଣାରେ ମାଗିସାରି।

କ୍ଲିକ୍–୨

ସାରଙ୍କର ଗୋଟିଏ ବୋଲି ଝିଅ, ପଢୁଛି ଦଶମ। ନାଁ ତା'ର ଅଞ୍ଜଳି। ମୁଁ ବି ମୋ ବାପାଙ୍କର ଗୋଟିଏ ବୋଲି ଝିଅ, ପଢୁଛି ପଞ୍ଚମ। ସେ ଖୁବ୍ ଗେହ୍ଲା ତା' ମାଆ ବାପାଙ୍କର, ଗୋଟିଏ ବୋଲି ଝିଅ ବୋଲି ! ମୁଁ ବି ଖୁବ୍ ଗେହ୍ଲା, ମୋ ମାଆ ବାପାଙ୍କର, ବୋଧେ ସେଇ ଗୋଟିଏ ବୋଲି ଝିଅ ବୋଲି। ତେବେ ତା' ଓ ମୋ' ଭିତରେ ଆକାଶ ପାତାଳ ଫରକ। ମୁଁ ତା' ପରି ଜମାରୁ ନୁହଁ।

"ତା'ପରି ମାନେ କେମିତି ?" – ମୁଁ ମୋ ମାଆଙ୍କୁ ବାରମ୍ବାର କୁହେ, "ସେ ଅହଙ୍କାରୀ, ବଦମିଜାଜ ସାଙ୍ଗକୁ ବଦରାଗୀ !" ମାଆ କିନ୍ତୁ ବୁଝିବାକୁ ନାରାଜ, କହିବେ– "ସେକଥା ଛାଡ଼, ତୋ ସାର କିନ୍ତୁ ଖୁବ୍ ଭଲ, ନହେଲେ ଏତେ ରାତି ପୁଣି ତୋତେ ପାହାନ୍ତିଆ ପଢ଼ିବାକୁ ନିଜେ ଉଠାଇବାକୁ ଆସନ୍ତେ ନା ?"

ମୁଁ ମାଆଙ୍କୁ ଉତ୍ତର ନ ଫେରାଇ ମନକୁ ମନ କୁହେ, 'ସେକଥା ନୁହେଁ ମାଆ, ବଦମିଜାଜ ଝିଅଟୋ, ପାଠଶାଠ କିଛ୍ଚ ନାହିଁ ତା'ର, ସେଇଥିପାଇଁ ସିନା ଏତେ ଖୋଜାଲୋଡ଼ା ମୋତେ ସାରଙ୍କର ! ଆହୁରି ବି ସେଇ ଯେ ବଦମାସ ଟୋକା ସୁରଞ୍ଜିନ ସହିତ ଲୁଚାଛପା ଚିଠି ଦିଆନିଆ ପ୍ରେମ ଖେଳ ଚାଲିଛି ତା'ର, ମାଟ୍ରିକ୍ ଫେଲ୍ ନ ହେଇଛି ଯଦି କହିନେବ ମୋତେ !'

ସେଦିନ ସନ୍ଧ୍ୟା ବେଳଟାରେ ଅଞ୍ଜଲି ଡାକିଲା ମୋତେ, ଚୁପି ଚୁପି କହିଲା, 'ଟିକିଏ ପୋଖରୀ କୂଳକୁ ଯାଇଥାନ୍ତେ, ବୋଉ ଏକା ଛାଡ଼ୁନି !' ମୁଁ ପୁଣି ମନେ ମନେ କେତେ କଥା କହିଗଲି, "ଜାଣିଯାଇଥିବେ ତୁମର ଗୁଣଗ୍ରାମ, ତେଣୁ ସିନା ମନା କରୁଛନ୍ତି । ମୋ'ଠୁ ଆଶା କରନା, ମୁଁ ଭୁଲ୍ କାମରେ ସଙ୍ଗ ହେଇପାରିବିନି ତୁମର । ସାରଙ୍କର ଖୁବ୍ ଅବଦାନ ମୋ ଜୀବନରେ । ହଁ... ମୁଁ ତାଙ୍କର ମୁଣ୍ଡକୁ ସଗର୍ବେ ଉଚ୍ଚ ହୁଏତ କେବେ କରି ନପାରେ, ତା' ବୋଲି ଜାଣି ଜାଣି ଏମିତି ତାଙ୍କ ନାକୁ ପଦାରେ ପକାଇବାକୁ ଦେବିନି ତୁମକୁ !" ଏତେ କଥା ସିନା କହିପାରିଲିନି ତାକୁ, କିନ୍ତୁ ବୁଲେଇ ବଙ୍କେଇ କହିଲି, 'ନାଇଁ.. ଯାଇ ହବନି !'

ସେଦିନ ରାତିରେ ଡାକରା ଆସିଲା ସାରଙ୍କ ଘରୁ । ମୁଁ ଗଲି, ଚାରିପଟେ ନିସ୍ତବ୍ଧ । ବାଟରେ ଦିଶିଗଲେ ଗୁରୁମା । ମୁଁ ତାଙ୍କ ମୁହଁକୁ ଚାହିଁଲି ପ୍ରଶ୍ନ ଚିହ୍ନ ଆଖରେ । ସେ କିନ୍ତୁ ଅଣଦେଖା କରି ଚାଲିଗଲେ, ନ ଦେଖିଲା ପରି । ଦିଶିଲା ତାଙ୍କର ଅଲିଅଲି ଝିଅ ଅଞ୍ଜଲି । ମୁହଁ ମୋଡ଼ିଦେଲା ମୋତେ ଦେଖୁ ଦେଖୁ । ଭିତର ବଖରାରେ ଥିଲେ ସାର, ଗମ୍ଭୀର ସ୍ୱରରେ କହିଲେ, "ଶାନ୍ତା ଶୁଣ, ଅଞ୍ଜଲିର ବୋର୍ଡ ପରୀକ୍ଷା, ତାକୁ ଅଧିକ ସମୟ ଦେବାକୁ ପଡ଼ିବ, ତୁମକୁ ଆଉ ପଢ଼ାଇବା ସମ୍ଭବ ହେବନି !"

ମୁଁ ସେଇଠୁ ଅପସରି ଯାଉ ଯାଉ, ମାଆଙ୍କୁ ମୋର ଦେଖେଇବା ପାଇଁ ମୋ ଆଖି ଲେନ୍ସରେ ଫଟୋଟିଏ ଉଠେଇଲି । ମୋ ଗୁରୁ ଦ୍ରୋଣଙ୍କର ଫଟୋ ଉଠିଲା... କ୍ଲିକ୍... କ୍ଲିକ୍... ଦ୍ରୋଣଙ୍କ ଆଖି କହୁଥିଲା, ଅର୍ଜୁନ ଖୁବ୍ ପ୍ରିୟ ସିନା ମୋର..., ତେବେ ଖୁବ୍ ତୁଚ୍ଛ ପୁଣି ଅର୍ଜୁନ, ଅଶ୍ୱତ୍ଥମା ଯେଣୁ ପ୍ରିୟତମ ପୁତ୍ର ଯେ ମୋହର !

କ୍ଲିକ୍-୩

'ସରକାରୀ ବିଦ୍ୟାଳୟରେ ପୁଣି ଏତେ ଛୁଆ ନା !' – ମୁଁ ଆଶ୍ଚର୍ଯ୍ୟ ହୁଏ । ତେବେ ଆଶ୍ଚର୍ଯ୍ୟ ହେବାର ବି ନାହିଁ । ହଁ, ପିଲା ସଂଖ୍ୟା କମ୍ ହେଉ ଅବା ଅଧିକ, ଦିଇଟି ସେକ୍ସନ୍ ହେବାକୁ ବାଧ୍ୟ । ସେକ୍ସନ୍-'ଏ'ର ପିଲାଙ୍କ ପ୍ରଥମ ଭାଷା ଓଡ଼ିଆ ଓ ସେକ୍ସନ-'ବି' ପିଲାଙ୍କ ହିନ୍ଦୀ ।

ଏମାନଙ୍କର ବ୍ୟବହାର କିନ୍ତୁ ଏଭଳି ଯେ, ଏମାନେ ଏ, ବି ବିଭାଗରେ ବାଣ୍ଟି ହେଇ ନାହାନ୍ତି ବରଂ ବାଣ୍ଟି ହେଇଛନ୍ତି ଦୁଇଟି ପଡ଼ୋଶୀ ଶତ୍ରୁ ରାଜ୍ୟରେ। ମୁଁ ଅନେକ ସମୟରେ ଖୋଜେ ଏହାର କାରଣ। "ସତରେ କ'ଣ ଭାଷାର ଭିନ୍ନତା ମଣିଷ ମଣିଷକୁ ମିଶିବାକୁ ଦିଏନା ଏବଂ ଭାଷାର ଐକ୍ୟତା ସବୁ ବିବାଦ ସତ୍ତ୍ୱେ ତାଙ୍କୁ ଏକ କରିପକାଏ!" କେଜାଣି, ମୁଁ ପାଏନା ଉତ୍ତର।

ସେ ଯାହାବି ହେଉ, ମୁଁ ଓଡ଼ିଆ ସିନା କିନ୍ତୁ ଏଇ ଦଶମ ଶ୍ରେଣୀ ହିନ୍ଦୀ ପିଲାଙ୍କର କ୍ଲାସ ଟିଚର। ଗଣିତ ପଢ଼ାଏ ତାଙ୍କୁ। ଓଃ, ଭୁଲ୍ କହିଲି... ତାଙ୍କୁ କେବଳ ନୁହେଁ, ସବୁ ପିଲାଙ୍କୁ। ସେଦିନ ତାଙ୍କ କ୍ଲାସ? ସବୁଟକ ଉଠିଆସିଲେ ପାଖକୁ, କହିଲେ- ମାମ୍, କଥାଟିଏ କହିବୁ ମୁଁ କହିଲି, 'ହଁ, କୁହ!'

- ମାମ୍, ଆମେ ଏ ବର୍ଷ ଗୁରୁଦିବସ ପାଳିବୁ?

- ହଁ ତ, ପାଳିବ! ସେଥିରେ ପୁଣି ପଚାରିବାକୁ କ'ଣ ଅଛି ଯେ? ସବୁ ବର୍ଷ ପାଳ, ଏ ବର୍ଷ ବି ପାଳିବ, ଏଥିରେ ପୁଣି ଏତେ ପଚାରିବାର କ'ଣ ଅଛି!?

- ମାମ୍, ପ୍ରକୃତରେ ଆପଣ ଯେମିତି ଭାବୁଛନ୍ତି, ସେମିତି ନୁହେଁ। ଏ-ସେକ୍ସନ୍ ପିଲାଏ ଯେମିତି ପାଳୁଛନ୍ତି... ସେମିତି...।

- କେମିତି ପାଳୁଛନ୍ତି ସେମାନେ?

- କେକ୍ ଆଣିବେ। ବେଲୁନ୍ ସଜାଇ ନିଜ କ୍ଲାସରୁମ୍ ଭିତରେ ଅଲଗା କରି ସଜାଇ କି ପାଳିବେ। ତାଙ୍କୁ ତ ତାଙ୍କର କ୍ଲାସ୍‌ଟିଚର (ଛବି ମାମ୍) କହିଛନ୍ତି, ଗିଫ୍ଟ ବି ଆଣିବେ ସେମାନେ ସମସ୍ତଙ୍କ ପାଇଁ।

- ମିଶ୍ର ମାମ କହିଛନ୍ତି ତାଙ୍କୁ ଏମିତି?

- ହଁ! ଆପଣ ତ ଶୁଣନ୍ତିନି ଆମ କଥା। ମିଛ ବୋଲି ଭାବନ୍ତି। ସେ ତ ସେଦିନ ମନୀଷାର ସୁନ୍ଦର ଗୀତକୁ ବି ନାକଚ କରିଦେଲେ ତାଙ୍କ ସେକ୍ସନ୍‌ର ମମିତାକୁ ଜିତାଇବା ପାଇଁ। ଆପଣ କିନ୍ତୁ କେବେ କିଛି କୁହନ୍ତିନି ଆମ ସପକ୍ଷରେ।

- ନା, ଟିଚର ଜଣେ ସେମିତି କେବେ କରିବେନି। ମୋତେ ମିଛ କଥା କୁହନା।

- ସେଇଥିପାଇଁ ଆମେ କହୁନଥିଲୁ, ଆପଣ ବିଶ୍ୱାସ କରିବେନି ଆମେ ଜାଣୁ। ସବୁ ଟିଚରଙ୍କ ମନରେ ବହୁତ ଭେଦଭାବ, ଅଧିକ ସବୁଠୁ ସେଇ ଛବି ମାଡାମଙ୍କ ମନରେ। ଏବେ ତ ସେମାନେ ସମସ୍ତଙ୍କୁ ଗୁରୁ ଦିବସରେ ଗିଫ୍ଟ ଦେଇ ଆହୁରି ପ୍ରିୟ ହେଇଯିବେ ସଭିଙ୍କର। ଶହେ ଲେଖାଏ କଲେକ୍ସନ୍ ହେଇଛି।

ମୁଁ ଆଶ୍ଚର୍ଯ୍ୟ, ସେମାନଙ୍କ କଥା ଶୁଣି। କଥାର ସତ୍ୟତା ପରଖିବା ପାଇଁ ମୁଁ ଅନେକ ଦିନ ନିରବରେ ଲକ୍ଷ୍ୟ କଲି, ଅନ୍ୟ ଶିକ୍ଷକମାନଙ୍କର ହାବଭାବ।

'ଓଃ, ଏଭଳି ନା ସତରେ' – ଆଶ୍ଚର୍ଯ୍ୟ ନ ହେଇ ରହି ପାରିଲିନି।

ପିଲାଙ୍କ କହିବା କଥା ଶତ ପ୍ରତିଶତ ସତ। ଛବି ମିଶ୍ର ପାଠ ପଢ଼ାଏନା କେବେ। ତା' ପିରିୟଡ୍ ବେଳକୁ ସେ ଉଠିଯାଇ ହେଡ୍‌ମାଷ୍ଟର ପାଖରେ ତାଙ୍କ ଅଫିସ୍‌ରେ ବସେ। ଗପେ ତାଙ୍କ ସହ। ଚା' ମଗାଏ। ଉଭୟେ ବସି ଅନ୍ୟମାନଙ୍କର ବିରୁଦ୍ଧରେ ମନ୍ତ୍ରଣା କରନ୍ତି। ଏ କଥାସବୁ ପୂର୍ବରୁ ହିଁ ଜଣାଥିଲା ମୋତେ, ତେବେ ସେଦିନ ଜାଣିଲି ଅନେକ କଥା ଯାହା ଜଣାନଥିଲା ଆଗରୁ।

ମୁଁ ଖୋଜିବାକୁ ଯାଇଥିଲି ଛବି ମିଶ୍ରଙ୍କୁ, ତେବେ ତା' ଚା' ଖଟିରେ ଭେଟିଲି ଅନେକ ସଦସ୍ୟଙ୍କୁ। ଭାରପ୍ରାପ୍ତ ପ୍ରଧାନ ଶିକ୍ଷୟିତ୍ରୀ ତାଙ୍କର ସାରାଦିନରେ ନିଜ ଭାଗରେ ରଖିଥିବା ଏକମାତ୍ର କ୍ଲାସ୍‌କୁ ନ ଯାଇ, ସେଠି ମାତିଥାନ୍ତି ତା' ସହ ଗୁଲିଖଟିରେ। ଏଇ ଚାକିରିରେ ନୂଆ ନୂଆ କରି କ୍ୟାନ୍ କରିଥିବା ଯୁବକ ଶିକ୍ଷକ ଜଣକ ବେଶ୍ ଅକ୍ତିଆରରେ କରି ନେଇଥାନ୍ତି ବି ସେମାନଙ୍କର ସେଇ ଆସରକୁ। ଏଭଳି ଅନେକ ଘଟଣା ଯାହା ପୂର୍ବରୁ ମୋତେ ଦିଶିଥିଲେ ମଧ୍ୟ ମୁଁ ଅଣଦେଖା କରିବାକୁ ଚାହିଁଥିଲି, ଆଜି ଦିଶିଥିଲା ମୋତେ ଆହୁରି ଅଧିକ ଜଳଜଳ ହେଇ।

– ସେପ୍‌ଟେମ୍ବର ୫ ତାରିଖ। ଗୁରୁଦିବସ କାର୍ଯ୍ୟକ୍ରମ ଆରମ୍ଭ ହେବାର ଅନେକ ସମୟ ବିତିସାରିଥିଲା, ବି–ସେକ୍ସନ୍‌ର କୌଣସି ପିଲା ଦିଶିଲେନି ମୋ ଆଖିକୁ। କାହିଁକି ଯେ, 'କ'ଣ ମୁଁ ମନା କରିଦେଲି ବୋଲି ନା !' – ମୋତେ ଦୁଃଖ କମ୍ ରାଗ ଲାଗିଲା ଅଧିକ। ତଥାପି ଚୁପ୍ ରହିଲି।

ପ୍ରାରମ୍ଭିକ ସଙ୍ଗୀତ ଏବେ ଗାଇଲା ସେଇ ଓଡ଼ିଆ ଝିଅଟି, ଯାହାର ଅନେକ ଭୁଲ୍ ବନାନ ଗୀତଟିକୁ ଶ୍ରୁତିକଟୁ କରି ସାରିଥିଲା। ମୋ ମନେ ମନେ ମୁଁ ଖୋଜୁଥିଲି ମନୀଷାକୁ– ଯିଏ ହିନ୍ଦୀ ଭାଷାର ଝିଅଟିଏ ହେଇ ସୁଦ୍ଧା ସେଦିନ ଗୀତ କମ୍ପିଟିସନ୍‌ରେ ଓଡ଼ିଆ ଭଜନଟି ସୁର ତାଳରେ ସୁନ୍ଦର ସ୍ୱରରେ ଗାଇ ସମସ୍ତଙ୍କୁ ଚମକାଇ ଦେଇଥିଲା। ପାଖରେ ବସିଥିବା ସହକର୍ମୀ ବନ୍ଧୁ ଜଣକ ମଧ୍ୟ ମୋତେ ଚାହିଁ ପ୍ରଶ୍ନ କଲେ, "ମନୀଷା ଗାଇଲାନି !"

ମୋତେ ରାଗ କମ୍ ନୈରାଶ୍ୟ ଘାରିଲା ଖୁବ୍।

ଜଣେ ସାର୍ ଆସି ପଛରେ ଗୁଣୁଗୁଣୁ ହେଇ କହିଲେ, "ଦଶମ–ଏ ର ପିଲାମାନେ କ'ଣ ତାଙ୍କ କ୍ଲାସରେ ଗୁରୁଦିବସ ପୁଣି ଅଲଗା କରି ପାଳିବେ ? ସେଠି ଜୋର୍‌ସୋର୍ ପ୍ରସ୍ତୁତି ଚାଲିଛି।" ମୁଁ ଆଶ୍ଚର୍ଯ୍ୟ ହେଇ ଚାହିଁଲି ପ୍ରଧାନ ଶିକ୍ଷୟିତ୍ରୀ ମାମଙ୍କ ଆମର। ଚାହିଁଲି, ଭାବିଲି ବି କହିବି ବୋଲି ଅନେକ କିଛି କିନ୍ତୁ ଚୁପ୍ ରହିଲି, କହିପାରିଲିନି କିଛି।

ନିଜକୁ ଅନେକ କଥା କହି ବୁଝାଇଲି, ଯେମିତି କି – ମୁଁ ତ ମୋ କାମ ଠିକ୍ ଭାବରେ ତୁଲାଉଛି। ସମସ୍ତଙ୍କର ଭୁଲ୍ ଠିକ୍କୁ କ'ଣ ମୁଁ ଚାହିଁଲେ ବି ସୁଧାରି ପାରିବି କି? ସେମାନଙ୍କୁ ଯଦି ଲଜ୍ଜା ଲାଗୁନି, ମୁଁ ବା କ'ଣ କରିପାରିବି? ତେବେ ମନଟି ମୋର ବିଷାଦ ଭାରରେ ବୁଡ଼ିଗଲା। ଆଉ ରହିପାରିଲିନି ସେଇଠି। ମୁଣ୍ଡବ୍ୟଥାର ବାହାନା କରି ଖସିଆସିଲି ସେଠାରୁ।

ତିନି ଚାରିଘଣ୍ଟା ପରେ ସବୁ ଟିଚରଙ୍କର ସୋସିଆଲ୍ ମିଡିଆ ଆକାଉଣ୍ଟରେ ଅପଲୋଡ୍ ହେଇଥିବା ଫଟୋ କହୁଥିଲା, ଖୁବ୍ ହିଁ ଧୁମ୍ଧାମ୍ରେ ପାଲିତ ହେଇଥିଲା ଗୁରୁଦିବସ, ଯହିଁ ହେଡ୍ମିଷ୍ଟେସ୍ଙ୍କ ସହ ବାକି ପ୍ରାୟ ସବୁ ଟିଚର ଉପସ୍ଥିତ ଥିଲେ। କିନ୍ତୁ ପିଲା କେବଳ ଓ କେବଳ ଦଶମ–ଏ ର ଛାତ୍ରଛାତ୍ରୀ ଓ ଏସବୁର ମୁଖ୍ୟ ପୁରୋଧା ସେମାନଙ୍କ ଗୁରୁମା' – ଛବି ମିଶ୍ର, ତା' ବି ପ୍ରଧାନ ଶିକ୍ଷୟିତ୍ରୀଙ୍କ ଅନୁମତିକ୍ରମେ।

ତା' ପରଦିନ ମୋର ନୈତିକତା ମୋତେ ବାଧ୍ୟ କଲା ପିଲାଙ୍କୁ ଥରେ ତାଙ୍କର ନ ଆସିବାର କାରଣ ପଚାରିବା ପାଇଁ। ମୁଁ ଅବାକ୍ ହେଲି ସେମାନଙ୍କର ଉତ୍ତର ଶୁଣି।

– ଅକାରଣରେ କାରଣ ଦେଖାଇ ସେମାନଙ୍କୁ ନ୍ୟୁନ ଦେଖେଇବା। ମନୀଷାକୁ ସୁନ୍ଦର ଗୀତ ଗାଉଥିଲେ ସୁଦ୍ଧା ମିଛ ଆଲରେ ଗୀତ ଗାଇବାକୁ ନଦେଇବା। ଅନ୍ୟ ପିଲାଙ୍କ ଭୁଲ୍ ଥିଲେ ସୁଦ୍ଧା ତାଙ୍କୁ ଗାଲି କରିବା। ହେଡ୍ମାମ୍ଙ୍କ ସାମ୍ନାରେ ତାଙ୍କୁ ମିଛରେ ଅପମାନିତ କରିବା ଭଲି ଅନେକ କଥା।

ମୋ ମୁଣ୍ଡ ଲଜ୍ଜାରେ, ବିଷାଦରେ ପୋତି ହେଇପଡ଼ିଲା। ଅନ୍ୟମାନଙ୍କ ପାଖରୁ ସତ୍ୟତା ବୁଝିଲି, ପିଲାଏ ଠିକ୍ ଥିଲେ ସେମାନଙ୍କ ଜାଗାରେ। ତେବେ ଭୁଲ୍ ଥିଲା କିଏ!?

ମୁଣ୍ଡ ଉଠାଇ ଫଟୋଟିଏ ଉଠାଇଲି ଛବି ମିଶ୍ରର... ଓ ତା' ସହ ମନେ ମନେ ନିଜକୁ କ୍ଷମତାର କେନ୍ଦ୍ର ଭାବି ଆତ୍ମଗର୍ବରେ ଫୁଲି ଉଠୁଥିବା ପ୍ରଧାନ ଶିକ୍ଷୟିତ୍ରୀ ତଥା ତା'ର ମୁଖ୍ୟ ସହକର୍ମୀ ଯୁବ ପୁରୁଷ ବନ୍ଧୁ... ତଥା ତା'ର ନିରବ ସମର୍ଥକ ଗୋଷ୍ଠୀଙ୍କର। କ୍ଲିକ୍... କ୍ଲିକ୍... କ୍ଲିକ୍...

ଓଃ, ତାଙ୍କ ଫଟୋ ଉଠାଇ କି ଅବା ଲାଭ। ଆଜି ତ ପିଲାଙ୍କ ଆଖିର ଲେନ୍ସରେ ଫଟୋ ଉଠିଛି ମୋର। ହଁ, ମୋରି ଫଟୋ। ଫଟୋ ଗୁରୁ ଦ୍ରୋଣଙ୍କର, ଯାହା ତାଚ୍ଛଲ୍ୟ କରେ କର୍ଣ୍ଣଙ୍କୁ ଶୁତ ପୁତ୍ର କହି। ଭୁଲ୍ ଠିକ୍କୁ ଜାଣି ସୁଦ୍ଧା ନିରବ ରହୁଥିବା ଏବଂ କୌରବସେନାଙ୍କ ସମ୍ମୁଖରେ ତାଙ୍କର ତ୍ରାଣକର୍ତ୍ତା ସାଜି ଠିଆ ହେଇଥିବା ଦ୍ରୋଣଙ୍କର ଫଟୋ।

X X X

ଆଜି ପାଇଁ ଏତିକି, ଯଦିଓ ଆହୁରି ଅନେକ କ୍ଲିକ୍ ବାକି ଅଛି ନେବାକୁ। ସେମିତି ନୁହେଁ ଯେ କେବଳ ବଙ୍କା ତେଢ଼ା କ୍ଲିକ୍ ନେବାକୁ ମୁଁ ଭଲପାଏ ବୋଲି... ଆରଥରକୁ ହୁଏତ ସୁନ୍ଦର ଅପରୂପ ଗୁରୁ ଦ୍ରୋଣଙ୍କର ଫଟୋଟିଏ ମୋ କ୍ୟାମେରା ଲେନ୍ସରେ ଧରା ପଡ଼ିପାରେ ବୋଲି ଆଶାଟିଏ ମନରେ ବସା ବାନ୍ଧି ରହିଛି ବୋଲି। ଯେବେ ଦିଶିଯିବ ସେଭଳି ଅପୂର୍ବ, ମନୋଲୋଭା ଦୃଶ୍ୟଟିଏ, ଏଇ ଫଟୋ ଉଠେଇନେବା କ୍ଲିକ୍... କ୍ଲିକ୍... କ୍ଲିକ୍... କ୍ଲିକ୍... କ୍ଲି...କ୍। ଅପେକ୍ଷା ରହୁ...।

କଳି କାଳରେ ଲେଖନୀ

'ଲେଖିବା ଗୋଟାଏ ନିଶା ଓ ନିଶ୍ଚୟ ହିଁ ଏକ ମାରାତ୍ମକ ନିଶା ।' – କେମିତି ସେକଥା ପଚାରନା ମୋତେ ! ନ ବତାଇ ବି ତ ଚାରା ନାହିଁ ମୋ'ର... ! ଅନେକ କିଛି ଘଟୁଥିଲା, ମୁଁ କିନ୍ତୁ ସେଇ ଅନେକକୁ ଦେଖିପାରୁନଥିଲି ଆଉ ଆଗ ପରି ସାଧାରଣ ଭାବେ । ଏଇ ଯେମିତି ସେଦିନ –

× × ×

ମୁଁ ଚାଲିଲି, ସେ ଚାଲିଲା । ମୁଁ ଅଟକିଲି, ସେ ଅଟକିଲା । ପୁଣି ମୁଁ ଚାଲିଲି, ସେ ଚାଲିଲା । ମୋ ହାତରେ ମର୍ନିଙ୍ଗ ଓ୍ୱାକ୍ ପାଇଁ ଯାଉଥିବା ଯୋଗୁଁ ବାଡ଼ି ଖଣ୍ଡେ ଓ ତା' ପଛରେ ଦଳଟେ କୁକୁର । ଏମିତି ହିଁ ସେ ପାରି ହେଇସାରିଥିଲା ଦୁଇକୋଶ ବାଟ । ନୂଆ ଜାଗାରେ ଅଚିହ୍ନା କୁକୁରକୁ କାମୁଡ଼ି ରକ୍ତାକ୍ତ କରିପକାନ୍ତି ସେଠିକାର ପୁରୁଣା କୁକୁର – ଶୁଣିଥିଲି ଆଗରୁ । ଆଜି ଦେଖିଲି ଆଖିରେ । ମୋ ଆଗରେ କିଛି ଦୂରତା ରଖି ଚାଲିଥିବା କୁକୁରଟିର ବୁଦ୍ଧିକୁ ତାରିଫ ନକରି ରହିପାରିଲି ନାହିଁ । କହିଲି "ସାବାସ... ! ଶିଖାଇଲୁ, ମୋତେ ଆଜି କଳିକାଳରେ ଚଲିବାର କଳା !!"

× × ×

ରାଉରକେଲା ପରି ଛୋଟ ସହରରେ ସୋନୁ ନିଗମଙ୍କ ମ୍ୟୁଜିକ କନ୍ସର୍ଟ । ଭିଡ଼ ବହୁତ । ଲୋକ ଉପରେ ଲୋକ । ଏତେ ଭିଡ଼ରେ ଜଣଙ୍କର ଦେହ ଅନ୍ୟର ଦେହରେ ବାଜିବା ଥୟ । ଲୋକଟି ଦେହରେ ଯେବେ ତା' କଡ଼ରେ ଠିଆ ହେଇଥିବା ଝିଅଟିର ଦେହ ବାଜିଗଲା ଦୁଇଥର, ଚିହିଁକି ଉଠିଲା ତା'ର ସ୍ତ୍ରୀ । ପ୍ରଥମେ ଚାହିଁଲା

କଟମଟ କରି ଓ ତା'ପରେ ଆରମ୍ଭ କରିଦେଲା ଝଗଡ଼ା। ଏମିତି ପାଟିତୁଣ୍ଡ ଯେ ସଭିଏଁ ତାକୁ ଓଲଟି ଚାହିଁବାକୁ ବାଧ୍ୟ। ଝିଅଟି ଗୁଞ୍ଜିଗଲା ତା' ସାଧ୍ୟମତେ। ଆଡ଼ ହେଇ ଠିଆହେଲା ତା' ନିଜ ହିସାବରେ। କିଛି ସମୟ ପରେ ସ୍ତ୍ରୀଟି ଗୁଞ୍ଜିଲା କଡ଼କୁ, ସ୍ୱାମୀଙ୍କୁ ରଖିଲା ମଝିରେ ଓ ସେମାନଙ୍କ ଝିଅକୁ ଠିଆକଲା ତା' ବାପାଙ୍କର ଆରକଡ଼କୁ– ଏବେ ବାପାଟି ସୁରକ୍ଷିତ ତା'ର ଦୁଇ ସୁରକ୍ଷାଦାତ୍ରୀଙ୍କ ମଝିରେ।

ଆରମ୍ଭ ହେଲା କନସର୍ଟ। ଦୁଇପଟେ ଧୁମ୍ ନାଚୁଥିଲେ ମାଆକୁ ଝିଅ... ବାପଟି ମଝିରେ ଠିଆ ହେଇଥିଲା ଶାନ୍ତ, ଧୀରସ୍ଥିର, ସରଳ ପୁଅଟି ପରି।

× × ×

ସକାଳ ପହରୁ ପାଟିତୁଣ୍ଡ। କଥା କ'ଣ ଜାଣିବାକୁ ସଭିଏଁ ଅଟକିଲେ ଘଡ଼ିଏ। ବୁଢ଼ୀ ମାଉସୀଙ୍କର ପାଟି ଶୁଭୁଥିଲା ପ୍ରବଳ, ଜଗୁଆଲି ଲୋକଟିର କମ୍।

ମାଉସୀ: ଫୁଲ ଯଦି କିଛି ତୋଳି ନେଲି ତ କୋଉ ବେଦଟା ଅଶୁଦ୍ଧ ହେଇଗଲା, ଶୁଣେ ଟିକିଏ।

ଜଗୁଆଲି: ପାର୍କ ଯେ ସଭିଙ୍କର ମାଉସୀ, କେବଳ ଆପଣଙ୍କର ନୁହେଁ। ଆମେ ଚାକିରି କରୁଛୁ ଏଇଠି, କିଏ ଯଦି ଫୁଲ ନେଲା, ଉତ୍ତର ଦେବାକୁ ପଡ଼ିବ କାହାକୁ, ଆମକୁ ହିଁ ନା !

ମାଉସୀ: ଏ ପାର୍କ କିଏ ତିଆରି କରିଛି କି ? ମୋରି ପୁଅ... ବୁଝିଲୁ। ସେଇ ପ୍ଲାଷ୍ଟର ପାର୍କଟି ଏଇଟା, ଯୋଉଠି ମୋ ପୁଅ ଅଫିସର। ତା'ହେଲେ ପୁଣି... ?? ତୁ ମୋତେ ଚିହ୍ନିନୁରେ ପୁଅ, ରହ ତୋ' ଚାକିରି ନ ଖାଇଛି ଯଦି ମୋ ନାଆଁରେ କୁକୁର ପାଳିବୁ...। ସେଇଠି ମୋ ପରି ଅନେକ ଦେଖଣାହାରୀଙ୍କ ମୁହଁକୁ ଦେଖିଲେ ଜାଣି ହେଉଥିଲା, ସେମାନେ ସଭିଏଁ ସତରେ ବଡ଼ ସଂଶୟରେ ଥିଲେ ଯେ ବୟସ ଦୃଷ୍ଟିରୁ ୟାଙ୍କୁ ସମ୍ମାନ ଦେବା କଥା ନା ଭୟ କରିବା କଥା ! ମୁଁ କିନ୍ତୁ ଭାବୁଥିଲି କିଛି ଭିନ୍ନ କଥା– ଏ ମାଉସୀଙ୍କର ପୁଅ ଅଛି ମାନେ ବୋହୂଟିଏ ତ ଥିବ। ସେ ବୋହୂର ଅବସ୍ଥା କ'ଣ କରୁଥିବେ ସେ ନିଜ ଘରେ ? ଯଦି ବୋହୂଟି ବି କଳିହୁଡ଼ି, ତେବେ ତ ବଞ୍ଚିଯିବ ଜାଣ। ନା ନା ଭୁଲ କହିଲି, ସେତେବେଳେ ଏ ଦୁହିଁଙ୍କ ଭିତରେ କ'ଣ ହେଉଥିବ ତା' ପୁଅର ଅବସ୍ଥା ? ମୋର ଭାରି ମନ ହେଉଥିଲା, ତାଙ୍କ ଘର ଆଡ଼େ ଘେରାଏ ବୁଲି ଆସିବା ପାଇଁ।

× × ×

ରେଳଯାତ୍ରା। ସୁରକ୍ଷା ଦୃଷ୍ଟିରୁ ଏ.ସି ବର୍ଥ ଭଲ, ଲୋକଙ୍କର ଅବାଧ ପ୍ରବେଶ ନାହିଁ। ଶେଷରେ ଟିକଟ କରାଗଲା ଏ.ସି.ରେ...

X ସମୟ ରାତି ସାତ: ଗୋଟାଏ ପୁଅ ଓ ତିନୋଟି ଝିଅ ଆସି ସେମାନଙ୍କ ସାମାନ ରଖିଲେ ମିଡିଲ ଓ ଅପର ବର୍ଥରେ। ମୋ ପାଖ ସିଟ୍‍ରେ ବସି ମଜାଗପ, କଥାବାର୍ତା କଲେ। ମୁଁ ଭାବିଲି, ଭଲ ହେଲା – ଆଉ ଡର ନାହିଁ।

X ସମୟ ରାତି ନଅ: ଆଉ ଦିଓଟି ଝିଅଙ୍କ ସିଟ୍‍ କୁଆଡ଼େ ଥିଲା କେଜାଣି, ସେଇଠି ରହିଲେ କେବଳ ଗୋଟିଏ ପୁଅ ଓ ଗୋଟିଏ ଝିଅ। ଦୁହେଁ ମିଶି ଉପର ବର୍ଥରେ ଖାଉଥିଲେ ତାଙ୍କ ରାତି ଖାଇବା। ପୁଅଟି ଖୁଆଇ ଦେଉଥିଲା ଝିଅଟିକୁ –ଝିଅଟି ମୁହଁରେ ଲାଜ! ମୁଁ ମନେ ମନେ ହସିଲି ଟିକିଏ। ଭାବିଲି– ଏୟା ହିଁ ତ ପ୍ରେମ!!

X ସମୟ ରାତି ଦି’ଟା: ହଠାତ୍‍ ନିଦ ଭାଙ୍ଗିଗଲା ମୋ’ର। ମଝି ବର୍ଥରେ କେହି ନାହାଁନ୍ତି, କେବଳ ବ୍ୟାଗ୍‍ ସବୁ! ‘ଆରେ ଝିଅଟା, ଗଲା କୁଆଡ଼େ ?’

ମୋ ଆଖି ଚାଲିଗଲା ଉପର ବର୍ଥକୁ। କମ୍ବଳ ଭିତରୁ ବାହାରକୁ ବାହାରିଛି ପାଦ ଚାରୋଟି। ଶୁଭୁଛି, ବାସର ରାତି ପରି ଫିସଫିସ ଶବ୍ଦ...! ଘର ଓ ଟ୍ରେନ୍‍ ଭିତରେ ସତେକି କୌଣସି ପାର୍ଥକ୍ୟ ନାହିଁ...! ‘କି ଆଶ୍ଚର୍ଯ୍ୟ ସତରେ!!’

X ସମୟ ସକାଳ ଛ’ଟା: ସବୁଆଡ଼େ ଫର୍ଚ୍ଚା! ସକାଳର କଅଁଳିଆ ଖରା ବିଛେଇ ହେଇ ପଡ଼ିଛି ଚାରିପଟେ, ଘଡ଼ିଏ ଗଲା ଯେ ଓହ୍ଲାଇବାକୁ ପଡ଼ିଦ। ମୁଁ ଭାବୁଛି, ଆଉ ମୁହଁ ଲୁଚାଇ ରହିବା ସମ୍ଭବ ନୁହେଁ! ମୁଁ ଆଉ କ’ଣ କରନ୍ତି, ଉଠିଲି...। ତେବେ ଅନେକ ଚେଷ୍ଟା ପରେ ମଧ୍ୟ ମୁହଁ ଉଠାଇ ଉପର ବର୍ଥକୁ ଚାହିଁପାରିଲିନି।

ଏବେ ବି କମ୍ବଳ ଭିତର ଚାରୋଟି ପାଦ ରହି ରହି ଫିସଫିସ କରି କହୁଥିଲେ ମୋତେ, “ସେ ଯୁଗ ଗଲା..., ଏବେ ଯେମିତି ପୁଅ ଝିଅ ଭିତରେ ପ୍ରଭେଦ ନାହିଁ, ସେମିତି ହିଁ ପ୍ରଭେଦ ନାହିଁ ଦିନ ଓ ରାତି ଭିତରେ... ଆଉ ପ୍ରଭେଦ ବି ନାହିଁ ବାସର ରାତି ଓ ଟ୍ରେନ୍‍ର ଏକାକୀ ସ୍ୱାଧୀନ ଯାତ୍ରା ଭିତରେ....!!”

X X X

ସବୁ ସହକର୍ମୀଙ୍କ ସହ କେଉଁ ଏକା ପ୍ରକାରେ ମିଶି ହୁଏ! ମିଶିବା କାହା ସହ କମ୍‍ ତ ପୁଣି କାହା ସହ ବେଶୀ। ଯାହାଙ୍କ ସହ ମିଶୁଥିଲି ସବୁଠୁ ଅଧିକ, ସେଦିନ ଛୋଟ କଥାରୁ ତାଙ୍କ ସହ ତର୍କଟି ବଢ଼ି ବଢ଼ି ଯାଇ ପହଞ୍ଚିଲା ବଚସା ରୂପରେ। ତା’ ପରଦିନ ଆଉ ମିଳିଲାନି ମୋର ସବୁଠୁ ଦରକାରୀ ଫାଇଲ। ମୁଁ ବିକଳ ହେଇ ଚାହିଁଲି ତାଙ୍କ ମୁହଁକୁ, ସେ ଖୁସିରେ ଫାଟି ପଡ଼ୁଥିଲେ ସୁଦ୍ଧା ମୁହଁକୁ ଗମ୍ଭୀର ଦେଖାଇବାର ପ୍ରୟାସ କରୁଥିଲେ।

ତଥାପି ମୁଁ ଏୟାଏଁ ବନ୍ଧୁତା କାଟିପାରୁନଥିଲି ତାଙ୍କ ସହ। କେମିତି ବା କାଟିପାରନ୍ତି ବନ୍ଧୁତା ? ଗୋଟିଏ ବନ୍ଧୁତା କାଟିଲେ ପୁଣି ନୂଆ ବନ୍ଧୁଟିଏ ଲୋଡ଼ା ନା ନାହିଁ! ତେବେ ଏଠି ଯେ ଗୋଟାଏ ଠାରୁ ଆଉ ଗୋଟାଏ ମୁହଁ ଅଧିକ କଦାକାର, ଅଧିକ ବୀଭତ୍ସ।

X X X

ସହରର ଘର ଅଛି ମାଆଙ୍କ ନାଁରେ, ସେ କିନ୍ତୁ ରୁହନ୍ତି ଗାଁରେ, ବଡ଼ପୁଅ ପାଖରେ। ସାନ ତା'ର ସ୍ତ୍ରୀ ପିଲା ନେଇ ରୁହେ ଏଠି, ସହରରେ। ଜେଜେ, ଯେବେ ଏ ଜାଗାକୁ କିଣିଥିଲେ... ବୋହୂକୁ ଖୁବ୍ ଭଲପାଉଥିବା ଯୋଗୁଁ ଜାଗାକୁ କରିଥିଲେ ତାଙ୍କରି ନାଁଆରେ, ଅଥଚ ଆଜି ତାଙ୍କର ଏଠିକି ଆସିବା ମନା, ମନଜ୍ଞା ହେବନି ନା? ହୁଏ... ବହୁତ ହୁଏ...।

ସେଇ ସାନ ବୋହୂର ମାଆଙ୍କର ଦେହ ଖରାପ। ସେ ଆସିଛନ୍ତି ଝିଅ ଜୋଇଁ ପାଖରେ ସୁସ୍ଥ ହେଇକି ଯିବେ। ତାଙ୍କୁ ଦେଖିବାକୁ ଆସୁଛନ୍ତି ତାଙ୍କର ସଂପର୍କୀୟ ସବୁ, ଘରେ ତେଣୁ ଗହଳି ଯାହାକୁ ଯେତେ। ଏଠିକିବେଳେ ମାଆଙ୍କୁ ବି ଆସିଲା ଜ୍ୱର, ପ୍ରବଳ ଜ୍ୱର। ମାଆର ମନ ତ... ବାରବାର କହୁଥିଲା– ତାଙ୍କୁ ବି ପୁଅ ବୋହୂ ଆଣି ନିଜ ପାଖରେ ରଖନ୍ତେ, ଯତ୍ନ ନିଅନ୍ତେ।

ବୋହୂ ତା' ଶାଶୂ ପରି ପୁରୁଣା କାଳିଆ ତ ନୁହେଁ ଜମାରୁ... ଠିକ୍ ଜାଣେ– ତା' ଶାଶୂର ପୁଅକୁ ବାଟକୁ ଆଣିବାର ପ୍ରକୃଷ୍ଟ ସମୟ ହେଲା ରାତି, ଘନଘୋର ଅନ୍ଧାର ରାତି। ତା' ଶାଶୂ ସିନା ମୂର୍ଖ, ଜାଣିଲାନି ଆଜିଯାଏଁ ସ୍ୱାମୀକୁ ହାତମୁଠାରେ ରଖିବା କୌଶଳ, ସେ କିନ୍ତୁ ଭଲରେ ଜାଣେ, କେମିତି କଷ୍ଟରୁ କଷ୍ଟକର କାମକୁ ସରଳ କରିପକାଏ ରାତି। ଖେଳ କରିଯାଏ କଳି କାଳର ରାତି...

ରାତି ପାହି ସକାଳ ହେଲା। ପୁଅର ଫୋନ୍ ଗଲା ମାଆ ପାଖକୁ, ଗାଁକୁ। ମାଆର ଛାତି କୁଣ୍ଢେମୋଟ! ତେବେ ଫୋନରେ ଭାସିଆସୁଥିବା ପୁଅର ରୁକ୍ଷ ଓ କର୍କଶ ସ୍ୱର! ସେ ସ୍ୱରରେ ମାଆର ଜ୍ୱର ଓହ୍ଲାଇଲା ନା ନାଇଁ, ସେକଥା ବୋହୂର ଉଲ୍ଲସିତ ମୁହଁରୁ ଜାଣିବା କିଞ୍ଚିତ୍ କଷ୍ଟକର ଥିଲା।

X X X

ଶ୍ରେଣୀରେ ପଶୁ ପଶୁ ପୁଅମାନଙ୍କର ଅଭିଯୋଗ। ଶ୍ରେଣୀ ଶିକ୍ଷିକା କହନ୍ତେ କ'ଣ, ଅଭିଯୋଗ ବି ତ ଶୁଣିବା ଭଲି –

ପୁଅମାନେ: ମାମ, ଏ ଝିଅମାନେ କାଲି ଆମ ସାଇକେଲ ଚକରୁ ପବନ ବାହାର କରି ଦେଇଥିଲେ। ଆଗରୁ ବି କରିଛନ୍ତି ଏମିତି...

ଶିକ୍ଷିକା: ମିଛକଥାଗୁଡ଼ା କହୁଛ କାହିଁକି! ଝିଅମାନେ ସେମିତି କେବେହେଲେ କରି ନଥିବେ। ସେସବୁ ତୁମପରି ବଦମାସ ପୁଅଙ୍କର କାମ, ମୁଁ ଜାଣେ, ମୋତେ ମୂର୍ଖ ଭାବନି ବେଶୀ।

ପୁଅମାନେ: ମିଛ ନୁହେଁ ମାମୁ, ପୂରା ସତ । ପଚାରନ୍ତୁ ସେମାନଙ୍କୁ ! ପଚାରନ୍ତୁ...

ଶିକ୍ଷିକା: (ଝିଅଙ୍କୁ ଚାହିଁ) ଏଇ, ସେମାନେ ଯାହା କହୁଛନ୍ତି ସେକଥା କ'ଣ ସତ ? ସତ ସତ କୁହ । ମୋତେ ଲୁଚାଅନା ।

ଝିଅମାନେ: (ଘଡ଼ିଏ ଚୁପ୍ ରହିବା ପରେ) ଆମେମାନେ ଏସବୁ ପ୍ରଥମେ କରିନୁ ମାମୁ, ସେମାନେ ହିଁ ଆରମ୍ଭ କରିଥିଲେ ପ୍ରଥମେ । ସେଇମାନେ ହିଁ ତ ପିନ୍ ଫୋଡ଼ି ପଙ୍କ୍ଚର୍ କରୁଥିଲେ ପ୍ରଥମେ ଆମର ସାଇକେଲ୍ ଚକ । ଦେଖିଲୁ ଦିନେ, ଦି'ଦିନ, ତିନି ଦିନ... ଆଉ କେତେଦିନ ଦେଖନ୍ତୁ ଯେ । ଆମକୁ ଯେ କେତେ କଷ୍ଟ ହେଉଥିଲା ଜାଣିପାରୁ ନଥିଲେ ତ, ଏବେ ଏତେ କାହିଁକି ବାଧିଯାଉଛି ଏମାନଙ୍କୁ କେଜାଣି ! ଶିକ୍ଷିକା ଚାହିଁଥିଲେ ଅବାକ୍ ହେଇ... ପୁଅଗୁଡ଼ା ଠିଆ ହେଇଥିଲେ ଅପରାଧୀ ଭଙ୍ଗୀରେ ନିର୍ବାକ୍ ହେଇ..! ଓ ଝିଅମାନେ...??? !!! ଝିଅମାନେ, ଧୀରେ ଧୀରେ ତାଙ୍କର ଅଭିଯୋଗ ବାକ୍ସ ଖୋଲି ପ୍ରଗଳ୍ଭା ହେବାକୁ ଆରମ୍ଭ କରିଥିଲେ ।

X X X

"ବାପା ଖୁବ୍ ଅସୁସ୍ଥ । ଭର୍ତ୍ତି କରିବାକୁ ପଡ଼ିଲା ଡାକ୍ତରଖାନାରେ । କେତେବେଳେ କିଛି ବି ହେଇଯାଇପାରେ... ।" ଚାକିରି ପାଇନଥିବା ବଡ଼ପୁଅ ଏକଥା କହିଲା ବାପାଙ୍କର ଚୋଖ୍ୱା ଚାକିରିଆ ବ୍ୟାଙ୍କ୍ ମ୍ୟାନେଜେର ସାନ ପୁଅକୁ । ସାନ ଭାଇ ତା'ର ତା' କଥା ଶୁଣିଲା, ହଁଟିଏ ମାରିଲା ଓ କଥା ସେଇଠି ସରିଲା । କିଛି ସମୟ ପରେ କିନ୍ତୁ ସୋସିଆଲ୍ ମିଡିଆରେ ଫୋଟୋ ଆସିଲା ସସ୍ତ୍ରୀକ ସେମାନେ ଖୁସି ମଜାରେ ବୁଲୁଥିବାର ! ଡାକ୍ତରଖାନାର ବିଲ୍ ବଢ଼ୁଥିଲା । ଅବଶ୍ୟ ଚିନ୍ତା କରିବା ଭଳି କିଛି ବି ନଥିଲା, ବାପାଙ୍କ ପଇସା, ତାଙ୍କ ପାଇଁ ହିଁ ଖର୍ଚ୍ଚ ହେଉଥିଲା । ବଡ଼ପୁଅ ତ ଚିନ୍ତିତ ଥିଲା ବାପାଙ୍କ ପାଇଁ । 'ବାପା ଯେ ବାପା: ବରଗଛର ଛାଇ...' ଥରେ ହାତ ଛାଡ଼ି ଚାଲିଗଲେ, ସବୁ ତପ୍ତ ଅପରାହ୍ଣର ଖରା ବିଛାଇ ହେବ ମୁଣ୍ଡ ଉପରେ... ଦୁଃଖରେ ଭାଙ୍ଗିପଡୁଥିଲା ସେ । ବାପା କିନ୍ତୁ ତା' କଷ୍ଟ କଥା ନଭାବି ଚାଲିଗଲେ ଆରପାରିକୁ । ଏ ଭିତରେ ଖର୍ଚ୍ଚ ବି ହେଇଯାଇଥିଲା ଦୁଇଲକ୍ଷରୁ ଅଧିକ ।

ବାପା ଯେବେ ଚାଲିଗଲେ ଆରପାରିକୁ ତା'ପରେ ଆସିଲା ଚାକିରିଆ ପୁଅ ତାଙ୍କର ଓ ଶବସଂସ୍କାର ନ ସରୁଣୁ ଖୋଲିକି ଧରିଲା, ବ୍ୟାଙ୍କରୁ କାଢ଼ି ଆଣିଥିବା ବାପାଙ୍କ ବ୍ୟାଙ୍କ ଆକାଉଣ୍ଟରୁ ଖର୍ଚ୍ଚ ହେଇଥିବା ଟଙ୍କାର ହିସାବ । ବାପାଙ୍କ ସେବା ଏକା କରୁଥିବା ବେଳେ ମୂର୍ଖ ବଡ଼ପୁଅ ଯେ ଲେଖି ରଖି ନଥିଲା ସବୁ ଖର୍ଚ୍ଚର ହିସାବ, ଏବେ ତା' ମୁଣ୍ଡରେ ପଡ଼ିବାକୁ କେହି ବି ନଥିଲେ ।

ହଁ, ଏତେ ବର୍ଷପରେ ମୂର୍ଖ ବଡ଼ ପୁଅ ଓ ତା'ର ବିଧବା ମା' ହୃଦୟଙ୍ଗମ କରୁଥିଲେ ଯେ, ସତରେ ତାଙ୍କ ପରିବାରରେ ଗୋଟାଏ ବଡ଼ ବ୍ୟାଙ୍କ୍ ଚାକିରିଆ ଅଛି। ମୁଣ୍ଡ କୋଡ଼ି କାନ୍ଦୁ କାନ୍ଦୁ ପୁଣି ନିଜକୁ ଆଶ୍ୱାସନା ଦେଇ ବୁଝୋଉଥିଲେ– 'ଭଲ ହେଲା, ବାପା... ତା'ର ପୁଅକୁ ନେଇ ଖୁବ୍ ଗର୍ବିତ ବାପା, ତାଙ୍କର ପୁଅର ଏ ରୂପ ଦେଖିବାରୁ ବଞ୍ଚିତ ହେଲେ।

X X X

ସେ କେଉଁ ଜାଣିଥିଲା ଏତେ କଥା ଘଟିଯିବ ବୋଲି, ବାସ୍.. ପଢ଼ିବାକୁ ଭଲପାଏ ବୋଲି ପଢୁଥିଲା...। ପଢୁଥିଲା ଓ ପଢୁଥିଲା...। ଭଲପାଇବା ଢାଲି ଦେଉଥିଲା ସଭିଙ୍କୁ, ବିଶ୍ୱାସ ବି ତ କରୁଥିଲା ସଭିଙ୍କୁ। ସଭିଏଁ ବି ଭଲପାଉଥିଲେ ତାକୁ। ତେବେ ଭୟ କରୁନଥିଲା କାହାକୁ। ସେ କହି ନଥିବା କଥାରେ ବି ଦୋଷୀ ସଜାଇ ଦଣ୍ଡ ଦେଉଥିଲେ ତାକୁ, ତା ବି ଚୁପ୍ ରହି ଶୁଣି ନେଉଥିଲା। ଭାବୁଥିଲା– 'ହଁ, ତାକୁ ଭଲପାଆନ୍ତି ବୋଲି କହୁଛନ୍ତି ନା, ତା' କଥା ଚିନ୍ତା କରନ୍ତି ବୋଲି କହୁଛନ୍ତି ସିନା, ସେ ବିପଦରେ ପଡ଼ିଯିବ କାଳେ ବୋଲି ଡରୁଛନ୍ତି ବୋଲି ସିନା ସବୁ କଥାରେ ଏତେ ଆକଟ ତାଙ୍କର।' ସେ ନିଜକୁ ସୁନ୍ଦର ଭାବରେ ବୁଝାଇ ଦେଉଥିଲା ପ୍ରତ୍ୟେକଟି କଥାରେ ତେଣୁ ସରଳ ଥିଲା ତା'ର ଜୀବନ। ଆଜିକାଲି କିନ୍ତୁ ଖୁବ୍ ଭୟ ତାକୁ ସଭିଙ୍କର।

ପ୍ରକୃତରେ ବଦଳି ଯାଇନି କିଛି, ବଦଳିଛି କେବଳ ଏତିକି ଯେ, ହାତରେ କଲମ ଧରିଛି ସେ। ସେଇ କଲମ ହିଁ କାଳ। ଲୋକଙ୍କର ସେଇ ଅପରିଛନ୍ନ, କଦାକାର ମୁହଁ ଆଗପରି ହିଁ ଧରା ପଡ଼ିଯାଏ ତା' ଆଖିରେ। ଆଗରୁ ସେ ହୃଦୟରେ ଧରି ରଖୁଥିଲା ସେ ଚିତ୍ର ସବୁ, ଏବେ କିନ୍ତୁ ଆଙ୍କିଦିଏ କଲମରେ।

'ସଭିଏଁ ଡରନ୍ତି ତାଙ୍କୁ ଓ ସେ ବି ଡରେ ସଭିଙ୍କୁ।'

କାରଣ– କାଳେ ସେମାନଙ୍କର ଲୁଚାଇ ରଖିଥିବା ଗୁପ୍ତ କଥା ସବୁ ତା' ଆଖିରେ ଧରା ପଡ଼ିଯିବ!! ତା'ପରେ ସେ କରିବ କ'ଣ ଯେ? ନିଜ ଲୋକଙ୍କ ଘୃଣିତ ଚେହେରାକୁ ଦେଖିବା ଯେତେ କଷ୍ଟ... ସେକଥାକୁ ନିଜ କଲମ ମୁନରେ ଶବ୍ଦର ଜାଲରେ ଛନ୍ଦିବା ବେଳେ ନିଜେ ଛନ୍ଦିହେଇ ନ ବାହାରି ପାରିବା ଯେ ଆହୁରି ଚାରିଗୁଣା କଷ୍ଟ। ସତରେ ଲେଖିକାଟିଏ ହେବା କଷ୍ଟ... ଖୁବ୍ କଷ୍ଟ... ବହୁତ ହିଁ କଷ୍ଟ!!

ପ୍ରିୟତମଙ୍କୁ ଚିଠିଟିଏ

ଏସନ ବି ବର୍ଷା ଆସିଛି, ଯେମିତି ପ୍ରି ବର୍ଷ ଆସେ। ଆସିନି କେବଳ ମୋ ସହରକୁ ବରଂ ଆସିଛି ବି ତୁମ ସହରକୁ। ତେବେ ଏ ବର୍ଷା ପ୍ରି ବର୍ଷ ବର୍ଷାଠୁ ଭିନ୍ନ! ଖୁବ୍ ଭିନ୍ନ! ତୁମେ କହିବ, 'ଭିନ୍ନ ହେଲା କେମିତି ?' ମୁଁ କ'ଣ ଉତ୍ତର ରଖିବି ତୁମ ପ୍ରଶ୍ନର, ସେକଥା ତୁମେ କୁହ ଏବେ! ମୁଁ ଶୁଣିବାକୁ ଚାହେଁ ତୁମରି ମୁହଁରୁ। ତୁମେ କେତେ ଜାଣ ମୋତେ, କେତେ ଚିହ୍ନ ମୋତେ, କେତେ ମନେ ରଖିଛ ମୋତେ, କେତେ ଭୁଲିଛ ମୋତେ... ସେକଥା ସବୁ ଥରେ ମୋତେ ପରଖିବାକୁ ଦିଅ, ମୁଁ ପରଖିବାକୁ ଚାହେଁ ମୋ ଭଲପାଇବାକୁ ତୁମ ଉତ୍ତରରୁ। ଏଥର ହସିବ ତୁମେ! ଏଇ ଯେ ତୁମର ହସ, ଭାରି ଲାଜ ଲାଗେ ମୋତେ, ଭାରି ରାଗ ବି ଲାଗେ ମୋତେ! ସତ କହିବି, ଏ ଦୁନିଆଁରେ ଏଇ ଗୋଟିଏ ହିଁ ହସ, ଯାହା ଖୁବ୍ ଆପଣାର ଲାଗେ ମୋତେ। ତୁମର ଏଇ ଯେ ନାକ ଅଗରେ ରାଗ, ତା' ଉପରେ ଖୁବ୍ ପ୍ରେମ ବି ତ ଆସେ ମୋତେ! ଏଇ ଝର୍କା ବାହାରେ ଶବ୍ଦ... ଟୁପ୍...ଟାପ୍...ଟୁପ୍ ଟାପ୍... ଟୁପ୍ ଟାପ୍... ଝର୍...ଝାର୍...ଝର୍ ଝାର୍...ଝର୍ ଝାର୍... ଶୁଣିଲେ ଲାଗୁଛି ଗୀତମାନଙ୍କର ଧାଡ଼ିମାନଙ୍କ ପରି। ଅନ୍ଧାରରେ ଖୁବ୍ ଦୂରରୁ ଭାସିଆସୁଛି ହଁ... ହଁ... ଶବ୍ଦ, ମୋ କାନକୁ ଶୁଭୁଛି କେଉଁ ବିରହିଣୀର ଲୁହର ତରଙ୍ଗ ପରି। ମୁଁ ମୋ ଆଖିକୁ ଛୁଇଁଲି, ମୋ ଗାଲସାରା ଓଦା। ମୁଁ କାନ୍ଦୁଛି କି ? କାହିଁକି କାନ୍ଦୁଛି ଯେ ? ଏଇ ତ ତୁମେ ଅଛ ସ୍ମୃତିର ସବୁ ସୂକ୍ଷ୍ମ ଅଲନ୍ଦୁରେ, ତଥାପି କାହିଁକି କେଜାଣି ଏ ବର୍ଷା ଖୁବ୍ କନ୍ଦାଏ। କାନେ କାନେ କୁହେ, 'ତୋ ପ୍ରିୟ ତୋ'ଠୁ ଦୂରରେ। ଖୁବ୍ଦୂରରେ।'

ଏ ବର୍ଷା ଖୁବ୍ ଉସକାଏ... ଆଉ କୁହେ, 'ଲେଖ୍ ଚିଠିଟିଏ ...ନହେଲା ନାଇଁ କବିତାଟିଏ... ନହେଲା ପଚ୍ଛେ ମେଘଦୂତମ୍ ପରି କାବ୍ୟଟିଏ... ଲେଖ ଚିଠିଟିଏ। ତେବେ ତୁ ଜାଣୁନା, ତୋ' ଚିଠି ମେଘଦୂତମ୍‌ଠୁ ଟିକିଏ ବି ଊଣା ନୁହେଁ ପ୍ରିୟକୁ ତୋ'ର ଉଚ୍ଚାଟ କରିବାରେ! ଏଇ ଚିଠିଟି ପାଇଲେ, ସେ କ'ଣ କରିବେ କହିଲୁ? ନିଶ୍ଚେ ବସିଯିବେ ତାଙ୍କର ସେଇ ପଢ଼ାରୁମ୍‌ଟିର ଝରକା କଡ଼କୁ ଲାଗି। ନହେଲେ ରାତ୍ରୀର ନିବିଡ଼ ଅନ୍ଧାରରେ ତାଙ୍କ ପଢ଼ା ଟେବୁଲ୍ ଉପରେ ଲ୍ୟାମ୍ପ୍‌କୁ ଜଳାଇ। ଉପନ୍ୟାସ ବହିଟିର ମଝି ପୃଷ୍ଠାରେ ଲୁଚାଇ ରଖିଥିବେ ତୋ'ର ଚିଠି। ଅପେକ୍ଷା କରିଥିବେ ସଭିଙ୍କ ଶୋଇବା ସମୟକୁ। ସଭିଏଁ ଶୋଇଗଲା ପରେ, ନିଶ୍ଚେ ଧୀରେ... ଖୁବ୍ ଧୀରେ... ଖୋଲିବେ ଉପନ୍ୟାସ ବହିର ପୃଷ୍ଠା ପରେ ପୃଷ୍ଠା। ମନ ଉଚ୍ଚାଟ ହେଉଥିବ... ଦେହରେ ଖେଳିଯାଉଥିବ ଶିହରଣ... ଅଦେଖା କମ୍ପନ...। ସେଇଟି ତ ତୋ'ର ପ୍ରେମ ଲଭିବ ତା'ର ସର୍ବଶେଷ ଉପଲବ୍ଧି... ଅବର୍ଣ୍ଣନୀୟ ସୌନ୍ଦର୍ଯ୍ୟର ପ୍ରାପ୍ତି!!" – ଏହାଠାରୁ ଅଧିକ କ'ଣ କିଛି ମିଳିପାରେ କି କେବେ କାହାକୁ ପ୍ରେମରେ....!!!

ସେତେବେଳୁ ମୁଁ ପାଗଳଙ୍କ ପରି ଲାଗିଛି ଯେ ଲାଗିଛି ଚିଠି ଲେଖାରେ! ଚିରୁଛି କାଗଜ ଫର୍ଦ୍ଦ ପରେ ଫର୍ଦ୍ଦ। ଧର ଯଦି ଆଉ ନ ଚିରି ଲେଖି ବି ଦିଏ ଚିଠିଖଣ୍ଡକ, ତେବେ ବି କ'ଣଟା ହେଇଯିବ ଯେ... ମୁଁ କେଉଁ ପଠାଇ ପାରିବି ଏ ଚିଠି ତୁମ ନିକଟକୁ? କେଉଁ ବା ପଠାଇ ପାରିବି କହିଲ? ଏ କାଗଜ ଫର୍ଦ୍ଦ ସବୁ ବି ଅଲୋଡ଼ା ନୁହଁନ୍ତି ବରଂ ମୋ' ପ୍ରେମର ସନ୍ତକମାନ ବୋଲି ମୁଁ ଭାବେ, ତେଣୁ କଷ୍ଟ ହୁଏ ଚିରିବା ବେଳେ। ଏମିତି ହୁଅନ୍ତାନି, ଥାଆନ୍ତା... ମୋ'ର ସାନ ଭଉଣୀଟିଏ.. ମୋ' ଅଜାଣତରେ ସେ ଭସାଇଦିଅନ୍ତା ମୋ'ର ଏଇ ଅଧଲେଖା ଚିଠିମାନଙ୍କୁ କାଗଜ ଡଙ୍ଗାକରି, ଘର ବାହାରେ ବହିଯାଉଥିବା ସେଇ ଓଲି ପାଣିରେ। ସେଇ ଡଙ୍ଗାମାନେ ଭାସି ଭାସି ଯାଆନ୍ତେ ପାଣିରେ... ମିଶି ଯାଆନ୍ତେ ନଇର ସ୍ରୋତରେ... ତୁମ ଗାଁ ପାଖଦେଇ ବହିଯାଇଛି ଯେଉଁ ନଈ... ସେଇଠି ଯାଇ ଲାଗନ୍ତେ... ତା'ପରେ... ତା'ପରେ...!! ତୁମେ କ'ଣ ଜାଣିପାରନ୍ତ, ସେ କାଗଜ ଡଙ୍ଗା ତ ନୁହଁନ୍ତି ବରଂ ତୁମ ପାଖକୁ ତୁମ ପ୍ରେୟସୀ ପଠାଇଥିବା ପ୍ରେମପତ୍ର ବୋଲି, ଯେ ସାଉଁଟି ଛାତିରେ ଜଡ଼ାଇ ଧରନ୍ତ ତାକୁ!

ଏସବୁ ବୁଝେ ମୁଁ, ତଥାପି ଏ ପାଗଳାମୀରୁ କ'ଣ ନିସ୍ତାର ଅଛି! ତୁମେ ହିଁ କୁହନା... କୁହନା ଥରେ, ବର୍ଷା କ'ଣ କରିପାରେ... ବର୍ଷା କ'ଣ କରି ନପାରେ!

ମୁଁ ଜାଣେ, ତୁମେ କହିବ, 'ଧେତ୍... ପାଗଳୀଟା...!'

ତୁମେ କ'ଣ ଜାଣ କି, ମୋ' ମନ ଭିତରେ ଏଇ ଗୋଟିଏ ହିଁ ପ୍ରଶ୍ନ ଚିରକାଳ ଯେ, 'ପାଗଳ ହିଁ ପ୍ରେମ କରେ ନା ପ୍ରେମ କଲେ ଲୋକ ପାଗଳ ହୁଏ?'

ମୁଁ ବିଶ୍ୱାସ କରେ, ତୁମେ ବି ବୋଧେ ବିଶ୍ୱାସ କର... ଏ ପ୍ରଶ୍ନର ଉତ୍ତରରେ ଆମେ ଦୁହେଁ ହିଁ ଏକା ସମୟରେ ସମାନ ଉତ୍ତର ରଖି କହିବା... 'ନା.. ନା... ଏତେ କଥା ପଚାରନା, ଆମକୁ... ଏତେ କଥାରୁ ମିଳିବ ବା କ'ଣ, ଏକଥା ସତ ବର୍ଷା ଜଳାଏ... ବର୍ଷା ଉସକାଏ... ବର୍ଷା ଭିଜାଏ... ବର୍ଷା କ'ଣ ଅବା କରି ନପାରେ! ବର୍ଷା ଯାହା କରିପାରେ, ସେକଥା ନ କୁହାଯାଉ ଏଠି... କହିଲେ, ଏଠି ଏବେ ବନ୍ୟା ଆସିବାକୁ କିଏ ଅବା ରୋକିପାରେ!!

ସ୍ୱର ଏକ ନିବିଡ଼ ଅନୁରାଗର

ମୁଁ ଅମ୍ରିତା ଦାସ। ବୟସ ଚାଳିଶ ବର୍ଷ। ମଧ୍ୟମ ଧରଣର ସ୍ୱାସ୍ଥ୍ୟ। ଉଚ୍ଚତା ପାଞ୍ଚ ଫୁଟ ଦୁଇ ଇଞ୍ଚ। ଗୋରା ତକ୍‌ତକ୍‌ ଚେହେରା। ସ୍ୱଚ୍ଛଭାଷୀ, ଝିଅକୁ ଖୁବ୍‌ ସ୍ନେହ କରୁଥିବା ମା'ଟିଏ, ସ୍ୱାମୀଙ୍କ ସହ କେବେ ଝଗଡ଼ା କରୁ ନ ଥିବା ଆଜ୍ଞାଧୀନା ସ୍ତ୍ରୀଏ। ଆମ ବାହାଘରକୁ ଏବେ ପୂରିଲା ଦୀର୍ଘ ଅଠରବର୍ଷ, ଆମ ସ୍ୱାମୀ ସ୍ତ୍ରୀଙ୍କ ଭିତରେ କେବେ କୌଣସି କାରଣକୁ ନେଇ ଝଗଡ଼ା ହେଲାପରି ମୋର କାହିଁ ମନେପଡୁ ନାହିଁ। ସ୍ୱାମୀ ମୋ' ପ୍ରଶଂସାରେ ଶତମୁଖ। କହନ୍ତି- "ଠିକ୍‌ ସମୟରେ, ଠିକ୍‌ କାମ କରିବାରେ ତୁମେ ସିଦ୍ଧହସ୍ତା।" ଛାତି ମୋର କୁଣ୍ଢେମୋଟ ହେଇଯାଏ। ଶାଶୁ, ଶ୍ୱଶୁରଙ୍କୁ ହତାଦର କରିବା ପାଇଁ, କେବେ ସ୍ୱାମୀଙ୍କୁ ପ୍ରବର୍ତ୍ତାଏନା। ସେ ଦୂରକୁ କୌଣସି କାମରେ ଗଲେ ମଧ୍ୟ, ଘର ବାହାର ସବୁ କାମ ଏକୁଟିଆ ସମ୍ଭାଳି ନେବାର କ୍ଷମତା ରଖେ। ଏହାପରେ ମୁଁ ଯେ ଜଣେ କର୍ମଜୀବୀ। ଓଡ଼ିଶା ସରକାରଙ୍କ ଅଧୀନରେ ଥିବା ଗୋଟିଏ ଉଚ୍ଚ ବିଦ୍ୟାଳୟରେ ଗଣିତ ଶିକ୍ଷୟିତ୍ରୀ ଭାବେ କାର୍ଯ୍ୟରତା। ସ୍ୱାମୀଙ୍କ ଅପେକ୍ଷା ଅଧିକ ଡିଗ୍ରୀଧାରୀ। କିନ୍ତୁ ସେଥିପାଇଁ ଆମ ମଧ୍ୟରେ କେବେ ମନାନ୍ତର ହେଉନି। ଯେହେତୁ, ଘରର ସବୁ କାମ ମୁଁ କରିଯାଏ ନିଃସର୍ତ୍ତରେ; କେବେ ରୋଷେଇ କରିପାରିବିନି, ଘରର କାମ କରିବିନି ବୋଲି କୁହେନା। ସ୍ୱାମୀ କହନ୍ତି- "କେଉଁ ଜନ୍ମରେ, କି ପୁଣ୍ୟ କରିଥିଲି ଯେ ତୁମକୁ ପାଇଲି ଏ ଜନ୍ମରେ, ଜାଣିପାରୁନି।" ମୁଁ ଆନନ୍ଦରେ ଆତ୍ମହରା ହେଇଉଠେ। ସମସ୍ତଙ୍କୁ ଖୁସି କରିବାରେ ଆହୁରି ବେଶୀ ଲାଗିପଡ଼େ।

ଭଲଲାଗେ, ଯେତେବେଳେ ସମସ୍ତେ ଖାଇସାରିଲା ପରେ କହନ୍ତି- "ବାଃ...

ବଢ଼ିଆ, ଖୁବ୍ ସ୍ୱାଦିଷ୍ଟ ହେଇଛି ଆଜିର ରୋଷେଇ।" ଝିଅ ବେକରେ ଝୁଲି ଗେଲ୍ଡ଼ରେ ହେଇ କହେ- "ମୋ ମା' ସବୁଠୁ ଭଲ, ମୋ ମାଆ...।" ଶାଶୂ ପଡ଼ୋଶିନୀଙ୍କୁ କହନ୍ତି- "ଅମୃତାଟା ବୋହୂ ନୁହେଁ ତ, ମୋ ଝିଅ। ଝିଅ ଥିଲେ ବି ମୋ କଥା ଏତେ ବୁଝିଥାଆନ୍ତା କି ନାହିଁ, ଜାଣେନା।" ସମସ୍ତଙ୍କ ଏତେ ପ୍ରଶଂସାରେ ମୋତେ ଅନୁଭୂତ ହୁଏ, ଆମେ ଚାହିଁଲେ ଜୀବନଟା ଆଦୌ କଷ୍ଟକର ନୁହେଁ, ବରଂ ଅତି ସହଜ। ପରିବାରର ସମସ୍ତଙ୍କ ଭିତରେ ଠିକ୍ ବୁଝାମଣା ହିଁ ସବୁ ସମାଧାନର ବାଟ ଖୋଲିଦିଏ। ମୁଁ ଆଜିୟାଏ ଭାବୁଥିଲି, ମୁଁ ବଞ୍ଚୁଛି ଏକ ଜୀବନ, ମୋଟାମୋଟି ଭାବେ ଏକ ସଫଳ ଜୀବନ, ସ୍ୱାମୀ, ଝିଅ, ଶାଶୂ, ଶ୍ୱଶୁରଙ୍କୁ ନେଇ ଏକ ଭରପୂର ଖୁସିର ସଂସାର, ଏକ ପରିପୂର୍ଣ୍ଣ ଜୀବନ। ହଁ, କେବଳ ଏସବୁ ଭିତରେ ମୁଁ ମୋତେ, ମୋ ନିଜ କଥା ପ୍ରାୟତଃ ଭୁଲିୟାଏ।

ଛୋଟବେଳେ ମୁଁ ବହୁତ ବହି ପ୍ରିୟ ଥିଲି। ଭଲ ଭଲ ଲେଖକ, ଲେଖିକାଙ୍କ ଲେଖା ମୋତେ ଆକର୍ଷିତ କରୁଥିଲା। ଏହି ଗୁଣଟି ମୋତେ ମିଳିଥିଲା ମୋ ବାପାଙ୍କଠୁ, ତାଙ୍କ ଉତ୍ତରାଧିକାରୀ ସୂତ୍ରରେ। ଗୁଣଟି ବୋଧହୁଏ ବହୁତ ଭଲଗୁଣ, ଯାହା ଯୋଗୁଁ ମୁଁ ବିଦ୍ୟାଳୟ, କଲେଜ୍ ପ୍ରତ୍ୟେକ ଭାଗରେ, ଶିକ୍ଷକ, ଶିକ୍ଷୟିତ୍ରୀଙ୍କ ଖୁବ୍ ପ୍ରିୟପାତ୍ରୀ ଥିଲି। ତା'ଛଡ଼ା ପାଠରେ ମଧ୍ୟ ଥିଲି ଆଗରେ। ପାଠର ନିଶା ଶିକ୍ଷକ, ଶିକ୍ଷୟିତ୍ରୀଙ୍କ ପ୍ରିୟପାତ୍ରୀ କରିଦେଇଥିଲା, ଆଜି ମଧ୍ୟ ମୁଁ ମୋ' ଛାତ୍ରଛାତ୍ରୀଙ୍କର ଜଣେ ପ୍ରିୟ ଶିକ୍ଷିକା। କେବଳ ଗଣିତ ବିଭାଗକୁ ଆସି, ସମୟର ଅଭାବରେ ହେଉ ଅବା ଗୋଟିଏ ସଫଳ ଜୀବନ ଜୀଉଁଥିବା ମାନସିକତା ଯୋଗୁଁ ହେଉ, ମୁଁ ସାହିତ୍ୟଠାରୁ ଦୂରେଇ ଯାଇଥିଲି।

ଏବେ ଝିଅ ଟିକିଏ ବଡ଼ ହେଲାଣି। ତା' ଜୀବନରେ ସେ ବ୍ୟସ୍ତ ରହୁଛି। ତା' ସାଙ୍ଗସାଥୀ, ମୋବାଇଲ୍ ଚାଟିଂରେ, ସମୟ ଟିକିଏ ବଳିପଡୁଛି। ମନ ଭିତରେ ଲୁଚିରହିଥିବା ପୁରୁଣା ଇଚ୍ଛାସବୁ ଯେମିତି ମୁଣ୍ଡ ଟେକୁଛି। ହଁ, ସବୁଦିନ ନ ହେଲା ନାହିଁ, କେବେ କେମିତି ପତ୍ରିକା ଖଣ୍ଡେ ବା' ନ୍ୟୁଜ୍- ପଢ଼ିଦେଲେ ବି ବଡ଼ ମାନସିକ ଶାନ୍ତି ମିଳୁଛି।

ମୁଁ ସେଇଠି ଖୋଜେ, ଛୋଟବେଳେ ପଢ଼ିଥିବା ଭଳି ଲେଖାସବୁକୁ। ଖୋଜି ପାଏନା! ଏବେ ମିଳେ, କେବଳ ଦୁର୍ବୋଧ ଆଧୁନିକ ପ୍ରେମ କବିତା। ହଁ, ମୁଁ ବି ଭଲ ପାଉଥିଲି, କିଶୋରୀ ଅବସ୍ଥାରେ ପ୍ରେମ କବିତା ପଢ଼ିବାକୁ। ଶରତଚନ୍ଦ୍ରଙ୍କ ଉପନ୍ୟାସ ପଢ଼ିବାକୁ। କିନ୍ତୁ ସେ ଲେଖାସବୁ ଏଭଳି ଦୁର୍ବୋଧ ନ ଥିଲା ଏବଂ ଲେଖାଗୁଡ଼ିକରେ ନ ଥିଲା ମଧ୍ୟ ଉତ୍ତେଜନାକାରୀ ଶବ୍ଦର ପ୍ରୟୋଗ। ସେ କବିତା ଓ ଲେଖାସବୁ ଦେଉଥିଲା ମନକୁ ଶୀତଳତା, ଭରିଦେଉଥିଲା ପ୍ରାଣରେ ଅପୂର୍ବ ଆବେଗ। ନ ଦେଖିଥିବା, ନ

ଜାଣିଥିବା ଚିତ୍ରକଳ୍ପମାନେ ଆସି ମନକୁ ସାହଚର୍ଯ୍ୟ ଦେଇ ଯାଉଥିଲେ। ମୁଁ ଖୋଜୁଥିଲି ମନେମନେ ସେଭଳି ଏକ ଲେଖା, ଯିଏ ଯୋଡ଼ିଦେଇ ପାରିଥାନ୍ତା ମୋତେ ପୁଣିଥରେ, ମୋ ଅନ୍ତରରେ କେଉଁଠି ଚାପିହୋଇ ରହିଥିବା ମୋର ସାହିତ୍ୟ ପ୍ରତି ଅନୁରାଗ ସହିତ। ଭୁଲାଇ ନେଇଯାଇ ପାରିଥାନ୍ତା ମୋତେ ମୋ ନିଜଠୁ ନିଜକୁ। କୌଣସି ଅନ୍ୟ ଏକ ରାଜ୍ୟକୁ।

ମୋର ଏବର ଅନୁଭବ କିନ୍ତୁ ଥିଲା ଅତ୍ୟନ୍ତ ବିରଳ। ଏ‌ଇ ସେ ଦିନର କଥା। ସକାଳୁ ଉଠିଲି, ଏହି ମଧ୍ୟବୟସ୍କଙ୍କ ପାଇଁ ମର୍ଣ୍ଣିଂୱାକ୍‌ର ଉପକାରିତା କଥା ଚିନ୍ତାକରି, ପଡ଼ୋଶିନୀଙ୍କ ସହ ବାହାରିଗଲି ମର୍ଣ୍ଣିଂୱାକ୍‌ରେ। ଦୁଇଟି ନାରୀ ଏକାଠି ହେଲେ ଯାହା ହେବାକଥା। ତାହା ହିଁ ହେଲା। ସେ ତାଙ୍କର କଥାର ପେଡ଼ି ଖୋଲି ଦେଇଥିଲେ। ଆମେ ଦୁହେଁ ଚାଲୁଥିଲୁ ସମାନ୍ତରାଲ ଭାବେ, ଧୀର ଗତିରେ। ଆମ ଭିତରେ ଥିଲା ମାତ୍ର ଚାଖଣ୍ଡକର ବ୍ୟବଧାନ। ସେ କହିଚାଲିଥିଲେ ତାଙ୍କ ପୁଅ, ଝିଅର ପ୍ରଶଂସା, ଶାଶୁଙ୍କର ତାଙ୍କପ୍ରତି ନିର୍ଯ୍ୟାତନା, ଅନ୍ୟ ପଡ଼ୋଶୀମାନଙ୍କ ବିରୁଦ୍ଧରେ, ଏମିତି ଅନେକ କଥା। ମୋ କାନରେ କିନ୍ତୁ ତାଙ୍କର ପଦୁଟିଏ କଥା ମଧ୍ୟ ପଶୁନଥିଲା। ସେ ଶବ୍ଦ ସବୁ ପବନରେ ମିଳେଇ ଯାଉଥିଲେ ଯେମିତି। ମୋତେ ଖୁବ୍ ଲଜ୍ଜା ଲାଗିଲା। ତାଙ୍କ ମୁହଁକୁ ଚାହିଁଲି। ତାଙ୍କ କଥାସବୁକୁ ବୁଝିବାକୁ ଢେର ଚେଷ୍ଟା କଲି। ତାଙ୍କ ମୁହଁ କଥା କହିଲେ ଯେଭଳି ହଲିବା କଥା, ଠିକ୍ ସେମିତି ହଲୁଥିଲା। ମୋ କାନରେ କିନ୍ତୁ କିଛି ବି ପଶୁନଥିଲା। ମୁଁ କେବଲ ବଲବଲ କରି ଚାହିଁଥିଲି ତାଙ୍କ ମୁହଁକୁ। ନିଜ ଉପରେ ବିରକ୍ତ ହେଲି। ଦ୍ୱିତୀୟଥର ଚେଷ୍ଟା କଲି। ବଡ଼ ଧ୍ୟାନ ସହକାରେ ତାଙ୍କ କଥା ଶୁଣିବା ପାଇଁ, ଚାହିଁଲି ତାଙ୍କ ମୁହଁକୁ ନିରୀକ୍ଷଣ କଲାଭଳି। କିଛି ଶୁଣିପାରିଲିନି, କିଛି ବି ବୁଝିପାରିଲିନି! ବାଧ୍ୟହେଇ ବୁଝିବା ଭଳି ଟିକିଏ ହସିଲି। ଏବେ ଯଦି, ସେ ମୋ ମୁହଁକୁ ଚାହିଁ, ତାଙ୍କ କଥାର ପ୍ରତ୍ୟୁତ୍ତର ଲୋଡ଼ନ୍ତି, କ'ଣ ହେବ ମୋ ଅବସ୍ଥା। ତେଣୁ କିଛି ନ ଶୁଣି, ତାଙ୍କ କଥାରେ, 'ହଁ'ଟିଏ ବି ଭରିଦେଲି। ବାଃ... ମଣିଷ ଆଜି ବଞ୍ଚିଗଲା। ଏଇଟା ଅପଦସ୍ତ ହେବା ଛଡ଼ା ଅନ୍ୟ କିଛି ନୁହଁ!

ଘରକୁ ଫେରିଲି। ଓଃ... କେତେ କାମ ପଡ଼ିଛି! ଝିଅର ସ୍କୁଲ୍‌ଯିବା ସମୟ। କେବଲ ଦୌଡ଼ା ଦୌଡ଼ି। ସେ ନିଜେ ତ କିଛି କରେନା, ସବୁଥିରେ ଡାକ ଛାଡ଼େ, ମାମା! ମାମା! ମା', ବାପାଙ୍କର ଗୋଟିଏ ପିଲା ହେଇଥିଲେ ନା ଏମିତି ହିଁ ହୁଏ! ସଂପୂର୍ଣ୍ଣ ନିର୍ଭରଶୀଲ ହେଇ ବଢ଼ନ୍ତି ସେମାନେ। କିଛି କାମ କରନ୍ତିନି ହାତରେ। ସବୁ ଜିନିଷ ତାଙ୍କ ସାମ୍ନାରେ ନେଇ ଥୋଇଲେ ଯାଇ ଚଲେ।

ଝିଅ ପାଟି କରୁଥିଲା। ମାମା! ଆଜି ମୋ ବ୍ୟାଗ୍‌ରେ ଦି'ଟା ପାଣି ବୋତଲ

ଦେଇଥିବ। ଗୋଟେ ବୋତଲର ପାଣି ମୋର ହେଉନି। ତା' ପାଟିଶୁଣି, ମୁଁ ମୋ ଚିନ୍ତାରାଜ୍ୟରୁ ଟିକିଏ ଫେରିଆସିଲି। ହଉ, ରଖିଦେଉଛି। ତା'ପରେ ପଚାରିଲି-

– ହଁ, ତୁ କ'ଣ ଟିଫିନ୍ ନେବୁ, କହିଲୁନିତ ?

– କାଲି ରାତିରେ ଶୋଇଲାବେଳେ କହିଥିଲି ଯେ, ଆଳୁ ମଟର ପରଟା ନେବି ବୋଲି।

– ଓହ, ହଉ କରିଦେଉଛି। ତୁ ଯା... ଗାଧୋଇ ପଡ଼ିବୁ। ଝିଅ ଚାଲିଗଲା ପରେ, ମୁଁ କିନ୍ତୁ ସେଇ ବ୍ୟସ୍ତତା ଭିତରେ ବି ମୋ ପୂର୍ବାବସ୍ଥା, ମୋ ଅନ୍ତରର ଏକାକୀତ୍ୱ ପାଖକୁ ଫେରି ଯାଉଥିଲି। ଝିଅର ଚିତ୍କାର ଶୁଣି ସମ୍ବିତ ଫେରିଲା।

– ଆରେ। ମାମା। ତମେ ମୋ ପାଇଁ ପାଣି ବି ଗରମ କରି ଦେଇନ। ମୁଁ ଗାଧୋଇବି କେମିତି !

– ଓହ... ଭୁଲିଯାଇଥିଲି। ମୋ ସୁନାଝିଅଟା ପରା। ଆଜି ଦିନଟେ ଥଣ୍ଡା ପାଣିରେ କାମ ଚଳେଇନେ। ପ୍ଲିଜ୍...ପାଟି କରନା! ବାପା ଶୁଣିଲେ ବିରକ୍ତ ହେବେ।

ଭାବୁଥିଲି। ଆରେ, ମୋର ହେଇଛି କ'ଣ ଯେ ! ହଁ, ଏଇ କିଛିଦିନ ତଳେ ପଢ଼ିଥିଲି ଗୋଟିଏ କବିତା। ଯାହା ମୋତେ ଆଲୋଡ଼ନ କରି ଦେଇଛି। ଏବେ ଯାଆଁ। ସେଇ କବିତାର ପ୍ରତ୍ୟେକ ଶବ୍ଦ ଯେ ଆନ୍ଦୋଲିତ କରୁଛି ମୋତେ। ପାଖରେ ଥିବା ଜିନିଷକୁ ଦେଖୁ ଶୁଣି ପାରୁନି। ବୁଝିପାରୁନି କିନ୍ତୁ କବିତାଟି ଯେ ପ୍ରତିଧ୍ୱନିତ ହେଉଛି ମୋ ହୃଦୟରେ। ସବୁ ଭୁଲ୍‌ଭାଲ୍‌କୁ ସୁଧାରି, ବଡ଼ କଷ୍ଟରେ, ଝିଅକୁ ଛାଡ଼ିଲି ନେଇ ସ୍କୁଲ୍ ବସ୍ ପାଖରେ। ଚିନ୍ତାକଲି- ମୁଁ ତ ପ୍ରେମ କବିତା ପଢ଼ିବାକୁ ଭଲପାଏ ଛୋଟବେଲୁ। କିନ୍ତୁ ଏ କବିତାଟି ଯେ ପ୍ରେମ କବିତା ନ ଥିଲା। ତେବେ ମୁଁ ଏତେ ଆକର୍ଷିତ ହେଲି କ'ଣ ପାଇଁ ? ହଁ, କବିତାରେ ଥିବା ମାଟିର ମହକ ଓ ସାବଲୀଲତା ମୋତେ ଟାଣୁଥିଲା, ତା' ପାଖକୁ ଏକ ଅପୂର୍ବ ନିଶାରେ। ମୁଁ ମୋହାଛନ୍ନ ହେଉଥିଲି, ଏତେ ବର୍ଷ ପରେ ପୁଣିଥରେ ଫେରୁଥିଲି ସାହିତ୍ୟ ପାଖକୁ।

ମନେ ମନେ ଭାବିଲି, ସେତେବେଳେ ମୁଁ ଝିଅ ଥିଲି। ମୋ ଉପରେ ଏତେ ପାରିବାରିକ ଦାୟିତ୍ୱ ନ ଥିଲା। ତେଣୁ ମୁଁ ଏମିତି କବିତା ଗପରେ ମଗ୍ନ ହେଇ ନିଜକୁ ଭୁଲୁଥିଲି, ଚଳୁଥିଲା। ସେତେବେଳେ ବି ତ ମା' ବିଗୁଡ଼ୁଥିଲେ ଓ କହୁଥିଲେ- ବାପା ଝିଅକୁ ବହିଟିଏ ମିଲିଗଲେ ହେଲା। ଆଉ କାହା କଥା ଶୁଣିବେନି ସେମାନେ। ମା'ଙ୍କର ସେତକ କଥାକୁ ନ ଶୁଣିଲା ପରି କଲେ, କିନ୍ତୁ ମିଲୁଥିଲା ନିଜ ପାଖରେ ବହି ପଢ଼ା ପାଇଁ ଢେର୍ ସମୟ। ଏବେ କିନ୍ତୁ ପରିସ୍ଥିତି ଅଲଗା। ମୁଁ ଯଦି ଏମିତି ମୋହଗ୍ରସ୍ତ ହେଇରହେ ତେବେ ସଂସାର ଅଟକିଯିବ ଯେ ! ମୋତେ ନିଜକୁ ଟାଣିବାକୁ ପଡ଼ିଲା

କବିତାରୁ ନିଜ ସଂସାର ପାଖକୁ। ରୋଷେଇ କଲି। ଶାଶୂ, ଶ୍ୱଶୁରଙ୍କୁ ଖାଇବାକୁ ଦେଲି। ତାଙ୍କ କଥା ବୁଝାଶୁଝା କରି ନିଜେ ପ୍ରସ୍ତୁତ ହେଇଗଲି ସ୍କୁଲ୍ ଯିବାକୁ।

ସ୍କୁଲ୍‌ରେ କିନ୍ତୁ ନିଜ ପାଇଁ କିଛି ସମୟ ବାହାର କରି ହୁଏ। ସେଇ ସମୟର ସଦୁପଯୋଗ କଲି। ଆଜିକାଲି ଯୁଗରେ, ଇଣ୍ଟରନେଟ୍ ପାଇଁ କିଛି ବି ଦୁଃସାଧ୍ୟ ନୁହେଁ। ଯେଉଁ ତଥ୍ୟ ଚାହିଁବ ସେ ଆଣି ପହଞ୍ଚାଇ ଦେଇପାରେ ଘଡ଼ିକେ ଆମ ପାଖରେ। ଖୁବ୍ ଅଳ୍ପ ସମୟରେ। ମୁଁ ଚାହୁଁଥିଲି, ମୋ ମନର ଆଚ୍ଛନ୍ନତାକୁ କାଟିବା ପାଇଁ ଓ ମୁଁ ଉଦ୍‌ଗ୍ରୀବ ହେଇ ଉଠୁଥିଲି, ମୋତେ ମୋହାବିଷ୍ଟ କରିଥିବା କବିତାକୁ ଲେଖିଥିବା କବିଙ୍କ ବିଷୟରେ ଜାଣିବା ପାଇଁ। ମୋ ସଂଶୟକୁ ହଟାଇବା ପାଇଁ। ମୁଁ ଅନୁସନ୍ଧାନ କଲି ଯଦିଓ ଏହା ଏକ ଅତ୍ୟନ୍ତ ବାଜେ କାମ ବୋଲି ମୋତେ ଜଣାଥିଲା ତଥାପି ମୁଁ କଲି। ଇଣ୍ଟରନେଟ୍ ମୋତେ ମୋ ଅନୁସନ୍ଧାନରେ ଢେର ସାହାଯ୍ୟ କଲା। ସେହି ସନ୍ଧାନର ନିର୍ଯ୍ୟାସରୁ ମୋତେ ମିଳିଲା, ସେଇ କବିଙ୍କ ଲିଖିତ ଆହୁରି ଅନେକ କବିତା। କବିତାସବୁକୁ ସାଇଟ ରଖିଲି ଫୋନ୍‌ରେ।

ଛୁଟିପରେ ଘରକୁ ଫେରିଲି, ସନ୍ଧ୍ୟା ମାଡ଼ି ବସିଥିଲା। ଗୋଡ଼ହାତ ଧୋଇ ସନ୍ଧ୍ୟାଦୀପ ଦେଲି। ଘଣ୍ଟ ହଲାଇ ଗାୟତ୍ରୀ ମନ୍ତ୍ର ପାଠକଲି। କିନ୍ତୁ ମୋ ମନଟା ଯାଇ ଥିଲା ସେ କବିତାମାନଙ୍କ ପାଖରେ। ମୁଁ ବୋଲିଥିବା ସେଇ ମନ୍ତ୍ର। ମୋ ହୃଦୟ ଭିତରୁ ବାହାରୁ ନଥିଲା। ତାହା କେବଳ ଥିଲା ଅଭ୍ୟାସବଶତଃ ମୁହଁରୁ ଉଚ୍ଚାରିତ ହେଉଥିବା କେତୋଟି ଶବ୍ଦମାତ୍ର। ଠାକୁରଙ୍କୁ ମନେ ମନେ କ୍ଷମା ଯାଚନା କଲି। କହିଲି- ଦୋଷ ଧରିବନି ପ୍ରଭୁ। ମନ ମୋର ଆୟତ୍ତାଧୀନ ନୁହେଁ। ତୁମକୁ ତ ଚାହିଁଲେବି ଲୁଚାଇବାର କ୍ଷମତା ନାହିଁ ମୋର! ଶାଶୂ ପଚାରିଲେ- "କ'ଣ ଏତେ ଶୀଘ୍ର ପୂଜା ସରିଗଲା?" ମୁଁ କହିଲି- "ହଁ, ସରିଗଲା। ଆଜି ଟିକିଏ ଦେହଟା କାହିଁକି ଭଲ ଲାଗୁନାହିଁ।" ଶାଶୂ କହିଲେ- "ହଁ, ଯାଆ ଘଡ଼ିଏ ଶୋଇପଡ଼। ଦିନସାରା କାମକରି ଥକିଯାଉଛୁ।"

ହଁ, ମୋତେ ଅନୁମତି ମିଳିଯାଇଥିଲା। କବିତା ସବୁକୁ ପଢ଼ିବା ପାଇଁ। ମୁଁ ତୟର ହେଇଉଠିଲି। ଖଟରେ ଯାଇ ଗଡ଼ିପଡ଼ିଲି। ଏକାକୀତ୍ୱ- ଖୁବ୍ ସୁଖଦାୟୀ। ଝିଅ ତା' ଟି.ଭି. ଦେଖିବାରେ ବ୍ୟସ୍ତ ଥିଲା। ମୁଁ ପହଞ୍ଚିଲି ସେଇ ନିର୍ଜନତାରେ, ଯେଉଁଠି ପହଞ୍ଚିବାକୁ ସାରାଦିନ ବ୍ୟଗ୍ରଥିଲି। ବାହାର କଲି ମୋବାଇଲକୁ ଏବଂ ତା' ଭିତରେ ସାଇଟି ରଖିଥିବା କବିତାମାନଙ୍କୁ। ପଢ଼ୁଥିଲି, ଗୋଟିଏ କବିତା ପରେ ଅନ୍ୟ ଗୋଟିଏ। ମନେ ମନେ ଖୋଜୁଥିଲି କବିଙ୍କର ଲିଖିତ ପ୍ରେମ କବିତା ଓ ତାକୁ ପଢ଼ି ବିହ୍ୱଳ ହେବାକୁ ଚାହୁଁଥିଲି। ସେ କବିତା ଭିତରେ କିନ୍ତୁ ମୋତେ ଓ ମୋ ଭଳି ଅନେକ ଲୋକଙ୍କୁ ସୁହାଇଲା ଭଳି ଶସ୍ତା ପ୍ରେମ କବିତା ନଥିଲା ଗୋଟିଏ ବି। କବି ବୋଧେ

ଶଙ୍କା ପ୍ରେମ କବିତା ଲେଖି ସମସ୍ତଙ୍କର ଓ୍ଵା... ଓ୍ଵା... ଶୁଣି ଗର୍ବରେ ଫୁଲି ଉଠିବାକୁ ପସନ୍ଦ କରନ୍ତିନି। ତେଣୁ ଲେଖନ୍ତିନି। ମୋ ମୁଣ୍ଡ ନଇଁଗଲା। ଆହୁରି ଟିକେ କବିଙ୍କ ପାଖରେ।

ପ୍ରତ୍ୟେକ କବିତାକୁ ଧ୍ୟାନରେ ପଢ଼ିଲି। ସବୁ କବିତାରେ ଲୁଚି ରହିଥିଲା ସମାଜକୁ ସଚେତନ କରିବା ପାଇଁ ବାର୍ତ୍ତାଟିଏ। ଏଇ ଜୀବନରେ ପ୍ରଥମଥର ପାଇଁ ପଢ଼ିଲି, ଏଭଳି କବିତା। ଜାଣିଲି – ସମାଜରେ ପ୍ରେମକୁ ଛାଡ଼ି, ଆହୁରି ଅନେକ କିଛି ଅଛି, ଯାହା ପାଇଁ ଲୋକଙ୍କୁ ସଚେତନ କରାଇବା ଲେଖନୀଟିର ଧର୍ମ ଓ ଲେଖକ ବା କବିଙ୍କର କର୍ତ୍ତବ୍ୟ। କବି ତାଙ୍କର କର୍ତ୍ତବ୍ୟକୁ ଖୁବ୍ ସୁଚାରୁରୂପେ ସଂପାଦନ କରିଥିଲେ। ସେଇ କବିତାମାନଙ୍କ ଭିତରେ ମୁଁ ଦେଖୁଥିଲି ଗୋଟିଏ ଅତି ସମ୍ବେଦନଶୀଲ ମଣିଷ। ସମସ୍ତଙ୍କ ଦୁଃଖରେ ଛଳଛଳ ହେଇଉଠୁଥିବା ଦରଦୀ ମଣିଷଟିଏ। ସେ ପ୍ରେମ କବିତା ନ ହେଇ ମଧ୍ୟ, ମୁଁ ବିହ୍ୱଳ ହେଲି ଏବଂ ଜୀବନରେ ପଢ଼ିଥିବା ସବୁ ଲେଖାମାନଙ୍କଠୁ ଅଧିକ ବିହ୍ୱଳ ହେଲି। ସେଇ କବିତାମାନଙ୍କୁ ପଢ଼ି ଆଖି ବନ୍ଦକରି ମନର ତୂଲିରେ ଆଙ୍କିଲି କବିଙ୍କର ଏକ ଚିତ୍ରକଳ୍ପ। ଈସ୍... କି ମନୋଲୋଭା... ସେ ଚିତ୍ରପଟ।

ସେଇ ଚିତ୍ରପଟ ମୋତେ ଆକର୍ଷିତ କରୁଥିଲା, ତା' ପାଖକୁ ଖୁବ୍ ନିବିଡ଼ ଭାବରେ। ମୁଁ ଆକଟ କରୁଥିଲି ନିଜକୁ। ଚିନ୍ତା କରୁଥିଲି, ମୋ ବୃତ୍ତି, ବୟସ, ପରିବାର କଥା। ଭାବୁଥିଲି, ଏ ଦୁର୍ବାର ଆକର୍ଷଣ କ'ଣ ମୋତେ ଶୋଭାପାଏ। ଯେତେ ଆକଟ କରୁଥିଲି ନିଜ ମନକୁ, ସେତେ ଆକର୍ଷିତ ହେଇ ଉଠୁଥିଲି, ସେଇ ପ୍ରେମ କବିତା ନ ଲେଖୁଥିବା କବିଙ୍କ ପାଖକୁ। ଭଲପାଇବସିଥିଲି କବିଙ୍କ କବିତାକୁ ଓ କବିତାର ଜନକ କବିଙ୍କୁ। ସେଇ ଆକର୍ଷଣ ମୋତେ ବାଧ୍ୟ କରୁଥିଲା ବାରମ୍ବାର ସେଇ କବିଙ୍କ ବିଷୟରେ ଅନୁସନ୍ଧାନ କରିବା ପାଇଁ, ଜାଣିବା ପାଇଁ।

ଏଥରର ଅନୁସନ୍ଧାନରୁ ମୋତେ ମିଳିଲା, କବିଙ୍କର ଫୋନ୍ ନମ୍ବର, ଘର ଠିକଣା ଏବଂ ଫଟୋ ମଧ୍ୟ। ସେଇ ଫଟୋଟି କହୁଥିଲା, କବିତାଗୁଡ଼ିକ କଳ୍ପନାର ପୁଟଦିଆ କବିତା ନ ହୋଇ ବରଂ କବିଙ୍କ ମନସ୍ତତ୍ତ୍ୱର ଶାଢ଼ିକ ରୂପ ସବୁ। ଯେହେତୁ ସେଇ ଫଟୋରେ ମଧ୍ୟ ଥିଲା ଏକ ବିନମ୍ର ମଣିଷର ପ୍ରତିଛବି। କବିଙ୍କ ରଚିତ କବିତା ଓ ତାଙ୍କ ରୂପରେ ଭିନ୍ନତା ନ ଥିଲା। ମୁଁ ଯେତିକି ତାଙ୍କୁ ଦେଖୁଥିଲି ତାଙ୍କ ବିଷୟରେ ଜାଣୁଥିଲି, ସେତିକି ତାଙ୍କ ପ୍ରେମରେ ପଡ଼ି ପଡ଼ି ଯାଉଥିଲି।

ମୋର ଚେତା ଫେରିଲା ସ୍ୱାମୀଙ୍କ ଡାକରେ। ଅଫିସରୁ ଫେରି ଆସିଥିଲେ କେତେବେଳେ ବୋଧେ, ମୁଁ କାଁ ଜାଣିପାରି ନଥିଲି! ପଚାରିଲେ- କେଉଁ ରାଜ୍ୟରେ ବୁଡ଼ିକି ଅଛ? ବହୁତ ଟାୟାର୍ଡ ଲାଗୁଛି। ଟିକିଏ ଚା' କରି ଆଣ, ପିଇବା। ମୁଁ 'ହଁ'

କହି ଉଠିଗଲି। ମନକୁ 'ଚା' ତିଆରିରେ ମନୋନିବେଶ କରିବାକୁ ଚାହିଁଲି କିନ୍ତୁ ପାରୁନଥିଲି। କବି ଓ କବିତା ମୋତେ ଟାଣୁଥିଲେ ଖୁବ୍ ଜୋରରେ। ପ୍ରତି ମୁହୂର୍ତ୍ତରେ ମନକୁ ଜୋରକରି ଟାଣି ଫେରାଇବାକୁ ପଡୁଥିଲା। ବଡ଼ କଷ୍ଟରେ 'ଚା' ଢାଳି ନେଇ ତାଙ୍କ ପାଖରେ ବସିଲି। ବଢ଼ାଇଦେଲା ବେଳେ ଭାବିଲି– ସ୍ୱାମୀ ଯେ ମୋତେ ଏତେ ଭଲପାଆନ୍ତି। ଆଜି ତାଙ୍କୁ ଏ କବିତାଟି ପଢ଼ି ଶୁଣାଇବି। ସେ ନିଶ୍ଚେ ମୁଗ୍ଧ ହେବେ। ମୋ ଅନ୍ତର୍ଦ୍ୱନ୍ଦ୍ୱକୁ ପରଖିନେଇ ସେ କହିଲେ– "ମୁହଁ କ'ଣ ପାଇଁ ଶୁଖିଛି ଯେ? କ'ଣ ହେଇଛି କି?" ପାଖକୁ ଲାଗିଆସି କହିଲେ– "ଆସୁନ! ଆଉ ଟିକେ ପାଖକୁ ଲାଗିଆସ! ଦେଖ, ପାଞ୍ଚମିନିଟ୍‌ରେ, ମୁଁ ତୁମ ମୁଣ୍ଡ କେମିତି ଠିକ୍ କରି ଦେଉଛି।"

ଊଁ... ହୁଁ...। ସ୍ୱାମୀଙ୍କର ଏଇ ବେହ୍ୟାପଣ ବଡ଼ ବିରକ୍ତିକର ବୋଧହେଲା। ମୁହଁ ଆହୁରି ଶୁଖିଗଲା ମୋର। ଘୁଞ୍ଚି ଆସିଲି। ଆଉଟିକେ ପଛକୁ ମୋ ମୁହଁକୁ ଚାହିଁ କହିଲେ, ସତରେ ବୋଧେ ତୁମର ଦେହ ଭଲ ନାହିଁ। ମୁହଁ ଶୁଖିଗଲା ପରି ଲାଗୁଛି। ମୁଁ କହିଲି– ନା, ନା... ସେ କିଛି ନୁହଁ। କବିତାଟିଏ ପଢ଼ିବି, ଶୁଣିବ? ମୋ ଆଗ୍ରହ ଦେଖି ସେ କହିଲେ– ହଉ, ପଢ଼। ଶୁଣିବା। ମୁଁ ପଢ଼ିଲି– ସେଇ କବିତାମାନଙ୍କ ମଧ୍ୟରୁ, ମୋ'ର ଗୋଟିଏ ପ୍ରିୟ କବିତା। ପଢ଼ିସାରିଲା ପରେ, ଚାହିଁଲି ତାଙ୍କ ମୁହଁକୁ ମତାମତ ଅପେକ୍ଷାରେ। ସେ ବୋଧହୁଏ ଶୁଣି ବି ନ ଥିଲେ କବିତାଟି। କେବଳ ମୋତେ ଖୁସି କରିବା ପାଇଁ କହିଲେ– ହଁ, ହଁ, ଭଲ ହୋଇଛି। ମାତ୍ର ଏ ସବୁରେ ମାତନା। ଏଗୁଡ଼ା କେବଳ ସମୟ ଅପଚୟ। ତା' ଉପରେ ଏ ଗୀତ, କବିତାରେ ପଶିଲେ ଆହୁରି ଧଦି ହେବା ଛଡ଼ା ଆଉ ଅଧିକ କିଛି ନୁହେଁ। ଘର ଅବହେଳିତ ହେବ। ତୁମରି ଭଲ ପାଇଁ କହୁଛି। ଏତକ କହି ଉଠିଗଲେ।

ଆଜି, ଏତେ ଦିନ ପରେ ବଡ଼ କଷ୍ଟ ହେଲା। ଏତେ ବର୍ଷଧରି ମନ ଭିତରେ ଯେଉଁ ପରିପୂର୍ଣ୍ଣ ଜୀବନ ବଞ୍ଚିବାର ମିଛ ଅଭିମାନ ବସା ବାନ୍ଧିଥିଲା, ତାହା ଗୋଟିଏ ମୁହୂର୍ତ୍ତରେ ଭାଙ୍ଗିରୁଜି ଛାରଖାର ହେଇଗଲା। ମୁଁ ବଳବଳ କରି ଚାହିଁଲି ତାଙ୍କ ମୁହଁକୁ। ଖୁବ୍ ଭୟଙ୍କର ଲାଗିଲେ ସେ ମୋତେ। ଏତେଦିନୁ ମୋ'ର ବୋଲି ଜାବୁଡ଼ି ଧରିଥିବା ଲୋକଟି କ'ଣ ଏଭଳି ସ୍ୱାର୍ଥପର ହେଇପାରେ। ହଁ, ମଣିଷ ହଁ ତ ସବୁଠାରୁ ବଡ଼ ସ୍ୱାର୍ଥପର ଜନ୍ତୁ। ଏବେ ସମ୍ବେଦନଶୀଲ କବିତାଟିଏ ଯଦି ମଣିଷକୁ ସ୍ପର୍ଶ କରି ନ ପାରିଲା, ତା' ହୃଦୟକୁ କ'ଣ ମଣିଷର ହୃଦୟ ବୋଲି କୁହାଯାଇ ପାରିବ। କେବଳ ନିଜ କଥା ଚିନ୍ତା କରି, ନିଜ ସୁଖ ସୁବିଧା କଥା ଭାବି ବଞ୍ଚିବା କ'ଣ ଗୋଟିଏ ମଣିଷର ବଞ୍ଚିବା ବୋଲି କୁହାଯାଇ ପାରିବ? କେବଳ ନିଜର ଧନ ସଂପତ୍ତି ବିଷୟରେ ଚିନ୍ତା କରୁଥିବା ଏବଂ ନିଜ ସହ ସଂପର୍କିତ ପରିବାର ପ୍ରତି ସ୍ପର୍ଶକାତର ହୃଦୟଟିକୁ କ'ଣ

ଭଲ ମଣିଷଟିର ଆଖ୍ୟା ଦିଆଯାଇ ପାରିବ ? ଅନ୍ୟର ଦୁଃଖରେ ଯିଏ ଦୁଇଟୋପା ଲୁହ ଗଡ଼ାଇ ପାରେନା। ନିଜ ପରିବାରକୁ ଛାଡ଼ିଦେଇ ବାହାର ସମାଜର ଲୋକଙ୍କ ସୁଖଦୁଃଖ ତା'କୁ ପ୍ରଭାବିତ କରିପାରେନା। ଅନ୍ୟର ଖୁସିରେ ନିଜ ମୁହଁରେ କାଣିଚାଏ ହସ ଫୁଟେଇ ପାରେନା। ତା'ଠୁଁ ବଳି ସ୍ୱାର୍ଥୀ ଆଉ କେହି କ'ଣ ଅଛନ୍ତି !

ମୋ ଚିନ୍ତାସବୁ ମୋତେ କ୍ଷତାକ୍ତ କରୁଥିଲେ। ଭାବୁଥିଲି- ମୁଁ ବି ତ ଏତେ ବର୍ଷ ସେଇ ସ୍ୱାର୍ଥପର ନାରୀଟିଏର ଜୀବନ ଜୀଇଁ ଭାବୁଥିଲି, ମୁଁ କେତେ ସ୍ୱୟଂସମ୍ପୂର୍ଣ୍ଣ ଓ ପରିପୂର୍ଣ୍ଣ ନାରୀଟିଏ। ଛିଃ... ଘୃଣା ଆସିଲା ନିଜ ଉପରେ। ମୁଁ ବି ତ ଆଜିଯାଏ ଏ ଘର ଭିତରର ମଣିଷକୁ ଛାଡ଼ିଦେଇ ଆଉ କାହା କଥା ଚିନ୍ତା ବି କରିନି ! ଏତେ ବର୍ଷ ଧରି କେବଳ ସେଇମାନଙ୍କ ପାଇଁ ହିଁ ଭାବିଥିଲି, ଯେଉଁମାନେ କି ମୋ ରୁଚିକୁ ମଧ୍ୟ ଚିହ୍ନିପାରି ନାହାନ୍ତି ଏବେ ଯାଏଁ। ମୋ ଖୁସି ପାଇଁ ଗୋଟିଏ କବିତାର ଗୁଢ଼ତତ୍ତ୍ୱକୁ ମଧ ସେ ବୁଝିବାକୁ ଚାହିଁଲେନି ! ମୁଁ କିନ୍ତୁ ଦୀର୍ଘ ଅଠରବର୍ଷ ନିଜକୁ ଭୁଲି, ନିଜର ସବୁ ଇଚ୍ଛାକୁ ଜଳାଞ୍ଜଳି ଦେଇ, ତାଙ୍କୁ ଖୁସି କରିବାରେ ଲାଗିପଡ଼ିଥିଲି।

ଘରର ବାକିଥିବା କାମସବୁକୁ କରିବା ପାଇଁ ନିଜକୁ ଢ଼ାଡ଼ିଢ଼ୁଡ଼ି ଉଠିଲି। ସବୁ କାମ କିନ୍ତୁ ଭୁଲଭାଲ୍ ହେଉଥିଲା। କେବଳ ମନକୁ ଉଦ୍‍ଭ୍ରାନ୍ତ କରୁଥିଲା ପଢ଼ିଥିବା କବିଙ୍କ କବିତାର ପଙ୍କ୍ତି ସବୁ। ଇସ୍... ଏ କ'ଣ ! ମୁଁ କ'ଣ କବିଙ୍କୁ ପ୍ରେମ କରି ବସିଛି ନା କ'ଣ ? ପଚାରୁଥିଲି ନିଜକୁ। ଏମିତି ଚଉଦ ବର୍ଷ ବୟସରେ ମୁଁ ପ୍ରେମରେ ପଡ଼ିଥିଲି – 'ଶରତଚନ୍ଦ୍ରଙ୍କୁ ଉପନ୍ୟାସର ପ୍ରେମରେ।' ଯେଉଁ ପ୍ରେମ ମୋତେ ସାହିତ୍ୟକୁ ଭଲପାଇବା ଶିଖାଇଥିଲା ଓ ଯେଉଁ ସାହିତ୍ୟ ସମ୍ବେଦନଶୀଳ ମଣିଷଟିକୁ ଏ ପର୍ଯ୍ୟନ୍ତ ମରିବାକୁ ଦେଇ ନଥିଲା, ସେହି ସାହିତ୍ୟ ମୋତେ ଦେଇଥିଲା ବିନମ୍ରତା, ସହନଶୀଳତା, ଧୈର୍ଯ୍ୟ ଓ ଶିଖାଇଥିଲା ସମସ୍ତଙ୍କୁ ଭଲପାଇବା।

ଆଜି କିନ୍ତୁ ପ୍ରେମ କବିତା ନ ଲେଖୁଥିବା କବିଙ୍କ ପ୍ରେମ ମୋତେ ଈର୍ଷାନ୍ବିତ କରାଇଥିଲା। ମୁଁ ଈର୍ଷା କରୁଥିଲି, କବିଙ୍କ ସ୍ତ୍ରୀଙ୍କ ଭାଗ୍ୟ ଉପରେ। ଆହାଃ... କେତେ ଭାଗ୍ୟବତୀ ନୁହେଁ ସେ ନାରୀ ସତରେ, ଯାହାର ସ୍ୱାମୀଙ୍କର ଦୃଷ୍ଟିକୋଣ ଏତେ ସାହିତ୍ୟାନୁରାଗୀ ଏବଂ ପୁଣି ଏତେ ସମ୍ବେଦନଶୀଳ ସମାଜର ଅନ୍ୟମାନଙ୍କ ଦୁଃଖକୁ ନେଇ ଏତେ ଉଚ୍ଚ ଚିନ୍ତାଧାରାର ବ୍ୟକ୍ତିଟିଏର ପ୍ରେମରେ ପଡ଼ି ପଡ଼ି ଯାଉଥିଲି ମୁଁ। ଇଚ୍ଛା ହେଉଥିଲା ତାଙ୍କ ଦୀକ୍ଷାରେ ଦୀକ୍ଷିତା ହେବା ପାଇଁ। ତାଙ୍କ ଅନୁଗାମୀ ହେବା ପାଇଁ। ଆଚ୍ଛା... ଲେଖନୀଟିଏ ତାହେଲେ ଏତେ ଶକ୍ତିଶାଳୀ ନୁହେଁ! ଲେଖକ ବା କବି କ'ଣ ଜାଣିପାରେ, ତା' ଲେଖନୀ ଏମିତି ଜଣକୁ ମୋହଗ୍ରସ୍ତ କରିପାରେ ବୋଲି ? ବୋଧହୁଏ ନା।...। ସେ କିନ୍ତୁ ଜାଣିବା କଥା, ସେ ଅମାପ ଶକ୍ତିଶାଳୀ। ତା' ହାତରେ ଥିବା କଲମ

ଅସୀମ ଶକ୍ତିଶାଳୀ। ସେ ସବୁକିଛି କରିପାରେ, ସେଇ କଲମ ମୁନରେ!

ସବୁ କାମ ସାରି, ଶୋଇବାକୁ ଗଲାବେଳେ ରାତି ପାଖାପାଖି ଏଗାରଟା। ଝିଅ ଶୋଇସାରିଥିଲା। ଏତିକିବେଳେ ବି କିନ୍ତୁ ନାରୀଟିଏର କର୍ତ୍ତବ୍ୟ ସରିଯାଏନ! ଏବେ ସ୍ୱାମୀ ପାଖକୁ ଲାଗି ଆସନ୍ତି। ବାହାରେ ତାଙ୍କର ସବୁ ବେହ୍ୟାପଣ। ମୋ ମନ ଡାକୁଥିଲା– ହେ ପ୍ରଭୁ ଆଜି ସେ ମୋ ପାଖକୁ ନ ଆସନ୍ତୁ। ବଡ଼ ବିରକ୍ତିକର, ତାଙ୍କର ଏ ବେଲଜ୍ଜାପଣ। ଯଦି ପାଖକୁ ଆସନ୍ତି, କ'ଣ କ'ଣ ବାହାନା କରିହେବ, ମୁଁ ଚିନ୍ତା କରିବାରେ ଲାଗିପଡ଼ିଥିଲି। ଖଟରେ ପହଞ୍ଚିବା କ୍ଷଣି କହିଉଠିଲେ– ଆରେ! ଦେହ ଭଲଲାଗୁନି କହୁଥିଲ। ଆସିଲ ଏପଟେ, ଦେଖିବା… ମୁଁ ତୁମ ଦେହ, ମୁଣ୍ଡ କେମିତି ଦୁଇ ମିନିଟରେ ଠିକ୍ କରିଦେବି। ସେଇ ବେଲଜ୍ଜା ହସ। ବଡ଼ ବିରକ୍ତିକର ବୋଧ ହେଲା ମୋତେ ଓ ମୁହଁକୁ ଅପେକ୍ଷାକୃତ ଗମ୍ଭୀର କରି କହିଲି… ନା… ନା… ସେ ସବୁ ନୁହେଁ… ପ୍ଲିଜ୍। ମୋ ମୁଣ୍ଡ ଭୀଷଣ ଭାବରେ ବିନ୍ଧୁଛି। ମୋତେ ଶୋଇବାକୁ ଦିଅ, ପ୍ଲିଜ୍। ଉତ୍ତର ଆସିଲା… ହଉ… ହଉ… ଶୋଇପଡ଼। ପାଞ୍ଚ ମିନିଟ୍ ପରେ ତାଙ୍କର ଘୁଙ୍ଗୁଡ଼ି ଶୁଭିଲା ଜୋର୍‌ରେ।

ମୁଁ ଖଟ ଦାଢ଼ରେ ଶୋଇରହିଲି। ସେଇ କବିତାରୁ ଗୋଟିଏ ପଢୁପଢୁ କେତେବେଳେ ଶୋଇ ପଡ଼ିଥିଲି ମୁଁ ଜାଣି ପାରି ନ ଥିଲି।

ଏତେ ଛୋଟ ଖଟରେ, ଶୋଇଥିଲୁ ଝିଅ, ଝିଅର ବାପା ଏବଂ ମୁଁ, ଗେଞ୍ଜିହେଇ। ମୋତେ କିନ୍ତୁ ଲାଗିଲା କେବଳ ସେ ଓ କେବଳ ମୁଁ। କିଛି ବନ୍ଧନ ନ ଥାଇ, କିଛି ଭୟ ନ ଥାଇ, କେବଳ ଖୁବ୍ ନିଜସ୍ୱ ସୁଖଦାୟୀ ମୁହୂର୍ତ୍ତସବୁରେ ତାଙ୍କ ସାହଚର୍ଯ୍ୟ ପାଇ ବିଭୋର ଥିବା ମୁଁ ଓ ପାଖରେ ମୋ ମାନସିକ ଅବସ୍ଥାର ଫାଇଦା ଉଠାଉଥିବା ଭଙ୍ଗୀରେ ହସୁଥିବା ସେ।

ସେମିତି ଶୋଇରହିଥିଲି ମୁଁ, ସେଇ ଖଟରେ ଚାଖଣ୍ଡେ ଦୂରତାରେ ଶୋଇଥିବା ସ୍ୱାମୀଙ୍କ ଠାରୁ ଢେର୍ ଦୂରତାରେ ଏବଂ କେବେ ନ ଦେଖିଥିବା ଓ ପ୍ରେମ କବିତା ନ ଲେଖିଥିବା କବିଙ୍କ ନିବିଡ଼ ବାହୁବନ୍ଧନରେ ଆବଦ୍ଧ ହେଇ ମୁଁ। ତାଙ୍କ ଛାତିକୁ ଲାଗିରହିଥିଲା ମୋ ମୁଣ୍ଡଟି। ହଁ, କୋଳେଇ ନେଇଥିଲେ ସେ ମୋତେ। ଏମିତି ହଁ ଶୋଇରହି ମୋ' ଜୀବନ ଯିବାର ସୌଭାଗ୍ୟ ମୋତେ ମିଳନ୍ତାନି ସତେ। ମୋ ମୁଣ୍ଡକୁ ଧୀରେ, ଅତି ଯତ୍ନରେ ଟିକିଏ ଘୁଞ୍ଚାଇ ଦେଇ ତାଙ୍କ ମୁହଁକୁ, ମୋ ମୁହଁ ପାଖକୁ ଆଣି ସେ କହିଲେ, ଆଚ୍ଛା, ତୁମେ ମୋତେ ପ୍ରେମ କର ନା ମୋ କବିତାକୁ? ଠିକ୍ ଉତ୍ତର ଦେଲ ଆରେ! ସତରେ ତ ଓ ମୁଁ ଘଡ଼ିଏ ଭାବିଲି। ଭାବୁ ନ ଥିଲି ତ ନିଜକୁ ଅଞ୍ଜାଳୁଥିଲି। ସତରେ ମୁଁ ତାଙ୍କୁ ଭଲପାଏ ନା ତାଙ୍କ ଲିଖିତ କବିତାକୁ। ଢେର୍ ଭାବିଲି। କେହି

କାହାଠୁ କାଣିଚାଏ ବି ଉଣା ଭଲି ମୋତେ ଲାଗିଲାନି। ମୁଁ କହିଲି- କବି କ'ଣ ତା' କବିତାଠାରୁ କେବେ ଅଲଗା ହୋଇପାରେ। ସାଧାରଣ ମଣିଷଟିଏ ନିଜକୁ ସହଜରେ ଲୁଚାଇ ଦେଇପାରେ। କିନ୍ତୁ କବିଟିଏ କେବେ ନିଜକୁ ଲୁଚାଇ ପାରେନା। ତା'ର ଅନ୍ତର୍ମନ, ଅନ୍ତଃସ୍ୱରକୁ ସେ ଯେ ପ୍ରକାଶ କରେ କବିତା ରୂପରେ। ସେଇ କବିତା ହିଁ ତ କବିଟିର ଶାଶ୍ୱିକ ରୂପ। ମୁଁ ସେ କବିତାକୁ ପ୍ରାଣଭରି ଭଲପାଏ। ମାନେ ମୁଁ କବିଙ୍କୁ ଭଲପାଏ, ମୁଁ ତୁମ ଅନୁଗାମୀ।

ସେ ମୋ କଥା ଶୁଣି ଫିକ୍‌କରି ହସିଦେଲେ। କହିଲେ- "ତୁମେ ଯଦି ମୋ ଅନୁଗାମୀ। ତା'ହେଲେ ମୁଁ ଯାହା କହିବି କ'ଣ କରିପାରିବ?" ମୁଁ କହିଲି- "ହଁ, ନିଶ୍ଚିତ ରୂପରେ, ଏଥିରେ ତିଳେ ମାତ୍ର ଦ୍ୱିଧା ନାହିଁ। ତୁମେ ଚାହିଁଲେ, ଏବେ ମୋତେ ମଣିଷ ବୋମା କରି ଦୁନିଆକୁ ଧ୍ୱଂସ କରିବାରେ ବ୍ୟବହାର କରିପାର ଓ ଚାହିଁଲେ ମଧ୍ୟ ଦୁନିଆକୁ ଚିର ସବୁଜ, ସୁନ୍ଦର, ପ୍ରେମମୟ, ସମୃଦ୍ଧିଶାଳୀ କରି ଗଢ଼ି ତୋଳିବାରେ ଲଗାଇପାର। ଏମିତି ହିଁ ତ ଲୋକମାନେ, ଶଢ଼ର ପ୍ରଭାବରେ ପ୍ରଭାବିତ କରି କେବେ ଲୋକଙ୍କୁ ସନ୍ତ୍ରାସବାଦରେ ଦୀକ୍ଷିତ କରାନ୍ତି, ତ ପୁଣି କେଢେ 'ବୁଦ୍ଧମ୍ ଶରଣମ୍ ଗଚ୍ଛାମି' ମନ୍ତ୍ରରେ ଅଭିମନ୍ତ୍ରିତ କରାନ୍ତି। ପୁଣି କେଉଁ ଛୋଟ ପିଲାର ନିଷ୍ପାପ ହାତରେ ମଧ ଧରାଇ ଦେଇ ପାରନ୍ତି, ଏକେ ଫର୍ଟିସେଭେନ୍। ସେ ପୁଣି ସେଇ ଶଢ଼ର ମୋହରେ ପଡ଼ି ବୁହାଇ ଦିଏ ରକ୍ତର ନଦୀ। ବାହାରି ପଡ଼େ ପୃଥିବୀ ଧ୍ୱଂସରେ।"

ସେ ପୁଣି ହସିଲେ। ମତେ ଲାଗିଲା, ଏଥର ଟିକିଏ କୁଟିଳ ହସ ବୋଧହୁଏ। ଗେହ୍ଲେଇ ହୋଇ କହିଲେ- "ନା, ମ! ସେ ଗୁଡ଼ା ନୁହେଁ। ତୁମେ ମୋ ପାଇଁ ଏତିକି କରିବ ମୋତେ ଜଣା ଅଛି ଯେ। ଏଇ ପ୍ରେମ ଫ୍ରେମ ଛାଡ଼ି, ସମାଜ ପାଇଁ କିଛି କାମ ଛୋଟ ହେଉ ଅବା ବଡ଼ ହେଉ, ଯେତିକି ହୋଇ ପାରିବ, ତୁମ ସାଧ୍ୟମତେ, ତୁମେ କରିଯାଅ। ମୋତେ ଲାଗେ, ତୁମେ ଲେଖିପାରନ୍ତ... ଲେଖୁନ କିଛି! ସମାଜକୁ ସଚେତନ କରିବା ପାଇଁ ବାର୍ତ୍ତା କିଛି! ସେଇ ବାର୍ତ୍ତା ଯାହା ଆମ ସମାଜର ଏଇ ଲୋକଙ୍କ ମନରୁ ଈର୍ଷା, ଦ୍ୱେଷ, କ୍ରୋଧ, ପାପ, ଅନ୍ଧବିଶ୍ୱାସ... ଏ ସବୁକୁ କିଛି ଉଣା କରି ଦେଇ ପାରନ୍ତା। ଆମେ କ'ଣ କିଛି ଲୋକଙ୍କ ମନରୁ ଦ୍ୱେଷ ହଟାଇ ତାଙ୍କୁ ପ୍ରେମର ମନ୍ତ୍ରରେ ଅଭିମନ୍ତ୍ରିତ କରି ପାରନ୍ତେନି? ହଁ... ପାରିବ ନା! ପାରିବ... ତୁମେ, ନିଶ୍ଚୟ ପାରିବ!" ଶୁଭୁଥିଲା ମୋ' ଅନ୍ତର୍ମନରେ ତାଙ୍କର ସ୍ୱର, ନିବିଡ଼ ଅନୁରାଗର। ମୁଁ ଭିଜିଗଲି ଗୋଟାପଣେ, ସେହି ସ୍ୱରରେ।

ସକାଳ ହୋଇଯାଇଥିଲା ବୋଧେ ଓ ମୁଁ ଆଖି ଖୋଲି ଚାହିଁଲି। ଫେରକା ଫାଙ୍କରୁ

ସୂର୍ଯ୍ୟଙ୍କର ସୁନେଲୀ ରଶ୍ମି ମୋ ମୁହଁରେ ବିଛେଇ ହେଇ ପଡ଼ିଲା। ମୁଁ ଉଠିବସିଲି। ସେ ପାଖରେ ନ ଥିଲେ କିନ୍ତୁ ହୃଦୟରେ ସେଇ ସ୍ୱର ଏବେ ବି ପ୍ରତିଧ୍ୱନିତ ହେଉଥିଲା। ମୁଁ ବି ପରିବର୍ତ୍ତନ ଆଣିପାରେ ଓ ଅଜବ ଆତ୍ମବିଶ୍ୱାସରେ ଝଲମଲ୍ କରୁଥିଲା ମୋ ମୁହଁ। ମୁଁ ପାଖରୁ, ମୋ ଡାଏରି ଓ ଫୋନ୍ ଆଣିଲି। ଜୀବନରେ ପ୍ରଥମଥର ପାଇଁ ଗଳ୍ପଟିଏ ଲେଖିବାକୁ ଆରମ୍ଭ କଲି। ଡାଏରି ଉପରେ ଗଳ୍ପର ଶୀର୍ଷକ ଲେଖିଲି– "ସ୍ୱର ଏକ ନିବିଡ଼ ଅନୁରାଗର।"

BLACK EAGLE BOOKS

www.blackeaglebooks.org
info@blackeaglebooks.org

Black Eagle Books, an independent publisher, was founded as
a nonprofit organization in April, 2019. It is our mission to
connect and engage the Indian diaspora and the world at large
with the best of works of world literature published on a
collaborative platform, with special emphasis on
foregrounding Contemporary Classics and New Writing.